中公文庫

闇　夜

警視庁失踪課・高城賢吾

堂場瞬一

中央公論新社

目次

闇夜

警視庁失踪課・高城賢吾

7

登場人物紹介

高城《たかしろ》賢吾《けんご》……………失踪人捜査課三方面分室の刑事
阿比留《あびる》真弓《まゆみ》…………失踪人捜査課三方面分室室長
明《みょう》 神《じん》愛美《めぐみ》 …………失踪人捜査課三方面分室の刑事
醍醐《だいご》塁《るい》………………同上
森田《もりた》 純一《じゅんいち》 …………同上
田口《たぐち》英樹《ひでき》……………同上。警部補
小杉《こすぎ》公子《きみこ》……………失踪人捜査課三方面分室庶務担当
石垣《いしがき》 徹《とおる》 …………失踪人捜査課課長
法月《のりづき》大智《だいち》……………渋谷中央署警務課

菊池《きくち》真央《まお》……………被害者の少女。小学２年生
菊池昭利《あきとし》……………真央の父親
菊池 梓《あずさ》 ……………真央の母親
和田《わだ》沙希《さき》……………被害者の少女。小学２年生
和田武敏《たけとし》……………沙希の父親
寺井《てらい》慎介《しんすけ》……………コメンテーター。国際経済学専門
高木《たかぎ》幸一郎《こういちろう》…………自殺した刑事
高木泰之《やすゆき》……………幸一郎の兄
高木 優《まさる》 ……………幸一郎・泰之の父親

中澤《なかざわ》…………………警視庁捜査一課強行班係長
長野《ながの》 威《たけし》 ……………警視庁捜査一課の刑事

闇夜

警視庁失踪課・高城賢吾

1

(いいのかよ)

(いいんです)

(ちょっと乱暴過ぎないか?)

(のんびりしている時間はないですよ。緊急事態なんです)

夢だな、と思った。自分は今、自宅にいるはずで、他人の声が聞こえるわけがない。気楽な一人暮らし……今まで自分以外の人間が、この家に足を踏み入れたことはない。

夢だな。

そう判断し、一度は開けようとした目をきつく閉じ直す。夢なんかに、この時間を邪魔されたくない。この時間……酔いに支配され、体がソファと一体化した時間。もう、何もすることはない。全て終わった。このまま人生を投げてもいい。私の遺体はアルコール漬けになり、腐らないまま発見されるのではないだろうか。その場合は、貴重なケースとして献体して欲しい。

(本当にいいんだな？)

(さっさとやって下さい)

(気が進まないんだけど……)

(私がやってもいいんですよ)

(……いや、いい。俺がやる)

二人、だ。男と女。聞き慣れた声。いい加減にしてくれ。夢の中にまで出てくるな。

最初感じたのは、軽い衝撃だった。子どもの頃、海へ行って大きな波に洗われた時の記憶が蘇《よみがえ》る。続いて、全身に走る痛み。いや、これは痛みではない。冷たさだ。丸裸で硬い雪の中に放り出されたような感じ。

慌《あわ》てて跳《は》ね起《お》きる。目を開けると、私の夢の中で会話を交わしていたはずの二人——醍《だい》醐《ご》塁《るい》と明神愛美《みょうじんめぐみ》が立っていた。醍醐は申し訳なさそうな表情を浮かべ、体の前で青いバケツをぶらぶらさせている。うちにあんなバケツがあったかな、とぼんやりと考えた。隣にいる愛美は、両手を腰に当て、険《けわ》しい表情で私を睨《にら》んでいる。

「何だ……」かすれた声しか出ない。濡《ぬ》れた前髪から垂《た》れる水滴が、床に小さな水溜りを作った。まだ頭が働かない。自分がずぶ濡れだ、ということぐらいは分かるが。震える手を伸ばして煙草《たばこ》のパッケージを取り上げたが、こちらも完全に濡れている。一本引き抜いてみたが、途中でぼろぼろに崩れてしまった。

「何なんだ」視線を上げ、二人の顔を交互に見ながら言い直す。

「出番ですよ、高城《たかしろ》さん」愛美が冷たく言った。

「出番？　俺には関係ないだろう」

「関係あるんです」

会話が嚙《か》み合《あ》わない。首を横に振ると、喉《のど》まで詰まったアルコールが揺《ゆ》れた。酒のボトルになった人間。

「俺はもう、仕事はしない」

「何言ってるんですか」愛美が呆《あき》れたように言った。「馘《くび》にでもなったと思ってたんですか」

「欠勤してれば馘になる。公務員は厳しいんだ」

「高城さん、ずっと出勤してることになってるんですよ」愛美が冷たく言い放つ。

「は？」煙草のパッケージを床に放り出す。立ち上がろうとしたが、膝《ひざ》が伸びたと思った瞬間に力が抜け、ソファにへたりこんでしまった。下半身に力が入らない。胃の中でアルコールが揺れる音が聞こえてくるようだった。ふと、床に目がいく。空《から》になった「角」のボトルが二本、転がっていたが、いつ吞《の》んだのかまったく記憶がない。アルコール以外に、何かを胃に入れたかどうかも。それどころか、ここ数十時間何をしていたのか、一切覚えていなかった。

「どうする」醍醐が心配そうに愛美に訊《たず》ねた。

「お風呂に叩《たた》きこんで下さい。私はコーヒーの用意をします」愛美がきびきびした口調で言った。

「コーヒーって……」醍醐が困惑したように言った。

「準備してきました。このままじゃ連れて行けませんからね」

「お前ら、何を……」

「高城さんは黙ってて下さい」愛美がぴしりと命令した。「出かけますから。猶予《ゆうよ》は十分だけですよ」

「無理だ」

弱々しく言って、私はびしょ濡れになったソファに身を横たえようとした。さっと前に出た愛美が、私の腕を摑《つか》む。体重は私の方がずっと重いのに、しっかり動きをコントロールされ、真っ直ぐ座らされてしまった。

「醍醐さん、お願いします」

言い残して、愛美がキッチンに消える。

「何なんだよ」私は思わず醍醐に向かって文句を言った。

「すみませんねえ。俺は、やめようって言ったんですけど」醍醐が申し訳なさそうに言った。

「俺にはもう、関係ないだろう」

「そういうわけにはいかないんですよ。失踪《しっそう》課全員出動なんです」

「俺は、その『全員』の中には入っていないはずだぜ」

　全てが面倒だった。

　私はしばらく――どれぐらいになるのだろう？――渋谷中央《しぶやちゅうおう》署にある失踪人捜査課三方面分室に顔を出していなかった。病気をしたわけではなく、連絡もせずに、ただ家で酒を呑んでいた。それ以外に、やるべきことが見つからなかったから。それがどれだけ続いたのか……ずっとカーテンを閉め切ったまま、ラジオも点《つ》けずに――元々テレビはない――いたので、時間の経過が分からない。今が昼か夜かさえも。

「とにかく、曜とかそんなことは考えなくていいですから」

「意味が分からないな」

「だから、出勤していることになってたんですよ、高城さんは」

「誰がそんなことをした？」私は醍醐に鋭い視線を向けた。鋭いつもりだったが、視界が濁《にご》っていたことから、目は半分閉じていた、と悟る。

「室長に決まってるじゃないですか。上を騙《だま》すのに、いろいろ大変だったんです」醍醐が肩をすくめた。

「余計なことを」思わず舌打ちする。

「とにかく、行きましょう。今は高城さんの力が必要なんです」

醍醐が私の前を離れ、カーテンを開けた。まず、目が潰《つぶ》れそうなほど眩《まぶ》しい光が飛びこんでくる。次いで窓が開くと、寒風が一気に部屋を突き抜けた。濡れた体には酷《こく》な環境である。私は思わず悲鳴を上げたが、誰も取り合おうとしなかった。

「早くして下さい」

キッチンから、愛美が冷たく声をかけてくる。薬缶《やかん》の湯が沸く音が聞こえ始めた。コーヒーなんか、あっただろうか……家で口に入れる物といえば、アルコールだけなのに。そう言えば愛美が「準備してきた」と言っていたような気もする。

「事件は何なんだ」私は、窓の脇に立って震えている醍醐に声をかけた。

「誘拐《ゆうかい》です」

「誘拐」間の抜けた声で繰《く》り返《かえ》す。

「被害者は、七歳の女の子です」

「それを早く言え」

私は立ち上がった。ふらついたが、意思の力で何とか直立する。濡れたトレーナーを脱ぎ捨て、辛《かろ》うじて蛇行《だこう》せずにバスルームに向かった。愛美がちらりとこちらを見たが、たるんだ体には当然興味がないようで、無表情のままだった。

耐え切れないほどの熱湯の後で、身を切るように冷たい水のシャワー。十分ほど体を苛《いじ》めているうちに、アルコールの影響はわずかだが引っこんでいったようだった。もちろん体に入っているのは、簡単に抜ける程度の量ではないのだが。細胞一個一個に、確実にアルコールが入りこんでいる。今頃、肝臓は悲鳴を上げているだろう。

シャワーを終えて体を拭《ふ》いているうちに、困ったことに気づいた。愛美がいるのに、バスタオル一枚で出て行くわけにもいかない。どうしたものか……いや、向こうが気にしていないのだから、こちらも無視しよう。タオルを腰に巻き、恐る恐るバスルームを出てみると、愛美の姿はなかった。醍醐が部屋の中央に立ち、鼻に皺《しわ》を寄せて周囲を見回している。

「明神は？」

「コーヒーを持って、先に車に行ってます。早く着替えて行った方がいいですよ」

部屋の気温は、外と同じになっていた。強く吹きこむ風が、カーテンを激しく揺らしている。悪天候……とにかく今日は、寒さが厳しそうだ。

「髪の毛を乾かす時間ぐらい、くれ」何だか、自分が喋《しゃべ》っているような気がしない。醍醐の視線が、いつもと違って冷たいのも気になった。チェストをかき回して、何とか皺の目立たないワイシャツを見つけ出す。シャツのボタンを留めようとしたが、指先が痺《しび》れて上手《うま》くいかない。アルコールは、まだ完全に私を支配しているようだった。ズボンを穿《は》いて……足を上げるのも面倒臭い。ネクタイは省略だ。背広を羽織ってみると、正体の分からない嫌な臭いがする。

「高城さん、変ですよ。何やってたんですか」

醍醐の指摘を受け、自分の姿を見下ろす。背広は左肩がほつれて袖《そで》が取れかけ、左側の前身ごろにかぎ裂《ざ》きができていた。いったいどこでこんな風にしたのか……まったく記憶がない。仕方なく、ブレザーに着替えた。ズボンが黒いから、この組み合わせでもおかしくはないだろう。髪から滴《したた》り落ちる水滴が襟足《えりあし》に落ち、ワイシャツを濡らす。ひどく不快だったが、これ以上待たせると、愛美は爆発するかもしれない。

「行こう」財布……携帯……バッジに手帳。煙草は濡れて駄目になってしまっているから、どこかで買わないと。まだ喉までアルコールが詰まっている感じがしたが、今はニコチンの刺激が欲しかった。

「コート、着て下さい」

「寒いのか」

「今日は、今年最低だそうです」

「ところで今、何時なんだ？」

手首をブレザーの袖から突き出す。部屋にいたので、当然腕時計はしていない。どこへ行ったのか……携帯電話があるから、時間を確かめることはできるが、記憶のない間、自分がどこで何をしていたのか、気になってきた。恥をかいたぐらいならいいが、誰かに迷惑をかけていたら、目も当てられない。

迷惑をかけてもいい、と思っていたのだが。自分ではもう、刑事ではないつもりだった。単なる一人の墜落者《ついらくしゃ》。死のうが、罪を犯そうが、誰か他の人間に責任がいくことはない。だが、そう簡単に、人生から引退させてはもらえないようだ。それがいいことかどうか分からないが、まだ私を必要としている人間がいるのは間違いない。

私が誰かを必要なのかどうかとは、まったく別の問題だが。


覆面パトカーの後部座席に座った私は、窓を細く開けた。吹きこむ風が、まだ濡れた髪にもろに当たる。このまま凍りついてしまうのではないか、と心配になった。左手には、愛美が持ってきたマグカップ。他にコーヒーを入れる物がなかったのだから仕方ないが、危なっかしいことこの上ない。道路の段差を乗り越える度《たび》にカップが揺れ、酔いの残る手でコントロールするのに必死だった。

右手には、二人がまとめてくれたデータがある。しかし、コーヒーを飲みながら書類を読むのは不可能だ。仮にコーヒーがなくても、車に揺られながら文字を追うことはできない。微妙な揺れと、車に籠《こも》る異臭——自分から発せられるアルコールの臭いだ——のせいで、次第に気持ち悪くなってきた。

結局、横に座る愛美から事情を聞くことになった。

「誘拐かどうかはまだ分かりません」

「誘拐って言わなかったか？」

「そう言ったのは醍醐さんですし、そこまで言わないと目が覚めない人がいますからね」

「嘘はいけないな、嘘は」コーヒーを一口。まだ十分熱く、唇を火傷《やけど》しそうになる。

「被害者は、菊池真央《きくちまお》、七歳です。小学二年生」

早生まれか、とぼんやりと考える。間もなく三年生……あと二月《ふたつき》ほどだ。それを意識すると、また胸に嫌な痛みが生じる。

「状況は」

「昨日の夕方、いつも帰って来る時間に帰宅せずに、夜まで母親が捜していました。結局見つからないで、夜遅くになって、両親揃《そろ》って所轄《しょかつ》に届け出てきました。それで昨夜《ゆうべ》、うちにも話が回ってきたんです」

「何時頃？」

「十一時ですね」

「身代金の要求は？」

「今のところはないです」

だったら「誘拐」とは言い切れない。あれはやはり、私を引っ張り出すための言葉だった、ということか。目を凝らし、ダッシュボードの時計に目をやった。霞《かす》む目で小さなデジタル表示を読むのはしんどかったが、午前七時台ということは分かる。車は連雀《れんじゃく》通りから武蔵境《むさしさかい》通りに入ったところだった。見慣れた光景が、次々に通り過ぎる。

「被害者の家は?」

「桜新町《さくらしんまち》です」

「あの辺の所轄は……」私は言葉を切った。世田谷《せたがや》区内には四つの警察署があるが、管轄は複雑に入りくんでいる。「世田谷東署か」

「そうです」

愛美がいつも通り、リズムよく返事をする。車内を吹き抜ける風が、短くまとめた彼女の髪を揺らした。寒さのせいか、頬《ほお》が赤くなっている。さすがに私も、酔いではなく寒さに負けた。頭皮は凍りつくようで、二日酔いとは違う頭痛が襲ってきている。残念ながら、手元に頭痛薬はなかった――と思ったら、愛美がバッグの中から頭痛薬を取り出した。いつも私が使っている物だった。

「コーヒーで飲むと、効果がないと思いますけど」

「何もなしで飲むよりはいい」二粒を口に含み、コーヒーで流しこんだ。効いてくるまでには、少し時間がかかる。

桜新町か……武蔵境にある私の自宅から向かうには、車よりも電車の方がはるかに早い。もっとも今日は土曜日で、平日に比べれば少しだけ車の量が少ないのが救いだった。このまま国道二〇号線に入り、環八《かんぱち》を下っていくのが普通のルートだろう。それでは混むから、本当は裏道を辿《たど》って行く方がいいのだが、二十三区西部の道路は毛細血管のように入り組んでおり、普段走り慣れていない人間にとっては迷路も同然だ。タクシーの運転手さえ嫌がる。

「両親の職業は？」

「父親は百貨店勤務で、母親は専業主婦です。真央ちゃんは一人っ子ですね」

私は、喉が詰まるような感じを覚えた。一人っ子で小学二年生……一か月前に遺体で発見された私の一人娘、綾奈《あやな》と状況が似ている。気づくと、右手を拳《こぶし》に握っていた。書類がぐしゃぐしゃになり、手が震えている。愛美は、それを冷静に見ていた。

「気をつけて下さい。書類、手元にコピーがないので」

「あ？　ああ……」私はゆっくりと手を開いた。皺だらけになってしまった書類は、元に戻しようもない。溜息《ためいき》をつき、少しぬるくなってきたコーヒーを口に含んだ。飲み下すと、喉の奥の方でコーヒーとアルコールが喧嘩《けんか》を始める。こみ上げる吐《は》き気《け》を我慢しながら、愛美に訊ねた。

「いなくなった時の状況は？」

「いつも帰って来る時間に帰って来なかった、というだけです」

「寄り道してたんじゃないか」

「基本的に、そういうことはしない子だったそうですよ。習い事が多くて……昨日はピアノだったそうです。一度家に帰ってから、近所の教室に行っています。その帰りにいなくなった、ということですね」

「なるほど」

コーヒーを無理矢理飲み干し、カップを床に置いて両足で挟んで固定した。書類を腿《もも》の上に置いて皺を撫《な》でつけ、現場付近の地図を確認する。自宅から小学校までは、徒歩で五分ほどだろう。あの辺は……確か、一戸建ての住宅が建ち並ぶ街だ。田園都市《でんえんとし》線沿線では、渋谷から二子玉川《ふたこたまがわ》——東京の西の端までの間で、一番特徴がないかもしれない。静かな住宅街、というだけだ。

ピアノ教室は、東急の駅に近い方にあった。当然、一度自宅に寄って、ランドセルを置いてから出かけたのだろう。この子の行動範囲は、どれぐらい広かったのか……私の疑問を先読みしたように、愛美が説明を続けた。

「習い事が多い子なんですね。月曜日は水泳、火曜日は習字、水曜日は休みで、木曜日が空手、金曜日——昨日がピアノです」

「詰めこみ過ぎだな」

「確かにそうですね。二年生で、平日の休みが一日だけというのは、ちょっとやり過ぎかもしれません」

「父親は、そんなに稼いでいたのかね」

流通業は、それほど給与水準が高いわけではないはずだ。娘の教育に金を注ぎこむのはいいが、かなり無理していたのではないだろうか。

「その辺の事情は、まだはっきりとは聴いていません」

「仕事が遅いな」私はつい皮肉を吐いた。「君らしくもない」

「昨夜遅くまで、どこが主導権を握るか、決まってなかったんです。誘拐の可能性がありますからね……室長は、うちがやると言ったんですが、捜査一課も出てきました」

「長野《ながの》か？」捜査一課にいる私の同期、長野は、仕事に関してはいつも好き勝手《かって》にやっている。興味を引かれる事件があれば、本来自分の担当でなくても、平然と出しゃばっていくのだ。彼の下にいる部下も同じである。自分たちを、捜査一課におけるスペシャルチーム、と自認している節がある。そしてそれなりに成果を挙げているので、正面切って文句を言う人間も少なくなってきた。

「長野さんは出てきてませんよ」

「あいつが喜んでやりそうな事件だけどな」

「一々ウォッチしているわけじゃないから、よく分かりません。とにかく、いませんから」

私は右手で顔を擦《こす》った。それなりに時間をかけてシャワーを浴びたのに、体の汚れがまったく落ちていない感じがする。私はいったいどれぐらいの間、風呂を使っていなかったのだろう。そもそも今日、何日なんだ？

さりげなく書類を見る。真央が行方《ゆくえ》不明になり、捜索願が出されたのは十五日……つまり今日は、十六日か。二週間？　そう、二週間ぐらい、失踪課に顔を出していなかった計算だ。

綾奈の遺体が確認されたのが、一月十二日。その後、諸々の細かい手続きがあった後で、ようやく葬儀が行われたのは、一月二十二日だった。ただし、あれを葬儀と言っていいのかどうか。白骨遺体で発見された娘を火葬する——冗談のようなものだ。骨など、ほとんど残らなかった。十年以上の歳月、土の中で眠っていて、骨も劣化していたのだろう。

葬儀までの間、私はほとんど呑まなかった。呑めなかった。毎日必ず、誰かが側について監視していたから。そして二十二日の葬式を起点にして、私は一週間の忌引きを取った。正確には、取った記憶はない。ただ、失踪課に顔を出さなかったのだ。私の上司である室長の阿比留真弓《あびるまゆみ》から「忌引きだ」と告げられた記憶はあるが、そういう意識で休んでいたわけではない。

ただ単に、仕事などしたくなかった。仕事をする権利があるとも思えなかった。行方不明になった自分の娘さえ探し出せなかった人間に、失踪課で刑事を続ける資格はない……だが忌引きの一週間が終わった後、私は何故《なぜ》か仕事に復帰した。というよりも、取り敢《とあ》えず毎朝失踪課に顔を出すようにはした。何をしていたわけではない。毎年この時期は、失踪課はそれほど忙しくもないのだ。子どもたちが家を飛び出し、家族が泣きついてくるのは、いつも長期間の休みである。

私は毎朝、血液の半分がアルコールに変わったような状態で目覚めていた。ある意味懐かしい感覚——五年前、失踪課に来る以前は、ほぼ毎日がこんな感じだった。警察という組織は、身内に甘い。民間企業だったら、あっという間に馘になっていただろう。

だが、誰も何も言わなかった。室長の真弓や、いつも口煩《くちうるさ》い愛美でさえも。彼女たちの顔が、何となく暗かったのは、ぼんやりと覚えているのだが……私は本来、分室のナンバーツーとして細かい具体的な指示を出さねばならない立場なのだが、事件がないのをいいことに、ほとんど誰とも会話を交わさなかった。昼飯時には何も食べず、無人になった部屋で一人居眠りしていた。

それが一月の最終週の数日間、ずっと続いた。

二月最初の週末、たぶん私はずっと呑んでいた。それこそ、酒を口にした記憶しかない。呑んでは寝て、起きては呑んで……外出するのは、切れた酒や煙草を買いに行く時だけで、何か食べたかどうか覚えていない。行きつけの中華料理屋で、よく頼む卵ときくらげの炒《いた》め物《もの》を前にして、何十分もぼうっとしていた覚えはあったが、あれはいつだったのか……記憶が混乱し、何もかもが曖昧《あいまい》である。ずっと昔のことだったかもしれない。

そうして私は今朝、唐突に現実に引き戻された。自分が生きているという実感は、まだ胃の中で揺れるウイスキーと、火傷した唇の痛みだけだったが。こうやって覆面パトカーの後部座席に座り、愛美と話していても、現実感は一切ない。

「真央ちゃんは、忙しいことは忙しいんですけど、基本的にきちんとした生活だったようです。寄り道したり、ということはまったくなかったそうです。しっかりした子だったようですね」愛美がきびきびと報告した。

「……昨夜は雪だったんじゃないか？」私は窓の外の光景を見た。道路端が、少しだけ白くなっている。

「二十三区では、ちょっと白い物が舞ったぐらいですよ。それも真夜中です」

真夜中ね……私にとっては、一日中が真夜中のようなものだった。二週間も続いた夜。このまま季節が一つ、過ぎてしまってもよかった。最早私には、何もない。何も持っていない五十歳の男が、おめおめと生きていく意味などないのだ。

「昨日の、本来の予定は？」暗い穴に首を突っこみながらも、つい習慣で訊ねてしまう。私が現場に出て行くのは、被害者家族に対しても失礼ではないか、と思った。どうせ何もできないのに。

「ピアノ教室は、午後四時半から一時間半でした。自宅から教室までは、真央ちゃんの足で歩いて十分ほどですから、六時半前には帰って来る予定だったんですが……」

「母親が騒ぎ始めたのは？」

「七時過ぎですね。今まで、そんなに遅くなったことは、一度もなかったそうです。まず一人で捜し始めて、その後帰宅してきた父親と合流して……近所の人や、同級生の保護者も手伝ったそうですけど、見つからなくて、十時過ぎに交番に届け出ています」

私は、胸に顎《あご》を埋《う》めた。同じだ……綾奈がいなくなった時の状況と酷似している。東京は冷たい街だが、こと子どものことになると、大人は誰でもむきになる。行方不明などという事態になったら、近所の人たちが総出で捜し始めるのだ。あの頃の記憶が、酒でぼやけた頭にやけにはっきりと蘇ってきて、私は思わず頭を抱えた。こんなことでは駄目だと思う一方、今さら自分が出て行って何ができるかとマイナス思考にもなる。

それより何より、失踪から一晩が経《た》ってしまったのが痛い。七歳の女の子が、冬の夜を一人で耐え切るのは難しいのだ。

俺はクソだ、と思う。行方が分からなくなってから、まだ十数時間しか経っていない。それを、全てが終わってしまったような想定をしてしまうとは……全てを失った親は、前向きのことなど考えられなくなるものだが。

自分は、刑事としては本当に終わりなのではないか、と思う。

本当なら緊張して、車中でもできる限りの情報収集をしておくべきだったのに、意識を失うように眠ってしまった。昨夜もいつ寝たか分からないし、この二週間の生活のリズムは滅茶苦茶で、眠いのか眠くないのかも分からなかったが、それでも一瞬目を閉じた途端に、眠りに落ちてしまった。夢も見ない眠りは、久しぶりだったかもしれない。

サイレンの音で目が覚めると、覆面パトカーは既《すで》に環八を走っていた。土曜日とはいえ、東京の大動脈はそれなりに渋滞しており、ハンドルを握る醍醐が痺れを切らして非常走行に切り替えたようだ。甲高《かんだか》い音は、窓を閉ざしていても容赦《ようしゃ》なく車内に入りこみ、アルコールで痺れた脳を揺らす。薬はまったく効かず、頭痛はむしろ悪化していた。いい加減にしてくれ、と思ったが、愚痴すら言えないほど気分が悪い。アルコール、それに先ほど飲んだコーヒーが胃の中で混じり合い、明確な吐き気を覚えた。足元を見下ろすと、空のカップが転がっている。今の私に必要なのは、十分な睡眠と風呂に使えるほどの量のコーヒーだ。あるいは迎え酒。二日酔いではなく、まだ酔った状態で迎え酒が効果的かどうかは分からなかったが。

車内に、自分の吐いたアルコールの臭いが充満していて、それがさらに吐き気に拍車《はくしゃ》をかける。私は少し窓を開け、空気を入れ替えた。今度はアルコールではなく排ガスの臭いが襲ってきたが、それでも吐き気は少しだけ薄れる。煙草が欲しいな、と切実に願ったが、ないものはどうしようもない。ふと、環八沿いにある古い煙草屋が目に入ったが、「停めてくれ」というわけにもいかなかった。

醍醐は、環八船橋《ふなばし》の交差点を左折し、小田急線千歳船橋駅《おだきゅうちとせ》方面へ向かった。この辺りから桜新町に出る場合、普通は世田谷通りを使うのだが、そちらも渋滞しているようだ。世田谷区内を毛細血管のように走る細い道をいくしかないだろう。

携帯電話を取り出し、時刻を確認する。午前八時半。家を出てから一時間近く経っているはずだが……醍醐たちは、今朝は何時から動き始めていたのだろうか。

「昨夜は徹夜だったのか?」私は横に座る愛美に訊ねた。

「ほぼ徹夜、ですかね。私も一度帰って、夜中に出て来てそのままです」

「そうか」ふと横を見ると、愛美が眼鏡《めがね》をかけていたので仰天《ぎょうてん》した。しばらく前に、「最近目が悪くなった」と言っていたのだが、いつの間に眼鏡をかけるようになったのだろう。私がいない間に……わずか二週間でも、自分の知っている世界は大きく変わる。何か一言声をかけるべきだろうか、と思ったが、適切な言葉が見つからないので口をつぐむ。愛美も書類に集中していて、話しかけられたくなさそうだった。

醍醐は、住宅街の中を抜ける道路を、迷わず走った。小田急線の高架《こうか》を潜《くぐ》り抜《ぬ》け、千歳船橋駅前を通過。車はほどなく、桜並木が続く場所に入った。四月に入れば、道路の上に桜の屋根ができそうなほどの、立派な並木である。たとえ枯れていても、桜を見ると子どもを思い出す……花びらが舞い散る中、自分の体より大きそうなランドセルを背負って、駆け抜けて行く子どもたち。

ゆっくりと首を振る。もう、忘れよう。忘れていいはずだ。

醍醐は終始無言だった。東京農大のところで世田谷通りに出て、渋滞をサイレンでかわしながら走っていく。また煙草屋……街の煙草屋など、ほとんど全滅してしまったと思っていたのに、ワイシャツのポケットに煙草が入っていないと、やけに目につくものだ。

世田谷通りをしばらく走って右折。その時点で醍醐は、サイレンを切った。行方不明者の家が近いので、気を遣《つか》ったのだろう。もしもこれが本当に事件で、犯人が近くに潜《ひそ》んでいたら、刺激してしまう可能性もある。

「家はどの辺だ?」私は愛美に訊ねた。

「すぐそこです」

「今、何人出動してる?」

「現場には二十人ぐらいいるはずですよ」

「そんなに?」

「念のため、です」

少し大袈裟《おおげさ》過ぎないだろうか、と私は首を捻《ひね》った。頭がぐらぐらと揺れる。

「公開捜査にはなってないんだよな」

「ええ。でも、近所を虱潰《しらみつぶ》しに捜してますから。人手は多い方がいいでしょう?」

「そうだな」

いくらたくさんの人が手伝ってくれても、見つからないものは見つからないのだが、と皮肉に考えてしまう——綾奈のケースがそうであったように。あの時は近所の人や学校関係者、警察の同僚たちもボランティアで手助けしてくれたのだが、私たちが必死で探している時、綾奈はとうに、近所で建築中だった家の基礎部分に埋められていた。

俺は本物のクソ野郎だ、と心の中でまた自分を罵《ののし》る。自分の娘が結局死んでいたからといって、世の中の行方不明者全員を、そんな目で見てはいけない。不安の中、必ず生きていると信じて捜す人たちがいるのだから。

しかし今回、警察は厳しい見方をしている、とも分かっている。単に迷子になっただけなら、ここまで大袈裟にはしない。せいぜい、所轄の外勤の連中が、片手間にやるぐらいだ。

「どうしてここまで大事《おおごと》にしたんだ？」理由は分かっていたが、敢《あ》えて聞いてみた。

「行方不明になる理由が、何もないからですよ」愛美が答える。「真央ちゃん、しっかりしているから、何でもないのにいなくなるわけがないんです。ご両親も心配しています」

「そうだろうな」私は溜息をついた。両親の心配……それだけは、手に取るように分かる。他人の痛みなど、知る由《よし》もないのだが、同じ経験をした人間だけは、分かち合えるのだ。もしかしたら、私を出動させた人間は、それを期待しているのかもしれない。似た経験をした人間だけが、被害者の家族を慰撫《いぶ》できる。

冗談じゃない。それは、自分の傷口を抉《えぐ》り出《だ》す行為に他ならないのだ。どうして今さら、私が自分の傷を見つめなければならない？　放っておいて欲しかった。このまま痛みが薄れ、辛《つら》い過去が風化するまで呑み続けていたかった。仕事など、絶対にしたくない。ましてや、自分と同じ目に遭《あ》っている親を慰《なぐさ》めるなど、冗談ではない。私をここまで担《かつ》ぎ出《だ》したのが真弓の命令なら、後で絶対に抗議してやる。辞表を叩きつけてもいい。

今の私には、失う物は何もないのだ。というより、最早全てを失っている。

「ここです」車が停まると同時に、愛美が言った。ここ……住宅街の真ん中に現れた、煉《れん》瓦《が》敷《じ》きの道路。目の前には竹の生垣があり、その向こうは公園か何かのようだ。

しかし、真央の家がこの近所だとしたら、まずい。こんな近くに警察の車両を停めていて……もしも本当に誘拐事件で、犯人が見守っているとしたら、気づかれてしまう可能性が高い。警察が大袈裟に動き始めれば、嫌でも目立つものだ。特に制服警官がうろうろしていれば、一発で分かる。

「取り敢えず、降りてもらえますか」

愛美が言ったが、私はすぐにはドアに手をかけなかった。動けるかどうか、自信がない。体がアルコール漬けの状態で、まともに歩けるのだろうか。そもそも、このまま真央の両親に会ったら、「酔っ払いが出て来た」と問題になるだろう。

「現場の様子だけ、見て下さい」私の心中を察したように、愛美が言った。

「酔っ払いを親に会わせるのはまずいか」私は皮肉を吐いた。

「分かってるなら、呑まなければいいでしょう」愛美が冷たく言い放つ。

クソ……自分の部下に、どうしてこんなことを言われなくちゃいけないんだ。やっぱり辞めよう。辞表など簡単に書ける。今私が辞めても、誰も困らないはずだ。私自身、困らない。捜していた娘が死んでいた以上、刑事でいる意味などないのだから。

愛美がドアを開ける。湿《しめ》った冷たい空気が入りこみ、自然に背が伸びた。いつまでも、このシートでぐずぐずと休んでいたいのに……気づくと私は、煉瓦を踏んでいた。

辞められない。かといって、気合いを入れて捜査を始めることもできない。

中途半端な自分の状態に、つくづく嫌気が差していた。

2

警察車両が停まっているのは、菊池真央の家の前だとばかり思っていたが、予想は外れた。この辺りには大きな家も多いのだが、その中でも一際大きな一戸建てで、表札は「辰《たつ》巳《み》」と読める。家は塀で囲まれ、門《もん》の脇にある駐車スペースにはワンボックスカーが停まっていた。中に誰かいる気配がする……私と愛美が先に車を降りると、醍醐が切り返して、ワンボックスカーの脇に覆面パトカーを停めた。

「この家は？」立っているだけで周りの風景がぐらぐらと揺れたが、何とか気合いで体を安定させ、愛美に訊ねる。重心……柔道と一緒だ。重心を臍《へそ》の下に置く。

「警視庁のＯＢの人の家です」

「ずいぶん立派な家だな」無意識のうちに皮肉を吐いてしまう。警察官は、公務員として給料は悪くないが、それにも限界がある。この界隈《かいわい》は、世田谷区の中にあって、そこそこの高級住宅地のはずだ。そこにこんなに大きな家……つい、何か癒着《ゆちゃく》があったのでは、と考えてしまう。それに気づいたのか、愛美が一つ咳払《せきばら》いをして言った。

「辰巳さんは、多摩《たま》中央署の警備課長を最後に退職された人です。奥さんが、華道の先生だそうです」

「華道の先生？　えらく儲《もう》かるんだね」

「さあ、どうでしょう」愛美が肩をすくめた。「とにかく、辰巳さんは自治会の役員をしていて、こちらにもいろいろ協力してくれているんです。取り敢えず、駐車場所を提供してもらいました。あのワンボックスカーは、一課の特殊班の車です」

「ありがたい応援だ」

一瞬間が空き、私は鋭い視線が突き刺さってくるのを感じた。いつの間にか眼鏡を外した愛美が、こちらを睨んでいる。眼鏡というフィルターがないせいか、いつも通りの鋭い眼光だった。

「誘拐と断定されたわけじゃないのに一課が出てくるのは、やっぱり大袈裟だな」

「だいたい、何でこんなことになったか——」愛美が一瞬、声を張り上げる。静かな住宅街には似つかわしくない声だと思ったのか、すぐに口をつぐんだ。

「何が言いたいんだ？」察しはついていた。私がいなかったから。

「何でもないです」愛美が首を振って、歩き出した。

私は仕方なく彼女の背中を追い始めたが、向こうは逃げるようなスピードで、距離は開く一方だった。だいたい私は、足首までが砂に埋まってしまっているようで、どうにも動きが鈍《にぶ》い。車から降りた醍醐が、すぐに近づいて来たので訊ねる。

「あいつ、どうかしたのか」

「さあ」醍醐も素っ気無く答える。

何となく、秘密から遠ざけられているような感じがしたが、厳しく突っこむ気にはなれない。もう、どうでもいいことだ。

先ほどの竹の生垣の向こうは、小さな池になっていた。鴨《かも》が何羽も浮かんでいるのが見える。こんな所に鴨がいるものか……別の鳥ではないかと思ったが、それもどうでもいいことだ。

今の私には、あらゆることがどうでもいい。

愛美は、煉瓦敷きの道を大股で歩いて行く。しばらく直進して立ち止まると、振り返った。そこが、真央の通っていた学校……歩道の向こうが細長い花壇《かだん》になっており、今は枯れているが、プランターが幾つも置いてある。その奥にはフェンスがあるものの背は低く、大人なら簡単に乗り越えられそうだ。校庭には人気《ひとけ》がない。今日は休みなのか、あるいは授業中なのか。

「ここが、真央ちゃんが通っていた学校です」

「なるほど」私は脊髄《せきずい》反射で相槌《あいづち》を打った。依然として、頭が働かない。

「次、家に行きます。注意して下さい」

「何か心配してるなら、近づかない方がいいんじゃないか」私はズボンのポケットに両手を突っこんだまま、その場で棒立ちになった。歩くのすら面倒臭い。

「こっちです」

私の言い分を無視して、愛美が踵《きびす》を返した。先ほど車を停めた辰巳の家を通り越す。醍醐はその場で立ち止まったまま、私が歩き出すのを待っていた。

「俺がいなくてもできるだろう」

「行きましょうか」

醍醐も、私の話を聞いていない。完全に無視されたようでむっとしたが、今の自分には怒る権利すらないのだと思う。仕方なく、のろのろと歩き出した。相変わらず足元はふわふわして、スピードも出ない。何故か太腿《ふともも》がだるかった。途中、自動販売機を見つけて、これ幸いと煙草を仕入れることにする。ズボンの尻ポケットから財布を抜いて、驚いた。いやけに分厚くなっていると思ったら、一万円札が二十枚近く入っているではないか。いったいこの二週間の間、私は何をしようとしていたのだろう。そもそもこの金は、まともな金なのか？　後で銀行口座を調べてみないと、とひどく不安になった。まさか、誰かから盗んだということはないだろうが。

慌《あわただ》しく煙草に火を点ける。ずいぶん久しぶりの一服だったようで——自分でも覚えがない——煙を吸いこんだ途端に頭がくらくらした。もう一服。今度は煙が体の隅々まで行きわたり、一気に目が覚めたように感じる。景色に色が戻ってきた。

前を見ると、いつの間にか並んで歩いていた二人が立ち止まり、じっとこちらを見ている。非難されているような、あるいは妙に気を遣われているような……急に居心地が悪くなり、私はまだ長い煙草を携帯灰皿に押しこんだ。

歩き出すと、多少体が楽になっているのに気づく。煙草の効果とは、かくも偉大なものか……右手で顔を擦ってみた。残念ながら、無精髭《ぶしょうひげ》は煙草ではどうにもならない。人と会えるような顔ではないが、この際致し方あるまい。だいたい、こんな状態の自分を引っ張り出してくる方が悪いのだ。

二人に追いつくと、愛美が無言で、左側に首を振った。そのまますぐに歩き出す。私はわずかに歩調を緩め、菊池家を確認した。建売住宅で、一階部分が車庫、その上が家という造りである。玄関に入るには、車庫の脇にある階段を上がっていくことになる。車庫のシャッターは閉まっている。道路側から見える窓のカーテンは全て閉まり、中の様子は窺《うかが》えない。私は、少し先をゆっくり歩いている二人に追いついた。

「家族はどうしてる」

「家にいるはずです」愛美が答える。

「捜索は？」

「所轄と、近所の人たちが中心にやってます。ただし今のところ、情報は非公開です」

難しいところだ。仮にこれが犯罪だったら……大勢の人が動き回っていると、どこかに潜んで息を凝らしている犯人を刺激してしまう恐れがある。しかし、事件性のない失踪だったら、捜索の人手は多い方がいいのだ。警察や区役所の広報車で街を回り、目撃者に名乗り出るよう、呼びかける手もある。だが、事件とも事故とも判断できない現状では、比較的少人数で地道に捜すしかない……家の中で、ひたすら知らせを待っている両親のことを考えると、私は胃に鋭い痛みを感じた。

「さっき、車を停めた場所の近くに池があったな」

「あそこは昨夜も、今朝も、調べたはずです」言いながら、愛美が携帯電話を取り出す。

着信はなかったようで、すぐにバッグに落としこんだ。

「動き、なしか」

「ええ」暗い声で愛美が答える。

私たちはすぐに、その場を離れた。大人が三人揃って歩いていてもおかしくはないが、あまりのんびりしていると、怪しい雰囲気《ふんいき》になる。明らかに刑事らしい、目つきの鋭い人間が二人と、酔っ払いが一人。犯人を攪乱《かくらん》するにはいい組み合わせかもしれない、と考えると、声に出して笑ってしまった。二人が振り向き、揃って驚いたように目を見開いて私を見た。

「何でもない」私はゆっくりと首を振った。アルコールの影響で、そろそろ脳が溶け始めているのかもしれない。何一つ考えがまとまらないのだ。

「これからどうする？」

「さっきの辰巳さんの家が、前線本部になっているんです」愛美が答えた。

「人の家で？」私は思わず顔をしかめた。ＯＢとはいえ、辰巳は一般人である。重要な事件になり得るかもしれない事案で、場所を借りるのが正しいやり方とは思えなかった。

「家というか、ワンボックスカーが、ですけどね」愛美が説明をつけ加える。「さすがに家の中で、というわけにはいきません」

「そうか」

この事案に関係する部署は幾つもある。本庁捜査一課、少年課、私たち、それに所轄。そのどれもが、現場からは遠い。主戦力になるべき所轄の世田谷東署は、東急三軒茶屋《さんげんぢゃや》駅の近くにあり、サイレンを鳴らして駆けつけても、ここまで十分はかかる。となれば、できるだけ現場に近い場所に前線本部を確保するのは捜査の常道だ。

「そっちには誰が詰めてる？」

「特殊班の係長と、室長がいます」

「そうか」

「取り敢えず、顔を出しておいてもらえませんか」醍醐が遠慮がちに切り出した。

「俺が顔を出しても、何にもならないと思うけどな」

「そうもいかないでしょう」愛美が強張《こわば》った表情で告げた。「こういう事案なんですから」

「俺に何をさせたいんだ？」

私の言葉に、二人が凍りついた。狙《ねら》いは……分かっている。いつまでも過去の事件に縛りつけられている私を、現実に引き戻したいのだ。

そんなことをする意味がある場合とない場合がある。今は、必要があるとは思えなかった。私はもう、全てを投げ捨てている。このままどうなっても構わないと覚悟している。全身の骨が抜け、誰かが何か言えば――それが「死ね」という命令でも――無表情で従ってしまうかもしれない。

しかし、「お前が経験したのと同じような事件は、お前にしか捜査できない」とだけは言われたくない。それは精神的な拷問《ごうもん》であり、私が過去の経験に触発されて、必死で働くと思っていたら大間違いだ。

とはいっても、他にやることがあるわけではない。家で呑んでいても、何が起きるわけではないのだ。自然に、いつの間にか死ねたらとは思うが、積極的にそちらの方向へ動き出すほど固い決意もない。

何もかもが中途半端だ。

だったら、私を家から引きずり出してくれた二人に、黙って従ってみてもいい。今まで互いの背中を守り合ってきた仲間なのだから――少なくとも私はそう信じたかった。向こうがそう考えてくれないにしても。

狭いワンボックスカーに入るのは、少しだけ躊躇《ためら》われた。自分が未《いま》だにアルコールの臭いを発散させているのは分かっていたから。しかし、どうせ嫌な顔をされるなら、早めに慣れておかなければならない。

車に乗りこむと、真弓と捜査一課特殊班の係長、長池《ながいけ》が話し合っていた。顔見知りの長池が担当だったことに、少しだけほっとする。私より二歳年下の後輩だが、一課で一緒に仕事をしたこともあった。長池が表情一つ変えず、私に向かって軽く会釈する。私は瞼《まぶた》を一度ゆっくり閉じ、開けるだけで挨拶《あいさつ》の代わりにした。きちんと目礼できるかどうかさえ、自信がない。

真弓は、露骨《ろこつ》に嫌そうな顔をした。本人も呑まないわけではないのだが、酔っ払いの体から滲《にじ》み出《だ》すアルコールの臭いを嗅《か》ぐのは、拷問以外の何物でもないと思っているのだろう。しかし今朝の彼女には、気分を率直に口にしないだけの自制心があった。

二列目のシートを回転させて、三列目と相対する格好にしている。二人が向かい合って座っていたので、私は何となく三列目のシート、長池の隣に腰を下ろした。

「すみませんね、こういう状況で」長池が申し訳なさそうに言った。

「いや」

「話は聞きました？」

「だいたいは。事件なのか？」

「今のところは何とも言えません。我々がここにいるのは、あくまで念のためです」長池が首を振る。

私は素早く横を見て、彼の様子を観察した。見事に昔から変わらない髪型……地肌が一本の線になって見えるほどきっちりした七三分けだ。今のところ白髪も目立たず、若い時の印象がそのまま残っている。きちんとスーツを着て、オフホワイトのコートは畳《たた》んで膝に乗せていた。私は、ネクタイをしていない自分が、彼より二ランクほど下の存在になってしまったように感じていた。

「脅迫《きょうはく》の類《たぐい》もなしか」

「ないですね」

「落ちそうな場所は？」私は、このすぐ近くにある公園を思い浮かべた。ああいう場所には池があるし、子どもは水に惹《ひ》きつけられるものだ。

「公園の池はごく浅いです。近くには暗渠《あんきょ》もあるんですが、子どもが落ちる感じではないですね。そういうところも、もう調べました」

「そうか……」顎を撫でる。事故とは考えられなかった。交通事故だったら隠しておくことはできないだろうし。仮にひき逃げでも、こんな住宅地の中だったら誰かが気づく。あるいは、ひき逃げした犯人が、真央を連れて逃げてしまったのか。発覚を恐れてそんな風にすることは、考えられないでもない。そして遺体はどこかへ捨ててしまう――そんなことだったら、犯行現場は一気に広がってしまう。時間との勝負だ。

「ルートの調査は、徹底してやってるんだよな」

「もちろん」少しむっとした口調で長池が答える。

「異常なし、か」

「ないですね」

事件だな、と言いかけて、私は口をつぐんだ。言えば、本当になってしまうような気がする。

　ふと、コーヒーの香りが漂う。気づくと、運転席に座った刑事が、こちらにカップを差し出していた。準備のいいことで……もしかしたら、私のアルコール臭さを消すために、コーヒーが必要だと思ったのかもしれない。黙って受け取り、一口啜《すす》った。先ほど愛美が淹《い》れてくれたコーヒーの味には及ばないが、それでも気持ちが少しずつ落ち着いていく。さらに、カップから伝わる熱が、神経を研《と》ぎ澄《す》ませ始めた。

「事件だと思う」口にしてしまった。だが、予想と違い、私の気持ちはざわつかなかった。刑事としての冷静な判断……ではなく、神経がアルコールで麻痺《まひ》してしまっているのかもしれないが。

「そう……ですかね」長池が鼻に皺を寄せる。

「事故が起きそうな場所がない。それに事故だったら、とっくに何か手がかりが見つかっているはずだ。内々に捜索しているにしても、相当人が出てるんだろう？」

「我々の他に、近所の人やＰＴＡで、総勢五十人ぐらいいますね」

「自宅からピアノ教室までの道程は、そんなに複雑じゃないはずだ。その間で何かあれば、絶対に目撃者もいるし、何か分かる」

「……そうですね」

　誘拐でないとすれば、変質者の線を考えねばならない。心に闇を抱え、子どもをつけ狙う人間は少なくないのだ。実際にそれが犯行につながるケースは多いとは言えないが、ゼロではない。

「変質者のリストは？」警察は、危ない人間のリストをそれなりに作っている。

「該当者はいないわね」真弓が割って入った。相変わらず厳しい表情。

「そうですか」この可能性はない、と考えていいのだろうか。警察のリストが完璧《かんぺき》だという保証はないのだ。

「だから今のところ、あらゆる可能性を否定しない」

「まあ……警察的には、そう言うしかないでしょうね」

真弓が私を睨みつけた。醍醐や愛美が何を考えているかは分からないが、真弓は明らかに怒っている。私のことをだらしないと思っているかもしれない。しかし彼女は、私が欠勤していないことにした——馘にならないために。管理職としては明らかに間違った判断なのだが、部下が無断欠勤をすれば、彼女も責任を問われる。それを避《さ》けるために、ちょっとした誤魔化しをした、ということだろう。だいたい彼女が、他人のために何かをするというのは、考えられない。頭の中心にあるのは、常に自分なのだ。

「それで、今後の方針は？」

「目立たないように捜索を続行。変質者の関係は、所轄が中心になって調べます」真弓がきびきびとした口調で言った。

「だったら、我々の出番はないのでは？」

「あなたは、家族に張りついて」

私はゆっくり顔を上げた。手の中で、スタイロフォームのカップが静かに歪《ゆが》む。

「しっかり事情を聴いて下さい。家族は何か、異常に気づいているかもしれない。昨夜はパニック状態で、まともに話を聴けていないのよ」

嫌がらせか？　自分と同じ立場にいる家族に面会させる——それが家族にとって慰めになる、とでも思っているのだろうか。だとしたら読みが浅い。それに、何もそんな仕事を割り振らなくてもいいではないか。彼女は私の精神を完全に破壊するつもりだろうか。まあ、私の心など、どうなっても構わないが……もはや、守るべき物などないのだから。

「家族はどんな様子なんですか」心はささくれ立っていたが、私は無理矢理仕事モードに入って訊ねた。

「落ちこんでるし、混乱してるわね」真弓が背筋を伸ばして答えた。「普段から、こんなことがあると予想している親はいないから」

「当たり前ですよ」何だか今朝は、彼女の一言一言が心に刺さる。何なんだ？　嫌がらせ、プレッシャーをかけて、私を辞めさせたいのだろうか。だったら、持って回った言い方などせず、一言「辞めろ」と言えばいいのに。喜んで辞表を出してやる。今は、まともな字が書けるとは思えなかったが。ついでに言えば、当然印鑑も持っていない。

「誰か、ついていますか」

「親戚とか？　いないのよ」真弓の表情が暗くなる。

「母親の方の両親は、もうなくなっている。父親の実家は北海道で、簡単にはこっちに出て来られない」

「兄弟は？」

「二人とも一人っ子」真弓が首を振った。

頼れる人間はいない、ということか。身内の者が近くにいて慰めれば、気分はずいぶん楽になるはずだが。会社の人間、というわけにはいくまい。こういうプライベートな問題に関して、会社の同僚は基本的に無力である。

「だったら、俺が相談役をすればいいんですね」半《なか》ば自棄《やけ》になって私は言った。

「そういうこと」

「何を期待してるんですか」

「ベテランの能力」

馬鹿な――吐き捨てようとしたが、言葉が出てこない。真弓が本気でそう言っているのかどうか、分からなかった。私たちの間にはずっと薄い壁が存在しており、私も彼女も、それを破ろうという努力をしてこなかった。一度たりとも、本音《ほんね》をぶつけ合ったことはなかったかもしれない。だから今、彼女の真意が読めずに、疑心暗鬼になっている。

「移動します」

「お願いします」

それだけで会話終了。長池が心配そうな表情を浮かべているのに気づいた。今の短い会話の中でも、私たちの刺々《とげとげ》しい関係を感じ取ったのだろう。

私は車の外へ出た。中は空気が淀《よど》んでいたのだ、と意識する。その原因の大半は、私の体から発せられるアルコール臭だっただろうが。カップを持ったまま出てきてしまったのだと気づいたが、今さら戻す気にはなれない。どうせ使い捨てのカップだ、このままどこかへ捨てよう。あるいは灰皿にしてもいい。

愛美と醍醐の姿が見当たらない。車に戻ったかもしれない、と思って中を覗《のぞ》いてみたが、いなかった。まあ、二人がいないと何もできないわけではないが——ここへ来てからも結構歩いているから、大丈夫だろう。それにしても、いくら何でももう少しアルコールを抜かないと。人と話ができるぐらいには回復していると思ったが、相手はそう感じないかもしれない。酒臭い刑事の声になど、耳を傾けたくないのではないか。

だが、現段階でこれ以上アルコールを抜くのは無理だ。シャワーは浴びたし、コーヒーも飲んだ。煙草も吸っている。しかし昨夜の「角」は未だに体の中心に居座り、不快な気配を全身に送りこんでくる。

ここで煙草を吸っていいものかどうか……他人の家の敷地内なのだ。もちろん、路上喫煙もまずいだろう。最近は煙草を吸える場所がどんどん少なくなっている。煙草を手に、私は見るともなしに周囲を見回した。ふいに、玄関のドアが開き、小柄な男が姿を見せた。これが辰巳だろうか。セーターの上にダウンベストを着て、下はよれよれのコーデュロイのパンツ。頭の天辺に少しだけ残った毛が、寒風に吹かれてふわふわと揺れた。目礼すると——今度は上手くいった——彼はじっと私の右手を見た。

「入んなさいよ」

「はい？」

「煙草、外だと吸いにくいでしょう」

「いや……」

「お仲間、お仲間」にやりと笑い、辰巳が右手を口元に持っていった。「外は寒いし、中で吸ってれば、誰にも文句は言われないから」

「申し訳ないですよ」

「まあまあ」

辰巳は強引だった。すっと寄って来て私の腕を摑むと、玄関に引っ張って行く。逆らう元気もなく、私は家の中に入った。

「ちょっとそこで待ってなさいよ」

言い残して、辰巳が家に上がる。私は玄関の上がりかまちに腰を下ろした。嫌な疲れを感じる。何もしていないのに、全身に疲労感が充満していた。酒呑みとはこういうものだ。

アルコールが活力源だと考えていても、最後は酒に溺《おぼ》れ、身を滅ぼされる。

辰巳がすぐに、灰皿と盆を持って戻って来た。盆には、湯呑《ゆの》みが二つ。冷え切った玄関で、湯呑みから立ち上る湯気は魅力的だった。灰皿は、昔はよく見かけたガラス製の重い物である。辰巳は玄関先に座りこんで胡坐《あぐら》をかくと、素早く煙草に火を点けた。ラークの一番きついやつ。日本製の煙草とは違う、濃い香りが漂い出す。彼に釣られるように、私も自分の煙草に火を点けた。かすかに吐き気がこみ上げるが、何とか我慢する。

「お茶もどうぞ」

「いただきます」素直に湯呑みを手にした。その温かみが、少しだけ体と気持ちをリラックスさせる。濃いお茶は、素直に胃に落ち着いた。コーヒーに比べれば刺激が少ないのだが、その分、アルコールを穏やかに中和してくれる感じがする。

「ところで……」辰巳がやんわりと切り出した。

「失踪課の高城です」

「ああ、高城賢吾《けんご》ね」妙に納得した様子で辰巳がうなずく。「名前は知ってますよ」

うなずき返す。どうせ、ろくな話ではないだろうが……皮肉に考える。いや、そういうことではないかもしれない。辰巳は今、七十歳ぐらいだろうか。だとしたら、現役生活最後の頃に起きた、私の娘の一件を知っているかもしれない。あの時は、私の感覚では、警視庁総出で捜索が行われたのだ。

「いよいよ本丸が登場ということか」

「いやいや」私は苦笑した。確かにこれは、失踪課が表に出るべき捜査だが、今の私を戦力として期待されても困る。捜査に入って行くには、少しだけ助走期間が必要だった。そのためには、目の前にいる辰巳は理想的な相手である。最近は町内会も昔のようには機能していないだろうが、この男が、少なくとも街の様子をよく知る人間なのは間違いないのだから。「この辺、変質者はあまりいなかったようですね」

「そうだねえ。基本的には静かな街だから。噂《うわさ》も聞かない」辰巳が、余裕たっぷりに煙草をくゆらせた。「警察の方でも、そういう人間は押さえてないんでしょう?」

「そのようです」

「まあ、この辺は昔から静かな街だけどね」

「分かります」

土曜日の朝、少し歩いてみただけで、私もその気配は感じていた。街の空気は、歩けば間違いなく感じ取れる。盛り場には盛り場の、住宅街には住宅街の気配があるのだ。そして同じ住宅街でも、場所によってその気配は違う。昔からの家が建ち並ぶこの付近と、例えば多摩ニュータウン辺りでは、空気感はまったく異なるのだ。私の個人的な感覚では、多摩ニュータウンの方が、はるかに犯罪の臭いが濃い。

「菊池さんのご家族なんですが、どんな感じですか」私は半分まで灰になった煙草を灰皿に押しつけた。灰皿は水洗いした上に磨き上げたようにぴかぴかで、そんなことをするのが申し訳ないぐらいだったが。

「あまり近所づきあいはなくてね……真央ちゃんの学校の関係ぐらいじゃないかな。ご両親は二人とも、東京の出身じゃないし。そうなると、簡単には溶けこめないよ」

「そうでしょうね」

東京はある意味、「移民」の街だと思う。全国各地から色々な人が入ってきて、新しく家庭を築く。三代続く江戸っ子など、ほとんど存在していないのではないか。それには地価の高さ、そして相続税の負担が大きく影響しているのだが……私の知り合いでも、東京出身なのに、実家から独立して家を構えたのは神奈川や埼玉、という人間が何人もいる。それなのに、多くの人は東京へ移り住んで、この街で家を買おうとする。

「父親は、基本的に仕事人間なんだね。町内会の行事に参加することも、ほとんどなかった」

「でも、それが普通ですよね」

「そうだねえ」辰巳が苦笑する。町内会の活動、家と家とのつながりをもっと強化したいが、どうしようもないという実態は分かっているのだろう。「町内会の方は、ほとんど母親が……ＰＴＡの活動にも積極的だったし、多少は地元とのつながりがあったんですけどね」

「どんな人たちかは……個人的に知ってますか？」

「ほとんど記憶がない。顔ぐらいは分かるけど」辰巳が首を振った。「まあ、今は近所づき合いっていうのは、その程度だよね」

「分かります」

手がかりにはならないか……しかし私は、自分の中で少しだけ、刑事らしいしつこさが蘇るのを感じていた。

「今までにトラブルはなかったですか」

「ないね」辰巳が即座に断言した。

「真央ちゃんの方は……」

「しっかりした子だよ」辰巳は断言した。「早生まれで、体は小さいんだけど、はきはきしてたね」

「ずいぶんたくさん、習い事をしてたみたいですね」

「そうそう」辰巳が目を細めた。「空手の時とかは、結構荷物が多いんだけど、それを背負ってね……荷物が転がっていくように見えるんだけど、頑張ってたよ。しっかりした子なんだ」

「ということは、人に声をかけられて、すぐに付いていくような子では……」

「違うと思うよ」辰巳がやんわりと言った。「今の小学生は――特に東京の小学生は大人びてるしね。こんなこと、現役の人に言う必要はないけど、子ども絡みの事件は、最近はほとんど地方でしか起こってないはずだ」

「確かにそうです」正確には、人口の差などを考慮して統計的に調べないといけないのだが、印象としては、子どもが犠牲《ぎせい》になる事件は地方の方が多い気がする。

私は新しい煙草に火を点けた。お茶を大きく一口飲み、ふっと息を吐き出す。辰巳とは、率直な話ができるだろうか……今のところ彼は、非常に協力的だ。自分の敷地を提供して指揮車を停めさせ、こうやって私にお茶と煙草の時間を提供してくれている。もしかしたら、ワンボックスカーの中にも、定期的に飲み物を運んでいるのではないだろうか。

「ええと……」さすがに切り出しにくい。

「何か？」辰巳が涼しい表情で茶を啜る。

「酒臭くないですかね」

「いや、それほどでも」

それほどでも、か。微妙な表現だ。多少は臭うということだろう。

「昨日、金曜でしたからね。ちょっと油断しまして……」この嘘はいかにもみっともないと思いながら、私は言った。もちろん、初対面の辰巳に、正直に打ち明けることはできないのだが。

「たくさん酒を呑めるのも、元気な証拠でいいんじゃないかね」辰巳がにやりと笑った。

「そんなに元気でもないですけどね」

「ちょっと待ちなさい」

辰巳がゆっくりと立ち上がった。動作が遅いのは年のせいもあるかもしれないが、何となく威厳を感じさせる。私は残ったお茶を飲み干し、煙草をフィルターぎりぎりまで吸った。玄関先を煙草の臭いで汚してしまったのは申し訳ないと思ったが、そこは喫煙者同士の絆《きずな》で許してもらうしかない。

「これ、持っていきなさい」

戻って来た辰巳が、小さな箱を手渡してくれた。ああ……きついミント味のタブレット菓子《がし》か。私はほとんど使うことはないが、アルコールの臭いを消すのに愛用している人間もいる。

「やっぱり、相当酒臭いですね？」愛想笑いというか、苦笑が浮かんでしまう。

「酒呑みなら気にならないけどね。私のように」辰巳が自分の赤い鼻を指差して、にやりと笑った。「そういうことに気を遣うのは、いいことだと思うよ」

だったらそもそも、酒を呑まなければいいのだが。こんなものは、単なる対症療法に過ぎない。しかし私は辰巳に礼を言い、立ち上がった。さっそくタブレット菓子を口に放りこむ。ごく小さい粒だが、特にミントがきつい物のようで、喉から鼻にまで冷たい香気が突き抜けた。一気に目が覚め、口中に留まっていた「角」の味が消え去る。もちろん、これだけでアルコールが完全に抜けるわけではないが、今はこれ以上は望めないだろう。

もう一度辰巳に礼を言い、玄関を出る。タイミングを計っていたように、外では愛美が待っていた。何も言わない。表情もない。ただ黙って背筋を伸ばして立ち、私が何か言うのを待っている。しかし、言葉が見つからない。ズボンのポケットに手を突っこんだまま、じっと彼女の顔を見詰めた。

「行きますか」愛美が唐突に口を開く。

「どこへ行くか、分かってるのか」

「当然です」

「そうか」

見透《みす》かされているのか、真弓から話を聞いたのか。私は、彼女の小さい背中を追い始めた。その背中は、しかし今日はやけに大きく見えるのだった。

3

真央の自宅近くで、森田《もりた》を見かけた。三方面分室の若手だが、疲れ切り、こちらに気づく様子もない。私としても、わざわざ声をかける気にもなれなかった。

「手がかりはないみたいですね」愛美が低い声で言った。

「ああ」今見つかっていないなら、見つからない。そんなことを考えながら、私はどんどん暗い気分に陥《おちい》っていた。そう、綾奈の件も……娘は、行方不明になった直後に殺され、住宅の建築現場に埋められた。それを私は、十年以上も探し出せなかったのだ。遺棄《いき》現場になった家がたまたま火災にならなければ、ずっと発見されなかっただろう。今回行方不明になった真央も、既にどこかで冷たくなっているのではないか……私には、そうとしか考えられなかった。

「どこかにいますよ」後ろ向きな私の気持ちを読んだかのように、愛美が言った。

「ああ」思い切り否定したくなったが、私の中にわずかに残った良心がそれを拒否し、弱く同意するしかなかった。

菊池真央の家の前に立つのは、二度目だ。インタフォンを鳴らす前に、私はもう一度様子を確認した。玄関に上がる階段の下に、赤い自転車がある。もう補助輪はいらないようだ。階段には、それぞれの段の左端に、小さなプランターが並べてある。ピンク色のデージーが、灰色の階段にささやかな色合いを与えていた。

「君は、両親には会ったのか？」

「ええ……話はしてないですけど」

「どんな感じだった？」

「パニック状態でした。少なくとも、昨日の夜の段階では」

「今日は会ってない？」

「そっちに直行でしたからね」

それはどうも、と言いかけ、口をつぐむ。相変わらず、「余計なことをしてくれた」という意識も残っている。あのまま、アルコールの海で沈没していた方が、どれだけ楽だったか。しかし私の中には、まだわずかに刑事の感覚や誇りが残っているようだ。それがいいことかどうかは分からなかったが、出動してしまった以上はやるしかない。

家は、間口は狭いが奥に深い造りで、両隣の家もほぼ同じようなものである。典型的な建売住宅で、個性はディテイルで発揮するしかないようだ。階段を数段上がったドアの所に大きな花を多く飾ることで、柔らかな雰囲気を作っている。菊池家の場合は、玄関周りにめのプランターがあり、アイビーが階段の下まで長く伸びている。他にも、今は土だけのプランターが幾つか……夏場には、たいそう賑《にぎ》やかになるのではないだろうか。ふと、子ども用なのか、小さな如雨露《じょうろ》とスコップが置いてあるのに気づいた。思わず胸が苦しくなる。

「高城さん」愛美が冷たい口調で声をかけてきた。「行きますよ」

「ああ」

しかし私は、インタフォンを鳴らすのを愛美に任せた。卑怯《ひきょう》かもしれないと思ったが、どうしても矢面《やおもて》に立つ気にはならない。まるで鏡を見るような経験になるはずだから。

愛美が、インタフォンを鳴らして反応を待った。すぐに返事があってドアが開いたが、その声を聞く限り、母親の梓《あずさ》ではないようだった。静かではあるが、声に芯《しん》が通っている。昨夜からずっと子どもを捜し続けている母親だったら、こんな風には話せないだろう。

応対してくれたのは、三十歳ぐらい、愛美と同年輩の女性だった。愛美も顔を知らなかったようで、バッジを示しながら「失礼ですが」と訊ねた。

「はい、あの、近所の者です……真央ちゃんと同級生の……母親で」バッジを見て動揺したのか、口調があやふやになる。

「つき添ってくれているんですか」愛美が訊ねた。

「ええ、交代で」

「ありがとうございます」愛美が頭を下げた。「ちょっとご両親にお話を聴きたいんですが、今、どんな具合ですか」

「休んでいます。お父さんは、外で捜していますけど」

「入っていいですか」

「はい、あの——」女性が振り向き、家の中を見た。返事はなかったが、「いいと思います」と告げる。

「では、失礼します」愛美が頭を下げ、玄関に入った。

私は彼女の後を追おうとしたが、その前にタブレット菓子を口に放りこんだ。あまりにも強烈なミント味が口中に広がり、涙が零《こぼ》れてくる。ワイシャツのポケットに入れた煙草に指先で触れてから——触覚でも効果のある精神安定剤——玄関に入った。

玄関先は、綺麗《きれい》に整頓《せいとん》されていた。家の大きさからすればかなり広く、ロードレーサーが一台置いてあるのに、さほど狭い感じはしない。靴箱《くつばこ》の上には、大き目の花瓶。カスミソウが大きく広がって、白い靄《もや》のような雰囲気を醸《かも》し出《だ》していたが、既に枯れ始めていた。玄関に出ているのは、サンダルが一足だけ。子ども用の靴は……全部靴箱の中か。

靴を脱いだ瞬間、冗談のようなミスに気づいた。左右で靴下が違う。似たようなグレーなのだが、左は杉綾織《すぎあやおり》の模様入り、右はプレーンである。遠目に見れば分からないかもしれないが、みっともないことこの上ない。シャワーを浴びて着替えている頃は、頭がアルコール漬けだったから仕方ないかもしれないが……この場ではどうしようもない。誰も気づかないことを祈り、私は短い廊下を歩き始めた。

廊下の奥がリビングルームになっている。奥に向かって細長い造りだが、このフロアには他に部屋がないようで、それなりに広かった。右側の窓からは柔らかい光が降り注ぎ、広い部屋を明るく照らし出している。左側に三人がけの長いソファがあり、その前に木製のかなり大きなテーブル、窓の下に大きな液晶テレビが置いてあった。リビングルームの奥がダイニングルームで、無垢材《むくざい》のテーブルと椅子《いす》が、部屋に自然な雰囲気を振りまいている。テーブルにはやはり、小さな花瓶が乗っていた。

梓はそのテーブルにつき、ぼんやりとしていた。長い髪は後ろで一本にまとめているが、ほつれた部分がかすかに顔の横で揺れているせいか、ひどくやつれたように見える。額を両手で支え、肘《ひじ》をテーブルについて、静かに眠っているようでもあった。ワイン色のカーディガンにオフホワイトのパンツという落ち着いた格好。目の前には、白いマグカップが置いてある。

こういう場合、相手は何を言って欲しいか……まともな情報がない場合、何も言われたくないものだ。一番いいのは、心許せる人間に、ただ黙って側にいてもらうこと。少なくとも、半分酔っ払った刑事とは話をしたくないはずだ。

しかし愛美は、まったく別のことを考えているようだった。自分の義務をしっかり果たそうとしている。個人的な感情や想いなど、押し潰しているのではないか。ダイニングテーブルに向かうと、梓が座っているのと反対の窓側に立って、少し屈《かが》んだ。

「昨夜お会いしました、失踪人捜査課の明神です」

梓がのろのろと顔を上げる。横から見ている私には、ひどく空《うつ》ろな表情に映った。昨夜はほとんど寝ていないのは間違いないだろう。分かる……私もそうだった。綾奈がいなくなってからしばらくは、まともにベッドで寝た記憶がない。

「捜索は続行しています」

「……はい」梓の声は、酒や煙草で灼《や》かれたようにしわがれていた。

「今、何か困っていることはありますか」

「いえ……」

「少し、話を聴かせてもらえるとありがたいんですが……こんな時に申し訳ないんですが、どんなことでも手がかりにつながれば、と思います」

愛美が顔を上げ、私を見た。露払《つゆはら》いは終わったつもりかもしれないが、この状態で本番に入るのは難しい。もちろん、私にしかできないことはある。究極の感情移入。だが今、その話を持ち出すのは適当ではないと思った。だいたい、娘を亡くした男の経験談など、聞きたくもないだろう——縁起でもない。真弓がどういう意図で私を送りこんできたのかは分からないが、今はただ、娘を亡くした父親としてではなく、刑事としての役割を果たすしかない。話を聴いて、何か事件につながりそうな材料を探すのだ。

私は愛美の横を通り抜け、梓の向かいに腰を下ろした。愛美に目配せをすると、彼女がすぐに「お茶はどうですか？」と訊ねる。梓の前の湯呑みには、緑茶が半分ほど入っていたが、既に冷め切っているようだった。

「はい……あの……」

「お茶にしましょう」愛美が強引に話をまとめた。先ほど玄関で私たちを迎えてくれた女性が、慌ててキッチンに立つ。ポットから急須に湯を注ぎ入れる音が、静かな部屋にやけに大きく響いた。

私は無言で、両手を組み合わせた。梓は顔を上げようともしない。両手を腿の上に置いたまま、テーブルに視線を落としている。私はふと、誘拐事件などを担当する特殊班の連中は、普段からどれだけ大変な思いをしているのだろう、と考えた。最近は、子どもが誘拐される事件は減っているが、そういう場合に家族の相手をするのは地獄ではないだろうか。どんな風に気持ちの揺れを抑えて仕事をするのか……しかし今、そんな心構えを誰かに確かめる時間はない。自分の経験で話すしかないのだ。ただしその「経験」を考えると、気持ちが折れそうになる。いや、もうとうに、折れているかもしれないが。

目の前に湯呑みが置かれた。静かに湯気が上がるのを見て、エアコンも入っていなかったのだ、と改めて気づく。人が四人いるので、外の気温と同じということはあるまいが、かなり寒い。梓はこの寒さに耐えることで、自分に罰《ばつ》を与えているのではないか。

彼女はまったく悪くないのに。

「もう、一人で習い事に行けるんですね」最初の一言がすっと出てきた。

梓がのろのろと顔を上げる。目は赤くなり、はっきりと隈《くま》ができていた。一睡もしていないのは間違いない。その顔を正面から見るのは辛かったが、私は無理矢理言葉を継いだ。

「二年生ぐらいだと、まだ難しいんじゃないですか」

「自分のことは……自分で」絞《しぼ》り出《だ》した梓の声はしわがれていた。

「ずいぶんたくさん、習い事をしていたんですね」

「一人っ子ですから、できるだけたくさんの経験をさせてあげたかったんです」

私はうなずいた。与えうる限りの愛情と金を注ぎこんでいた、ということか。気持ちは分かるし、正しい金の使い方だと思う。酒で消えてしまうぐらいなら、子どもの教育に使いたい——私も使いたかった。

「今まで、こんなことはありましたか？」

「ありません」梓の声に、少しだけ力が戻った。「一度も」

「きちんと出かけて、きちんと時間通りに帰って来る子なんですね」

「そうです」

「真面目な子ですね」

「素直な子で……」

梓の目から涙が溢《あふ》れる。零れ落ちた涙は、テーブルに小さな水溜りを作った。肩が細かく震え、唇が無意味に動く。何か言葉を絞り出そうとしているようだが、その努力は無に帰していた。立っていた愛美がさっと動き、ティッシュペーパーのボックスを彼女の傍《かたわ》らに置く。梓は手を伸ばそうともしなかった。

「必ず見つかりますよ」言ってしまって、私は後悔した。そんな保証はない。気休めのために言うべき台詞《せりふ》ではないのだ。これでもしものことがあったら……私は大嘘つきになる。今さら何と罵声《ばせい》を浴びようが、私の人生などどうでもいいが、人を救えなかった後悔は残るだろう。

「近所に、よく遊びに行くような友だちはいますか」

「何人も……います」震える声で梓が答える。

「そういう家は、当然チェック済みですね」

「ええ」

「他に、どこか遊びに行くような場所は？」

「この辺、子どもが遊ぶような場所はあまりないんです。公園とか、神社ぐらいで」

私は首を捻り、愛美の顔を見た。彼女がゆっくりと首を横に振る。そういう場所は、当然徹底して調べられている。

「最近帰りが遅かったりしたことはないですか？」

「ないです」

早くも質問は手詰まりになった。小学校低学年の子どもが自分で姿を消すことは、まず考えられない。行方不明になった場合、大抵は事故か事件に巻きこまれている。事故として考えれば、田舎《いなか》の方が危険な場所が多いが――川や海は特に要注意だ――都会も決して安全とは言えない。特に危険なのは工事現場だ。だが、梓に対して「この辺で工事をやっている場所はありますか」と訊ねるのは、いかにも場違いに思える。そんな危険区域は、所轄の連中がとうに潰しているだろう。

「この辺で、変質者が出たりとか、そういうことは……」聴きにくい質問だが、聴かざるを得なかった。警察も街の事情を全て把握《はあく》しているわけではない。最近は親や学校も、こういう情報には神経質になっているが、その全てが警察に上がっているとは限らないのだ。

「ないです。というか、知りません」

「そうですか……」

普段ならもっと突っこむ。だが、梓はとてもこれ以上、質問に答えられそうになかった。思考停止状態。私にも経験があるからよく分かる。こういう場合、自分を慰め、鼓舞《こぶ》する方法は一つしかない。

「捜しに出ましょうか」

「はい？」梓が首を捻った。

「一緒に、外で捜しましょう。家にいると、考えこむだけですよ」

「でも、真央がここへ帰って来るかもしれないし」

「携帯があれば大丈夫ですよ。何かあればすぐに連絡できますから。ここには、誰か留守番の人にいてもらえばいいでしょう」私はテーブルに両手をついて立ち上がった。アルコールがまだ胃の中で揺れていたが、次第に正気とまともな体調が戻ってきている。

梓のママ友の女性に声をかけた。

「必ず誰か、ここにいるようにできますか?」

「大丈夫です」

「では、留守番をお願いします」

私は梓を見下ろした。立つ様子はなく、椅子に体がくっついてしまっているようだった。強引に腕を引っ張って立たせるか……彼女が、そういう乱暴な扱いに耐えられるかどうか、分からなかったが。

その瞬間、梓の携帯が鳴った。びくりと体を震わせ、大慌てで手を伸ばす。摑み損ねて弾《はじ》き飛《と》ばしてしまい、テーブルから落ちそうになったのを、愛美が器用にキャッチする。梓の前に差し出すと、彼女は愛美の手から携帯をひったくった。

「はい……ああ。はい……分かった」

短く言っただけで電話を切った。その場にいる他の三人の目が、一斉に彼女に集中する。

「主人です」消え入りそうな声で梓が言った。「今、こっちへ戻って来るからって」

私はゆっくりと椅子に腰を下ろした。梓の精神状態をまともに保つためにも外へ連れ出したかったが、夫が帰って来るなら、まず彼を納得させなければならない。理想は、夫婦揃って捜しに出ることだ。それを誰かがサポートする。とにかく、家にいては駄目だ。ここは彼女たちの「巣」なのだが、今は暗い思いが増幅《ぞうふく》する場所でしかない。

無言の三分間。玄関のドアが開く音がして、すぐに夫の昭利《あきとし》が部屋に飛びこんできた。長身痩軀《そうく》で、ジーンズにダウンジャケットという軽装である。息を切らして梓の許《もと》に駆け寄ったが、言葉が実を結ばない。私たちの姿は、視界に入っていない様子だった。

「落ち着けよ」そう言う彼の声が落ち着いていない。

「何」梓が不安そうに、夫のダウンジャケットの袖を摑む。

「落ち着け」

「落ち着いてる！」梓が爆発した。立ち上がると、今度は両袖を摑む。小柄な彼女は、夫を見上げる格好になった。「どうしたの」

「バッグが……」

「バッグって」

「真央のバッグ」

梓の顔が、一気に白くなった。そのまま椅子にへたりこみ、目を閉じてしまう。昭利が慌てて体を支えたが、椅子からずり落ち、床に倒れてしまった。

最悪だ。私は立ち上がったが、その場を一歩も動けなかった。愛美が素早く駆け寄り、脈を取る。

「大丈夫です」落ち着いた口調で昭利に語りかける。「少し休んでもらいましょう」

「しかし……」

「ここで奥さんが倒れたら、何にもなりませんよ」

愛美が昭利に手を貸し、梓をソファに寝かせた。私は遠目に梓の様子を見ていたのだが、胸が規則正しく上下しているのを確認して、ひとまず胸を撫で下ろした。昭利は落ち着かない様子で、ソファの周りをうろついている。

「状況を聴かせて下さい。そのバッグは？」

「あなたは？」昭利が鋭い声で訊ねた。全てが信じられず、疑心暗鬼になっている。

「失踪人捜査課の高城です。見つかったバッグは、何なんですか」

「真央が……」昭利が拳を顎に押し当てた。あまりにも強い力でそうしたせいか、顔が歪んでしまう。「ピアノのレッスンの時に持って行くバッグです」

「見つかった場所はどこですか」

「この近くの……いや、ピアノ教室の近くのマンション……その階段のところで」情報が混乱しているのか、言葉が途切れ途切れになってしまう。

「誰が見つけたんですか」

「捜してくれている人が……」

「警察に連絡はしましたか」

「いや、あの……いえ」昭利が驚いたように目を見開いた。

彼の行動は、完全に支離滅裂だ。そのマンションが、何らかの現場である可能性は高い。

まず警察に連絡してから、妻に連絡すべきだった。だいたい、わざわざ家に戻って来なくても、電話で話せばよかったのに……しかし今の彼には、冷静な対応を期待する方が間違っているだろう。

「明神」

私が短く呼びかけると、愛美がすばやくうなずき、携帯を取り出した。そのまま玄関の方へ出て行って、話し始める。

この一件は、これで大きく動き出すだろう――悪い方向に。

愛美が電話を終えて、戻って来た。私は素早く指示した。

「ここにいてくれ。できたら、もう一人、応援を貰《もら》った方がいい」

「何とかします」

田口《たぐち》だけはやめろよ、と言いかけ、私は言葉を引っこめた。交通畑が長く、何故か失踪課に異動してきた田口は、ベテラン――私より年上だ――の割に使えない。被害者の家族につき添わせるなど、もってのほかだ。相手の神経を逆撫でし、最悪の結末を招きかねない。醍醐も厳しい。子沢山で子煩悩《こぼんのう》なだけに、感情移入し過ぎて、あいつの方が先に参ってしまう可能性もある。森田も何の役にもたたない。せめて法月《のりづき》がいれば、と思う。定年間近い法月は、失踪課における私の先輩であり、今は渋谷中央署の警務課にいる。酸《す》いも甘いも嚙み分け、こんな時には、一番役に立つ男だ。しかし管内の事件ならともかく、そうでないのに呼び出すわけにはいかない。呼べば、他の仕事を放り出して駆けつけてくれるだろうが……。

「室長を呼べ」

結局、真弓が一番頼りになりそうだ。司令塔としての役目も大事だが、今は夫婦を支えるのが第一である。それに彼女は、このすぐ近くで待機しているのだから、一番動きやすい。

「了解です」てきぱきと言って、愛美がまた携帯電話を耳に当てた。

「現場に行きましょう」私は昭利に声をかけた。

「しかし、家内が……」

「大丈夫です。我々でちゃんとフォローします。今はとにかく、現場に行きましょう。確認することがたくさんあるんです」

昭利が気丈にうなずく。ショック状態の梓に比べれば、何とか使い物になりそうだ。もちろん、内面の揺れが表に出ていないだけかもしれないが。

足が長いせいか、焦っているせいか、昭利は歩くのが早かった。実際にはほとんど走るようなスピードで、私はすぐに息が上がってきた。ピアノ教室に近い場所というと、家からは結構距離があるはずで、車を使った方がよかったかもしれないと思ったが、昭利はそんなことはまったく考えていない様子だった。何とか付いていったが、途中で気持ちが悪くなってくる。消化能力の落ちた胃の中では、いろいろな液体が混じり合って揺れていた。吐くようなことにはならないでくれよ、と私は真剣に願った。

ほとんど走るようにして、五分。駅が近くなっても、住宅街の静けさに変化はなかったが、問題のマンションの前には、既に人が集まってざわついた雰囲気が広がり始めていた。制服警官が二人、その場に立って、敷地内に野次馬が入れないようにしているので、辛うじて秩序が保たれている。

「松木《まつき》さん！」

昭利が誰かの存在を認識して、大声で叫んだ。呼びかけられた男は、小柄だががっしりした体格で、髪を短く刈り上げている。膝まであるベンチコート姿で、足元はスニーカーで固めていた。昭利が立ち止まり、「バッグを見つけてくれた人です……空手教室の先生で」と言った。

私は、昭利にその場を動かないように、と厳命しておいてから、松木に頭を下げた。冷静に事情を聴くには、この二人を引き離しておかなくてはならない。

「失踪人捜査課の高城です」昭利に聞こえないように、できるだけ声を潜める。

「ああ、どうも」大きな目に太い眉《まゆ》。派手な顔立ちのせいか、心底心配している様子が伝わってきた。

「ちょっと話を聴かせて下さい……バッグには触りましたか？」

「まさか」松木が大きな目をさらに大きく見開いた。「見つけてすぐ、菊池さんに連絡して、そこの現場にはうちの若い奴を張りつけましたから」

見ると、松木と同じ赤いベンチコートを着た若者が二人、マンションの前に立っている。制服警官並みの厳しい表情で、周囲を見回していた。

「結構です……どういう状況で見つけたんですか？」

「たまたまなんですよ。この辺を見て回っていて……あのマンションの非常階段、この道路から見えるでしょう？　偶然、目に入ったんです」

私は目を凝らした。確かに……二階へ上がる階段のところに、白い布製のトートバッグが置いてある。うっかりすると見過ごしてしまいそうだが、注意しながら歩いている人間なら気づくだろう。

「このマンションは？」

「普通のマンションだと思いますけどね……普通の分譲《ぶんじょう》マンション」

五階建ての、まだ新しそうなマンションだった。騒動は次第に広がり始め、野次馬が集まってきている。それだけならともかく、マンションの住民たちが、顔を出し始めた。まずい。とにかく現場を保存しなければ。

醍醐が走って来るのを見て、私は「現場保存してくれ」と声をかけた。醍醐が、リレーのバトンを渡すように、ラテックス製の手袋を私に差し出す。受け取ると、集まり始めた野次馬をかき分けてマンションの敷地に入った。非常階段を三段上がると、確かにトートバッグがある。ピアノ教室のロゴが入った白いバッグ……私は手袋をはめ、バッグの検分に入った。近くには、楽譜が二冊、散らばっており、バッグの中に入っているのはノートに筆箱、それに小さな財布だ。子どもの小遣いを狙う馬鹿はいないだろうと思ったが、一応中身を確認した。三百二十円。楽譜が散らばっているのは、外から投げ入れたせいではないかと思った。道路からの距離は五メートルもないし、この非常階段は、道路側からよく見えている。バッグにはそれなりに重みがあるから、かえって投げ捨てやすかっただろう。要するに、犯人がここへ証拠を遺棄したのではないか、と私は思った。しかし、非常階段自体も調べないわけにはいかない。犯人が立ち入った可能性があるから……この非常階段は、どれぐらいの頻度で使われているのか。住人全体の靴を調べるとなると、大事だ。

昭利が階段を上がろうとしたので、「入らないで下さい！」と思わず叫ぶ。昭利は、階段の一番下の段に右足を乗せたまま、凍りついた。

取り敢えず、ここで私ができることはない。鑑識の出動を待つしかないわけで、今は現場を守ることが大事だ。私はバッグを掲《かか》げ、昭利に示した。

「間違いないですか？」

「……はい」昭利がかすれた声で答える。

「私がここへ来る前に、触りましたか？」

「いや、あの……」

「触ったんですか？　触ってないんですか？」動転しているのは分かるが、ここははっきり答えてもらわないといけない。

「触りました」

「分かりました。とにかく、下がって下さい。ここは、これから警察が調べますので」

昭利がこちらを向いたまま、じりじりと下がった。やがて、敷地の外に集まってきた野次馬の中に呑みこまれてしまう。野次馬は増え続けていたが、制服組の応援もさらに二人到着して、現場を整理し始めた。醍醐も大きい体を利用して、人波を押し返している。

「現場保存だ！」醍醐に向かって叫ぶ。うなずいた醍醐が、近くの制服警官に二言三言喋りかけた。指示を受けた制服警官が、帽子を右手で押さえながら、全力で走って行く。それを確認して私は携帯を取り出し、真弓にかけた。彼女は移動中のようで、背後の雑音に負けないように声を張り上げている。

「バッグを、父親に確認してもらいました」

「分かりました」

「鑑識の出動を――」

「もう要請したわ」

「了解」

短い会話を終え、電話を切る。鼓動が激しく胸を打ち、絶え間ない吐き気が押し寄せた。こらえながら、できる範囲でバッグを検《あらた》める。それほど新しくはない。ピアノを始めたのはいつか……一年生になってからだとすると、もう二年近く使っているはずだ。楽譜を開いてみるとよれよれで、つたない字で書きこみがある。真面目にやっていたのだ、と思うと目頭が熱くなった。親の期待を裏切らないよう、必死に練習していたのだろう。遊ぶ暇もなかったのでは、と考えると可哀相になった。

私が一番恐れたのは、このバッグに血痕《けっこん》が付着していることだった。真央の身に何かあったとしたら、持っているバッグが汚れていてもおかしくはない。幸いなことにバッグは綺麗なままだったが、それは何の証明にもならない、と気づいた。真央がこの階段に入りこんで遊んでいたのかもしれないし、犯人が捨てた可能性もある。今のところ唯一の手がかりだが……鑑識と科捜研が何か見つけてくれるのを祈るしかない。いや、検査結果が出る前に、真央を見つけ出さなくては。

鑑識が到着するまでの時間が、無限にも思えた。取り敢えず一人でもできることをしようと、階段や壁を調べ始める。やはり血痕の類はない。所々に黒い筋のような汚れがついているが、どれも古いもののようだ。最近、ここで誰かが争ったような形跡はない。

下を見る、野次馬に混じって、不安そうな表情を浮かべている昭利の顔が目に入った。分かる。あなたの不安は誰よりもよく分かる。側に寄って肩を叩いてやりたかったが、やはり自分には、そんなことをする権利も義務もないのだと思った。不幸に陥れられた人の人生は、それぞれ違う。誰かの不幸な話を聞いても、それで気持ちが楽になることはないのだ。

ようやく所轄の鑑識が到着して、私は現場を引き渡した。その場を守ってくれる人ができたので、そのまま上階まで上がってみる。階段、踊り場、ドア……丁寧《ていねい》に見て行ったが、異状は見つからなかった。だいたい、上の方は非常に綺麗である。非常階段を使うのは、下の階の人たちだけだと分かった。ただし、子どもたちがここに入りこんで遊んでいる可能性はある。敷地に入るのを妨げるようなセキュリティはなく、誰でも簡単に入りこめるのだ。当然、犯人が敷地内に入ってバッグを遺棄した可能性も考慮にいれなくてはならない。

最上階から降りて来て、鑑識の邪魔をしないように気をつけながら、野次馬の中に割って入る。昭利を見つけ、腕を引いて騒ぎの中から引きずり出した。醍醐も付いてくる。制服警官は六人にまで増えて、現場には秩序がもたらされていた。

「さっきのバッグが真央ちゃんの物なのは、間違いないですか」

「間違いありません。名前もありました」

確かに。私はうなずいた。子ども用のバッグなので、右下の方に名前を書く欄《らん》があったのだ。

「ここで遊ぶようなことはありませんか」

「……分かりません」

「子どもでも入りこみやすそうですけど」

「普段、真央がどこで遊んでいるかは……」昭利が唇を嚙んだ。

私は無言で、彼にうなずきかけた。仕事で昼間家を空けている昭利は、普段の真央の行動を知る由もない。この辺は梓に聴いてみないといけないのだが、今は彼女に事情聴取できる状態ではないだろう。一緒にいる愛美に頼むか……そう考えて携帯を取り出した瞬間、手の中で鳴り出した。田口。いったい何の用だ？　私は苛立《いらだ》ちを隠せず、嚙みつくような口調で電話に出た。

「ああ、田口だけどね」

「分かってます。何ですか？」年上のこの部下は、本当に扱いにくい。いっそ大きなミスをしてくれれば、放り出す言い訳ができるのだが、いつも微妙な綱渡りでミスを犯さないのだ。しかも妙な運がある。普段はろくに仕事をしないのに、肝心な時についているのだ。重要な手がかりにぶつかったことも、一度や二度ではない。

「非常に言いにくいことなんだが」

「さっさと言って下さい」

ほとんど怒鳴るように喋ったせいか、昭利が怯《おび》えた表情でこちらを見る。私は彼に背を向け、「早く言って下さい」と田口を急《せ》かした。

「実際、申し上げにくいんだが……」

「いい加減にして下さい！」私は爆発した。「非常時なんですよ。言いたいことがあるなら、さっさと言って下さい！」

「女の子の遺体が見つかった」

私の手から、携帯電話が滑り落ちた。

4

それから何がどうなったのか、まったく覚えていない。気づくと夕方になっていた。意識がはっきりしたのは、渋谷中央署の駐車場にある喫煙場所で、煙草を吹かしていた時である。土曜日なので人は少なく、静かだった。出入りするパトカーもない。

小学二年生の女の子が殺された。

その事実は胸に重くのしかかり、私の思考を完全に停止させた。こんなことなら、酔いどれたまま、家にいればよかったのではないか。最大の失敗は、鍵をかけないまま、寝てしまったことだと思う。だから、愛美と醍醐の侵入を許した。酔っぱらったままなら、今頃私は空っぽで幸せな死を迎えていたかもしれないのに。

何度目かの溜息。突然一つの疑問が浮上してくる。真央はいつ殺されたのだろう。もしも私たちが捜している最中に死んだとしたら……大きなミスだ。どうして早く捜し出してやれなかったのか、私は一生後悔するだろう。

私の人生が、いつまで続くかは分からなかったが。

煙草をもう一本……いつの間にか、最後の一本になっていた。喉の奥がいがらっぽく、痰《たん》が鬱陶《うっとう》しく喉に絡む。

この件は間もなく、正式に私たちの手を離れる。失踪課の仕事はあくまで、「生きている」人を捜すことだ。捜索していた人が遺体で発見され、事件と断定されれば、その後は当該部署に引き継ぐ。今回担当することになったのは、所轄である世田谷東署の刑事課と、本庁捜査一課の強行班だ。身代金の要求等はなかったので、誘拐事件を担当する特殊班も、ここで手を引くことになる。空しい……長池と最後に交わし合った視線は、私だけではなく彼の胸にも後悔の印を刻んだはずだ。もう少し何とかならなかったのか。もっと大規模な捜索をして、マスコミを使った公開捜査に踏み切っていたら、最悪の事態になる前に手がかりが得られていたかもしれない。今さら悔《く》やんでもどうしようもないことだし、公開捜査にすべきだったかどうか判断は難しいところだが、私たちは間違いなく失敗したのだ。

一人の女の子の死を防げなかった。

溜息をつき、煙草を灰皿――水を入れたペンキ缶――に投げ入れる。私が吸った吸い殻が、茶色い水の中で何本も漂っていた。

庁舎に通じる非常口が開き、愛美が顔を見せた。さすがに疲労の色が濃い。

「会議です」

「今さら？　何の打ち合わせだ？」

「会議です」

「俺には関係ない」

「私は、伝えるように言われただけですから」

これ以上ないほど素っ気なく言って、愛美がドアの向こうに引っこむ。私はゆっくり、壁から背中を引きはがした。いつまでも落ちこんでいてもいいのだが、言葉と裏腹に、何故かそんな気になれなかった。これは私の責任だ。私が自分を哀れみ、酔っぱらっていたからこんなことになってしまったのだ。もしも昨夜から動き出していたら……後悔しても し切れないが、これからでもやれることはあるはずだ。

犯人を捜す。

私はあの子の両親に対して、責任を負っている。今できるのは、彼らに憎む対象を与えてやることだけだ。犯人さえ分かれば、憎むことを糧《かて》に生きていける。

失踪課の部屋に戻ると、全員が揃っていた。真弓は全員集まるのを待っていたようで、私の姿を認めてから口を開いた。

「今回、非常に残念な結果になりました。昨日から頑張ってもらったのに、残念です……ただし、うちとしては、捜査はこれで終了です。一課に事件を引き継いで、手を引きます。ご苦労様でした」深々と頭を下げる。彼女がそんな風にするのは、非常に珍しいことだった。

「死亡推定時刻はどうなんですか？」醍醐が手を上げた。

「解剖の結果だと、昨日の夜……早い時間帯だったみたいね」

醍醐が大きく息を吐いた。安心している。当たり前だ。自分たちが乗り出した後で殺されたとなったら、悔やんでも悔やみきれない。動き出した時には既に殺されていた、だからほっとする――褒《ほ》められた発想ではないが、私には醍醐を責めることができなかった。実際私も、同じように考えていたから。

「今後の捜査は、誘拐、変質者による犯行の両面からということになります」

誘拐は、ないのではないか。犯人の目的が金なら、要求を一切してこなかったのは納得できない。単純誘拐の線もあるが、それも変質者によるものと考えていいだろう。ただ、自分の快楽のために人を殺す。それも抵抗できない子どもを。許し難い犯罪だが、そういうどうしようもない人間は、社会の中に一定の割合でいるものだ。

真央の遺体は、トートバッグが発見された場所のすぐ近くにあるマンションの非常階段で見つかった。死因は絞殺《こうさつ》。下着が持ち去られ、下半身が露出していた。解剖結果待ちだが、性的暴行の痕跡は濃厚である。犯人が変質者である可能性は極めて高い。遺体の様子を思い出すと、私はまた吐き気を覚えた。もう、アルコールは完全に抜けているはずなのに。

そのマンションは、トートバッグが発見されたマンションと違って、セキュリティはそれなりにしっかりしていた。入り口はオートロック。駐車場にはゲートがあり、キーを持った人間でなければ開けられない。ただし、裏の自転車置き場が穴だった。そちら側には低いフェンスしかなく、大人の男ならば簡単に乗り越えられる。そしてフェンスに、真央の服の切れ端が引っかかっていたことが、既に確認されていた。犯人は、真央を抱えたまま、フェンスを越えたのかもしれない。あるいは、遺体を持ち上げて敷地内に落としたのか。

一つはっきりしているのは、犯人は死体を入念に隠す意図は持っていなかった、ということだ。車があれば、遺体をどこか遠くへ運ぶのは難しくない。あの辺りから車で二時間も走れば、遺体を始末するのに適当な海や山へ、簡単に行き着くのだから。あの近所で真央を殺し、取り敢えず遺体を捨てた、と考えるのが妥当だろう。マンションでは、非常階段は案外使われないもので、発見されるまでに十数時間かかってしまったのが悔やまれる。

既に、マンションの住人に対する厳しい事情聴取が始まっているはずだ。自分の住むマンションの敷地内に遺体を遺棄するとは考えられないが、住人なら簡単に出入りできるのは間違いないのだから。

だが私たちは、捜査に加わっていない。失踪課の仕事ではない、と言われて実質的に追い払われたのだ。何か反論した記憶もあるが、はっきりとは覚えていない。

「本当に手を引くんですか」私は真弓に念押しした。

「そういう決まりになっています」

「それに従わなくてはいけない理由は？」

「私たちは、公務員だから」

「関係ないでしょう。馬鹿なルールは無視していいはずです」

「無断欠勤も、馬鹿なルールを無視したから？」

真弓の皮肉に、私は耳が熱くなるのを感じたが、反論はできない。彼女は私を欠勤扱いにしなかった。その理由が分からない以上、余計な反論はしない方がいいような気がしている。

ぴりぴりとした空気が流れ出す。だが私は、自分からその雰囲気に幕を引いた。一礼して、無言で自席に腰を下ろす。真弓が一つ咳払いをして、話をまとめにかかった。

「とにかく昨日今日とお疲れ様でした。何が動きがあれば連絡しますが、今日はゆっくり休んで下さい……解散」

　醍醐がのろのろと立ち上がった。子ども好きの彼が、大きなダメージを受けているのは分かる。森田や、鈍い田口でさえ、ショック状態に見えた。愛美は腕組みをしたまま、立とうともしない。怒っている。今まで見た中で、最大級に怒っている。

「帰らないのか」私も座ったまま、声をかけた。返事はない。「帰れよ。昨夜もほとんど徹夜だったんだろう」

「このままでいいんですか」

「これはうちの仕事じゃない」愛美が何を考えているかすぐに分かり、私は首を横に振りながら言った。

「ルールは破るためにあるんじゃないんですか」

「馬鹿言うな」私は愛美を諌《いさ》めた。確かに彼女には暴走気味なところがあるが、ここでキャリアに汚点をつけさせたくない。元々愛美は、捜査一課への配属を希望していたのが、トラブルに巻きこまれて失踪課に異動してきただけである。ここもすっかり長くなったが、今でも最初の希望は叶《かな》えてやりたいと私は思っている。私のように先が見えてしまった人間――そもそも警察にいていいのかどうか分からない人間と違い、愛美には将来があるのだ。失踪課で経験を積み重ね、それなりにプライドを持つようになったはずだが、やはり刑事部の花形は捜査一課である。一度はあそこで、存分に腕を振るわせてやりたかった。

そのためには、変なところでマイナスポイントがついてしまうのはまずい。

「本当に、このままでいいんですか」愛美が繰り返す。

「こういう事件にはこういう事件の専門家がいる。俺たちが手を出すことじゃない」

「情けないですね」憤然と言って、愛美が立ち上がった。「死んだら、それで終わりなんですか」

　私は顎を胸につけた。怒りと悲しみがこみ上げてくる。彼女が言いたいことは、十分過ぎるほど分かっていた。私の娘は、行方不明になってから長い歳月が経って遺体で見つかった。葬式も済ませた。

　それで終わりにしていいのか。

　悲しみに沈み、やる気を失い、自暴自棄になったまま、残りの人生を終わらせていいのか。失踪課に来る以前……私は酒浸《さけびた》りになり、辛うじて首がつながった状態だった。今、その時の状態に戻りつつある。結局娘を助けてやれなかった、もっと早く見つけてやることもできなかった男には、相応《ふさわ》しい最後だと思う。だがあの二人には、そんな風になって欲しくなかった。

「これで終わりにするんですか」

　愛美が挑むように言った。二人の視線が鋭くぶつかる。最初に目を伏せたのは私だった。人を奮《ふる》い立たせるために怒らせるというのは、よくある手だ。効果的でもある。だが、そういう手が通用する段階を、私はとうに通り過ぎていた。終了。捜査も、人生も。

「勝手にして下さい」

「勝手にするさ。俺の人生だ」

「綾奈ちゃんの人生は――」愛美が怒ったように言いかけ、言葉を切った。さすがに言い過ぎだと思ったのだろう、軽く一礼して、失踪課を出て行く。

私は思わず、彼女が座っていた椅子を蹴飛《けと》ばした。そんなことをしても何にもならないのは分かっていて、物に当たらざるを得なかった。最低の行為である。五十歳の人間が、こんなことをしてはいけない。

帰り支度をした真弓が室長室から出て来て、目を細めて私を見た。

「備品を壊さないでもらえる？」

私はのろのろと立ち上がり、デスクから外れてしまった愛美の椅子を元に戻した。ひどく決まりが悪く、顔を上げられない。自分の席に戻ると、真弓がまだこちらを見ているのに気づいた。

「余計なことはしないように」

「余計なことって、何ですか」

「この捜査は、一課が担当します。私たちの仕事じゃない。だから、下手《へた》に手を突っこまないように。向こうも迷惑します」

「分かってますよ」

「くれぐれも、余計なことはしないように」

しつこい。私は彼女の命令を無視して、目を伏せた。

その命令は、「余計なことをするように」という本音の裏返しにしか聞こえなかった。


何もやることがない。

普段の私は、失踪課に泊まりこんでしまうことも多い。少し遅くなると、翌日の出勤が面倒になるからだ。だが今日は、失踪課の部屋さえ、私を拒絶しているように思えた。さっさと出て行け、お前が寝る場所はここではない、と。

そんな馬鹿な。

だが、いつも寝床にしているソファに腰かけても、今夜は居心地の悪さしか感じなかった。かといって、家に帰る気にもなれない。醍醐と愛美がびしょ濡れにした部屋を掃除するのも、気が進まなかった。冬だし、部屋は閉めっ放しである。じめじめした空気の中へ帰るのは、考えただけでも鬱陶しい。

一つだけ、避難場所を見つけた。

私は井《い》の頭《かしら》線から中央線に乗り継ぎ、三鷹《みたか》で降りた。知り合いがやっている小料理屋、「秀《ひで》」。そこは私にとって隠れ家であり、いつでも話ができる相手がいてくれる場所だった。

古い知り合いの伊藤哲也《いとうてつや》が経営する店で、店名は、殺された彼の息子の名前からつけられている。息子を殺された後の彼の生き甲斐は、その店と、犯罪被害者の会の活動に絞られた。私とは事件を通じて知り合ったのだが、綾奈が行方不明になった時は、捜索にも協力してくれ、愚痴《ぐち》も聞いてもらった。

最後に会ったのは……綾奈の葬儀の時だ。その時の彼の表情と態度は、強烈に脳裏に焼きついている。怒り、悲しみ、焦り。負の感情が全て、体から滲み出している感じだった。一言二言言葉をかわしたはずなのに、表情の印象が強烈過ぎて、そちらはまったく覚えていない。今夜会ったら何を言われるだろう。少し不安だったが、長い夜を少しでも短くするためには、彼に会う必要があった。

「秀」は伊藤の料理と各地の銘酒《めいしゅ》が売りの店なのだが、土曜の夜はさすがに閑散としている。私は黙ってカウンターにつき、彼に黙礼した。伊藤も黙って、「角」の水割りを出してくれる。一口啜ったが、いつもよりずっと薄い。

「酒をケチってるんですか」

「人間のアルコール摂取量には、限界があるんだよ」伊藤がだみ声で言った。「お前さん、呑み過ぎだろう」

「まあ……そうです」私は両手で顔を擦った。ひどく脂《あぶら》ぎって、体の中の悪い物が顔面に出てきているような感じがする。

「少し抑えろよ。本当は休肝日にした方がいいんじゃないか」

「そうですね」議論するのも面倒になり、私は水割りを啜った。家では常にストレートで吞むので、ほとんど水のようにしか感じない。

途中で買ってきた煙草をくわえ、火を点けた瞬間に、伊藤が目の前に押し寿司を置いた。この店では時々、関西風の料理を出す。

「少し食べときな」

「普通、これは最後でしょう」

「何か、胃に入れておいた方がいい。お前さんももう、いい年なんだから、胃袋を大事にしなよ」

言われて私は、胃を摩《さす》った。長年私を悩ませている胃痛は、一向に引く気配がない。薬を飲めば一時的には治るので、医者へは行かずに済ませているが……今さらどうでもいいことだ。病気で死ねるなら、その方が楽かもしれない。

黙って押し寿司を頰張った。飯がみっちりと詰まっており、大きさの割に食べごたえがある。二つ食べると、もう胃が膨れたような感じがした。水割りを一口吞み、放っておいた煙草をくわえる。火は消えていた。

「何か、つまみは？」

「適当に」食べ物が頭に浮かばない。押し寿司は食べたものの、食欲が湧いてくるわけではなかった。今はとにかくグラスを重ね、さっさと酔っぱらってしまいたい。

水割りは不味《まず》かった。伊藤が出してくれるつまみにも、味はなかった。体のどこかがおかしくなってしまったのではないだろうか。変わらず美味《うま》いのは煙草だけだった。煙草は絶対に、私を裏切らない。

「夕刊、読んだよ」

「そうですか」素っ気なく答えたが、脳天を強打されたようなショックを味わった。伊藤は、犯罪被害者の会の活動をしている関係上、事件には敏感である。今回の件も、状況によっては家族と接触しようと考えているかもしれない。

「あれ、お前さんのところが担当してたのか？」

「最初だけですよ。あんなことになったら、もううちの仕事じゃない」

「それでいいのかね」

「何が言いたいんですか」

私は顔を上げ、伊藤を睨んだ。しかし伊藤の方が私よりもはるかに怒っているようで、返り討ちに遭ってしまう。目を伏せざるを得なかった。今日の私は、睨み合いで負けてばかりである。愛美、真弓、そして伊藤……今さら負けても、失う物は何もないのだが。

私は、新しい煙草に火を点けた。この店には逃げこんできたつもりだったのに、かえって気持ちはささくれだってしまった。

「この事件は、どうなんだ」

「うちはもう、手を引いてますからね」私は肩をすくめた。「何とも言えません」

「子どもが殺されて……こんな可哀相な事件はない」

「そうですね」

「それだけかね」

「俺にどうしろって言うんですか」

「そんなこと、俺には言えない。こっちは素人《しろうと》なんだから」怒ったような口調で伊藤が言った。「どうするか決めるのは、そっちだろう」

「だからもう、決まってるんですよ」私の言葉も尖《とが》ってきた。「警察的には、どうしようもないんです。自分に関係ない事件の捜査に、手出しはできないんですよ」

「そうかね？」伊藤が唇を歪め、皮肉に笑った。「管轄権の問題とか、そういうことを無視して仕事している人もいるようだが」

「何の話ですか」

「あんたの友だち……同期の長野さん、いるだろう」

「ええ」私は顔を擦った。伊藤と長野は顔見知りではあるが、それほど深い関係ではないはずだ。「あいつがどうかしましたか？」

「あの人は、管轄の問題なんか関係なく、やるべきだと思った事件は手がけてるみたいじやないか」

「だから嫌われてるんですよ」私は思わず苦笑した。強引に事件に首を突っこみ、自分の班の手柄にしてしまうやり方に対しては、露骨に顔をしかめる人間も少なくない。一方で、そのやり方を評価している人間もいる。実際、一課の中では、長野をキャップにして「遊軍」のような捜査班を作れ、という意見も出ているのだ。それは一理あるのだが……殺人事件が起きると、一課では待機班が順次投入される。しかし時に、捜査の範囲が広がり過ぎて混乱してしまう場合もあるのだ。そういう時に自由に動ける人間が何人かいれば、捜査はよりスムーズになるのでは、という考え方だ。

「しかし、そういう心がけは大事だよな」伊藤がうなずいた。「自分の都合だけで動くんじゃなくて、誰かのために……尊《とうと》い気持ちだと思うよ」

「何の話ですか?」私は思わず顔をしかめた。今夜の伊藤は、少ししつこ過ぎる。「言いたいことがあるならはっきり言って下さい。俺と伊藤さんの仲じゃないですか」

「今のあんたに、そんなことは言われたくないね」伊藤が鼻を鳴らした。

「どういうことですか」

「人と人の関係は変わる、ということだよ。正確に言うと、人は変わるんだ。それで人間関係も変わる」

「俺が変わったって言いたいんですか」

「変わってないのかい？」挑発するような口調で伊藤が言った。

私は思わず口をつぐんだ。変わっていないわけがない。失踪から十年以上経って、娘が死んでいたことが分かり、葬式を終えたばかりなのだ。灰色だった心には、新たに黒が塗られ、まだ乾いてもいない。

要するに私は、慰めの言葉が欲しいのだ。

そんな言葉は、葬式の時に多くの人の口から聞いた。だが、まだ足りない。「もう何もしなくていい」「ゆっくりしていればいいんだ」。そんな言葉が欲しい。誰かに、私の人生は終わったと宣告してもらうのが一番だ。

だが誰も、そんなことは言ってくれない。クソ、俺にどうしろというんだ。

答えは一つ。とうに分かっている。


あいつら、やってくれたな……部屋に戻った私は、怒るよりも苦笑いしてしまった。ソファとその周辺の床は、濡れたままである。特にソファは布製なので、触るとまだ水を含んで、ぐずぐずいっているのが分かる。これでは、しばらくソファで眠れないではないか。だいたい、こんな大きな物を乾かす方法があるのだろうか……仕方なく、私はソファを窓に向け、窓を開け放った。今は夜だから何の効果もないだろうが、昼間もこうしておけば、多少は乾くかもしれない。ドライヤーを使えば……そもそも我が家には、そんな物はなかった。

窓を開け放したまま、シャワーを浴びる。まったく酔っていなかった。薄い水割りは、心にも体にも何ら影響を与えていない。どうやら伊藤は、私に呑ませないことこそ、今夜の自分の仕事だと心得ていたようだった。その代わりというわけではないだろうが、料理はあれこれ出てきた。土曜で暇だったせいもあるだろうが、とにかく私の腹を酒ではなく食べ物で埋めてしまおうという算段だったようである。そんな手に乗るかと思ったが、結局残さず食べてしまった。おかげで胃が重い。後で胃薬を呑まなければ……まともな料理を食べたのは、おそらく久しぶりだった。

たぶん人は、自死の手段として「餓死《がし》」を選べる。意思の力で食べないのではなく、自分ではどうしようもない事態に出会った時、食欲などどこかに行ってしまうのだ。

しかし私は、食べてしまった。餓死は遠のいた。

シャワーを浴びて部屋に戻ると、寒さに身震いした。窓を閉めようかとも思ったが、アルコール臭さも気になる。少しは空気の入れ替えをしないと……セーターを二枚着こんで、何とか寒さに耐えることにした。煙草を一本。床に直《じか》に座ったまま吸いながら、ぼんやりと壁を見詰める。あいつら……醍醐が馬鹿力に任せてぶちまけたバケツの水は、壁紙にまで及んでいた。まったく、どうするつもりか。この家に住んでもう長いが、これでは引き渡す時に面倒なことになる。少し皺が寄った壁紙は、放っておけば元に戻るわけではあるまい。だからといって、私には張り替えもできない。する気力もない。

中途半端なアルコールの存在を、胃の中に感じる。こういうのは最悪だ。呑むなら徹底して呑まなければ。少しだけ酒が入った状態だと、私は途端に眠れなくなる。完全に素面《しらふ》、あるいは泥酔しているのが、熟睡の条件だ。熟睡する意味があるとは思えなかったが。

のろのろと立ち上がり、流しの下の扉を開ける。買い置きしておいた「角」の隠し場所だ。

ない。一本もない。少なくとも三本ぐらいはあったはずだが……驚いて立ち上がり、流しを見ると、空になった瓶が三本、並んでいた。ビールの空き缶も。私は思わず、うなり声を上げた。愛美だな……朝方、私がシャワーを浴びている間に始末したのだろう。冗談じゃない。これだけでも大変な損失だ。

流しに顔を近づけ、臭いを嗅いでみる。瓶三本分のアルコールを流したら、少しは臭いが残っていそうなものだったが、何時間も経っているせいか、さすがに無臭だった。

「ふざけるなよ」声に出して言ってみたが、どうにも頼りない声だった。どうするか……これから買い出しに行くのも、どこかへ呑みに行くのも面倒臭い。

今夜はアルコールを抜けということか。

しかし、愛美の行動は無駄だ。明日になれば私はまた、酒を口にする。そして死ぬまで呑み続けるだけだ。

だが今は、どうしようもない。取り敢えず、愛美の勝ちだ。冷蔵庫を開け、そこにあるはずのないミネラルウォーターとスポーツドリンクのボトルを見つける。これも愛美が買ってきたのか。彼女は余計なことは言わないし、口を開くと文句ばかりなのだが、時々こういうことをする。だから、可愛げがないっていうんだよ……もっとも、これを思いついたのが醍醐だったら、相当気持ち悪い話ではあるが。

それには水よりスポーツドリンクを手にした。どうせ呑めないなら、酔いを覚ましてしまった方がいい。

胡坐をかいて床に座りこみ、煙草を吹かしながらちびちびとスポーツドリンクを飲む。酔っている感覚はまったくなかった。

このまま朽《く》ち果《は》てる……それはひどく魅力的な考えに思えた。何もできなかった自分に対する罰として。周りの人は、まだ私に何かを期待しているのだが、それは無駄というものだ。今から何かができるとは思えない。もう、全てが終わったのだ。

ふと、菊池夫妻のことを考える。一人娘を亡くした夫婦。私とまったく同じ経験をしている。違いは、娘の死をいつ知ったか、ということだけだ。夫妻の気持ちを考えると、吐きそうになった。殺されたのは、絶対に乗り越えられないショックである。それに加えて、相手は明らかに変質者だ。自分の娘がいたずらされて殺される——二重のショックから抜け出すのは、不可能だろう。彼らの人生は永遠に変わってしまった。元の明るく、楽しい家庭は二度と戻ってこない。仮にまた子どもが生まれても、傷は一生残る。新しく生まれた子どもは、その暗い気配を背負いながら成長することになるのだ。

地獄だ。

私も地獄を味わった。娘が見つからない苦しみは十年以上も続き、その後でさらに残酷な地獄が待っていた。

どうして地獄を味わう？

答えは分かっている。憎むべき対象がいないからだ。犯人が誰か分かっていれば、気持ちはまったく違う。そんなことが正しいかどうかは分からないが、憎むことで、生きて行く気にもなれるだろう。犯人がしかるべく処分され、人生を終えるのを見届ける過程で、心は浄化される。

このまま菊池夫妻を見殺しにしてしまっていいのか？　私にも、できることがあるかもしれないのに？

私は刑事だ。もはやそう名乗るのもおこがましいが、馘になっていない以上、刑事であるのは間違いない。バッジの力があり、これまで培《つちか》ったノウハウがある。

それを今、人のために使ってもいいのではないか。そうしたいと願って、私は警察官になった。もう三十年近く前だが……誰かの役に立ちたいという気持ちは、今でも変わっていない。失踪人捜査という、非常に難しい仕事をしているうちに学んだこともある。家族の気持ちを忖度《そんたく》すること。感情移入して、力のない家族に代わって行方不明者を捜すこと。誰もが私を後押ししている。「余計なことはしないように」という、真弓の裏返しの命令。「このままでいいんですか」と繰り返した愛美の真っ直ぐな目。「どうするか決めるのは、そっちだろう」と突き放した伊藤。

どうしろというのだ。

答えは一つしかない。

私はゆっくりと立ち上がり、部屋を吹き抜ける寒風を浴びながら、スポーツドリンクを一気に半分ほど飲んだ。胃が重くなり、先ほど「秀」で食べた料理が中で泳いでいるようだった。今は寝るしかない。一晩寝れば、アルコールは完全に抜ける。私は自分の肝臓を、まだ信頼していた。

不幸な人を、これ以上増やしてはいけない。菊池家に、憎むべき人間を与えてやらなければならない。彼らの牙《きば》で、ずたずたにされるべき人間……そういう人間は、闇に隠れている。自分の犯した行為がばれないか、びくびくしながら聞き耳を立てている。せいぜい、ストレスを溜めこむがいい。それも長くは持たない。お前は、人生の新しい局面を迎えるのだ。社会と隔絶され、助ける者など誰もいない檻《おり》の中で、自分が朽ち果てるのを見ているしかなくなる。

逃がさない。絶対に。

私は、まだ湿ったソファに横になった。これで風邪《かぜ》をひくこともあるまい。眠りが訪れる直前に考えたのは、何故か長野のことだった。いかにもあいつが首を突っこんできそうな事件なのに、直接捜査を担当した私に電話一本ないのもおかしい。何やってるんだ？電話してみようかとも思ったが、ようやく訪れそうなまともな睡眠から抜け出すほどの問題ではない、と判断した。

5

翌朝、私は唐突に五時に目覚めた。カーテンを開けたが、外は当然まだ真っ暗で、重たそうな風が強く吹いているのが音で分かる。私のマンションの前にあるケヤキの並木が、強風のせいで悲鳴を上げているようだった。

酒は完全に抜けている。久しぶり……なのだろう。呑んでいた時の記憶がないから何とも言えないが、少なくとも今朝は、酔ってはいない。意外なことに、胃も空っぽだった。昨夜「秀」で散々食べた物は、もう消化されてしまったということか。肝臓以外の内臓——特に胃はすっかり弱っていると思っていたが、人間の体は意外にタフなものだ。

とはいえ、まだ何か食べる気にはならない。昨夜のスポーツドリンクの残りをちびちび飲みながら、出発の準備を整えた。シャワーは……今朝は省略しよう。今日も冷えこみそうなので、できるだけ暖かい服装を整える。ネルのシャツにツイードのジャケット、膝まであるダウンのコート。何となくもさっとした格好になってしまったが、人間、五十歳になれば、外見などどうでもよくなる。

携帯電話をチェックする。昨夜は、どこからも連絡はなかった。メールもなし。失踪課の連中は何を考えているのだろう。私の暴走——少なくとも管轄を無視した捜査をするように尻を蹴飛ばしておいて、後は知らん顔か。まあ、いい。この件について、失踪課としてかかわるわけにはいかないのだから。

部屋を出た。二月の風は、冷たいうえに湿っている。まだ残る夜気が体にまとわりつき、あっという間に暗い気分になった。二十四時間前には、真央は遺体になって、一人横たわっていたのだ。その時私は、呑み続けるエネルギーさえ失い、だらしなくソファで惰眠《だみん》を貪《むさぼ》っていた。

全てが自分のせいだと思えてくる。

首を振り、愛車のマークXに乗りこむ。私用車を捜査に使うのはまずいのだが、今回は足がなければどうしようもない。それに失踪課の覆面パトカーを引っ張り出してきて、誰かに見られたら、言い訳するのが面倒だった。

中古で買ったマークXは、走行距離がかなり伸びたが、まだまだ元気だ。エンジンは快調だし、サスペンションもまったくへたっていない。乗る度に、日本車の基礎体力の高さを思い知らされる。

日曜日の夜明け前。一週間で一番、首都高が空いている時間だ。昨日、下道を走ってかなり時間がかかったのを思い出し、私はまず調布《ちょうふ》まで南下して、中央道《ちゅうおうどう》に乗った。平日なら上りの車が連なり始める時間帯だが、さすがに今朝はがらがらである。制限速度ぎりぎりを保って走らせることを自分に強《し》いて、緊張感を高めて行く。途中、ラジオをつけてニュースを聞いた。

「——世田谷区内で発生した、小学二年生の女児殺害事件の関連です。警視庁世田谷東署では特捜本部を設置、捜査員百人態勢で本格的な捜査を開始しました。これまでのところ、殺された菊池真央ちゃん、七歳は、自宅近くのピアノ教室でのレッスンを終えた後、帰宅途中に何者かに襲われたものと見られています。特捜本部では、不審者の割り出しに全力を注いでいますが、今のところ有力な手がかりは見つかっていません」

つまり、昨日の段階で私が知っていた以上の情報はない。

考えれば考えるほど奇妙だった。真央がピアノ教室を出たのは、夕方六時頃。街は既に暗かったが、人気がなくなるような時間帯ではない。むしろ、買い物する主婦や帰宅途中の人々が、多く歩いていたのではないか。小学校二年生の女の子が誰かに声をかけられたり、無理矢理連れ去られたりすれば、目撃者がいてもおかしくない。最近は、何かあっても警察に積極的に通報する人は少なくなっているが、こと子どもに関する問題だと、事情が違う。実際私は、子どもが行方不明になった事件で、何度も目撃証言から重要な手がかりを得ていた。

「おかしいな」とつぶやく。つぶやいた瞬間、顔見知りの犯行、という推理が頭に浮かんだ。小学二年生の女の子とはいえ、大人の知り合いがいないわけではない。学校の先生、同級生の親、ピアノ教室の先生。

首都高四号線から、環状線を使って三号線に入り、三軒茶屋で降りる。ここから先は、毛細血管のような道路を走ることになるが、それを避けるために、取り敢えず分かりやすい国道二四六号線を使った。東京西部の大動脈であるこの道路も、日曜の朝はさすがにがらがらだ。三軒茶屋、駒沢《こまざわ》大学と田園都市線の駅の近くを通り過ぎてから、右側に逸《そ》れる道路に入る。ここが、桜新町駅への入り口だ。

田園都市線沿いの街の光景は独特だ。池尻大橋《いけじりおおはし》から用賀《ようが》までは、電車は地下を走るので、地上に駅舎がない。地下への出入り口があるだけで、郊外の一般的な街と違い、駅を中心に発展した、という感じがしないのだ。三軒茶屋や駒沢大学の象徴は駅ではなく、首都高三号線と二四六号線ということになるのだろうが、そこからも外れた桜新町には、本当に何もない。駅前まで来て、私はここが非常にコンパクトで地味な街なのだと、改めて思い知った。駅前の通りには、名前の通りに桜並木があるが、この季節には茶色い肌を晒《さら》しているだけで風情も何もない。駅前には高い建物がほとんどなく、ささやかな商店街があるだけ。チェーンのコーヒーショップや牛丼店、コンビニエンスストアの他には、地元の人が長年細々とやっているような店ばかりが目立った。何となく活気がないが、高級住宅街というのは、むしろこういうものかもしれない。ざわついた気配がなければ、それだけでも高級な雰囲気が生まれる。

駅前の道路に車を停めた。まずどこから当たるか……真央の動きを再現して、頭の中に叩きこもう。ということは、最初にピアノ教室を捜さなければならない。

住所を頼りに、駅前にある住宅地図で大まかな場所を確認する。駅からは歩いて五、六分というところだろうか。ダウンコートの前を締めて、すぐに歩き出す。風は相変わらず強く、全身に叩きつけるように吹いている。ついうつむいてしまいそうになり、無理矢理顔を上げると、風に頰を叩かれ、涙が滲んできた。それに負けず、背筋をきちんと伸ばすように意識する。気合いを入れるために、今日最初の煙草に火を点けようとしたが、やめにした。一つぐらい、何かを我慢してもいいだろう。

駅前通り自体が、片側一車線のそれほど広い道路ではないのだが、一本奥に入ると、途端に道が狭くなる。すぐに商店は消えて一戸建てが建ち並ぶ住宅街が始まり、マンションやアパートさえ見当たらない。

住居表示を見ながら、ゆっくりと歩いて行く。一方通行の道路が多いようだった。中には、車が通るのが難しいほど狭い道路もある。つくづく、ここは車ではなく徒歩と自転車向けの街なのだ、と思い知った。実際、駅の近くには巨大な駐輪場があった。

ピアノ教室は、小さな公園のすぐ側にあった。民家の一階で、ささやかな看板が上がっている。まだ七時前、ノックできる雰囲気ではなかったので、私はひとまず周辺を見て回ることにした。歩き出してすぐ、目つきの悪い男と出くわす。すぐに、強行班の刑事だと気づいた。馬場《ばば》。私より十歳近く年下で、一緒に仕事をしたことはないが、顔見知りではある。立ち止まると、軽く黙礼してきた。どうするか……無視して立ち去るか、それとも少しでも話して情報収集しておくか。話せば、向こうは私の行動を疎《うと》ましく思うかもしれないが。

「ずいぶん早いな」結局、自分から話しかけた。

「休んでる暇なんかありませんよ」寒さのせいで馬場の頰は赤くなり、目も充血していたが、爛々《らんらん》と輝いてはいる。怒りと義務感が、彼を駆り立てているようだった。「高城さんは？」

「後始末だ。最初は、うちが担当したからな」

適当な言い訳だったが、馬場はさして疑う様子もなくうなずいた。余計なことかもしれないと思いながら、私はついつけ加えてしまった。

「うちとしても、データが欲しいんだ。子どもの失踪は、事件につながることが多いから」

「分かります」

「これは非公式だから、これで頼むよ……」私は口の前で人差し指を立てた。「それで、そっちはどんな具合だ？」

「今のところは、何も」馬場が首を振った。「残念ながら」

「不審者は？」

「見つかってません」苦しそうに唇を捻じ曲げる。

「こんな早い時間に聞き込みしても、話できる相手がいないだろう」

「早い時間っていうか、徹夜で歩き回ってましたけどね」疲れた声で言って、馬場が欠伸《あくび》を噛み殺した。「不審者は、人が動いていない時間に動くものですから。この付近の観察の意味もあります」

「そうだな」

煙草をくわえた。自分に対する罰は、早くも終了。馬場が物欲しそうな表情を浮かべたので、一本振り出して渡してやる。馬場は自分のライターで火を点けると、目を閉じて深く煙を吸いこんだ。

「染みますね」

「一晩中歩き回ってたら疲れるだろう。で、今のところ、どういう見方なんだ？　やっぱり変質者か」

「そうですね。少なくとも、性的異常者なのは間違いないでしょう。暴行した上に、被害者の下着を持ち去っているのが証拠ですよ」

私は思わず顔を歪め、頬を擦った。嫌な過去をイメージさせる……綾奈が暴行されていたかどうかは、結局分からなかったのだが。分かったのは、鈍器で頭を強打されたのが死因になったらしい、ということだけである。一撃は、頭蓋骨《ずがいこつ》が陥没《かんぼつ》するほどの強烈さだった。

「この辺に、マークされてる人間はいないんだろう？」

「ええ。でも、完全なリストってわけじゃないですよ。取り敢えずは、目撃者を捜すしかないんですけど、どうも……」

「こんな住宅街の中だから、目撃者ぐらい、いくらでもいそうだけどな」私は周囲をぐるりと見回した。目の前を、自転車に乗った若い女性が走り抜けて行く。そろそろ街が本格的に目を覚ます時間帯だ。

「それがそうでもないんですね」

「夕方だったのに？」

馬場が顔をしかめ、無言で煙草をふかした。あまりにも勢いよく吸ったので、あっという間に短くなってしまう。私は携帯灰皿を貸してやった。馬場が素早く頭を下げ、煙草を灰皿に落としこむ。

「住宅街だからって、必ず目撃者がいるとは限らないでしょう」

「それはそうだけど……俺もちょっと聴いてみるよ」

「いいんですか？　それは、失踪課の仕事とは関係ないでしょう」

「いや、だから……ついでだ。こっちの仕事をやるついでで。どうせこの辺を回っているんだから」

「そうですか」

馬場が疑わしげに目を細めて私を見る。私は咳払いを一つして、自分の煙草も携帯灰皿に入れた。

「学校の方は？　子どもたちの間で、変な人間の噂はなかったのか？」

「そっちの事情聴取は、まだ進んでないんです」馬場が頰を擦る。「なにぶん、昨日が土曜日で今日が日曜日でしょう？」

「明日以降、ということか」

「ええ。でも、難しいでしょうね。少年課で手を貸してくれることになっているんですが」

子ども、それも小学校低学年の子に対する事情聴取は、彼が指摘する通り、非常に難しい。警察官を前にすると、それだけで怯えてしまうものだし、自分が見たことを上手く説明できる子どもなど、ほとんどいない。大人とは、認識能力、そして説明能力に大きな違いがあるのだ。

「連中はプロだから、できるだけ力を借りるといいよ」

「そうですね。どうも俺らは、子どもには怖がられますから」馬場が、髪を短く刈り上げた頭を掌《てのひら》で撫でた。中肉中背、あまり特徴のない男だが、目つきの悪さだけはやけに目立つ。目が合っただけで泣き出す子どももいるだろう。

「何かあったら連絡するよ。今、現場を仕切ってるのは？」

「中澤《なかざわ》係長です。特殊班じゃなくて、強行班の仕事になりましたから。ぴりぴりしてますよ」

「当然だろうな」

馬場と別れて、私はもう一度ピアノ教室の前に戻った。当然ドアは閉まっているし、全ての窓にはカーテンがかかっている。外壁が白いタイル張りの、一見普通の民家。実際に民家で、一階部分を教室に使っているのだろう。こんな時間にノックするのも気が引け、先に他の場所を見ておこうかと思った瞬間、ドアが開いた。スリムなジーンズにトレーナーという格好の、まだ二十代にしか見えない女性が姿を現す。長い髪を後ろで一本に縛り、化粧っ気はない。

目が合ったので、二、三歩踏み出した。

「失礼ですが、こちらのピアノ教室の先生ですか？」

「はい、あの――」低いがよく通る声だった。

「警視庁失踪人捜査課の高城と言います」一呼吸置き、唾《つば》を呑む。「真央ちゃんの件で調べています」

女性が無言でうなずく。怒りを感じさせる険しい表情で、顎には力が入っていた。

「少し、話を聴かせてもらっていいですか？　朝早くに申し訳ないんですけど」

「昨日も、ずいぶん話をしました」

「手間をかけて申し訳ないんですが、捜査のためなんです」

「……分かりました。どうぞ」

女性が大きくドアを開いた。靴を脱いで上がり、通された場所は、玄関のすぐ脇にある部屋だった。ごく普通のリビングルームに見えるが、グランドピアノが一台、アップライトピアノが一台置いてあるので、いかにもピアノ教室らしい雰囲気になっている。壁の本棚には、教則本がぎっしり詰まっていた。それでも狭く見えないぐらい、部屋は広い。

「どうぞ、お座り下さい」

女性は、ピアノ用の椅子に腰かけた。背筋がぴんと伸びているのは、いかにも演奏家らしい。私は周囲を見回し、アップライトピアノの椅子を引き出して腰かけた。何となく落ち着かない。楽器に縁のない私としては、ピアノに触れただけで壊してしまうのではないかと恐怖を覚える。

斜めに向き合う格好になった。位置取りとしては悪くない。真正面に座ると、意外に喋りにくいものだから。私は手帳を取り出し、昨日書き殴《なぐ》ったメモを見返した。いつもよりずっと筆跡が乱れている。まだアルコールが抜けていなかったのだ、と反省した。

「愛川《あいかわ》いずみさん、ですね」二十九歳、とも書いてある。

「はい」

「何度も同じ話で申し訳ないんですが、一昨日の様子を確認させて下さい」

「ええ」いずみが小さくうなずいた。「レッスンは四時半から六時まで、一時間半でした」

「時間通りに始まりましたか？」

「ええ。遅刻はしない子ですから」

「レッスンは一人ですか」

「二人一緒です」

「もう一人の子は……」

「同じ小学校に通っている、三年生の女の子です」

私は思わず身を乗り出した。それを見て、いずみが苦笑する。

「この件は、他の刑事さんにもうお話ししました。その子はちゃんと、家に帰っています」

「そうですか」私は顎を撫でた。髭を剃《そ》り忘《わす》れており、酷《ひど》い顔であるのは触覚で分かる。

「二人は一緒に帰ったんですか？」

「真央ちゃんが先です。もう一人の子は、少し課題があって、十分ぐらい、レッスンを延長したんです」

「一昨日、真央ちゃんに特に変わった様子はありませんでしたか」

「ないですね」いずみがゆっくりと首を横に振った。「大人しい子で、いつもちゃんとレッスンを受けています。一度も休んだことがないんですよ。他にもたくさん習い事をしているし」

ふいにいずみが涙ぐんだ。声が揺らぎ、口元を掌で押さえてしまう。肩が震え始めるのを、私は黙って見ているしかなかった。いずみはしばらく泣き続けていたが、やがて静かに顔を上げた。目は赤くなっていたが、気丈な声で「すみません」と謝る。

「いつから教えていたんですか？」ちくちくとした胸の痛みに耐えながら、私は訊ねた。

「一年生に上がった時からですから、もうすぐ二年になります」

ふらりと立ち上がったいずみが、棚からアルバムを抜いた。さっと開いて、私に差し出す。見るのが辛い写真なのは、簡単に想像できた。

「去年の秋の発表会です」

真っ白であちこちにフリルのついた半袖《はんそで》のワンピースに、これも白いリボン。靴まで白で揃えていた。精一杯着飾って、大事な発表会に臨んだのだろう。横顔しか見えないが、真っ直ぐ鍵盤《けんばん》を見つめ、ひどく真剣な表情だった。

「初めての発表会だったんです。すごく緊張してて」

「分かります」

「でも、ちゃんとできたんですよ」

このままだと、演奏会の様子を録画したビデオを見せられるかもしれない。それはそれでいいのだが、今はそんな物を見て、感傷に浸《ひた》る暇はない。

「二年生としてはどうですか？　少し幼い感じもしますけど」

「平均よりちょっと小さいですからね」また椅子に座ったいずみが、自分の胸の高さで掌を水平に動かした。「でも、二年生ぐらいだと、まだ分かりませんよ。ご両親とも結構背が高いから、大きくなるんじゃないですか」

「聡明そうな子ですよね」

「学校の成績もいいみたいですよ。でも少し引っ込み思案なんで、色々習い事をさせているようです」

「習い事が四つ、ですよね……最近の小学生は大変だ」

「ええ」ようやくいずみの強張った表情が崩れた。「でも今は、どこの家もそうですよ。子どもが少なくなったせいもありますけど、親御さんも教育費は躊躇《ちゅうちょ》しないで使いますよね」

昔の子どもは——それこそ私が子どもの頃は、そんなことはなかった。せいぜいが算盤《そろばん》か習字、女の子ならピアノぐらいだっただろう。そういう塾に通っているのは少数派で、放課後はひたすら遊ぶ時間だった。そして、親の目からそれほど遠く離れた場所へ行くこともなかった。それは、田舎で育った私のような人間だけの過去かもしれないが。

「この辺で、変質者が出るというような話はありませんか？」

「私は、聞いたことはないですね」

「他に聞いている人がいるとか？　少なくとも、被害が出ているようなことはないそうですけど」

「それぐらい大変な話だったら、当然耳に入ってくると思います」

「そうでしょうね……警察も、そういう話は摑んでいないんです」

「だいたいこの辺には、昔からそんな変な人はいないんですよ。痴漢とか、変質者とか」いずみが指先で頰に触れた。「私は生まれてからずっとこの街に住んでいますけど、そんなこと、一度もありませんでした」

「静かな街ですからね」

「だから、今回の件は訳が分からないんです」

私は口を結んだ。一つの可能性が浮上している。「変質者」や「痴漢」は、対象を絞りこまずに、チャンスがあればいつでも犯行に走る。しかし……。

「真央ちゃんが、誰かにつきまとわれていた、ということはないですか」

「つきまとうって、ストーカーとかですか？」いずみが眉間《みけん》に皺を寄せた。

「ええ」

「でも……子どもですよ」

「いや、数は少ないですが、子どもに対するストーカーもいるんです。同じ子が、何度も被害に遭うケースもあります。でも、子どもだからなかなか親にも言い出せなくて、発覚が遅れることは珍しくありません――あなたは、一番近くで真央ちゃんを見ている一人ですよね」

「……ええ」自信なさそうな声で、いずみが認める。

「何か心配そうにしていたり、悩んでいたりということはありませんでしたか？」

「ないと思います」

「間違いなく？」

いずみがすっと身を引いた。背中をグランドピアノに預ける格好になる。私は、気づかぬ間に圧迫するような質問をしていたのだ。ゆっくりと背筋を伸ばし、いずみとの間に距離を置く。

「とにかく、ないと思います」

「……分かりました」

私は当面の方針を決めた。真央が習い事に通っていた全ての場所――水泳、習字、空手教室でも事情を聴いてみよう。子どもとはいえ、学校以外にこれだけの社交生活があるのだから、誰かが異変に気づいていた可能性がある。それに、あまりいずみを追い詰めてはいけない。これまでは比較的はきはきと話していたが、ショックを受けていないわけがないのだから。自分の教室から帰宅途中に襲われた――そう考えれば、責任を感じるのも当然だろう。

「ここから真央ちゃんの家まで帰るとすると、どんなルートですかね」

私はわざと気楽な口調で言って立ち上がった。手帳に挟んでおいた住宅地図を、グランドピアノの上に広げる。いずみも立ち上がり、地図を見下ろした。

「どうとでも行けるんですけど……基本的に、碁盤《ごばん》の目のような街ですから」

確かに。道は細く、一方通行も多いが、歩く分には関係ない。

「でも、たぶん裏道を通ると思います。駅から世田谷通りに出る道が一番近いんですけど、そっちは車も多いですから」

いずみの指が、地図の上を動いた。桜新町駅から世田谷通りに出る道路の二本西側にある細い道路……マンションや一戸建ての家が並ぶ住宅街の中を抜けて、そのまま真っ直ぐ行くと、スーパーのある少し広い通りに行き当たる。

「この道を渡って、スーパーの横を通っていくんじゃないでしょうか。それで、二つ目の角を左へ曲がると、すぐに図書館の前の交差点に出ます。そこを渡れば、家まではほぼ真っ直ぐのはずですよ」

ピアノ教室の前にある道をひたすら歩いて行くルートでもある。だが……トートバッグ、それに遺体が見つかったマンションは、このルートから外れていた。もちろん、碁盤の目のような街だから、常にこの道順で帰るわけではないだろうが。特に子どもは、寄り道したがるものだ。知らない道に入りこみ……もしも、普段通らない道のどこかに、変質者が潜んでいたら。小学二年生には、それを回避する術《すべ》はない。

「分かりました」私は地図を畳んだ。取り敢えず、ここから真央の自宅までのルートを、想定して辿ってみるつもりだった。実際に歩いてみることで、今まで見えなかった物が見えてくるかもしれない。

改めて礼を言い、ピアノ教室を辞去した。しばらく話をしているうちに、街は完全に目覚めて、歩く人も増えている。日曜日なのに仕事なのか、スーツにコート姿で駅へ急ぐサラリーマン。子どもを乗せて一生懸命自転車を漕ぐ若い母親。これから何かの試合なのか、巨大なバッグを背負って駆けて行くジャージ姿の女子中学生三人組。

急に空腹を覚え、一旦駅前まで戻った。食べる場所はいくらでもある。チェーンの牛丼屋で、朝定食をしっかり摂るか……しかし、まだ胃を労わってやらなければならない。だったら、その隣のコーヒーショップ？　コーヒーと、軽くホットドッグというのもいい。マスタードの辛みで、胃も上手い具合に活性化されるだろう。あるいは、向かいにあるマクドナルドでもいい。最近コーヒーが美味くなっているから、あそこも一つの選択肢だ。

コンビニエンスストアの前に立ち、どうしたものか、思案する。ふと、駅の出入り口から愛美が出て来るのに気づいた。何やってるんだ、あいつ……私は訝《いぶか》りながら、彼女の姿を目で追う。私には気づかない様子で、彼女はマクドナルドに入って行った。

何をするつもりなのかは、すぐに分かった。日曜の朝、この街へ遊びに来る予定があるはずがない。もしかしたら、私を監視しに来た？　冗談じゃない。部下に監視されるようになったらおしまいだ。

愛美は、一階の注文カウンターに並んでいた。休日に朝食を摂ろうとする人で、結構混み合っている。私は道路の反対側から彼女を観察し続けた。やがて愛美はトレイを受け取り、右側の階段から上階に消えていく。それを見届けてから、私は道路を渡って店に飛びこんだ。自分用の朝食は、ホットドッグとハッシュポテト、コーヒーのセット。

料理を受け取って二階へ上がると、愛美は既に食事を始めていた。小さな容器に入ったパンケーキをちまちまと切り分け、口に運んでいる。飲み物は、パックの野菜ジュースだった。向かいにトレイを置いたが、無視して食事を続けている。

「朝の挨拶は?」

「小学生みたいなこと、言わないで下さい」顔も上げずに言った。

「こんなところに何の用かな」

私は腰を下ろし、ホットドッグの包み紙を破いた。何故か急に食欲がなくなり、トレイに戻してしまう。食べる代わりにコーヒーを一口飲んだ。確かに美味い。昔の、少し苦みのあるお湯のような味を思い出すと、大きな進歩だ。

「わざわざ日曜の朝に」

「高城さんこそ」

「君が、俺をけしかけたんだと思うけど」

「私、何かしました?」素っ気ない口調で言って、ストローで野菜ジュースを啜る。決して目を合わせようとはしなかった。

「素直じゃないのが、君の悪いところだ」

「素直も何も、身に覚えがないんですけど」

「真央ちゃんの帰宅ルートは、まだ特定されていないようだな」

愛美がぴくりと肩を震わせた。玩具《おもちゃ》のようなプラスティックのナイフとフォークを置き、顔を上げる。

「どういうことですか？」

「塾から家までは、道路が碁盤の目のようになってるんだ。どのルートを辿って帰っても、そんなに距離に違いはない」

「寄り道とかは？」

「この辺には、寄り道できるような場所はあまりないと思う」コンビニエンスストアが二軒ぐらいか。しかし小学二年生の小遣いでは、ちょっと買い食いというのも難しいだろう。

「でしょうね」

「どこを通っても、家までは十分ぐらいかかるから、いつも違う道順だった可能性もある。それに、帰りは一人だった。少なくとも一昨日は」

愛美がうなずいた。フォークを手にし、小さく三角形に切ったパンケーキに乱暴に突き刺したが、口に運ぼうとはしない。

「つまり、帰り道に手がかりがあるかどうかは分からない、ということですね」

「ああ」

「で、どうするんですか」

「これから、真央ちゃんが習い事をしていた他の教室を当たってみる。何か知っている人が出てくるかもしれないから」

「妥当ですね」

「で、君は？」

「さあ」愛美がフォークを持ったまま、首を傾《かし》げた。「どうしましょう」

「どうしましょうって……」何をしに来たのかは分かっている。そう簡単に本音を言わないだろうということも。面と向かって「助けに来た」と言わないのは、彼女なりの美学、あるいは照れなのだ。

「何かして欲しいですか」

珍しいことだ、と驚いた。彼女にしては、最大限の申し出である。しばし無言で、コーヒーを飲みながら考える。私には、ここにいる権利も義務もない。誰かに文句を言われたら引き下がるしかない――今回はそのつもりはなかったが――わけで、彼女を面倒な状況に巻きこむことはできない。しかし、一人でできることに限りがあるのも事実だった。

「助手が欲しいな」私はコーヒーカップを置いた。「きちんと相手の話を聞いて、記憶してくれる助手が」

「じゃあ、手伝いますよ。どうせ暇ですから」愛美が表情を変えずに言った。

「せっかくの日曜日に、やることもないのか？」

「そういう高城さんはどうなんですか」

「俺か？」ホットドッグを手に取る。「俺には、やることがあるよ。真央ちゃんを殺した犯人を捕まえる――日曜日にやるべきこととしては、最高じゃないかな」
大きく口を開けてホットドッグにかぶりついた。愛美は、心配そうに目を細めて私を見ている。不安になるのも分かった。二十四時間前の私は、ほとんど人間とは言えないような体たらくだったのだから。

6

子ども向けの水泳教室を開いているジムは、真央の自宅から二百メートルほど離れた場所にあった。日曜日なので、午前中の早い時間から教室が開かれ、小学校低学年の子どもたちで賑わっている。

当然、プールの中は暖房が効いているのだが、私は何となく薄《うす》ら寒《ざむ》さを覚えていた。水の近くで裸足《はだし》になっているせいだ、とすぐに気づく。それにしても、間抜けな格好ではないか。靴を脱ぎ、サンダル履きでプールサイドにいると、自分がどれだけ場違いな存在なのか、意識させられる。

真央を指導していたトレーナーは、ちょうど子どもたちに教えている最中だったので、終わるまでプールサイドで待つしかなかった。かすかな湿気と塩素の臭い。プールなど、もう長い間入っていない。最後は、綾奈を連れて行った時だろうか――十年以上前だ。

子どもたちは二つのレーンに分かれ、ビート板を使って、二十五メートルプールの往復を繰り返していた。まだ体も小さい子どもたちなのに、一丁前のスピードで泳いでいるのに驚く。プールの壁に、何枚かの垂れ幕がかかっているのに気づいた。「祝 全日本選手権優勝」「ロンドン五輪出場」。そういうレベルの選手を輩出《はいしゅつ》しているところなのか……名門のスイミングスクールなのだ、と実感する。

長いホイッスルの音。ついでブザーが鳴る。それまで整然と泳いでいた子どもたちが動きを止めた。プールサイドに近い子どもはそのまま泳いで行き、中ほどにいる子どもたちは、コースロープに摑まって騒ぎ始める。しかし、もう一度ホイッスルが鳴ると、ふざけるのをやめてプールから上がって来た。

子どもたちがプールサイドに集まった。きちんと整列して腰を下ろし、膝を抱える。コーチがその前に立ち、よく通る声で一つ二つ注意を与えた。

「じゃあ、解散！」両手を一度だけ叩き合わせると、子どもたちが一斉に立ち上がって、更衣室の方へ駆け出した。細かい水しぶきが散り、歓声が上がる。

振り返ったコーチが、私たちに気づいた。練習中だったので、私たちが来たことは伝えられていないはずである。私は軽く会釈して、彼に近づいた。

長身で逆三角形の、典型的な水泳選手の体形だった。コーチとはいえ、本人も未だに相当泳ぎこんでいるようで、体形は崩れていない。競泳用のパンツに、パーカーを引っかけただけの格好だった。

「警視庁失踪課の高城です」

「ああ」名乗ると、コーチが力の抜けた声を出した。目が泳いでいる。「藤村《ふじむら》です……真央ちゃんのことですよね？」

「ええ。ちょっと話を聴かせて下さい」

「そうですね……」藤村が周囲を見回す。「ここでもいいですか？　二十分後に次の教室が始まるんです」

「構いませんよ」

「じゃあ、そちらへどうぞ」藤村は、プールサイドに置いてあるプラスティック製の椅子を指差した。三個が、横並びになっているのだが、私は藤村が座ったのを見届けると、椅子を動かして彼の正面に陣取るようにした。愛美は私の横に椅子を動かして座る。二対一で対面する格好になった藤村は、緊張で顔を強張らせた。

「どうぞ、楽にして下さい」

言ってみたが、藤村の緊張は簡単には解けそうになかった。背筋をぴんと伸ばし、これから就職の面接に臨むような面持ちである。プールの水はまだ揺れていて、ガラス張りになった天井《てんじょう》から射しこむ光を浴び、きらきらと輝いていた。かすかな水音が絶え間なく聞こえる。問題は、建物がやたらと広く、天井も高いことだ。声が変な具合に反射して、聞き取りにくい。私は無意識のうちに、少しだけ前のめりになった。

「真央ちゃんと最後に会ったのはいつですか」

藤村がすっと体を引く。自分が疑われていると思ったのかもしれない。私は少しだけ声を柔らかくした。

「心配しないで下さい。真央ちゃんの行動パターンをトレースしているだけですから」

「……先週の月曜日です」

「ちょうど一週間前ですね？」

「ええ。いつも通り、四時から一時間の練習に出て、普通に帰ったはずです」

「はず？」

反射的に突っこむと、藤村の顔が蒼褪《あおざ》める。どうも今朝の私は、必要以上に人を怯えさせてしまうようだ。反省しながらも、質問は止められない。

「帰るところは見ていないんですか？」

「私は、ここの――現場の担当ですから」

「更衣室の中や、スクールの外のことは知らない、と？」

「何か、問題でしょうか」助けを求めるように、藤村が愛美の顔を見た。

「問題はないですよ」愛美が珍しく、愛想のいい笑みを浮かべた。「その日に何かあったわけでもありませんしね……真央ちゃんと一緒に練習している子は、何人ぐらいいるんですか？」

「二十人です。ちょうど二十人。一年生と二年生ばかりです」

「三年生は……」愛美が質問を続けた。

「中級コースに上がります」

「学年で切っているんですね？」

「原則的には。ただし、上手な子は、飛び越して上のコースに入れたりします。レベルが高い中でやった方が、刺激になりますから」

「真央ちゃんは、そういう感じではなかったんですね」

「ええ」藤村がうなずく。少しだけ緊張が解《ほぐ》れた様子だった。「基本的に体力作り、ですね」

「じゃあ、そんなにタイムが出ていたわけでもなかったんですね」

「タイムとか、そういうことを語れるレベルまでは、まだ達していませんでした」

「親御さんは……」愛美が周囲を見回す。練習中には、プールサイドで子どもを見守っていた親が何人かいたのだが、今は無人である。まだ揺れる水面《みなも》が、細かく光を反射していた。

「見学は自由ですし、毎回来る親御さんもいますけど、真央ちゃんのところは、基本的に来なかったですよ」

「それは普通なんですか？」

「親御さんがつき添う場合は、だいたい二パターンなんです」藤村がVサインを作った。「すごく上手で、将来は本格的に競泳の選手でやっていけそうな子と、家が遠い子ですね。車で送り迎えする親御さんもいますから、そういう場合は、練習を見ながら待っているんです」

「真央ちゃんは、どちらでもなかった」

「ええ」

二人の声が途切れる。いつの間にか水の揺れは収まったようで、プールから絶え間なく聞こえてきていた音が消えている。

「真央ちゃんに、誰かがつきまとっていた、ということはないですか」

「ストーカーみたいに、ですか？」藤村が顔をしかめる。「いや、でも、小学生ですよ」

「被害者の年齢は関係ないんです。ストーカーでなくても、近所に変質者がいたとか、そういうことは？」

「僕は知りません」

藤村が思い切り首を振った。あまりにも勢いがよ過ぎるのに、私はかすかな疑念を抱いた。子どもたちに囲まれて仕事をする人間が、いつの間にか幼児性愛に目覚めてしまうことはある。いや、元々そういう性癖を持っているから、子どもたちと触れ合う仕事を選ぶのか。

「この教室の周りは、夜は結構暗くなるんじゃないですか」私は指摘した。都内の住宅街には珍しく、ジムの建物はうっそうとした木立に囲まれているのだ。遠くから近づいて来ると、森の中の建物にアプローチしているような気分になる。夜になると真っ暗になるだろうし、誰かが潜んでいても簡単には分からないはずだ。

「そうですかねえ」藤村が首を傾げる。

「教室が終わるのが五時……帰る頃には、もう真っ暗ですよね」

「そうですけど、今までそんな危ないこと、全然ありませんでしたよ」

「あなたが聞いてなかっただけではないんですか？」

「聞いていないとしたら、答えようがないんじゃないですか」藤村が、わずかに反抗的な態度を見せた。

「子どもさん同士で、そういう話をしていたことは？」

「私は聞いていません」

「ただここで教えているだけなんですか？　真央ちゃんと話したことはないんですか」

藤村の耳が赤くなった。何故自分が追いこまれなければならないのか、分かっていない様子である――私も、分かっていなかったが。ほとんど脊髄反射で喋っているだけだ。

愛美が、私のジャケットの袖を引いた。ちらりと見ると、目を細めて睨みつけてくる。早速お目つけ役の存在が効果を発揮したわけか、と私は皮肉に思った。一つ咳払いをして、質問を続ける。

「ここで教える以外に、子どもたちと話すようなことはなかったんですね」

同じような質問を、調子を変えて繰り返しただけなのだが、藤村も少し冷静になったようだ。赤かった耳も、自然な色に戻っている。

「基本的には、ないです。僕は午後から夜までずっとここにいるし、教えている子どもは百人以上いるんですよ。名前と顔は全部分かってますけど、個人的に話す暇はありません。話すようなこともないですし」

「指導だけ、ということですね」

「もちろん、見込みのある子どもには、他の子どもよりも多く話しかける――コーチすることはありますけど、それはあくまで、プールの中だけの話ですから」

そんなものか、と私は首を捻った。この水泳教室は、オリンピック選手まで輩出している名門である。有望な選手には、コーチがマンツーマンで付いて……と想像したのだが、それは中学生以上なのだろう。オリンピックに出るような選手は、小学生のうちに頭角を現しそうなものだが、そうであってもさすがに高学年からか。

大きく息を吐き、気持ちを平静に保つよう、努力する。この事情聴取が実りなき物に終わるのは、決定的だった。藤村は、プールの外で起きることに興味を持っていないのだろう。そんなことを知る暇もないに違いない。

ふと、他の人間の気配を感じた。見ると、先ほど子どもたちが消えて行った更衣室の方から、二人の女の子が歩いて来る。髪は濡れていたが、既に着替えていた。いかにも不安そうに、周囲を見回しながら、こちらにゆっくりと近づいて来る。

「どうした」

藤村が両手でメガフォンを作り、気さくに声をかけた。教え子なのだろう。私は愛美と顔を見合わせ、一旦話を打ち切った。子どもたちの顔を見た限り、真剣な相談がある様子である。もしかしたら真央のことに関してかもしれない、と私の勘が告げていた。

「先生、あの……」

一人、背の高い方の女の子が声を上げたが、後が続かない。面長の顔立ちは暗く、私の嫌な予感は膨《ふく》れ上《あ》がった。

「どうした?」藤村が私たちの方をちらりと見てから、もう一度言った。「何か、相談でもあるのか」

「あの、真央ちゃんのことで」もう一人の小さい方の子が続けた。今にも泣き出しそうである。

「真央ちゃんがどうした」藤村が椅子を離れた。二人の前で屈みこみ、目の高さを合わせる。パーカーを着ていても、背中が緊張して筋肉が盛り上がるのが分かった。

「真央ちゃんを殺した人、分かったんですか」

「いや」

困惑しながら、藤村が振り向いた。私は、険しい表情を浮かべるしかなかった。刑事として無力感を味わう。子どもたちをこんな風に不安にさせてしまうのは、最低だ。

「変な人がいたって……」

「変な人？」

私は思わず立ち上がった。椅子を蹴飛ばしてしまい、嫌な金属音が響く。女の子二人はさらに怯えて、身を寄せ合いながら後ずさった。

「ちょっと話を聴かせてもらえるかな」

横で、愛美の柔らかい声が響いた。それで女の子二人は、多少は緊張感を解いたようだったが、それでも笑顔はない。愛美が私の方に顔を向けて言った。

「この子たちの家族を呼んで下さい。署で話を聴かないといけません」

「分かった」

「それまでに、簡単に聴いておきますから」

うなずき、私は藤村の肩に手をかけた。藤村がぴくりと体を震わせて、立ち上がる。

「ちょっといいですか？　事務所の方へ……」

　私は彼の肘を摑んで歩き出した。藤村は一瞬抵抗する姿勢を見せたが、すぐに諦《あきら》めて私の前に立った。

「何なんですか」

「あの二人は、あなたの教え子ですね？」

「ええ」

「家族は迎えに来てませんか」

「来てるはずですよ。二人とも、駒沢の方の子なんで。ここからはちょっと遠いですから」

「家族を摑まえたいんです。協力して下さい」

「摑まえる？」

　ちらりと横を見ると、藤村の頰が引き攣《つ》っていた。説明するのも面倒なのだが、自分を落ち着かせるためにも、私はことさら丁寧に言った。

「あの二人は、変質者に関する情報を持っているかもしれません。家族が知らないだけで、子どもたちの間でそういうことが噂になる場合もあります。警察で正式に話を聴かないといけませんが、子どもですから、親御さんに同席してもらう必要があります」

「それを、私が……」

「こっちで言います。あなたは、あの二人のご両親を教えてくれればいい」

「たぶん、駐車場にいます」

藤村が歩調を速めた。私は彼の背中を追いながら、情けない気持ちで一杯になっていた。先ほどの指示は、私が出さなければならないものだったのだ。愛美に先を越されるとは……たぶん私はまた、腑抜《ふぬ》けに戻ってしまったのだろう。人を腑抜けにするのに、アルコールほど強力な道具はない。


強行班の係長、中澤は、私よりも五歳ほど年下の男だ。今や中堅の管理職は、ほとんどが私より年下なのだと考えると、少しだけ侘《わび》しい感じにもなる。とうに出世など捨てているが、今後は年下の上司も増えてくるだろう。そういう連中にどう対応するかは難しかったし、向こうとて同じはずである。

もっともそれは、私が警察で仕事を続ければ、の話だが。今は情動に突き動かされているが、この一件が終わった後でなお、警察にいる意味が感じられない。自分は、いてはいけない男だとも思う。

——余計なことを考えるな、と自分に言い聞かせた。今はやるべきことがある。

中澤は渋い表情だった。直接捜査にタッチしていない私が、子どもとはいえ証人を連れてきたのである、手放しで喜ぶわけもない。

「失礼なことをしているのは承知なんだ」私は先手を取って謝った。「だけど、失踪課としても、この件は見捨てたくない」

「分かってますよ。その件は、まあ……いいんです」

「どういう意味だ？」

「了解してますから」

「了解？」

「そちらの室長から言われてます」

真弓が口利きをした？　信じられない。基本的に彼女が考えているのは、自分の出世のことだけである。私が独断で動いていることは、失踪課の評判を落とし、強いては彼女にも迷惑をかけるかもしれないのに。私は言葉に詰まったが、中澤は気にもしていない様子だった。

「とにかく、証人が見つかったのはありがたい話ですから」

既に昼過ぎ。水泳教室の近くで目撃された変質者の似顔絵を作るのに、午前中一杯かかってしまった。子どもたち二人は、終始頑張って協力してくれたが、最後は涙声になった。思い出して、恐怖に襲われたのだろう。申し訳ないことをした、と私は悔いた。だがこれで、捜査が進展するのは間違いない。変質者は闇に隠れ、子どもたちを品定めしていたのではないだろうか。そう考えると、胸が苦しくなってきた。理解できない犯罪者というのはいるもので、幼児に対する性犯罪者は、私にとってまさにその極限だ。

「この似顔絵……誰かに似ているな」

「そうですね」

鑑識課にいる似顔絵担当者の腕は確かだ。モンタージュもあるが、似顔絵の方が人の特徴をデフォルメし、捉《とら》えやすくなる……そう考えているうちに、ぴんときた。

「あいつじゃないか、寺井《てらい》――ええと、下の名前は……」

「寺井慎介《しんすけ》ですか」中澤が目を細めた。「いや、それは……どうかな。芸能人、というか文化人ですよ」

「そういえば最近見ないな」

「何かスキャンダルを起こしてませんでしたか？」

「いや、俺は知らない」

そもそも私は、芸能ニュースに興味はない。寺井はテレビでレギュラー番組を持っていたので、顔と名前を覚えているだけだった。私は助けを求めて、愛美を見た。

「確か、セクハラですね」愛美がさらりと言った。

「セクハラ？」

「番組のアシスタントにセクハラしたって、週刊誌に書かれたんですよ」

「それ、いつ頃だ？」

「ええと……」愛美が首を傾げる。「一年ぐらい前だったと思いますけど。調べましょうか？」

中澤は反応しなかった。私も沈黙した。だが、私たちの腹のうちは正反対だったと思う。中澤は、最初から「あり得ない」と考えている。私は一度頭に浮かんだ可能性を捨て切れなかった。子どもの記憶力は頼りないところもあるが、時には大人顔負けに、過去の出来事を再現することもある。

愛美が特捜本部のパソコンを借りて、寺井の情報を集め始めた。私は改めて、似顔絵を手に取った。面長の顔立ち、大きな目、緩くバックに流した髪……テレビで見た記憶のある寺井の顔によく似ている。一度そう考えると、頭の中に寺井が住み着いてしまった。落ち着け、と自分に言い聞かせて腰を下ろす。長テーブルに置いた似顔絵を挟んで、中澤と向かい合う格好になった。

「どう思う？」

「似ているのは間違いないですけど……どうかな」中澤が腕組みをした。

「可能性を否定しちゃいけないぜ」

「そんなことはしませんけど、ちょっと、何ていうか……にわかには信じられないな」

「芸能人だから？」私は、引き気味の中澤に対して、わずかに蔑《さげす》むような気持ちを抱き始めた。相手が有名人だろうが何だろうが、疑いがあれば調べる、それだけのことではないか。

「まあ、ちょっと周辺を調べてみましょうか」中澤の方で一歩引いた。「詳しい事情が分からないと、疑いようもないですからね」

それは間違いない。だが私は、中澤の気持ちが前のめりになってこないことに苛立った。

「有名人だから、遠慮してるんじゃないのか」

「遠慮というか、この似顔絵だけで判断するのは無理ですよ。手がかりとしては弱過ぎる。子どもが言ったことですからね」

「取っかかりにはなるだろう」

「高城さん」中澤が溜息をついた。「こんなことは言いたくないんですが……入れこむ気持ちは分かりますけど、ここはうちの帳場なんですよ」

「官僚主義的なことを言うなよ。事件が事件なんだぞ。この地区の子どもたち全体に悪影響がある」

「それは分かってます」

中澤が表情を消して、椅子に背中を押しつけた。自分が彼を苛立たせているのは分かっていたが、あまりにも消極的過ぎる。結局この男には、被害者の痛みは分からないのだ。被害者と、その周辺の人間……自分が被害を受けたわけでもないのに、感情移入してトラウマを受けてしまう。私はそういう人たちを、たくさん見てきた。綾奈の同級生の親たちに、どれだけ辛い思いをさせたか……実際あの一件は、十年以上経った今も、私が当時住んでいた荻窪《おぎくぼ》の街に暗い影を落としている。近い年齢の子どもを持つ親にとって、どうしても忘れることができない事件だったのだ。この前行われた葬儀でも、当時捜索を手伝ってくれた人たちが何人も顔を出してくれ、私は時間がまったく経っていないことを強く意識させられた。関係者にとっては、あの時から時間が凍りついたままなのだ。

「とにかく、調べてみよう」

「無茶しないで下さいよ」中澤が不安そうに忠告した。

「必要があれば無茶するさ」

中澤はブレーキをかける立場でもある。しかし今の私に必要なのは、アクセルだけだった。

パソコンに取りついている愛美の横に座る。

「どうだ？」

「一年じゃなくて八か月……去年の六月でした」

「どういうスキャンダルだったんだ？」

「番組のアシスタントにセクハラしたっていうのは、記憶通りでした」愛美が耳の上を人差し指で突いた。「週刊誌の記事を信じるとすれば、番組の打ち上げで六本木《ろっぽんぎ》のクラブに行って、そこで……ということのようです」

それ以上詳しいことは載っていなかったのだろう。週刊誌によくある、見出しだけで買わせるパターンだったのではないか。

「芸能界でも、そういうことがすぐに問題になるのか？」

「そのアシスタントの子、まだ二十三歳だったんですよ」

「年齢が関係あるのかね」私は首を傾げた。だいたい、二十三歳と言えば立派な大人だ。何かあれば、毅然とした態度で反発することもできたはずなのに。

「あとは事務所の力関係とか。その辺、無責任な噂しかないですから、何とも言えませんけど」

「事務所の力関係っていうのは？」

愛美はノートパソコンを閉じ、呆れたように首を振った。

「事務所の大小……影響力の大きさの違いとか、あるでしょう。例えば、いくら人気者でも、事務所が小さければ、トラブルを起こした時に庇《かば》いようがないということもあるんですよ。ちなみにそのアシスタントの子の事務所は、芸能界最大手です。それに対して、寺井は元々所属していた事務所から独立して、個人事務所でやっていたようです。力の差は明白でしょう」

「ヤクザの抗争みたいな話だな」

愛美がまた首を振り、「その喩《たと》えはどうかと思いますけど」と言った。

「芸能界には詳しくないから、それぐらいの喩えしか思いつかないんだ……それで、現在は？」

「その記事が直接のきっかけになったかどうかは分かりませんけど、去年の秋の改編期に、番組自体が打ち切りになりました。視聴率も下がってたみたいですけどね」

「体よく追い払われたわけか」

「女性問題に関しては、他にも色々噂があったみたいですし。局側も、厄介払いのつもりだったかもしれませんね。スキャンダルは嫌われますから」

「他の番組は？」

「レギュラーはその番組だけでしたから、今はどうですかね……そこはもう少し調べてみないと分かりませんけど、ネットで分かることには限りがありますよ。そもそも、ネットでまとめられた情報っていうのは、ネットの中に転がっている物に限られますから」

「分かった……事務所の名前を教えてくれ。前に在籍していた事務所も。もしかしたらそれも、ネットに載ってるか？」

「そうですね」愛美がパソコンを開く。素早く検索して、電話番号を私に告げた。

私は彼女の許を離れ、人気のない部屋の隅に行って携帯電話を取り出した。まず最初に、寺井の現在の事務所に電話をかけてみた。出ない。日曜日なので人がいないのか、唯一の所属タレントである寺井の仕事がないので、事務所自体を閉鎖してしまったのか。十回鳴らしても反応がないので、諦めて以前の事務所に電話をかける。こちらも反応しなかった。こんなものか？　芸能事務所は、週末や祭日の方が稼ぎ時のように思えるが。

電話を放り出して溜息をつき、顔を上げると愛美と目が合った。彼女は首を横に振った。やはり、ネットで集められる情報には限りがあるのだろう。

こういう時は……ふいに思いつき、何か所かに電話を入れる。連絡したい相手の携帯電話番号を割り出した時には、十五分が経っていた。電話を入れる前に愛美を見ると、パソコンのキーボードに指を走らせている。報告書でも書いているような勢いだ。まあ、今は声をかけない方がいいか……私は、手帳に書きつけた番号をプッシュした。色々噂は聞いているし、面と向かって話したこともあるが、電話するのは初めてである。

「もしもし？」外にいるようで、相手の声は少しばかり大きかった。歓声らしきざわめきが聞こえてくる。

「失踪課の高城です」

「ああ、どうも」やけに爽《さわ》やかな声。古典的なハンサムな顔つきに、いかにも合っている感じの声である。

「今、話していいだろうか。休みのところ、申し訳ないんだが」

「いいですよ。今、サッカーを観てたんで」

「サッカー？」

「子どもの試合です」

相変わらずの子煩悩か……妻を亡くし、一人で子育てをしている大友鉄《おおともてつ》は、警視庁の中でも異色の存在だ。捜査一課で将来を嘱望《しょくぼう》された若手だったのに、自ら志願して刑事総務課に異動した——全て一人息子のためだ。近くに義母も住んでいるのだから、彼一人が無理をすることもないと思うのだが、彼は彼で色々考えることもあるのだろう。

「ちょっとお願いしたいことがあるんだが」

「面倒なことでなければ」

率直な物言いが気に入った。普通、休みの日に頼み事をされても、避けるためにぐだぐだと言い訳するものである。

「電話で済む話だと思う」

「結構ですよ……ちょっと待って下さい、移動しますから。グラウンドの近くは煩いんですよ」

それからしばらく、彼の声は途絶えた。やがて電話に戻って来た時には、周りの雑音は消えていた。

「どうぞ、話せます」

「君、昔役者をやってたって言ったな」

「素人劇団ですよ」苦笑しながら大友が認めた。「学生時代ですから、ずいぶん昔の話ですし」

「ちょっと前に、劇団絡みの事件を解決しただろう？　今でも、ああいう芸能の世界に伝《つて》があるのか？」

「ないわけじゃないですけど、ちょっと知り合いがいる程度ですよ」

「その伝を辿ってもらえないか？　実は、ある人間に連絡を取りたいんだ」

「いいですよ。やってみます」大友は気楽な口調で言った。休みの日に仕事を頼むと、露骨に面倒臭がる人間も多いのだが……特に大友の普段の仕事は、刑事の研修などの企画である。たまに捜査に加わってくることもあるが、夜も休日もない刑事の感覚は薄れているはずだ。

「寺井慎介」

「あの寺井ですか？　最近見ませんね」

「スキャンダルで、表舞台から退場したみたいなんだ」私はにわか知識を披露して説明した。「できるだけ早く連絡を取りたいんだけど、事務所に電話がつながらない」

「知り合いの事務所に当たってみます。どこか、連絡先が分かると思いますよ」

「頼む。分かったら、携帯に電話してくれ」

「失礼ですが、これ、失踪課の仕事と関係あることなんですか？」

「……ある」低い声で答えて、私は電話を切った。大友は基本的に真面目な男だし、刑事部全体に目を配る立場にもあるから、私が管轄を無視して動き回っていることを知ったら、渋い顔をするかもしれない。だが、その時はその時だ。今の私を止められる人間はいない。

電話をテーブルに置いた瞬間、愛美が寄って来た。Ａ４判の紙を手にしている。

「何だ？」

「寺井の件で、分かっていることをまとめてみました」

相変わらず仕事が早い。今まで、これにどれだけ助けられたか……私はうなずき、彼女のレポートに目を通し始めた。

寺井慎介は、今年四十八歳。元々、都内の私立大学の准教授で、国際経済学が専門だったのだが、十年ほど前にニュース番組の解説に呼ばれたのをきっかけに、メディアへの露出が多くなった。いかにもテレビ受けしそうなすっきりした顔立ちと、捻りの効いたコメントで、特に主婦層の人気が高かったようだ。四年前には、毎週金曜日の夜に放送される、一時間のニュースバラエティのキャスターに抜擢されている。週末らしく、硬いニュースを少し柔らかめに取り上げるのが特徴的なスタイルだった。視聴率は、スキャンダルの影響もあって一気に下がるまで、ずっと十パーセント台半ばで推移している。ライバル番組が多い時間帯にしては、上出来だったようだ。同じような趣旨のラジオ番組も、三年前から始めている。ラジオというメディアが沈没し続ける中で、こちらも人気番組と言っていいようだった。

それが、問題のスキャンダルで吹き飛んだ。ラジオ番組の方も、本人からの申し出という形で打ち切りになっている。大学にも辞表を提出したというから、彼の人生は、週刊誌の記事一本で、大きく挫折してしまったようだ。

「つまり、今は無職ということか」

「でも、メルマガをやってますよ」

「メルマガ？」

「メルマガが何かまで、説明はいらないですよね？」愛美が冷たい口調で言った。

「それぐらいは分かるよ」

「経済問題の分析は、依然として続けているんで、それをメルマガで流しているみたいです。例えば年会費千円で、千人の購読者がいたら、それだけで百万円の収入になります」

「年収百万円じゃ、生活できないだろう」

「実際はもっと高いし、会員数も多いと思います。それに四年間、テレビとラジオで週一回のレギュラーをやっていたら、どれぐらい貯金できると思います？」

「どうなんだ？」逆に私は訊ねた。「その辺、ブラックボックスの世界だよな。一回当り百万とか？」

「さあ」愛美が渋い表情を浮かべた。「でも、仮に五十万円としても、年間では二千五百万円になりますよ。それにラジオの分を足したら、立派な高額所得者じゃないですか。もちろん、大学教授としての給料や本の印税もあっただろうし」

「贅沢《ぜいたく》してなければ、これから食っていけるだけの貯金はあったわけか……」

「よほど無駄遣いしてない限り、そうなんでしょうね」

　私は、愛美のレポートを指で叩いた。ここに現れているのは、あくまで表面的な情報である。私が知りたいのは彼の性癖——端的に言ってしまえば下半身の事情だ。それは、簡単には探り出すことができない。比較的近い関係者に食いこんで、喋りにくい事情を打ち明けさせるのは時間がかかるだろう。

「一つ、気になることがあるんですが」愛美が遠慮がちに切り出した。

「何だ？」

「寺井が、あまり性癖のいい人間じゃないのは、間違いないみたいですね」

「セクハラするような人間は、何か根本的に問題があるだろうな」

「でも、大人の女性にセクハラするのと、幼女に対して猥褻《わいせつ》な行為に及ぶのとでは、まったく違うんじゃないですか」

　それこそ、心理学者の分析が必要な部分かもしれない。人の性的嗜好《しこう》は様々だが、二つの嗜好が並存することがあるのかどうか……。

「調べるよ」

「一番難しいところですよ」

「承知の上だ。それが分からないと、動機がはっきりしない」

「高城さんは、寺井がやったと思ってるんですか」

「今のところ、唯一の容疑者だ」

愛美は何も言わず、顎を胸に埋めた。疑っている……子どもの記憶力の危うさを心配しているのだ。それは分かるが、今は前向きの手がかりとして考えるべきではないか。

電話が鳴った。大友だった。

「マネージャーの携帯の番号が分かりましたよ。それと、寺井の住所も。申し訳ないですけど、寺井の番号までは分かりませんでした」

「十分だ。助かる」

やはりこの男は頼りになる。失踪課に誘ってみてもいいな、とふと考えた。最近戦力が大きくダウンしているし……私もいつまでいられるか分からない。

電話を切って、立ち上がる。愛美に「住所が割れた」と言って、中澤の許へ足を運んだ。これから確認に行く、と告げると、中澤は「下手に手は出さないで下さいよ」と忠告した。

「話ぐらいは聴ける」

「動向監視と、周辺の聞き込みをしてからにして下さい。いきなり本人に突っこむのは駄目ですよ」言葉遣いは丁寧だが、厳しい台詞だった。

「何かあったら連絡する」

「高城さん……」

中澤は不安そうだったが、私はそれを振り切って署を出た。愛美が付いて来る。

「足はあるんですか？」

「自分の車で来てる。本当はまずいけど、今日はしょうがない。覆面パトを借りるわけにはいかないからな」

「誰かの応援を待った方がいいんじゃないですか」

「弱気になるな。今は、本人に直接ぶつかるつもりはないから」

愛美が疑わしげな視線を向けてくる。私はそれを無視したが、中澤を振り切る時よりも、はるかに労力を要した。

7

マネージャーが電話に出なかったので、メッセージを残した上で、私たちは直接寺井の家を訪ねた。目黒《めぐろ》――とはいっても、世田谷との境で、東横《とうよこ》線の中目黒の他に、田園都市線の池尻大橋も最寄り駅になる。むしろそちらの方が近い。その事実に気づき、私はさらに寺井に対する疑いを強めた。池尻大橋と桜新町。田園都市線一本でつながっているし、ともに二四六号線沿いの街でもある。近くはないが、遠いとも言えない。変質者が獲物を狙って遠征するには、適当な距離ではないか、と思った。

自宅は、目黒川沿いの、それなりに古いが高級そうなマンションだった。バブル期に建ったのかもしれない。おそらく内装もやたら豪華《ごうか》で、当時は九桁《けた》の値段がついていたのではないだろうか。ちょうど私が、結婚するために家を捜していた時期で、広告を見る度に溜息をついたのを思い出す。もちろん当時の私は、自分が二十年後、武蔵境の1LDKのマンションで一人暮らしをするようになるとは、想像もしていなかったが。

さすがに二十年前のマンションなので、セキュリティは最新の物とは比べ物にならないぐらい緩い。管理人も平日の昼間勤務ということなのか、姿は見当たらなかった。

「マンションだと、張り込みは難しいですよ」愛美は引き気味だった。

「思い切って本人を呼んでみるか」

「駄目です」愛美が慌てて言った。「まだ早いですよ。この段階で、何を聴くつもりですか」

アイディアはないが、気は逸《はや》る。私はマークXのハンドルを握り締めたまま、攻め手を考えた。近所の人に話を聴いてみるのは確実な方法だが、マンションだとそれも難しい。そもそも、隣に誰が住んでいるかも知らないケースがほとんどだろう。プライバシー保護の観点から言えば安心だが、それでもこういう時は困る。

「平日なら、大学側に話を聴く手もありますけどね」

「辞めたんじゃないのか」

「本当に辞めたかどうかも、分からないんですよ」申し訳なさそうに愛美が言った。「辞表を提出したという話だけで、大学側がそれを受理したかどうかについては、情報がないんです。さっき、大学のホームページを確認したんですけど、まだ名前はありました」

「だったら、慰留されたのかもしれない」けしからん話だが、と思いながら私は言った。

「セクハラか……処分の線引きが微妙だな」

「被害者の申告がないと、成立しないかもしれませんね」

「今回は、内輪で片をつけた感じじゃないかと思うんだ。アシスタントの子の事務所が、裏でどう手を回したか知らないけど、寺井はレギュラー番組を失って、社会的な制裁も受けた。収入の道も途絶えたわけだし、被害者側も、それで十分だと判断したかもしれない」

「被害者というか、被害者の事務所が」

愛美の言葉に、私はうなずいた。芸能界の力関係や常識はまったく分からないが、何となく被害者の女性本人の意向よりも、事務所の思惑が優先されたような気がする。

「とにかく今回の件では、寺井は告訴されたわけじゃない。つまり、刑事的な責任は一切問われていないわけだ。大学側が、こういう状況をどう判断するかは分からないな。破廉《はれん》恥《ち》なことではあるけど、刑事事件ではない。しかも大学には直接関係ない。辞表を受理しなかった可能性もあるんじゃないかな。だいたい、大学は身内に甘いものだし」

「それは、明日以降調べるしかないですね。もしかしたら大学のホームページも、寺井の名前を削除し忘れているだけかもしれません。こういう管理、結構いい加減なんですよ」

「今日のところは、取り敢えず動向監視だな」それしか思い浮かばないのに腹が立つ。じっと待っているより、動き回りたい気分なのに。

「それより、近所の聞き込みでもしてみませんか?」愛美がドアに手をかけた。「マンションの住人よりも、近所の店の人の方が親しい、ということもありますよ」

「そうするか」ここから中目黒、あるいは池尻大橋駅に向かって、沿道に並ぶ店をローラー作戦で潰していく——面倒なやり方だが、今できるのはそれぐらいしか思い浮かばなかった。

私は、車を近くのコイン式駐車場まで動かした。パトカーではないので、「公務で」という言い訳で駐車違反を続けるわけにはいかない。

車を駐車スペースに入れた瞬間、愛美の携帯が鳴り出した。バッグから取り出して着信を確認すると、怪訝《けげん》そうな表情を浮かべる。

「ちょっと待ってもらっていいですか?」と言うと、私の返事を待たずに車を出てしまった。プライベートな電話だろうと考え、なるべく彼女の方は見ないようにしよう、と意識する。だが、何となく目が向いてしまった。こちらに向けた愛美の小さな背中が、びくりと動く。まるで冷水をかけられたようだった。そんなに驚くような話なのか？　気になって、彼女から目が離せなくなった。愛美はそのまま歩き出し、車から遠ざかって行く。駐車場から道路に出ようとした瞬間、目の前を車が猛スピードで走り抜けた。慌てて飛び下がり、しかし携帯は耳から離さない。おいおい……右見て左見ては基本じゃないか。

明らかに、電話の内容に心を乱されている様子だった。しかもなかなか終わらない。彼女の方でも何か言い返している様子だが、喧嘩というわけではないようだった。ちらりと見えた横顔は冷静……冷静だが、蒼褪めている。彼女のこういう顔つきは珍しかった。

何が起きた？　心配になって外へ出ようとした瞬間、私の携帯が鳴った。醍醐。

「今、どこですか」いきなり大声で切り出してくる。

「目黒だよ。池尻大橋の近くだけど、それが何か？」

「合流します」

「何言ってるんだ、今日は日曜じゃないか。お前、忙しいだろう」子沢山の醍醐の休日は、子どもの相手をすることで潰れる。月曜日に、金曜日よりも疲れて出勤してくることも珍しくない。

「今は手が空いてますから」

「これから向かいます。近くへ行ったらまた電話しますよ。で、今何をしてるんですか？」

溜息をついてから、私は状況を説明した。醍醐は、寺井の名前を出しても乗ってこなかったが、今のところこれが唯一の手がかりだと言うと、「まあ、その線はありですかね」と渋々認めた。納得しているわけではなく、私の考えをすぐに却下するのは悪い、と思っているようだった。

「自分が行くまで、大人しくしていて下さいよ」

「何だよ、それ」

「暴走禁止でお願いします」

「俺はお前じゃないよ」

笑いながら言うと、醍醐が「オス」と答えて電話を切った。彼はまったく笑う気配がなかった。

ようやく愛美も電話を終えて、車の方に戻って来た。明らかに顔色が悪い。目を伏せ、どこかぼんやりしている様子でもあった。私は慌てて車を出て、声をかけた。

「どうかしたか？」疲れているのは間違いないのだが。

「いえ……何でもないです」

「顔色が悪いぞ」

「気のせいじゃないですか」そう反論しながらも、彼女の声には力がなかった。間違いなく何かあったのだ。それも、重大な何かが。

「仕事ができる状態じゃないぞ」

「別にこれは、正式な仕事じゃないでしょう」

愛美が顔を上げると、私は動転した。目が赤く、明らかに泣いた形跡がある。今の短い時間で？　何が起きた？　だが次の瞬間には、愛美はいつもの厳しい表情を取り戻した。下らないと判断した質問を完璧に拒絶する、毅然とした態度。

「何でもないですから」

「そうは見えない」

「しつこいですよ。個人的な問題です」

「問題があるのは間違いないんだな」

愛美が私を睨みつけた。それで私は、自分の勘が当たったことを確信したが、愛美から答えは引き出せなかった。愛美がさっさと歩き出す。無愛想なのはいつも通りだったが、今日はそれだけではなかった。傷つき、疲れている。

今の電話で何かあったのは間違いない。普段動揺しない彼女の心を揺るがすような何かが。

だが私は、彼女の心に立ち入ることはできない。それは余計なお世話であり、彼女が喜ぶとも思えなかった。

寺井は離婚したようだった。

その情報をもたらしてくれたのは、近所のクリーニング屋だった。マンションに一番近い店。寺井が普段使いしているだろうと見当をつけて入ったら、大当たりだった。

エプロン姿の女性主人は、私たちの訪問を決して歓迎しなかった。胡散臭《うさんくさ》そうな視線で応対し、警察だと名乗っても反応を変えようとしない。だが話しているうちに、次第に饒舌《じょうぜつ》になってきた。客が来なくて暇だったせいかもしれない。

「最近、奥さんが来ないんですよね」

「どういうことですか？」離婚、ないし別居をほのめかしているのはすぐに分かったが、直接的な表現を使うつもりはないようだった。私は焦らないように自分に言い聞かせ、じわじわと迫った。「奥さんが家事を拒否しているとか？」

「そうじゃないでしょうけど」

「だったら、家で洗濯するようになったんですかね」

「ワイシャツを綺麗に洗濯してアイロンをかけるのは、大変ですよ」

分かる――想像の上では。私も洗濯が面倒で、ワイシャツはいつもクリーニングに出してしまう。時には出し忘れ、自分で洗濯したままの皺くちゃのワイシャツを着て出勤する羽目になるのだが。

「寺井さんが、自分でクリーニングを出しに来るわけですか」

「そう……あの時以来です」

「例のスキャンダル？」私はカウンターに肘をつき、声を潜めて訊ねた。

「ねえ、あんなこと……」女主人が、両手で頬を挟んだ。「そういう人には見えなかったけど」

「ご近所さんから見て、どんな感じの人だったんですか？」

「真面目な人ですよ。だって、そもそも大学の先生でしょう？　テレビに出始める前から知ってますし、話したこともあるけど、堅い感じの人なの。だから、あんな変なことを起こすなんて信じられないんだけど……番組を辞めちゃったのは、本当だったからなんでしょうね」

「たぶんそうなんでしょうね」うなずき、私は同意した。相手の話し振りに、次第に熱が入ってくる。

「とにかく、テレビが終わってからしばらくして、自分でクリーニングを出しに来るようになって」

「どういうことですかね」

「だから離婚ですよ、離婚」女主人も、前屈《まえかが》みになって声を低くする。ようやくはっきり喋る気になったようだった。「自分で言ってましたから、間違いないと思いますよ」

「奥さんの方が出ていったんですか」

「そうでしょうね。寺井さんは今でも、あのマンションに住んでるんだから。でも、驚きますよねえ。慰謝料代わりに家を明け渡すなら分かるけど、ご自身は残って、ねえ。よほど高い慰謝料を払ったのかしら」

離婚の慰謝料は、それほど高くはならない。二十年一緒にいた夫婦で、離婚の理由が夫のスキャンダルだとしても、八桁にはならないのではないか。

私の場合、慰謝料は払わなかった。単に夫婦関係が壊れ、互いに一緒にいる意味がなくなっただけで、どちらの責任とも言えなかったから。妻は——元妻は弁護士だから、ふんだくるつもりならばあらゆる手を使ってきたはずだが、何もしようとしなかった。娘を失い、酒に溺れ始めた私を哀れに思ったのかもしれない。家を売り払い、ローンの残額と相《そう》殺《さい》して残った多少の金は、均等に分けた。

以来、妻とは一度も会わなかった——綾奈の葬儀までは。しばらく前、久しぶりに見た彼女の冷たい目つきを思い出すと、ぞっとする。あれは、全ての責任を私に押しつけようとする目だった。何も言わなくても、目の力だけで全ての悪感情を伝えることができる——それが、弁護士の業務で養われた力だとは思えなかったが。自分がそういう女と結婚していたと考えると、冷や汗物だ。

「離婚とは、奥さんも思い切りましたね」

「そうねえ。でも、そんな物かもしれませんよ。寺井さん、有名人だから、ああいうスキャンダルがあると、普通の人よりもショックが大きいでしょう。奥さんだって、嫌だと思うわよ。色々噂されるだろうし……」

「どういう噂ですか」女主人が言葉を濁した。

「噂は噂ですよ」それを流しているのはあなたたちだろう、と思った。「とにかくそういうことです」

「寺井さんは、どれぐらいの頻度で来るんですか？　週に一回ぐらい？」

「そう、だいたい土曜か日曜ですね。大学は休みでしょうし」

「まだ大学に勤めているんですね」やはりそうなのか。倫理観が緩いというか……それでいいのだろうか。

「そう聞いてますよ」

「昨日か今日は、来ませんでしたか？」

「見てませんね」

些細《ささい》な情報だが、私は寺井に対する疑いをさらに強めた。普段と違う行動パターン。何か事情がない限り、人はできるだけ決まったパターンに従って生きようとするものだ。もちろん、どこか地方へ出張している可能性もあるが。

「申し訳ないんですが、ここへ来ることがあったら、連絡してもらえますか？」私は名刺を取り出し、裏に携帯電話の番号を書きつけて渡した。

「寺井さん、どうかしたんですか?」

「申し訳ないですが、それは言えません。こちらの事情ですみませんけど」

「いえ……」女主人が、気味悪そうに私の名刺を拾い上げた。「何か、嫌な感じですね」

「警察が絡むことは、基本的に全部嫌な感じですよ。すみませんが、よろしくお願いします」

頭を下げて、私たちはクリーニング店を辞した。寺井が離婚していたらしいというのは小さくない情報だったが、それよりも愛美の様子が気になる。今も、一言も発せず——普段は二人で聞き込みしていると、必ず鋭い質問を一つ二つぶつけるのだ——ひたすらメモ取りに専念するだけだった。

大丈夫か、と聞くのは簡単だ。だがその一言が、彼女の機嫌を最悪の状態にしてしまう可能性もある。何もご機嫌取りに徹するつもりはないが、一緒に仕事をしている以上、フラットな精神状態でいて欲しい。自分が異常に入れこんでいるのは棚に上げて、私は思った。

携帯が鳴り出す。醍醐だった。

「池尻大橋の駅まで来ましたよ」

私はマンションの住所を告げ、駅からの道順を大まかに説明した。

「マンションの前で一度落ち合おう。それから、事情聴取する先を割り振る」

「その辺の店ですね」醍醐はこちらの作戦を読んでいた。

「そういうことだ」

「オス。五分で行きます」

歩けば十分ほどかかるはずなのに、醍醐は本当に五分でやって来た。私は、煙草を一本灰にするだけの休憩しか取れなかった。相変わらず体力自慢である。ほとんど走るように近づいてきたのに、息が上がっていない。私は、クリーニング店での事情聴取の結果を告げた。

「離婚ですか……」

「スキャンダルは大きかったんだろうな」

「それで欲求不満になって、それが子どもに向かったんですか？　元々の性癖じゃないですかね」醍醐の声に怒りが滲む。彼には、小さな女の子もいるのだ。

私は周囲を見渡し、唇の前で人差し指を立てた。

「昼間から、こんなところででかい声で話す話題じゃないぞ」

「……オス」醍醐の目つきが鋭くなった。

「とにかく今のところは、寺井が唯一の容疑者だと言っていい。本人に会う前に、外堀を埋めるんだ。お前は、明神と回ってくれ」様子を探り出せ、と耳打ちするつもりだった。

愛美は、私に対しては依然として壁を築いているが、醍醐に対しては素直な部分もある。はっきり言って、このままの状態では仕事をさせておけない。

「駄目です」黙っていた愛美がいきなり口を開いた。

「駄目って、どういう意味だ」

「高城さん一人でやるのは駄目です」

「どうして」

「暴走するから。今も、決めつけ過ぎですよ。まだ何も分からないでしょう。寺井は、現段階では容疑者とは言えないと思います」

「暴走なんかしてないぜ」言ってはみたが、自信はなかった。本人を前にしたら、摑みかかって自白を強要するかもしれない。

「そんなの、言葉だけじゃ当てになりませんよ」

「君にお目つけ役をお願いするほど、俺は落ちぶれてない」

「十分落ちぶれてると思いますけど」

「何だと――」

「まあまあ」醍醐が割って入った。「やめましょう。こんなところでみっともないですよ」

確かに。歩道での口喧嘩――道行く人が、ちらちらとこちらを見ている。

「分かったよ」醍醐に探りを入れさせるのは中止だ。「俺には監視が必要だそうだから。

お前は一人で回ってくれ」

「了解です。じゃあ、駅から遠い方へ」

「こっちは駅の方へ向かう。何か分かったら電話してくれ。何もなければ……」私は腕時計を見た。「夕方一度、マンションの前で集合しよう」

「オス」

醍醐が踵を返して、すぐに去って行った。愛美も駅の方へ歩き出そうとしたが、私はその背中へ声をかけて引き止めた。

「一つ言っておくことがある」

愛美が立ち止まったが、こちらを向こうとはしない。構わず話を続けた。

「俺の勝手な捜査に協力してくれることには、感謝している。何が気に食わないのか分からないけど、それだけは分かってくれ」

愛美が首だけ回して私の顔を見た。やはり、いつもの彼女ではない。彼女を動かす主な原動力——犯罪に対する怒りが見えないのだ。

「高城さんの仕事は、これだけじゃないですよ」

「どういうことだ？」

「事件に軽重はつけられませんけど、もっと大事な仕事があるのは間違いないんです。そこから逃げないで下さい」

と思える。

「俺は逃げてない」

「酒に逃げてましたよね。みっともないです」

君に何が分かるんだ、と心の中で叫んだ。口に出したら、それこそみっともないことだと思える。

「大事な仕事、忘れないで下さい。それを解決するしか、道はないんです」

冷たく乾いた風が、足元を吹き抜けていく。愛美は、大股で歩き出した。その後ろ姿を目で追いながら、私は彼女の言葉の残酷さを噛み締めた。

綾奈を殺した犯人を追え。

そう、私が今の状況から抜け出す方法は、それしかない。被害者を救う一つの方法は、犯人を憎むこと——そして今の私には、憎むべき犯人がいない。だからこそ、酒に逃げるしかなかったのだ。自分に、そんな捜査ができるとも思えなかった。しかし愛美は、私に捜査を強いている。強い確信を持って。彼女がそう考えるのは当然だが、今の私には正直きつい。

歩き出そうとした瞬間、携帯が鳴った。真弓。何も言ってこないだろうと思っていたのだが、どうかしたのか……どこかから、私の動きにクレームが入ったのかもしれない。出るのは気が進まなかったが、真弓の性格を考えると、こちらが反応するまで、何度でも電話を鳴らし続けるだろう。仕方なく、通話ボタンを押した。

「明神は一緒？」珍しく、切羽詰まった口調だった。

「ええ。別に頼んでませんけどね」

「今、そこにいるの？」

「十メートルほど離れてますが。嫌われましてね」

　普段なら、「それは元々でしょう」とでも切り返しがくるところだ。しかし今日の真弓は様子が違う。

「話していて、あの娘《こ》に聞こえる？」

「いや、その心配はないと思いますが……どうしたんですか？」

　愛美が何か感づいたのか、立ち止まる。体の向きを変えて、私と相対する格好になった。依然として表情は暗い。

「今、どんな様子？」

「ちょっとおかしいんですけど……どこかからかかってきた電話に出てからです。何かあったんですか」

「ご両親が事故に遭ったの」

「何ですって？」いきなり、頭の中で痛みが自己主張し始めた。脳内出血でもしたのかと思うほどの激しさで、私は思わず眉根をぎゅっと寄せた。「事故って、どういう……」

「交通事故。お父さんが運転していて、後ろからトラックに突っこまれたのよ」

「……それで？」

「助手席のお母さんが即死。お父さんも意識不明の重態。危ないかもしれない」わざと箇条書きのように喋ることで、真弓は自分の不安を紛《まぎ》らしているようだった。

「どこから入ってきた情報ですか」

「静岡県警から。所轄の交通課があの娘に電話したんだけど、現地へ向かうのを拒否したのよ」

「どうして」

「仕事中だから、だそうよ。それで困って、私に電話が回ってきた」

ふざけるな。私は頭に一気に血が昇るのを感じた。小さな穴が空いたら、脳天から血が高く噴き出しそうだった。

「だから、あなたは──」

「分かってます」私はほとんど怒鳴っていた。「首に縄をつけても、静岡へ送り返しますよ」

「お願い。私もさっきから何度か電話してるんだけど、無視されてるのよ」

電話を切り、私は愛美の許へ駆け寄った。腕を摑むと、唇を引き結び、怒ったように目を細める。

「室長から聞いた。どういうつもりなんだ？　早く静岡へ帰れ」

「仕事中ですから」

「仕事がなんだ！　一大事じゃないか」

「仕事です」愛美の唇が震え出した。目が潤《うる》む。しかし両手を拳に握り締めることで、悲しみを握り潰そうとしているようだった。

「ふざけるな。これは業務命令だ。すぐに静岡へ帰れ。東京駅まで送るから」

「必要ありません」

「どうしてそこまで意地になる？」

「高城さんを放っておけませんから」

「俺のことは関係ない！　家族の問題なんだぞ。俺みたいに後悔したいのか！　時間は、絶対に取り戻せないんだぞ」

愛美は何も言わなかった。唇を嚙み締め、ただ耐えている。自分が置かれた状況に……しかし、両親を二人とも亡くしかけていることよりも、私の捜査を手伝うことの方が意味があるわけがない。

「とにかく、行こう」

私は愛美の腕を摑んだ。逆らわず、引かれるままに歩き出す。それだけで私は、この事態の異常さを思い知った。どんなことであっても、彼女が逆らわないなど、考えられないのだから。

東京駅へ着くまで、二人とも終始無言だった。醍醐には連絡しておくべきだと思ったが、何となく、彼女を横にして事情を話したくない。必然的に、車内は静かになった。詳しく知りたい……愛美は、静岡県警からきちんと事情を聴いているはずだったから。しかしあまりしつこくしても、彼女を追い詰めるだけだろう。向こうが話す気になれば話す——そういうスタンスを貫きながら、私は運転に集中した。山手《やまて》通りから目黒通り経由で、桜田《さくらだ》通りへ。途中、東京タワーの西側を通って日比谷《ひびや》通りに出て、そこから先は真っ直ぐに東京駅を目指した。あそこは、駅前に車を停める場所などない。私は丸ビルの駐車場に車を停め、また愛美の腕を摑んで引っ張りながら駅へ向かった。

日曜の午後、駅はざわついている。愛美は、私が一度も見たことのない愛美だった。ぼうっとしている。切符売り場の前まで連れて行っても反応がない。仕方なく、私は自分の財布を抜いて、新幹線自由席の切符を買った。片道、五千六百七十円。何故か財布に入っていた余計な金が、ここで役に立った。時刻表を確認すると、十六時三分発の「ひかり」がある。一時間ほどで静岡に着くはずだ。彼女に切符を渡し、自分はバッジを呈示して改札を通る。厳密に言えば公務ではないのだから違反だが、今日ばかりは仕方がない。新幹線の出発まで時間がないのだ。

改札の中に入ると、愛美がようやく自分を取り戻した。雑踏の中、私の側に寄って来て「お金、後で返します」と告げる。

「そんなことはどうでもいい」私は少し大きな声で言って、早足で歩き始めた。クソ、丸の内側からのアプローチなので、新幹線のホームが遠い。ようやくホームに出ると、愛美が乗るべき新幹線は既に待機していた。話している暇はない。今はとにかく、彼女を無事に静岡へ送り出すことだ。

「落ち着いたら連絡してくれ」

愛美が無言でうなずく。頬は白く、目は赤かった。何か言うべきだ……励《はげ》ましの一言を。私は多くの人から励ましの言葉を貰った。今こそ、その経験を生かすべきではないか。だが、どうしても言葉が出てこない。私を見る愛美の目も、空ろだった。こんな彼女は見たことがないし……見たくもない。

「ありがとうございました」愛美が目を伏せ、低い声で言った。発車のベルが鳴り響く。

「早く行け」

愛美が小さくうなずき、新幹線の中に消えた。すぐにドアが閉まる。私は、車両の中ほどに進む愛美の姿を目で追った。座れるといいのだが……今、そんなことは関係ないか。新幹線が動き出し、あっという間にホームから消えた。冷たい風がダウンコートを叩き、目から涙が零れてくる。

どうして何もできないのか。刑事として、人の死にたくさん立ち会ってきたのに、私は愛美を勇気づけることすらできなかった。情けない……両手を拳に固め、あっという間に見えなくなった新幹線の影を追う。

無力さを感じるばかりだった。

運転中で危ないのは承知の上で、醍醐に電話をかける。

「あ、今電話しようと思ってました」醍醐の声は軽い調子だった。何かいい情報があったのかもしれない。

「今、ちょっとそこを離れてるんだ」

「何かありましたか？」

車の窓を開ける。日曜日とはいえ、道路は混み始めている。冷たい空気を顔に浴びながら、できるだけ端的に話すことを自分に強いた。ともすれば、気持ちが揺らいでしまいそうになる。

「明神のオフクロさんが亡くなった」

「……え」醍醐が、魂《たましい》を抜かれたような声を出した。「何……ですか？」

「オヤジさんも意識不明の重態だ」

「何があったんですか？」

「交通事故」

「ああ……」

背後からクラクションを鳴らされ、慌ててアクセルを踏む右足に力を入れる。交差点の手前で一時停止していた前の車が動き始めたのだ。日比谷通りに車を乗り入れたが、すぐに渋滞に摑まる。もっとも、電話を続けるには、その方が都合がよかった。

「何でそんなことに？」

「詳しい事情は聴いてない。今、東京駅まで送ってきたんだ」

「もしかしたら、俺が来た時には、もう分かってたんじゃないですか？　様子がおかしかったですよ」

「そういうことだ。あいつ、意地を張って黙ってたんだよ。俺も、室長から電話があって、初めて知った」私は溜息をついた。「とにかく、しばらくは静岡にいることになると思う」

「でしょうね」

愛美は一人娘だ。両親は二人とも教師。いわゆる公務員一家なのだが、両親は愛美が東京で警察官をやっていることを、快く思っていないらしい。大学を卒業する時に、地元での就職を望んだ、とも聞いている。それ故、愛美と両親の間には、今でも微妙な緊張関係があるはずだ。

もしかしたら、愛美は二度と東京へ戻って来ないかもしれない。母親の死、そして父親も生き延びられるかどうか分からない状況なのだ。無事に生き延びたとしても、後遺症が残る可能性もある。もしも介護が必要になったら……一人娘としては、無視しているわけにはいくまい。

「取り敢えずそっちへ戻るから、後のことはそれから相談しよう」

「……オス」さすがの醍醐も、声に力がなかった。

一度電話を切り、一つ溜息をついた。車は動かない。左手の中で携帯を弄《もてあそ》び、真弓に連絡しなければならないのだ、と気づいた。彼女は待ち構えていたように電話に出た。

「今、東京駅から送り出しました」

「ご苦労様」真弓の声は沈みこんでいた。

「落ち着いたら連絡があるでしょう。これから色々あると思いますが……」

「それは、私と公子《きみこ》さんで何とかしておきます」

小杉《こすぎ》公子は、三方面分室の庶務担当だ。私たちのバックアップを完璧にこなし、時には司令塔の役割も果たす。しばしば、彼女が出すパスは厳しくなって、ボールを追えなくなるのだが。

「俺は……」

「今は、あなたにできることはありません」真弓がぴしりと言った。「失踪課に寄る必要もないから」

「いいんですか?」

「全て明日以降で。何かあればすぐ連絡します。あなたは平常運転でいって」

何が平常運転なのかは分からなかったが。今の私は、失踪課の仕事を外れて動いている。醍醐も同じだ。この仕事はやり遂げなければいけないと思う反面、永遠に続けられないことも分かっている。失踪課には失踪課の仕事があり、そちらを疎《おろそ》かにするわけにはいかないのだ。しかし本来の業務は、森田と田口に任せるしかないだろう。

「分かりました」

何となく彼女に動かされている感じがしないでもないが、私は素直に言って電話を切った。

都心部で、恐らく一番フラットで真っ直ぐな道路、日比谷通り。右手に皇居を見ながら走っていくこの道は、まさに日本の中枢部を貫くルートだ。しかし今は、渋滞で鬱陶しいだけの道路になっている。早く醍醐に合流しないといけないのだが……ここへ車を放り出していこうかと、私は衝動的に考えた。

8

「離婚したのは間違いないようですよ」開口一番、醍醐が言った。

「情報源は？」

「近所のレストランです。目黒川沿いに、イタリアンレストランがあったの、気づきました？」

「ああ、白壁に蔦《つた》の建物だろう？」普通の一戸建て住宅が建ち並ぶ中で、そのレストランのクラシカルな外見は目を引いた。窓が小さく、前を通りかかった時も中は覗けなかったが。「何だか暗そうな店だったけど」

「道路側の窓が小さいですからね。でも、裏側にテラスがあるんです。そこだと、目黒川の桜を目の前で見られますよ。一年前から予約が入っているそうです」

「俺たちには関係なさそうな店だな」特に私には……花見とも、他の楽しそうなこととも。愛美のことを考えると、その気持ちはさらに強くなる。

「ええ」醍醐が一瞬苦笑した後、表情を引き締めた。「ちょうどそこで話を聴けたんですけど、半年ぐらい前に、かなり酔っ払って零してたそうです。嫁が出て行ったたって」

「信用できる話なのかな」

「奥さんからも電話があったそうで」

「わざわざ店に？」

「奥さんは、ランチに一人で使うこともあったみたいですよ。寺井よりも、店の人とは親しかったようです。だからわざわざ、挨拶したんでしょうね」

「で、奥さんも離婚を認めた、と」

「店の人も、詳しい事情は聞かなかったそうですけどね」醍醐が、エアコンの吹き出し口の前で両手を擦り合わせた。ずっと歩き回って体が冷えたのだろう。「でも、状況は当然分かってるはずですよ」

「それは聞けないだろうな」私は車を路肩に停めた。「軽く飯でも食うか？」

夕飯にはまだ早い時刻だが、昼飯が中途半端だったので腹が減っていた。ふと、愛美は今夜の食事をどうするつもりだろう、と考える。ちゃんと食べるのだろうか……とても食べられないとは思うが。

「そうですね」醍醐がシートベルトを外し、ドアに手をかけた。しかし何故か躊躇い、シートに座り直す。「明神、大丈夫ですかね」

「立ち直るには時間がかかるだろうな」もしも、二人とも亡くなるようなことになれば……今は、最近の医療技術の進歩を信じるしかない。

「葬式、どうするんですかね。我々も行った方がいいんじゃないですか」

「ああ……」それが、同僚としての最低限の礼儀だ。しかし、愛美はそれを望まないような気がする。私は、もう一度車を出した。最初にここへ来た時に停めたコイン式の駐車場に車を入れ、外へ出る。既に街は暗くなっており、寒さがさらに身に染みた。息は白く、立っているだけで足元から寒さが這《は》い上がってくるようだった。

醍醐も車から出て来た。長身だが、背中を丸めているので、目の高さは私と同じになっている。

「別に、こういうのは初めてじゃないんですけどね」

「何が?」

「いや、それは……」醍醐が言い淀んだ。

それは分かる。一番最近は、綾奈の葬式だったのだ。それはある意味、異様な葬式であった。何しろ遺体は骨だけだったのだから。それを思い出すと、喉の奥に大きな塊《かたまり》ができたような気分になる。

「いつまで経っても慣れません」醍醐が力なく首を振った。

「分かるよ……とにかく何か食べよう。どうせ飯は食べるんだし、今明神のことを心配しても、俺たちには何もできない」

「東京での事故だったら、輸血でも何でもするんですけどね」

「その気持ちだけで十分だろう」私は醍醐の背中を軽く叩いた。

池尻大橋の駅から、二四六号線の南へ続く商店街は、どこか下町っぽい香りを残していた。細い道路の両側に店が建ち並び、ざわついた活気ある雰囲気が流れている。中華に気軽なビストロ、タイ料理と食べる場所は幾らでもあったが、ふと目に留まった洋食屋に入ることにした。あまり食欲はないのだが、何か食べておかないと体が持たない。それに、食べている間は、愛美の問題を忘れられるのではないか、と思った。

店に入って、メニューを吟味《ぎんみ》する。揚げ物と炒め物を中心にした、典型的な街の洋食屋という感じである。醍醐は迷わず、とんかつセット定食を頼んだ。ロースカツに野菜炒めがついている、かなりヘヴィなメニューのようだ。そこまで元気がない私は――酒浸りの生活から胃が回復していない――オムライスにした。水を一口飲み、煙草をくわえた瞬間に、電話が鳴る。静岡に着いた愛美が連絡してきたのではないかと思ったが、法月だった。私は外へ飛び出した。脱いだダウンコートを椅子に残してきてしまったことに気づいたが、戻るのも面倒臭い。

「参ったな、おい」溜息混じりに言葉を押し出す。

「ええ」彼が何を言いたいのかはすぐに分かった。

「明神、大丈夫なのか」

「さっき、東京駅まで送ってきました。もう静岡に着いてると思います……だいぶショックを受けてましたけどね」

「当たり前だわな。ま、うちの方でもフォローしておくよ」失踪課の三方面分室は、渋谷中央署に間借りしている。いわば大家と店子《たなこ》のような関係だ。

「すみません。これから、公子さんがいろいろ大変だと思いますので」

「そうだろうな……で、お前さんは仕事してるわけだ」

「結構、結構。明神の分まで、きちんと働いてやれよ」

「ええ」

「何ですか、それ」

「言わないと分からないのかね」法月の言葉には、かすかに私を非難するニュアンスがあった。

「分かりませんね」

「鈍い男だな。逃げ回るのも、大概にした方がいい」

「逃げてませんよ、俺は」私は携帯電話をきつく握り締めた。顔が赤くなるのを意識する。怒りではなく、恥。

「認識の相違ってやつかね」からかうような口調で法月が言った。「今回殺された女の子と、綾奈ちゃん——どこに違いがあるんだ？」


私は、夜の捜査会議に強引に出席した。中澤からは、「ご遠慮願いたい」とはっきり忠告されたのだが、こちらとしては報告しておくべきことがある。法月の言葉が頭に引っかかって釈然としないままだったが、仕事は仕事。情報は共有しておかねばならない。

最初に、周囲の聞き込みや、真央の同級生に事情聴取してきた刑事たちの報告があった。使える情報はなし。結局、「変な人が水泳教室の建物を見ていた」という目撃証言だけが、今日唯一の収穫だ。

中澤が私を無視しよう、無視しようとしているのは分かったが、私は強引に割って入り、発言を求めた。中澤は「それはちょっと……」と渋ったのだが、無視して話し始める。

「水泳教室の生徒たちが、怪しい人間を目撃している。ここ一か月ほどのことだ。水泳教室の建物は、周りを木立に囲まれて、外からは見えなくなっている。その木立の中に男が立っていて、子どもたちを観察していたらしい。既に子どもたちには事情聴取して、似顔絵を作成している。ストーカー、あるいは変質者の類ではないかと思われるが、現在のところ、まだ身元は割れていない」

似顔絵を配るように、と中澤には頼んでおいたのだが、彼は動こうとしない。どういうつもりでこの件に消極的なのか、さっぱり理解できなかった。彼なりの勘で違うと思っているのか、あるいは相手が有名人だから腰が引けているのか。私は醍醐に、似顔絵を配るよう指示した。フットワークよく飛び出した醍醐が、中澤の前のテーブルに重ねて置いた似顔絵を回していく。似顔絵を見た刑事たちの間に、ざわざわとした気配が広がった。

「この似顔絵は、テレビ番組の司会をしていた寺井慎介によく似ている。ご存じの通り、寺井はセクハラ問題を起こして、テレビとラジオのレギュラー番組を降板した。その後離婚したことが、聞き込みで判明している。現在のところ、性的嗜好については不明だが、容疑者として動向を監視する必要があると考える」

「高城さん、そう先走らないで」中澤が釘を刺した。

「先走らないでどうする？　こいつが犯人かどうかは分からないが、とにかく潰しておくのが大事じゃないのか」

「それは分かりますけど、相手が相手ですよ」

「有名人だから？」私はテーブルを摑んで身を乗り出した。「そんなことで遠慮する必要はない。相手が誰でも、殺人犯だったら関係ないんだ」

「そうと決まったわけじゃないんですから」中澤の表情は渋い。

「分からないから調べるんだろう。どうして腰が引けるんだ？」

中澤の耳が赤く染まった。会議に出席した刑事たちは黙りこくり、嫌な空気が流れ始める。それは理解できるな、と私は思った。この場では、私たちはあくまで部外者である。それが余計なことをして、捜査を引《ひ》っ掻《か》き回しやがって……というところだ。場違いな男。管轄権を無視したら警察は崩壊する、とでも考えているのかもしれない。

そんな考えはクソ食らえ、だ。

「いいか、皆聞いてくれ。ことは殺人事件だ。しかも被害者は小学二年生だぞ。絶対に許されない犯罪だろうが。どうしてもっと熱くならない？　この犯人を捕まえないと、地域の人たちはいつまでも不安なままなんだぞ？」言葉を切り、会議室の一番後ろの席から全体を見回す。中澤を除いて、刑事たちの後頭部しか見えなかったが、それでも構わなかった。「刑事なら、もっと怒れ。犠牲者と遺族のために仕事をしろ。俺たちが頑張らなければ、皆が不幸になるんだ」

重苦しい沈黙。誰からも反論は出ない。私は、高鳴る鼓動を意識しながら、ゆっくりと腰を下ろした。

「この件は、引き続き検討課題とします」中澤が、自分を落ち着かせようとするような低い声で告げた。

そのつもりか……私は腕組みをした。恐らく中澤は、相手が有名人であることは別にしても、この情報を「いい線」だと思っていない。子どもたちの証言を信用していないのだろう。証言はゼロか一かではなく、その途中のどこかの段階にある、ということもある。人間の記憶は曖昧であり、「間違って覚えた」「勘違いした」というのはよくあるのだ。私は、子どもだからこそその純粋な記憶力に賭《か》けようとしたのだが、中澤は正反対の判断をしたのだろう。

それもいい。捜査では、全員が「白」と認識しても、実は「黒」であることも珍しくない。だから、百パーセント完全な証拠が揃うまで、異議を唱える人間がいてもいいのだ。私としては、この線が真っ黒になるまで押すだけである。そうすれば、どこか白けた雰囲気でいる特捜本部の刑事たちも、納得してくれるだろう。

もちろん、誰かが他の有力な線を引き出す可能性もある。それが黒だと信じるに足る証拠があれば、私は喜んでそれに従う。

下らぬ面子《メンツ》など、一人の少女の死に比べれば、どうということはないのだ。

醍醐とは、翌朝再び池尻大橋で会うことを約して別れた。本当は失踪課に顔を出さなければならないし、愛美のことも気になるが、やるべきことに優先順位をつけていけば、どうしても寺井の周辺の調査を進めなければならない。明日になれば、彼が勤める大学にも連絡が取れる。捜査の範囲は一気に広がるはずだ。そう考えると、話に乗ってこない中澤のやり方に腹が立つ。一気に大人数を投入して調べれば、結論は早いのだ。それで「シロ」と判断すれば、引けばいい。納得できる材料が出てくれば、私も自分が間違っていたと判断して引き下がる。そんなことで意地を張るつもりはない。

捜査会議が終わって、午後九時半。私は、署に詰めかけたマスコミ関係者を避けるために、裏口から出た。すぐに車に乗りこみ、発進させる。このまま家に帰ってしまってもよかったが、何となくその気になれない。世田谷東署のある三軒茶屋から渋谷までは車で十分ほどだから、そのまま渋谷中央署に戻って、失踪課に泊まりこんでしまうのも手だった。私がそうすると、いつも口煩く警告する愛美もいないことだし。

愛美がいない。

その事実が、急に重苦しくのしかかってきた。失踪課に来た時の愛美は、私とは別の意味で使い物にならなかった。本当は、ずっと希望していた捜査一課へ異動する予定だったのが、ある事故——若い刑事の拳銃《けんじゅう》自殺——によって、玉突き事故的に異動の予定が狂ってしまったのである。そしてまったく希望もしていなかった失踪課に配属された。意に添わぬ異動が勤め人のやる気を削ぐのは、どの業界でも同じで、愛美も最初は、失踪課の仕事を馬鹿にしきっていた。しかし事件に向き合う中で、次第に自分のペースとやりがいを摑んできたはずだ。口が悪く、気が強いことを除けば、彼女が優秀な刑事であるのは間違いない。人が少なく、しかも次第に戦力ダウンしている三方面分室の中で、私はいつの間にか、彼女を頼りにするようになった。二人で一緒に歩き回った長い距離、共に過ごした時間を考えると、にわかに不安になってくる。自分より十八歳も年下の刑事に支えられるのも変な感じがしたが、事実なのだから仕方がない。

失踪課の部屋でも、覆面パトカーでも、いつも横にいた愛美。私をからかう愛美。そういうことが永遠に失われてしまうかもしれないと思うと、愕然《がくぜん》とする。

電話が鳴った。慌てて車を停めたが、消防署の真正面であることに気づき、通話ボタンを押したまま、車を少し前に出した。

「どうもすみませんでした」愛美だった。

「大丈夫なのか？」

「ええ」

何が大丈夫なものか。こんな言葉しかかけられない自分の情けなさに腹が立つ。

「今、どこにいる？」

「病院です」

「オヤジさん、どうなんだ」

「何とか一命は取り留めそうです。まだ意識が戻らないんですけど、大丈夫だと思います」

「そうか……」私は、空いた右手でハンドルをきつく握り締めた。最悪の事態は避けられた、と言っていいだろう。

「しばらく、空けますけど……」

「それは分かってる。細かいことは、室長と公子さんが調整してくれるよ」

「ええ」

「だから気にしないで、オヤジさんの面倒をみてやってくれ」

「分かってます……今まで全然、親孝行できませんでしたから」

泣くのではないか、と私は身構えた。電話口で泣かれても、どうしようもない……そもそも愛美が、私の慰めを必要としているかどうかは分からなかったが。

「だったら今は、オヤジさんの看病をきちんとすることが大事じゃないかな」

「そうですね」

「状況は分かったから、こっちのことは気にしないでくれ」

「どうなってるんですか」

「特に報告することはない」実際ないわけだし、余計なことを言って彼女を惑わせるのは本意ではなかった。「醍醐も手伝ってくれてるし、何とかするよ」

「早く解決してあげて下さい」

「分かってる」

「手伝いたいんですけど……」

「駄目だ」私は少し口調を強めた。「今は、それより大事なことがある。家族は大事にしなくちゃいけない。手遅れになることもあるんだ」

「分かってます」さすがに素直だった。

「オフクロさんのことは……お悔やみ申し上げる」

「ありがとうございます」

「オヤジさんを大事にしてやってくれ。きっと元気になるよ」

「大丈夫だと思います……高城さんはどうですか？」

「何が」

「大丈夫なんですか」

私は言葉を失った。最初に失踪課で顔を合わせた日以来、これほど素直な愛美は初めてかもしれない。そして、彼女が何を心配しているかも分かっていた。

「今日は呑まない」

「そうですか」

「きちんと仕事をする」

「分かってると思いますけど、それは最初の一歩に過ぎないんですよ」

「俺の心配をするより、今は自分の心配をしろ」つい、荒っぽい言葉になってしまったが、愛美は反論しなかった。

「とにかく、ご迷惑をおかけしました」

「いや」

電話を切って、溜息をつく。最初の一歩……そんなことは分かっている。だが今は、どうしようもないではないか。

真央の一件が終われば、私がやるべきことは一つしかない。問題は、私がそれをやりたいかどうかだ。自分でも分からない。手をつけて、もしも何の手がかりも得られなかったら――私は迷宮に迷いこむことになる。

それが怖いのか？　今さら失う物など、何もないのに？

私は菊池夫妻の家に立ち寄った。窓の灯《あか》りは灯っている。玄関脇の階段のところに、昨日来た時にはなかった自転車が二台、停まっていた。近所の人たちが来ているのかもしれない。こういう時は、何かと手伝いが必要だろう——あるいは慰めが。

私の出る幕ではないと思ったが、何故かその場を離れられない。少し離れた場所に立ち、煙草を吹かした。何かが起きるのではないかと待ちながら——何かが起きた。階段の上にある玄関のドアが開き、女性が二人、出て来る。ひどく真剣な表情で、こちらには聞こえない小声で、玄関の中に向かって話しかけていた。慰めか、お悔やみの言葉。

私は煙草を携帯灰皿に突っこんでから、歩き出した。階段を下りて来る二人を、梓が送っている。ひどくやつれていた。顔色は真っ白で、目は空ろ。せっかく訪ねてきてくれた人を、何とか見送ろうという義務感だけで動いているようだった。階段を降りる足取りも、どこかぎこちない。部屋着ではなく、きちんとコートを着ていた。今にも雪が降り出しそうな空の色のコート。

梓が私に気づいた。最初、誰だか認識できなかったようで、ぼんやりとした目をこちらに向けてくる。私はそこに憎しみを読み取ろうとしたが——警察のせいにしてもおかしくはない——いかなる感情も見えなかった。

話していいものかどうか。判断できなかったが、私は無意識のうちに梓に近づいて行った。自転車に跨《また》がった二人が、私に会釈して去って行く。

冷たい闇の中に取り残された私は、無言で梓に会釈した。梓が、ぼんやりとした顔つきのまま、うなずき返す。

「お悔やみ申し上げます。それと、申し訳ありませんでした」言って、もう一度頭を下げる。誰かに後頭部を押さえつけられたような気分になった。顔を上げると、梓がうつむき、目を逸らした。「捜査の状況は、然るべき人間がお知らせしていると思います」

「はい、聞いています」

「今夜は……」

「明日、お通夜なので。今日は葬儀場に泊まります。家にはいたくないんです。無理言って、そうさせてもらいました」

「そうですか」

「今、荷物を取りに来て」

「ご主人は？」

「泣いてます。真央の部屋で」

喉元《のどもと》にナイフを突きつけられたような気分になった。私は、この夫婦に嫌な思いをさせているだけだ。だいたい私は、どうしてここへ来たのだろう。捜査の状況を説明する立場にはないし、語るべきこともない――語るべきではないと思った。

しかし人は、いつかは語らなければならないのではないか。それが相手に、どんな影響を与えるか分からないにしても。語るべき過去かどうかは、本人が判断する問題ではない。

聞いた人が決めればいいのだ。

「お送りしましょうか」

「歩いて行けます。すぐそこなので」

こんな住宅街の中に葬儀場があっただろうか……疑問に思ったが、今はこの二人を送りたい、と心の底から思った。二人だけでいる時間を、できるだけ短くしてやりたい。どんなに心を同じくしている夫婦でも、小さな亀裂《きれつ》で致命的なダメージを負うことがあるのだから。私たちがそうであったように。

「今日は寒いですし、歩くのは大変でしょう。車で来ていますから」

「悪いですから」

「いいんです。一緒に行きましょう。もう出ますか？」

「……はい」

梓が一度、家の中に消えた。煙草が吸いたかったが、ここで火を点けるのは何となく申し訳なく、私はじっと立ったまま待った。五分ほどして、梓と昭利が出て来る。昭利は両手にバッグを持っていたが、むしろ梓に支えてもらっている感じが強い。

昭利が何も言わず、私に向かって頭を下げた。私も無言で、少し離れた場所に停めた車に二人を案内した。後部座席に座らせ、エンジンをかける。バックミラーを覗くと、やはり昭利の方が深く憔悴しているようだった。話しかけにくい……しかし何か話さなければならないと思った。あのことでなくてもいい。

「ご主人、実家の皆さんは……」

「明日の朝、こっちへ来ます」昭利が答えたが、声はかすれ、ほとんど聞き取れないほどだった。

「直接ここへ来られますか?」

もしも、あまり東京へ出てきたことのない人たちだったら、迎えに行かねばならない。特捜本部は、そこまで気を回しているだろうか、と心配になった。当然、二人には精神的な余裕はないだろう。もしも特捜本部が手配していなかったら、失踪課から人を出してもいい。田口……駄目だ。デリカシーという言葉を知らない彼は、余計な一言を言って相手にダメージを与える恐れがある。森田にしよう、と決めた。あの男は、いい年をして、まだ慌てふためくことがあるが、少なくとも相手に不快感は与えない。公子に同行してもらえば完璧だろう。

「一時ぐらいに羽田着の予定です」梓が答える。

「誰か、迎えには?」

二人が黙りこんだ。何も手配していなかったのは明らかだった。

「警察の方で、誰か手配しましょう」

「すみません」梓が頭を下げた。遠慮する気力もないようだった。

葬儀場の場所を聞き、車を出す。駅から歩いて二、三分という場所のようだった。車だと、ここから五分もかからないだろう。その五分でできることはないか……やはり、過去を話すしかない。

「辛いのは分かります」

「いや、あの……」昭利が口を開いた。「そういうこと、言ってもらわなくていいです。何を言われても、真央は戻ってきませんから」

「違います。親として分かる、という意味です」

「どういうことですか」昭利の声に、少しだけ力が戻った。

「私も、娘を亡くしています。誰かに殺されました」

二人が息を呑んだ。バックミラーを見ると、二人とも口を閉ざし、目を大きく見開いて固まっている。

「もう、十二年も前のことです。小学生だった私の娘が、行方不明になりました。近所の人や同僚が総出で捜してくれたんですが、何の手がかりもありませんでした。それが今年になって、突然遺体が見つかったんです」苦い物がこみ上げてくる。他人事《ひとごと》のように話している自分が信じられなかった。もしかしたら、呑み続けている間に嫌な記憶が溶けてしまったのか……そんなことはあるまい。やはり、話し続けるのはきつい。だが、話してしまった以上、最後まで続けるしかなかった。「その頃私が住んでいた荻窪で、火事がありました。娘の遺体は、その家の基礎部分から、十二年ぶりに見つかったんです。たまたま火事がなければ、ずっと発見されなかったかもしれない」

「犯人は……」梓が震える声で訊ねた。

「見つかっていません。残念ながら」

「捜査しているんですか？」

「一応は。ただしもう、十年以上も前の出来事です。何をするにしても、時間が経ち過ぎている」言い訳だ、と分かっていた。時の流れを理由にするのは、能力もやる気もないクソ野郎のやることである。もちろん、今の私はどうしようもないクソ野郎だが。「こんなことを言っても何にもならないかもしれませんが、私も被害者です。だから、子どもを亡くした親の気持ちは分かります」

梓が泣き出した。バックミラーを見ると、昭利は妻を慰めるのも忘れ、呆然《ぼうぜん》と前を見ている。

「今の話は……本当なんですか」昭利が小声で訊ねる。

「あなたたちを慰めるために、こんなひどい作り話はしませんよ――全て事実です」

綾奈の遺体が見つかる前、私は本気で娘を捜し始めていた。行方不明者のデータをひっくり返し、書類のどこかに埋もれているのではないかと必死で読みこんでいた。会うべき人がいたら会い、少しでも手がかりになりそうなことがあったら、休みを取って飛んで行った。

　だが遺体が見つかってからは、何もしていない。捜査本部はできたのだが、私はそこから排除されているし、今さら何をしても無駄だと思う。時の流れは、捜査の刃先を鈍らせるのだ。発生当時なら残っていた証拠は消え、人の記憶も曖昧になる。今の私は、気持ちも体もがらんどうになってしまった感じだった。

　だったら、二人をこうやって慰めようとしているのは何故だ？　自分の辛い経験を語り、ささくれた気持ちを宥《なだ》めようとしているのは、単なる刑事としての経験からだけか？　親としての気持ちは関係なく？

「犯人、見つけて下さい」梓が泣きながら言った。「娘さんは、それを望んでると思います」

「ええ」無性に喉が渇く。

「私たちも……娘を殺したのが誰か、知りたいです。誰かを憎みたいです」

「全力で捜査します」寺井の名前を出すことはできなかった。私は今現在、最有力の容疑者だとは思っているが、まだ直接的な証拠はない。だが、もしかしたらこの二人の耳には入ってしまうかもしれない。証言した子ども二人の親は、当然事情を知っている。人の口に戸は立てられないもので、いつか関係者全員に噂が回ってしまう可能性は否定できなかった。それも比較的早い時期に。今頃、水泳教室に通っている子どもたちの親の間では、寺井が犯人という説が定着してしまっているかもしれない。

しかし、二人の耳には入れたくない。この情報が結局外れだったら、二人は間違った人間を恨むことになるのだから。それは単なる、エネルギーの無駄遣いだ。

「お願いします」梓が真剣な口調で言った。「手がかり、本当にないんですか?」

「残念ですが、今のところは」

「見つかるんでしょうか」

「必ず見つけます。あんなことをした犯人が、野放しになっていていいはずがない。そんなことになったら、警察は必要なくなります」

「そうですか……」梓が溜息をついた。

車はあっという間に、葬儀場に着いてしまった。改めて、こんな住宅街の中に、と驚く。外観は地味なベージュ色の建物で、夜の闇の中では火葬場の煙突も見えなかったが。ここに真央の遺体があるのだと考えると、誰かに胃を摑まれたような不快感を覚えた。

二人を下ろし、言い忘れたことがあるのに気づいた。

「会って欲しい人がいます」

「誰ですか?」昭利が訊ねた。両手に持ったバッグの重みが、彼の体力を急速に奪っているようだった。

「犯罪被害者の会の事務局をやっている、伊藤さんという人がいます。私もよく知っています。困ったことがあれば、必ず相談に乗ってくれますから」

「ありがとうございます」昭利が丁寧に頭を下げた。「でも今は……そういう気になりません。誰かに会いたい気分じゃないんです。もう少し落ち着いたら……」

「分かりました」うなずくしかなかった。「もしも手助けが必要だと思ったら、いつでも連絡して下さい。すぐに駆けつけてくれますから」

梓は何か言いたげだった。私にきつい視線を送り、一旦口を開いたが、すぐに閉じてしまう。余計なお世話だ、と捨て台詞を吐きたかったのかもしれない。それなら、甘んじて受け入れるつもりだったのだが……誰かを憎んで気が楽になるなら、それが私でも構わなかった。

建物に消える二人を見送って、私は車に戻った。一瞬目を閉じると、様々な思いが去来する。自分と同じ立場のあの二人。唯一の容疑者。そして今、父親の枕元で必死に祈っているであろう愛美。

自分にできることは何だろう、と考える。答えは既に分かっていた。だが、今夜はもう、動けない。長い夜を考えるとうんざりした。明日の夜明けまでの時間を一時間に圧縮できるなら、どれだけの代償を払ってもいい、と考える。

だが誰も、時はコントロールできない。

今夜も長い夜になることだけは、間違いなかった。

9

結局私は、武蔵境の自宅へは戻らず、渋谷中央署で朝を迎えた。

早朝、目覚める前の街を車で走り出す。この時間帯だと、渋谷から池尻大橋までは五分しかかからない。さすがに六時前に寺井が動き出すことはないだろうと考え、途中、コンビニエンスストアで朝飯を仕入れた。どれだけ待つことになるか分からないが……取り敢えず醍醐が合流するまでは、監視を続けよう。寺井が動き出さなければ、手分けして近所の聞き込みを再開すればいい。

六時でもまだ街は暗く、歩いている人もほとんどいなかった。寺井のマンションの前の道路は狭いので、車を停めておくのは気が引けたが、他に監視に適した場所がないので仕方がない。昨夜のオムライスがまだ胃の中に残っているな、と思いながら、私はサンドウィッチを何とか一つ食べた。熱いコーヒーを流しこんで、強引に体を目覚めさせる。これでひとまず、準備完了だ。

マンションにも人の出入りはなかった。新聞の配達はもう終わってしまっただろうし、勤め人が出勤するには早過ぎる。何か動きがあるにしても七時過ぎだろうと考え、私はシートを少し倒した。張り込みの友には、NHKのラジオ。刑事の日常だった。

しばらくそうしていたのだが、あまりにも動きがないので、一度車を降りて、マンションの周りを一周することにした。裏側がちょうど目黒川。小さな川だが、両岸を覆い尽くすような桜並木はやはり圧巻だ。おそらく寺井の部屋――五階だ――のベランダからは、川を覆う桜のアーチを見下ろせるだろう。花見の特等席。マンション購入の決め手だったかもしれない。去年までは、それなりに楽しかったのではないだろうか。今年は一人……。

タイル敷きになった目黒川沿いの道を歩き、小路を通って再び寺井のマンションの前に出る。まだ人が少ないな、と思っていたら、マンションから出て来た寺井にいきなり出くわした。思わず足を止めそうになったが、顔を合わせないよううつむいたまま、何とか自分の車に向かう。ジョギング？　ジョギングだ。濃紺《のうこん》のジャージの上下。マフラー代わりに首元にタオルを巻きつけ、足元はいかにも軽そうな、本格的なランニングシューズである。まだ弱い朝日が射しているだけなのに、髪を押さえつけるようにサングラスをしている。芸能人然としたそのスタイルを見て、格好つけやがって……と白けもしたが、運動に縁のない私には、彼の装備がスタイル重視なのか、ランナーに必須の物なのか分からなかった。

私はうつむいたまま、彼の二メートル横を通り過ぎ、車に戻った。運転席に潜りこむように低い姿勢を取って観察していると、寺井はゆっくりとストレッチを始めた。深く足を屈伸。続いて体を折り、両手でしっかりと足首を摑む。さらに腕を振り子のように使い、上体を入念に捻る。本格的なアスリートのような準備だった。

「余裕あるじゃないか」独り言の皮肉を吐く。離婚して余った時間をジョギングで埋めているのか、元々の習慣なのか。

五分ほど準備運動をこなしてから、ようやく寺井が走り出した。私より二歳年下だが、その走りは若々しく、三十代、下手をすると二十代のような身のこなしだ。かなり長く、本格的にジョギングを続けているのだろう。これはとても追い切れない。走って追跡するのは不可能だし、車で追うのはそもそも無理だ。まあ、いずれマンションに戻って来るのは間違いない。少なくとも在宅しているのを確認できたのだから、この張り込みは成功なのだ、と私は自分に言い聞かせた。

残ったコーヒーをゆっくり飲みながら、寺井の帰りを待つ。十分……二十分……帰って来ない。三十分が過ぎた頃、さすがに不安になってきた。朝一番のジョギングとしては、少し時間をかけ過ぎではないだろうか。もしかしたら、捜査の手が迫っているのを察知し、ジョギングする振りをして逃げようとしている？　いや、それにしては荷物がなかった。だからといって安心はできない。もしかしたら、昨夜のうちにどこかに荷物を隠しておいたのかもしれない。

もっと徹底して監視しておくべきだったと悔いたが、疑い始めるときりがない。とにかく待とう……少しシートを倒した途端、携帯が鳴った。七時半。誰かから電話がかかってくるには早過ぎる。着信の表示を確認すると、長野だった。いったい何事か……訝りながら電話に出ると、長野が低い声で話し始めた。

「今、大丈夫か？」

「張り込み中だけど……大丈夫だ」

「無事か？」

「何言ってるんだ」私は思わず笑ってしまった。「何を心配してるんだよ」

「そんなこと、言わなくても分かってるだろうが」長野が、どこか怒ったような口調で言った。「無事なんだな？」

「ああ」何とか、という言葉を呑みこんだ。彼に、弱気な自分を見せたくはない。「今、例の事件……世田谷東署の事件で動いてる」

「だいぶ出しゃばってるみたいじゃないか」

「お前に言われたくない」私はむっとして答えた。出しゃばりは彼の方である。それでどれだけ文句を言われているか……。

「大丈夫なのか？　捜査一課にも面子はあるぞ」

「むしろ面子だけで生きてるようなもんだろう、一課の刑事は」誰よりも重要な仕事をしているという誇りが、捜査一課の刑事の原動力だ。

「まあな……そっちで仕事をしていて大丈夫なのか？」

「無事にやってるよ」

「あまり無理するな」

「お気遣い、どうも……そんなことを言うために、こんな朝早くに電話してきたのか？　だいたいこの事件には、お前の方が首を突っこんできそうだがな」

「今、それどころじゃないんだ」

何かあっただろうか、と私は首を捻った。一課は基本的に、発生した事件に対応する。内偵捜査が主となる二課との最大の違いはそれであり、基本的に誰が何の事件を捜査しているかは、常に明らかになっている。しかし今、一課で長野が手がけるような事件はないはずだ。さすがの長野も、他の課の事件にまでは首を突っこまない。そもそも興味も持っていないだろう。捜査一課至上主義者。

「そんなに忙しいのか？」

「ああ、まあ……そうだな」長野にしては歯切れが悪い。普段は、こちらがうんざりするぐらい、勢いよく話すのだが。

「無理するなよ」

「自分がやるべきことは分かってるか？」長野が唐突に切り出した。

「どういう意味だ？」

「果たすべき義務だよ」

「何のことか分からないな」

「分かれよ」長野が苛々した口調で言った。

「いや、分からない」こいつは、こんな朝早い時間から何を言っているのだ？　まさか、酔っ払っている？　口調はしっかりしているから、そんなはずはないだろうが。「言いたいことがあるならはっきり言えよ」

「それぐらい、何も言わなくても分かれ」

「滅茶苦茶だな、お前」怒るのを通り越して呆れてきた。常に白は白、黒は黒とはっきり断じる長野にしては珍しい。こんな歯切れの悪い彼と話すのは初めてだった。

「どうでもいい。考えれば分かることだ。お前、考えるのをやめてるんじゃないか」

長野はいきなり電話を切ってしまった。考えていない……そうか、俺は考えていないのか。

いや、考えていないのではなく、逃げている——この事件が終わった先にあることから。そんなことをしても無駄だと考え、楽な方へ、楽な方へ流れようとしている。それに、動けばまた傷つくかもしれないから。五十歳になって神経がすり減ってきても、人は傷つくものだ。そして年を取れば取るほど、ダメージからの回復は遅くなる。

今さら回復する意味があるのか？

どうせ駄目なら、当たって砕けてみるという手もある。だが今の私には、その勇気がなかった。真実を知るのが怖くもあった。

全てを失ったと思っていたのに、まだ守りたい何かがある。

スタートしてから四十五分後、ようやく寺井が帰って来た。通勤者が増えてきた中、汗だくで走って来る彼の姿はひどく浮いている。マンションが近づくと、ゆっくりとスピードを落とし、最後は腰に両手を当てて歩きになった。上のジャージは脱いで、腰に巻きつけている。グレーのTシャツが汗に濡れ、胸から肩にかけて黒くなっていた。肩を上下させながら、一歩一歩を確かめるような歩き方で、相当自分を追いこんで走ってきたのが分かる。

クールダウンのストレッチをするかと思ったが、寺井はそのままマンションに消えてしまった。その直前、私は彼の姿を正面から目に焼きつけた。テレビで見覚えのある、すっきりしたハンサムな顔。既に渋みが出てくる年齢のはずなのに、まだ若さのかけらを残していた。羨《うらや》ましい限りだが、逆に可哀相だとも思う。ある程度以上の年齢になっても若さを意識し続ける人間は、永遠にそれに囚われる。そして白髪一本を発見しても、大騒ぎするようになるものだ。私はとうに、開き直っている。

それにしても、萎《しお》れた感じがしないのが意外だった。スキャンダルに塗《まみ》れ、金を稼げる番組から追い出され、妻にも出て行かれたというのに、まだやる気満々に見える。

再び電話が鳴った。醍醐。八時近いから、駅に到着したという連絡だろう。

「池尻の駅に着きました」

「今、マンションの前だ。奴は家にいるよ」朝からジョギングしていたことを話した。

「ずいぶん余裕がありますね。暇なのかな」醍醐が皮肉を吐く。

「とにかく家にいるのは分かったから、ここで張っていればいい。何となく、今日は外へ出そうな気がする」

「五分で行きます」

それでは寺井のジョギング並みのスピードだ、と思ったが、実際に醍醐は五分で姿を現した。ステンカラーコートに黒いビジネスシューズという、いつもの格好である。一番寒い今頃の季節でも、この男がウールやダウンのコートを着ているのを見たことはほとんどなかった。体の大きい男は、あまり寒さを感じないのかもしれない。

助手席に滑りこむと、すぐにコーヒーを差し出した。ここへ来る途中にあるコンビニエンスストアで仕入れてきたのだと分かったが、まったく零していない……そう考えると、醍醐の運動神経、というかバランス感覚も大したものである。元プロ野球選手という異色の経歴は、今でも生きているということか。

今日二杯目のコーヒーに口をつけ、ダッシュボードの時計に目をやる。寺井の姿がマンションの中に消えてから、既に十分が経っていた。

「大学へ行くんですかね」醍醐が音を立ててコーヒーを啜ってから言った。

「どうだろう。今頃は試験休みだと思うけどな」

「大学、どこにあるんでしたっけ」

「広尾だな」

「ここからだと、日比谷線ですぐですね……便利だな」

「中目黒の駅までは少し遠いけどな」

「このマンション、いつ買ったんでしょうね。高いですよね、きっと」醍醐がぽつりと言った。「テレビに出始める前だとしたら、よく金があったたな。大学の先生なんて、そんなに給料はよくないはずですよ」

「奥さんが金持ちだったのかもしれない」

「何となくざまあみろって思うのは、無礼ですかね」

「いや」私はコーヒーを一口啜った。「俺もそう思う」

醍醐がにやりと笑った。左手に持ったコーヒーカップを、右の人差し指で弾きながら、「贅沢する奴は許せないな」と言った。

一晩経っても、私にとって寺井は最重要の容疑者だった。慎重にいかなければならないのは分かっていたが、一気に詰め寄って吐かせたい、という欲望もある。ましてや昨夜、私は菊池夫妻の姿を見てしまっているのだ。十二年前の自分の姿を。いつまでも、あんな風でいてはいけない。私が経験した空虚な哀しみを、二人に味わって欲しくなかった。そのためにも、憎むべき対象を与えてやらないと。

マンションのドアが開く。私は「来たぞ」と短く言って、コーヒーをカップホルダーに置き、シートを戻した。

「どうします？」醍醐が低い声で訊ねる。

寺井は徒歩で出て来ていた。ツイードの暖かそうなコートにグレーのズボン、足元は明るい茶色のウィングチップという格好である。イギリス辺りの大学教授を真似たようなスタイルだ。医者が持ちそうな黒いダレスバッグを、左手に提《さ》げている。

「俺が徒歩で尾行する。お前は車で待機してくれ。たぶん大学へ行くと思うけど、行き先が分かったら連絡するから、そっちで合流しよう」

「オス」助手席に座ったまま、醍醐が答える。

私はドアを押し開け、久しぶりに外の空気に触れた。朝方感じたよりもさらに冷たい感じで、全身が一気に緊張する。ダウンコートの前を合わせて背中を丸め、寺井の背中を二十メートルほど先に捉えながら、尾行を始める。

寺井はマンションの前の細い道路から、すぐに山手通りに出た。この辺りは、山手線の外側では、真っ先にマンションが建ち始めた場所ではないだろうか。よく見ると、どの建物も結構年季が入っている。

朝方、あれだけハイペースでジョギングしたにもかかわらず、寺井は元気一杯で、早歩きのようなスピードで駅を目指していた。交差点の信号を確認して、住所が「東山」に変わったことに気づく。ここまで来ると、中目黒の駅までは二百メートルか三百メートルほどだろう。駅が近づくにつれ、歩道は人で混み始め、歩きにくくなってくる。しかし寺井は、ステップを踏むような軽い足取りで、雑踏をすり抜けるように歩いていた。ペースは一向に落ちない。

ほどなく、中目黒駅に辿りつく。高架のホームに上り電車が停まっているのが見えた。寺井は特に遅れているわけではないようで、焦っている様子はない。山手通りの反対側にある駅の出入り口へ向かうのに、歩道橋は使わず、高架の下にある横断歩道を渡った。改札を通って向かったのは、上りホーム。それが分かった時点で、私は醍醐の携帯に電話を入れた。

「上りの電車に乗るようだ」

「大学ですかね」

「まだ分からない」

「取り敢えず、大学方面に向かって動きますよ」

「頼む」

月曜日。まだ朝のラッシュが残っており、私は尾行にひどく苦労した。身動きも取れない状況なので、ともすれば離れて見えなくなってしまうし、逆に近づき過ぎて気づかれる恐れもある。恵比寿《えびす》でどっと人が降りたので、多少は楽に動けるようになったが、それまではひやひや物だった。

少し距離を置いて、寺井を観察する。人が少なくなったせいか、鞄から新聞を取り出し、縦長に折り畳んで目を通していた。新聞を読む時間があるぐらいだから、もっと遠くへ行くのかと思ったら、あっさり広尾で降りてしまった。

駅を出ると、大学の方へ向かって歩き始める。基本的にこの辺は静かな住宅街なので、人通りは少ない。大学の講義がある時は学生たちで溢れるのだろうが、さすがに受験シーズンのこの時期はがらがらだった。キャンパスそのものは、ほとんど駅に接しているような立地なのだが、正門は少し離れた場所にあるので、そちらに向かい、ささやかな商店街の中を三分ほど歩いて構内に入るのかと思ったら……そのまま歩き続けた。どこへ行く？

駅から西へ続く道路を歩いて、明治《めいじ》通りの方へ向かって行く……が、そこへ達する前に突然、細長いビルの中に消えた。一階はパン屋、隣はコイン式の駐車場。私は少し時間を置いてから、寺井が入ったエレベーターホールに足を踏み入れた。階数表示は四階で止まっている。郵便受けを確認すると、四〇一号室に「寺井慎介事務所」の名前があった。なるほど、ここが彼の事務所ということか。しかし、無駄な金の使い方だとも思う。大学教授としての仕事は、大学の中で済むだろう。あるいは家。わざわざ金を払って事務所を借りているのは、大学や家ではできない仕事があるのか、単なる見栄を張っているかだ。いわゆる「タレント文化人」の範疇《はんちゅう》に入っていた彼としては、名刺に刷り込むためだけに事務所を借りていてもおかしくはない。あるいは、以前所属していた大手の芸能事務所では、満足できなかったということか。

それにしても、張り込みがしにくい場所だ。広尾駅に近いこの辺りは、比較的下町っぽい雰囲気のある商店街である。違いは、やたらとイタリア料理店やブティックが目立つことぐらい。道幅も狭く、歩いている人も多いので、歩道に突っ立っていると目立つ。かといって、適当に隠れてビルを監視できるような場所はなかった。寺井の事務所の向かいはクリーニング屋と惣菜《そうざい》屋。駐車場と反対側には、小さなビルと、さらに小さな一戸建ての家があるだけである。唯一使えそうなのは、寺井の事務所から見て左斜め前にあるコイン式の駐車場だ。あそこへ車を停めておけば……醍醐の携帯に電話を入れて報告する。

「大学のすぐ近くに、個人事務所を借りているみたいだ」

「了解です……すみません、ちょっと渋滞がひどいです」

「今どこにいるんだ?」

「明治通りに入る前で、停まっちゃってるんですよ」

「焦るな」自分に言い聞かせるためにもそう言って、私は事務所の場所を告げた。目印になるものは……。「明治通りの広尾五丁目の交差点を左折してすぐだ」

「ちょっと待ってて下さい」

「分かった」

電話を切り、張り込み場所に想定した駐車場に移動する。そこにいても、寺井の顔が直接拝めるわけではない。ビルの各部屋の窓は嵌め殺しになっているようで、しかも道路に面した方は鏡面仕上げだ。四階部分の窓を睨んでみたが、何が見えるわけではない。となると、入り口のホールを監視するしかないだろう。裏口は？　念のために、そちらも確認しておくことにした。

裏口は確かにあった。こちらも見ておかねばならないが、一人では無理だ。醍醐が来てから何とかしよう。

駐車場に戻り、ひたすら待つ。電話を切ってから十五分後、私のマークXがようやく姿を現した。フロントガラスを通して、醍醐の焦った表情が見える。私は、車を駐車場に誘導した。一番マンションに近い側のスペースに停めるよう、ジェスチャーで示しておいてから、再び監視に入る。醍醐が車から出て来て、掌で額を拭った。寒いのに汗をかいているのは、よほど焦っていた証拠だろう。

「朝の明治通りの渋滞を甘く見てましたよ」

「月曜だからな……このビル、裏口があるんだ。俺はそっちを見張るから、お前はここで待っていてくれ」

「オス……ちょっと待って下さい」

醍醐の目は、ビルの方を向いていた。見ると、一台の二トントラックが走ってきて、歩道ぎりぎりに停車するところだった。助手席から飛び出してきた若者が、二本の三角コーンを車の背後に置く。

「引っ越し屋の車じゃないですか」醍醐が指摘する。

「そうだな」

「何か、嫌な予感がするんですけど」

「夜逃げか？」

「むしろ朝逃げですかね」

醍醐が切り返してきたが、さすがに笑えない。私は、トラックから降りてきた三人の様子を観察した。街でよく見る、引っ越し業者の青いつなぎ。少し年長の一人が社員で、残る二人はバイトだろうか。年長の男が二人に指示をすると、二人はすぐに、玄関ホール付近で荷物を運び出す——運び入れるのかもしれないが——準備を始めた。壁に段ボールと青いビニールシートを張りつけ、床にも段ボールを敷いていく。その間リーダー格の男は、打ち合わせのためか、エレベーターホールに入って行った。何階？　見えない。

「ちょっと確認してきます」

　醍醐が身軽に駐車場を飛び出して行く。さりげなく道路を横断し、マンションの様子を覗いて戻って来た。

「エレベーターは四階で止まってますね」

「寺井の部屋は四階だ」当たり。私は、少しだけ鼓動が高鳴るのを感じた。

「トラックの荷台は空でした。これから荷物を積むみたいですね」

「やっぱり、夜逃げだな」

　マネージャーが電話に出なかったのも、このせいだろうか？　事務所を閉じるとしたら、もう知り合い以外の電話には出ない、ということにしたのかもしれない。しかし事態は急展開している。醍醐に監視を続けるよう指示しておいてから、私は自分の車に乗りこんだ。面倒な話をしなければならないので、誰かに聞かれたくない。

　中澤は、朝から不機嫌そうだった。私の声を聞くと、不機嫌さが増幅する。

「何ですか、いったい」

「寺井が引っ越すようだ」

「いい加減にして下さいよ。まだ追いかけているんですか？」

　どうしてお前はそんなにやる気がないんだ？　怒鳴りつけたくなったが、何とかこらえる。一呼吸置いてから、状況を説明した。

「寺井は、大学のすぐ近くに個人事務所を構えている。今、そこから荷物を運び出そうとしているんだ」

「それは、単なる引っ越しでしょう」

「タイミングが変じゃないか？　事件の直後なんだぞ」

「そう考えるから、そう思えてくるだけですよ」

話は早くも堂々巡《めぐ》りし始めた。これでは埒《らち》が明かない……私はとにかく怒らないようにすることだけを意識しながら、彼を説得し続けた。しまいには中澤の方が折れて、とにかく二人応援を出す、と言ってくれた。実際、他に有力な手がかりがないのは間違いなく、何かにつながりそうなのは、この現場だけなのだ。何をもったいぶっているのかと、私は少し白けた気分になった。

「できるだけ早く頼む」

事務所は、それほど広い場所ではあるまい。運び出す荷物の量も高が知れているはずだ。実際、既に巨大なデスクが運び出されている。後は段ボール箱に詰めこまれた本などではないか、と私は想像した。

「分かりました」

言った後、中澤は露骨に溜息をついて電話を切った。そういう態度は……と怒りが沸騰《ふっとう》してきたが、もう一度電話して遣《や》り合《あ》っている暇はない。一つ深呼吸して気持ちを落ち着けていると、電話が鳴った。いつの間にか姿を消していた醍醐からだった。

「裏は動きがないですね」

「正面で待とう。引っ越し作業中は、寺井は部屋から動けないんじゃないかな」

「そうですね」

「……いや、やっぱり、お前は念のためにそっちにいてくれ。今、特捜本部に応援を貰ったから、その連中が来たら、改めて張り込み場所を割り振ろう。引っ越しには、それなりに時間がかかるはずだ」

「じゃあ、何かあったら――」

「電話する」

通話を終え、私は一度車の外へ出て、助手席に移った。こちらからの方が、無理せずにマンションの様子が見える。

大きな荷物はデスクと本棚、それにソファぐらいだった。それらを先に下ろしてしまうと、後は動きが早くなる。段ボール箱のピストン輸送が始まった。グラブボックスにいつも入れてある双眼鏡を使って見てみると、箱の側面に太い油性ペンでナンバーが振ってあるのが見える。

まずいな……このペースだと、荷物の積み出しはさっさと終わってしまいそうだ。少し焦りを感じながら、私は周囲を見回した。応援部隊が現れる気配もない。醍醐からの連絡もなし。外へ出て、引っ越し業者に話を聞いてみたい、という欲望に襲われた。しかし彼らが何かを知っているわけではあるまい。

ふいに、隣の駐車スペースに車が停まる気配がした。見る人が見ればすぐに分かる、覆面パトカー。すぐにドアが開いて、二人の刑事が姿を現した。一人は、私と同年輩の少しくたびれたベテラン刑事。寒さのせいか背中が丸まり、両手をブルゾンのポケットに突っこんでいる。朝時間がなかったのか、顔の下半分は髭で蒼くなっていた。もう一人は明らかに二十代の若手で、こちらはやる気一杯、動きもきびきびしている。

私は車を降りて、二人に会釈した。最初に、年長の刑事が口を開く。

「世田谷東署の牧原《まきはら》です。どうも」容貌同様、くたびれた口調だった。

「同じく、神田《かんだ》です」若い方の刑事は、見た目から感じられる通り、歯切れのよい喋り方だった。

私は二人に状況を説明した。牧原はつまらなそうに、欠伸を嚙み殺しながら聞いている。一方神田は、いかにも真剣そうだった。途中から私は牧原に説明するのを諦め——どことなく田口を彷彿《ほうふつ》させる——神田だけを相手に話すよう意識した。こんなことでストレスを溜めても仕方がない。

「とにかく、監視すればいいんですね」話し終えると、神田がぴしりと結論を出した。

「ああ、そこから先、どうするかはまだ決めてないけど」

「配置はどうしますか？」

「牧原さんは裏をお願いします。うちの醍醐が張ってますから、合流して下さい」

「了解」また欠伸を嚙み殺しながら、牧原がのろのろと歩いて行った。

それを見送りながら、私は静かに怒りが消えていくのを感じた。視界から消えてしまえば、どうということはない。裏には醍醐もいるから、何とかなるだろう。牧原はあくまで「念のため」の要員だ。田口を彷彿させる男に、危ない橋を渡らせるわけにはいかない。

「すみません」

神田がいきなり謝ったので、私は動転し、「何で謝るんだ？」と訊ねた。

「牧原さんはああいう人なんで……いつもあの調子なんです」

「仕方ないよ」私は苦笑した。「あれぐらいの年になれば、誰だって疲れる。いつもやる気満々というわけにはいかないさ」

「そうですか？」神田が首を捻った。

「君も年を取れば分かる。今、何歳なんだ？」

「二十六です」

私は無言で首を振った。自分が彼ぐらいの年齢の時は……とつい考えてしまう。まだ独身で、刑事になりたての頃だ。仕事に追われる毎日で、先輩のノウハウを盗もうと——あの頃は、手取り足取り教えてくれる人などいなかった——必死になっていた。もしかしたら牧原の二十代も、同じようなものだったかもしれない。大抵の人は、どこかで崩れる。自分の限界を知り、「これ以上頑張っても仕方ない」と諦めてしまう——その先には長い晩年が待っているだけだ。今の私も同じようなものだ。

十年以上も経った事件を解決することはできない。執念《しゅうねん》を上回る常識が、私を苦しめる。

「車に入ろう。今のところ、見ていれば大丈夫だから」

「後ろに座ってもいいですか?」神田が提案した。「そちら側からの方が、よく見えそうなので」

「ああ、それでいい」

私も助手席に陣取った。運転手なし、二人が助手席側の前後に座っているのは、少し奇妙な光景のはずだが、道行く人たちの視線は気にならない。案外人は、自分の周囲を見ていないものだ。

「寺井が犯人なんでしょうか」神田がぽつりと言った。

「君はどう思う」私は逆に聞き返した。

「証拠が絶対的に少ないと思います」神田は臆《おく》せず意見を述べた。

一瞬かちんときたが、堂々とした態度はむしろ私を満足させた。中澤が言うならともかく、まだ二十代の刑事が先輩に逆らうには、結構勇気がいる。それでなくても、最近の若い刑事はあまり口ごたえしなくなったし。口ごたえして欲しいわけではないが、話していても議論が転がっていかないのだ。意見を戦わせて、新しい推理が生まれることもあるのだが。

「まあ、いずれ捕まえるさ」

「そうですか」

「セクハラをするような奴は、どこか歪んでるんだよ」

「それは否定できません」

会話が途切れる。その直後、引っ越し業者の作業も終わりになったようだ。作業を始めてからわずか一時間半。自分自身の何度かの引っ越し経験を考えると、この事務所にはやはり荷物が少なかったようだ。若い二人が、壁や廊下を養生していた段ボールをはがしにかかる。リーダー格の男は、クリップボードに何か書きこんでいた。寺井が降りて来る。搬出《はんしゅつ》作業には一切かかわらなかったようで、ジャケット姿のままだった。右手には、畳んだコートを引っかけている。少し厳しい表情を浮かべ、リーダー格の男と話し始めた。クレームをつけている様子……もしかしたら、搬出途中に家具を傷つけられたのかもしれない。何となく、寺井はこういう時に、ねちっこく相手をいたぶるタイプのような気がした。リーダー格の男は、しきりに頭を下げている。しまいには、寺井は自ら二トントラックの荷台に乗りこみ、あれこれと調べ始めた。

「揉《も》めてますね」神田が言った。

「ああ」私はドアに手をかけた。

「どうしますか」

私は神田の質問に答えず、外に出た。急激に気温が上がってきており、ダウンコートを鬱陶しく感じたが、脱いでいる暇はない。早く話を聴かなければならない——突然沸き上がってきた内なる声に急かされ、道路を渡った。寺井がすぐに逃げ出す気配はないが、何故か焦る。今ここで話さないと、永遠に逃げられてしまうかもしれない。

「高城さん？」

背後から神田の声が追いかけてくる。それを無視して私は走った。ちょうど寺井がトラックの荷台から出て来たところで、不満そうな表情が目につく。リーダー格の男に文句を言った次の瞬間、私に気づいて大きく目を見開く。瞬時に、その顔に怯えが走った。突然踵を返すと、マンションの中へ逃げこもうとする。私は、彼がエレベーターのボタンを押す直前に追いつき、肩に手をかけた。

「寺井さん」

振り向いた寺井の顔に、今度は恐怖ではなく怒りが浮かんだ。

「警察です。ちょっと話を聴かせてもらえませんか」

「警察？　警察には用はない」声は震えておらず、強硬な感じだった。強がりなのかどうかは分からない。

「こちらは用があるんです」

「それは、そちらの都合だろう」

「極めて重大です。殺人事件に関連したことですから」

「はあ？」寺井の端整な顔が歪んだ。「何の話か、さっぱり分からないな」

「その件は、署で話しましょう」

「冗談じゃない。警察と話すことなんか、何もない」

寺井が乱暴に私の手を振り払った。私は反射的に、寺井の腕を摑んだ。肘の関節を捻じ曲げ、動きを封じる。

「何を……する！」押し殺したような口調で、寺井が反抗した。痛みから逃れるために腰を折り曲げているが、まだ屈してはいない。

「高城さん！」

神田の声が耳に飛びこんできて、私は思わず寺井の手を離した。寺井が顔を真っ赤にして、私の顔を凝視する。次の瞬間には、右手の人差し指で私の胸を突いた。

「どういうことだ！　ふざけるな！」

私は彼の右手首を素早く摑み、また捻り上げた。今度は悲鳴が響く。

「高城さん、駄目です！」神田が私の背後に回り、寺井から引き剝《は》がした。思わぬ強い力で、私の体は半回転し、壁にぶつかってしまった。

「邪魔するな!」

「駄目です」神田は冷静だった。

冷ややかな彼の目つきは、熱くなった私の頭を一瞬で冷やした。

10

真弓が盛大に溜息をついた。拳で自分の頭を軽く小突くと、デスクの引き出しから頭痛薬を取り出す。二粒口に放りこむと、出身大学のロゴが入ったマグカップに口をつけ、呑み下した。

「デスクに頭痛薬を入れておくようになると、末期的ですよ」

「あなたに言われたくないわ……何であんな無茶をしたの?」

「反抗的な態度を取ったからです」

「それだけで身柄を拘束《こうそく》するのは、戦前の警察並みの横暴でしょう。そもそも、疑うだけの具体的な材料もないのに。寺井は激しく抗議してるわよ」

「あいつは、子どもたちが目撃した変質者に似ているんですよ? それに、セクハラ問題がある——証言があって、本人の性向にも問題があるんですから、事情聴取するには十分だと思いますけどね」

「無理言ってないで、失敗を認めたら？」真弓がまた溜息をついた。

「冗談じゃない。俺に調べさせて下さい。必ず落としますから」

「戦前から戦後にかけての警察はひどかったみたいね。あなたも知ってると思うけど」真弓がゆらゆらと椅子を左右に揺らした。室長室の中には二人だけ。この部屋はガラス張りであり、失踪課の連中からは丸見えなので、醍醐と公子が心配そうにこちらを見ているのは分かる。声までは漏《も》れ出《だ》さないから、二人の懸《け》念《ねん》がさらに深まるのは当然だろう。

「何が言いたいんですか？」

「思いこみの捜査や拷問。真相を追い求めるよりも、早く事件を解決するために、犯人をでっち上げることも厭《いと》わなかった……静岡に、紅林《くればやし》警部っていう有名人がいたの、知ってる？」

「知ってますよ」むっとしながら、私は答えた。戦後の混乱期に問題になった、拷問とでっち上げの天才。実際、後で冤罪《えんざい》になるような捜査を何件も手がけている。そういう問題人物と私を同列に並べるとは……。「一緒にしないで欲しいですね」

「今のあなたは、同じようなものよ」真弓が顔を上げ、真っ直ぐに私を見た。「先入観だけで動いている」

「先入観じゃありませんよ。合理的な材料があるから疑ってるんです」

「それで裁判員を納得させられると思う？」

「そんなのは、検事の仕事じゃないですか」

「仮に今、寺井を逮捕しても、手元にある材料だけで戦う検事は大変でしょうね。私だったら、担当を下ろさせてもらう」

「じゃあ、どうしろって言うんですか」

真弓の視線が動いた。直後に、ノックの音が響く。背後を見ると、中澤がどこか申し訳なさそうな顔つきで立っていた。真弓がうなずきかけると、中澤がドアを開けて入って来る。椅子は、今私が使っている一脚だけだが、譲る気はなかった。意地になっているだけだと自分でも分かっているが、どうしようもない。

「アリバイが成立しましたよ」

中澤の報告に、真弓が厳しい表情を保ったままうなずいた。こちらに視線を移したので、私はそっぽを向いた。自分でも子どもっぽいと分かっているが、どうしようもない。誰もが、寄ってたかって事件を潰そうとしている。

「事件当日のアリバイですね？」真弓が訊ねる。

「ええ。先週の木曜日と金曜日に、学会で大阪に出張しています。会場のホテルを出たのが午後三時。その後すぐに、新幹線に乗ってますね」

「だったら夜には、東京に帰って来てるじゃないか」私は反論した。「犯行には間に合う……だいたい、正確な犯行時刻は分かっていないんだぞ」

解剖で分かることには、限界がある。被害者が死んだ時間を十分単位で特定するのは、現在の法医学ではまだ無理だ。しかし当日の真央の動きから考えて、どんなに早くても犯行時刻は午後六時以降である。

「確かに新幹線に関してはそうなんですが……」中澤が溜息をついた。「ほかの大学の先生たちと一緒だったんですよ。東京着が午後五時五十六分。それから何人かで一緒に、八《や》重《え》洲《す》のレストランで夕食を摂っています。解散したのが八時過ぎで、家に戻ったのが九時頃ですから、犯行には関係ないでしょう」

「どうして家に戻ったって分かる？」

「防犯カメラ」中澤がまた溜息をついた。「九時頃に、マンションに入る姿が映っています。それから翌日の昼まで、外に出ていません」

「防犯カメラに映らない裏口があるんじゃないか」

「高城君、いい加減にして」真弓が割って入った。「状況的に、彼は『シロ』よ。これ以上の追及は無駄です」

「直接調べさせてくれ」私は中澤に頼みこんだ。両手を合わせてもいい、という気分だった。「俺ならあいつを落とせる」

「無理です」中澤が首を振った。「これ以上、傷口を深くする必要はありません。今なら
まだ、寺井を無傷で放せます。これ以上引っ張ると、向こうも強硬な態度に出てくるかもしれませんよ」

「何もしないで逃がすつもりか？」私はターゲットを中澤に替えて、食ってかかった。

「容疑がないんですから、仕方ないでしょう」中澤が肩をすくめた。

「だったら、このまま寺井をリストから外すのか」

「そもそもリストに載ってません」

「あなたが一人で騒いでいただけよ」真弓が割りこんで警告した。「普段のあなたじゃないわね……とにかく、この件は打ち切りです」中澤に視線を向けた。「ご迷惑おかけして、申し訳なかったですね」

「いえいえ……」中澤が軽い調子で言ったが、やはり迷惑そうな表情は隠せなかった。

「寺井の面倒は、こちらで見ておきますので……基本的には、頭さえ下げておけば機嫌のいい男です。お山の大将なんですね」

「よろしくお願いします」

中澤が無言で頭を下げ、部屋を出て行った。真弓が溜息をつき、椅子に座り直す。私は煙草を取り出したが、彼女の鋭い視線に射貫かれた。

「禁煙」

「分かってますよ」私は煙草を鼻先に持っていって香りを嗅ぎ、そのままパッケージに戻した。依然として釈然としないが、あそこまで細かくアリバイを持ち出されては、反論できない。

「高城君、調子は？」

「別に、普通ですよ」

「いつもの調子が出てないでしょう」

「そうですか？　俺の勘だって、狂うことはありますよ」

「狂ってると認めるなら、今回は手を引く？」

本気か？　私は彼女の顔をまじまじと見た。真弓は、ややこしい、真意の読み取りにくい表現で私をけしかけた。あれが二日前。もう取り消すというのか？　冗談じゃない。一度手がけた事件を取り上げられるほど、不快なことはないのだ。

「拒否します」

「今回のあなたは、どう見ても普通じゃないけど」

「子どもが殺されて、普通の感覚ではいられませんよ」

「普通の感覚をなくしたら、捜査はできないんじゃないかしら」真弓が腕を組んだ。視線は依然として鋭く、殺意さえ感じられる。だが私は、ここで引く気はなかった。正式に捜査から下ろされても、自分一人になっても、犯人を追うつもりだった。その気持ちは一切折れていない。

「俺はやりますよ」

「ここで私が謹慎を言い渡しても?」

「関係ありません」そう、これはもはや刑事としての義務ではない。同じ子どもを持つ——持っていた親として、不幸のどん底に突き落とされた二人の役に立ちたいと願う気持ちしかなかった。

「あくまでやるつもりね」

「当然です」

「だったら、一つだけ約束してくれる?」

無茶はするな、か。予想できる説教を聴くほど馬鹿馬鹿しいことはない。私は腰を浮かしかけたが、真弓が「この事件が無事に解決したら、の話だけど」と言ったので、腰かけ直した。

「仮定の話をしないで下さい。解決します。必ず」

真弓がうなずいた。マグカップをきつく握り締め、私の目を正面から見る。先ほどの怒りは消えており、彼女の目つきは別の決意を感じさせた。

「きちんと自分に向き合って」

「今は向き合ってないって言いたいんですか?」

「あなたはまた酒に逃げた。それは褒められた話じゃない」

「あの状態で、酒も呑まないで淡々とやっていられる人間がいたら、お目にかかりたいですね」自分の言葉一つ一つが、実に情けない。呑む言い訳をする酔っ払いほどみっともない存在は、この世にいないのだ。

「自分を哀れに思うのは分かるけど、呑んでいるだけじゃ、何も変わらないわよ」

「今さら何か変える必要があるんですか？　俺の人生は、もう後ろから数えた方が早いんですよ」

「あなたが、そんなに後ろ向きの人だとは思わなかったわ」真弓がまた溜息をつく。

「他の人には分からないんですよ」たぶん、今の私の心境を理解してくれるのは、菊池夫妻だけだろう。

「それは当然だけど、あなたは大事なことを一つ忘れてる」

「何ですか？」

「生きている限り、人間は何度でも立ち上がれる。もう駄目だと思っても、大抵は思いこみや勘違いなのよ」

真弓の台詞は只《ただ》のお題目だ、と思った。あんな風に言うだけなら、誰にでもできる。駐車場の隅で煙草をふかしながら、私は憤《いきどお》りを何とか押さえこもうとした。コートなしでも歩けるぐらい、気温が上がっている。もっと寒ければいいのに、と思った。寒ければ寒いほど、気持ちは研ぎ澄まされる。

庁舎の壁に背中を預けたまま、立て続けに煙草を二本灰にする。逆の立場だったらどうしただろう。私は叱責《しっせき》、あるいは激励できるだろうか。立ち直るかどうかは個人の問題であり、他人がとやかく言えるわけがないのだが……特に最近は、職場の同僚であれ、他人の人生に踏みこまないのが、一種の常識になっている。いつからこんな風になってしまったのか分からないが、少なくとも十年前、綾奈が行方不明になった時は、こんな風ではなかった。警察の人間であろうがそうでなかろうが、誰もが自分のことのように心配し、必死になってくれたものである。私も周囲の厚意を素直に受け入れられた。今は違う。誰かに何かを言われても、放っておいて欲しい、と思うだけだ。無意識のうちに自分の周囲にバリアを張ってしまい、そこから先に入られるとひどく苛立つ。問題は、自分でもそのバリアの範囲を摑めていないことだ。どこまで入りこまれると不快になるのか……そういう状況になってみないと分からない。

携帯電話が鳴った。出るのが――誰かと話すのが面倒臭い。ズボンのポケットから引っ張り出すと、見覚えのある電話番号が浮かんでいる。出るべきか出ないべきか。何となく、この相手はしつこそうな気がした。出るまで何度でもかけてきそうな……仕方なく通話ボタンを押し、耳に押し当てると、今一番聞きたくない相手の声が耳に飛びこんできた。

別れた妻だった。

「何か？」思わず冷たい声が出てしまう。

「ああ」

向こうも気乗りしない声だった。だったら、電話などしてこなければいいのに。

「仕事中なんだ」

「邪魔するつもりはないわ。この前、一つだけ言い忘れたことがあって」

この前――綾奈の葬儀の時だ。言い忘れるも何も、ほぼ口をきかなかったのだが。

「ああ」

怒ることなど何もない。彼女の存在はこの十年以上、私の中からほぼ完全に消えていたのだから。向こうも同じだったというのは、葬儀の時に会って感じたことだった。だいたい彼女は、弁護士として自立している。私よりもよほど稼いでいるはずで、元夫の存在など、すっかり忘れていてもおかしくない。

「別に言わなくてもいいことだけど、念のため」

「言う必要がなければ、言わなくてもいい」話しているうちに、あっという間にやり取りは刺々しくなってきた。

「結婚するの」

「は？」彼女の言葉は、すぐには頭に染みこんでこなかった。

「結婚するの」

繰り返されて、ようやく事情が呑みこめた。再婚。五十歳になって？　今さら結婚してどうするというのだろう。私を騙しているか、からかっているのではないかと思った。それなのに何故か、喉が渇く。

「詳しいことは……」

「特に聞く必要はない」私はぴしゃりと言った。

「そうね」元妻は、普段の——離婚前の——素っ気無さを取り戻していた。「何も言わないのは卑怯だと思って。それだけ」

「別に卑怯でも何でもない。君の人生だ。好きにすればいい」

「そうね……じゃあ」

「ああ」

電話は切れた。彼女の声が消えた途端に、何とも言えない感情が沸き上がってくる。たぶん、ずっと前から男はいたのだろう。結婚に踏み切るかどうかは微妙で……娘の死がはっきりしたから、新たな一歩を踏み出すことに決めた？

綾奈の死をきっかけにするな。

怒りがこみ上げてくるだろうと予想したのに、何故か心はレッドゾーンに近づかない。逆に寂しいかといえば、そんなこともなかった。何というか……どうでもいい。とっくに自分の人生から退場してしまった人間がどうなろうが、知ったことではなかった。

「何だい、怖い顔して」

「オヤジさん」

制服姿の法月が、いつの間にか脇に立っていた。私は思わず、両手で頬を擦った。

「そんな顔、してましたか？」

「普段見たことがない顔だったな」

「ああ。嫁が……元嫁が再婚するそうで」

法月が、私の顔をまじまじと見た。それでなくても大きな目を、さらに大きく見開いている。

「あのな、そういう大変なことをさらっと言うなよ」

「そんなに大変なことですか？　別にどうでもいい話ですよ。そもそも、連絡してくるようなことでもないし」

「一応、気を遣ってるんじゃないか？　本人じゃなくて、他の人間からそんな話を聞かされたらショックだろう」

「別にショックでも何でもないですよ。今さらそんなことを言われても、何とも思わない」

「綾奈ちゃんの葬式の時に、そういう話は出なかったのか」

「初耳です」

「まあ……あの時のお前さんには、話なんかできなかっただろうけどな。魂が抜けたみたいだったし。その割にはよく、喪主《もしゅ》を務めたと思う」

「そうですか?」私は目を細めた。本人としては、ほとんど記憶がない。

「何となく、あれで大丈夫かと思ったんだけど、読みが甘かったな」

私は首を捻った。法月は何を言いたいのだろう? 何か企《たくら》んでいたような口ぶりではないか。法月が、私の顔を凝視する。

「綾奈ちゃんの遺体が見つかってから葬式まで、お前さんが一人でいたことはほとんどないはずだよな」

「ええ」そうだった。毎日誰かが遅くまで、私の側についていたのだ。どうでもいい仕事を押しつけて一緒に残業し、食事に行き——酒抜きだ——ほぼ毎日、終電まで一緒にいた。ふいに、あの監視は優しさから来たものだと悟る。私に酒を呑ませないために、ローテーションを組んで監視していたのだ。最悪の結果を前に、私が再び酒浸りになるのを恐れたのだろう。怒りと恥ずかしさが顔を赤く染める。面倒を見てもらわなければならないほど、だらしない人間ではない……だが結果的に私は、仲間の思いやりを裏切った。真央の事件があって、醍醐と愛美が私に水を浴びせかけるまで、全員が呆れて無視していたに違いない。

「葬儀の時は心配したけど、何とか酒抜きで乗り切ったな」

　そう見えたか？　実は呑んでいた。喪主として、酔っぱらうわけにはいかなかったが、神経を麻痺させなければやっていられなかった。わずかに空いた時間にトイレに隠れ、スキットルから大きく呷《あお》る。ただ酔うための、最悪の呑み方だった。それを何度か繰り返したものの、結局いつものような酔いは訪れなかった。緊張感が、アルコールの効果を相殺したのだろう。

「あれでもう、大丈夫だと思ったんだがね……俺たちも油断した」

「人に尻拭《しりぬぐ》いしてもらうのは、情けない話です」醍醐や愛美が妙に冷たかったのも理解できた。「とにかく今は、何ともありませんから」

「そうかね」法月が体を捻り、私の顔を覗きこんだ。「だったらどうして、そんなに難しい顔をしてる？」

「嫁とは関係ありませんよ」私は機先を制して言った。

「……世田谷東署の件か」

「ええ」

「ヘマしたそうじゃないか」

「ヘマじゃないですよ」この男はどこまで地獄耳なのだろうと考え、思わず苦笑した。警務課の職員は、基本的に席に座っていることが多い。それでも署員とは満遍《まんべん》なく接触するから、いろいろな噂が入ってくるのは確かだ。しかし今回の件は、渋谷中央署とはまったく関係がない。

「いや、ヘマだな」法月が言い切る。

「そんなことはないですよ」

「お前さんにしてはヘマだった、ということだ。無理矢理突っこむタイプじゃないと思ってたがな」

「自信があったからやったんですよ」

「そうかね。焦ってたとしか思えない」

「まさか」

どうして私が焦る必要がある？　早く解決しないと、何か事態が悪化するわけでもないのだ。たまたま目の前に、しっかりした手がかりが飛び出してきたから、手を伸ばしただけである。

「家族を、早く助けたいよな」

法月がぽつりと言った。途端に私は、何かが喉にひっかかるような不快感を覚えた。

「気持ちは分かるけど、焦っても仕方がない。焦ると、見えないものが見えてきたりするんだ」

「オヤジさん、どこまで知ってるんですか」見えない犯人が、私の中で寺井になったとでもいうのか？

「だいたいのことは、な」

「相変わらず早耳ですね」

法月が軽く声を上げて笑った。屈託のない笑いであり、裏はないようだった。

「警務課に座ってると、嫌でもあれこれ聞こえてきてね……まあ、その寺井って奴はクソ野郎の部類に入るかもしれないけど、それと事件は別だぞ」

「放すしかないようです」

「しょうがないだろう」

「唯一の容疑者だったんですけどね」

「子どもの証言は、百パーセントは信用できないよ」

「しっかりしてましたよ」私は、昨日の事情聴取の様子を思い出していた。最後は泣き出してしまったが、それまでの証言は非常にはっきりしていて、信用していい、という気持ちにさせられたものだ。真央の敵《かたき》を討つために何ができるか、真剣に考えていたのだろう。

「しっかりしていても、勘違いもある。似顔絵の問題点はそれなんだ。絵描きさんと話しているうちに、記憶が補整されることもあるだろう？　それに描く途中で見ているうちに、実際に見た本人とは違っていても、何となくそんなものかと思えてくるんだな。もう一つ気をつけなくちゃいけないのは、子どもの目には、大人は実際の年齢よりも老けて見えることだ」

「じゃあ、寺井に似た、もっと若い男だったかもしれないっていうんですか？」

「一度、こういうことがあった」法月が人差し指を立てた。「ある強盗事件で、今回のように子どもの証言で似顔絵を作ってみたんだ。出来上がったのは、四十歳ぐらいの男だったよ。ところが、実際に犯人を捕まえてみると、二十一歳だった」

「ほぼダブルスコアですか」言いながら私は、信じられない気分だった。いかに子どもとはいえ、見た相手の年齢がどれぐらいかは、分かるのではないだろうか。「ちょっと考えられないですね」

「老けた二十歳と若い四十歳……微妙だぜ」

「あり得ない」私は首を振った。

「それと、テレビに出ている人間の顔っていうのは、無意識のうちに頭にインプットされるからな。もしかしたら子どもたちが見たのは、寺井に似た別人だったのかもしれない。それを説明するのに、寺井の顔を思い浮かべていたら、似顔絵が似てくるのは当然だわな」

この辺は非常に曖昧な話で、心理学者にでも分析してもらいたいところだ。法月は経験から語っているのだが、実態は分からない。

「一度、今頭の中にある先入観を消すことだな。犯人は必ずどこかにいるんだ。存在している限り、絶対に見つけ出せるよ……お前さんならな」

「もちろん、そのつもりです」

「これを乗り越えないと、先には行けないからな。お前さんには、まだやることがあるだろう」

私は唾を呑んだ。結局この話に戻ってくるのか……もしかしたら、周りの人間全員が結託して、私の尻を蹴飛ばしているのかもしれない。しかし今、この話題には深入りしたくなかった。いつかは向き合わねばならない、とは分かっている。そう……妻の再婚もそうだ。おそらく彼女は、過去にけじめをつけた。再婚することで、残りの人生を、今までとはまったく違うものに構築しようとしている。彼女は彼女なりに、地獄の歳月を送ってきたのだろう。だからこそ、今からでも幸せになる権利はあるはずだ。

素直に祝福してやれなかった自分の小ささに腹が立ったが、こればかりはどうしようもない。あんな短い会話の中で、そこまで細かい気遣いができるはずもない。

私は話題を変えた。こちらも口にするのは辛い話だが、避けて通るわけにもいかないし、私自身のことを話しているよりはましだ。

「明神の方、何か聞いてますか」

「明日、お母さんの通夜があるそうだ。葬式は明後日《あさって》」法月の表情が暗くなる。

「オヤジさんの方は？」

「意識は取り戻した、と聞いている」

私はゆっくりと息を吐いた。一つだけだが、懸案事項が消える。それがかなり大きく心にのしかかっていたことは、消えた今になって初めて分かった。しかし、不幸中の幸いと言っていいのに、法月の表情は冴《さ》えない。

「意識を取り戻したはいいけど、怪我《けが》がひどくてね。車椅子の生活になるかもしれない。車が潰れて、下半身を挟まれる格好になったんだ」

「そんな話、明神本人から聞いたんですか？」私は、頬が引き攣るのを感じた。

「いや、静岡県警の交通部に知り合いがいてね」

この男の顔の広さには、本当に驚く。こういう組織の潤滑油《じゅんかつゆ》としても機能する人間が、間もなく定年を迎えてしまうのは大きな損失だ。

「明神、どうするんですかね」

「どうするのかねえ」法月が寂しそうに言った。「オフクロさんは亡くなって、オヤジさんは介護が必要になるかもしれない。一人っ子っていうのは、そういうリスクを背負ってるからな。あいつは警視庁に必要な人材だけど、親を見捨ててまで仕事は続けられないだろう」

「静岡を引き上げて、東京に来てもらう手もありますよ」

「理屈ではな」法月が鼻の横を擦った。「ただ、大怪我《おおけが》したり病気したりすると、動くのが面倒になるんだよ。どうしても、今まで通りに慣れた場所にいたいという気持ちが強くなる。オヤジさんはストイックな人らしいけど、命にかかわる怪我をしたら、弱気にもなるだろうな。ましてや、長年連れ添った奥さんが亡くなったんだし……大事な戦力がいなくなるかもしれないぞ。覚悟しておいた方がいいんじゃないか」

私はうなずいたが、失踪課にとって、ここ数日の出来事の中で、これが自分にとって一番衝撃的だと気づいて驚いた。愛美がどれだけ重要な存在だったか、改めて意識する。

「あのな、娘を静岡へやろうかと思うんだ」

「はるかさんを?」法月の一人娘、はるかは、明神と仲がいい。

「通夜や葬式では、いろいろあるだろう?　もちろん田舎のことだから、周りの人が世話を焼いてくれるとは思うけど、あいつがいれば、何か役に立つかもしれない」

「はるかさんは、忙しいでしょう」彼女も弁護士だ。簡単には放り出せない仕事をたくさん抱えているであろうことは、容易に想像できる。

「そうだけど、こういう時だからな。あいつも心配してるんだ」

「オヤジさんを一人で置いておく方が、よほど心配じゃないですか」

「馬鹿野郎」法月が笑いながら、私の肩を小突いた。「自分のことぐらい、自分で何とでもできるよ。娘がいない方が、伸び伸びできるし」

強がりだ。法月は心臓に持病を抱えている。普段からはるかが何かと口煩く世話を焼いているお陰で、普通に生活し、仕事ができているのだ。

「どうだよ、はるかが向こうへ行ったら、久しぶりに一緒に飯でも食わないか？　何だったら、うちで鍋でもするか。この季節だと、土手鍋とか、いいだろう」

その誘いは魅力的だったが、今の私に受ける権利があるとは思えない。ゆっくり首を振り、断った。

「仕事がありますから」

「そうか」法月が一歩引いて、私を上から下まで見た。「まだ萎《しぼ》んでないな」

「当たり前です」

「結構、結構」高い笑い声を上げながら、法月が庁舎に入って行った。

何だか毒気を抜かれた気分になり、私はもう一本吸おうかと取り出した煙草をパッケージに戻した。そう、萎んでいる暇はない。容疑者が一人消えただけで、捜査は終わっていないのだ。

「高城さん」醍醐がドアを開け、ひょいと顔を出した。表情は暗い。「寺井を放すそうです」

「……分かった。顔を拝んでおくか」そうする意味があるかどうかは分からなかったが。

容疑者を移送する時、渋谷中央署では庁舎の中にある駐車場——私が煙草を吸っていたこの場所だ——から、直接車に乗せる。そうすれば、マスコミなどの目に触れないからだ。

一方関係者を放す時は、状況に応じて変わる。誰も知らないような人間なら、正面から見送るだけだが、寺井は有名人である。署に引っ張ってきたことは、記者連中には知られていないはずだが、用心するに越したことはない。

「ここから車を出すそうです」

「じゃあ、隅の方で見てるか」少し自虐《じぎゃく》的過ぎるかもしれないと思いながら、私は駐車場の片隅に移動した。庁舎への出入り口は、今醍醐が顔を突き出しているところしかない。何も自分の脇をすり抜けさせる必要はないと思った。

醍醐と二人で五分ほど待っていると、再びドアが開いた。中澤が先導し、先ほど現場で一緒だった世田谷東署の二人の刑事が付き添い、寺井が出て来る。無表情だった。怒っているわけでも、ほっとしているわけでもなく、何も感じていない様子。特捜本部が用意していたミニバンに、まず中澤、次いで寺井が乗りこむ。最後に所轄の二人が入って、車はすぐにスタートした。

車が走り去る時、一瞬寺井の顔が見えた。私を認識している様子はなかったが、見えなかった振りをしていたのかもしれない。無視することで、自分の心情を表明したのか。お前など、虫けらだ。俺の目には入らない、とでも——。

何かが気に食わない。偏見かもしれないと自分を戒《いまし》めたが、心に残る疑いは、どうしても消えないのだった。

11

全てがやり直しになった。特捜本部から見れば、最初から事態はまったく動いていなかったかもしれないが、私としては、捜査はスタートラインに戻ったことになる。未だに釈然としていなかったし、肉体的、精神的な疲労も激しいのだが、それでも歩き回らざるを得ない。

火曜日の朝、桜新町の駅へ着いた途端に、真弓から電話がかかってきた。醍醐を撤収させると告げられたが、予想していたことなので特に反論はしなかった。失敗すれば罰がある——それが一番分かりやすいし、そうでないと逆に怖い。

「それと、明神のところのお通夜だけど……」

「行くつもりですが」詳しい事情は聞いていないが、通夜は大抵午後六時頃に始まるはずだ。参列しても、その後東京へ帰って来られる。仕事を中断する時間は、それほど長くなくて済むはずだ。

「向こうから、来なくていいって言われてるわ」

「確かに、内輪の話かもしれませんけど……」他人行儀過ぎないか、と思った。警察は、未だに冠婚葬祭を大事にする組織なのだ。

「何ですって？」

「あなただけよ」

「あなたは来る必要がない。それが明神からの伝言よ」

「意味が分からない」

「そう？」真弓が涼しい口調で言った。「分からなければ、自分で考えることね」

「勘弁して下さい。余計なことを考えている余裕はないですよ」

「考えるのは只だから。それと、明神は忙しいから、電話しないように」

釘を刺して、真弓が電話を切った。やはり意味が分からない。そのまま愛美に電話しようと思ったが、真弓の言葉が引っかかっている。嫌われた？　嫌われても何とも思わないが、葬儀というのは、あらゆるトラブルがリセットされる場所でもある。どんなに嫌いな相手でも、葬儀に足を運んでくれれば追い出すようなことはしない。

だったら何故、私は通夜に出てはいけない？　失踪課の他の連中は出かけるのに。

やるべきことがあるから、か。

愛美は私に、捜査の続行を望んでいる。本当なら、直接言いたかったのではないだろうか。だがそれではさすがに角が立つから、真弓を通じて伝えたに違いない。

「要するに、必死で歩き回れってことだよな」独り言を言って、携帯電話を背広のポケットに落としこむ。もちろん死ぬつもりはない。死んだら捜査はできないのだから。

当面、聞き込みを続けるしかない。不審人物の発見に全力を尽くすのだ。警察の情報網に引っかかっていないだけで、近所の人たちが誰か怪しい人間を見ている可能性もある。現場近隣に住んでいる人たちだけで何千人もいるわけで、聞き込みは簡単には終わりそうになかった。

その合間に、水泳教室に足を運んでみた。この辺りは、都内の住宅地にしては緑の多い場所で、ちょっとした森のようになっている場所も少なくない。水泳教室の前の「森」、木立の中には、二軒のレストラン——片方はイタリアンでもう一つは高級そうなうどん店——がある。隠れ家的な演出なのだろう。

私は、昼食の準備で忙しいうどん店の店員に無理に頼みこんで、敷地に入ってみた。店の裏手に回ってみると、まともに歩けないほどの茂みだったが、何とか手で振り払い、前へ進む。ようやく建物が見えるところまで辿り着いて、周辺を見回した。確かに水泳教室の建物全体がよく見える。場所によっては、正面入り口や駐車場を監視できるだろう。

それを確認して店の方に戻って来たのだが、靴は泥に塗れ、ウールのコートには枯葉がまとわりついていた。払い落とすのも面倒なので、そのまま、うどん店の店主に話を聴くことにした。私の汚れた格好を見て、店主は苦笑したが、無下に追い払うようなことはしなかった。それだけでほっとしてしまう。開店直前の忙しい時に、相手をしてもらうだけでもありがたい——どうも私は、精神的に弱くなってしまっている。

客がまだ入っていない客席で話を聴いた。うどん店にはそぐわないログハウス風の作りで、窓が大きいために光がよく入る。そのせいで、店内は暖房が必要ないほど暖まっていた。濃い出汁《だし》の香りが漂ってきて、体に染みこむようだった。

「うちの裏から、水泳教室を覗いていた人間がいるんですか？」店主が不安そうに言った。

「そういう目撃証言があるんです。ここ、お店をやっていない時間は、入りこめるんじゃないですか？」

「できないこともないでしょうね……服が汚れるのを気にしなければ」店主が、まだ枯葉がくっついている私のコートを見て苦笑した。「生垣ですから、無理矢理入ろうとすれば、できますすよ」

「誰か入ったら、形跡が残りませんかね」

「いや……そんなに一々確かめてるわけじゃないから」

「今まで、そういう人間が見つかったことはありますか」

「ないですね」

手がかりなしか……もっともそんな人間がいたら、とっくに警察の耳に入っていただろう。

「ちなみに、お店に店員さんが出てくるのは何時ぐらいですか」

「十時ぐらいですね。店を開けるのが十一時半なので、準備にそれぐらい時間がかかるんですよ」

「逆に言えば、それまでこの場所はフリーなのでは？」

「まあ、そうでしょうね」

住宅街なので、静かに動けば目立つこともない。特に週末の午前中だと、歩いている人もほとんどいないだろう。あるいは、前日に閉店した後で、中に忍びこむ……いや、それはあり得ないか。性的倒錯者の嗜好は私には理解できないことばかりだが、そこまでするとは考えられない。執念とか、そういうレベルの問題ではない感じがする。だからこそ、犯罪につながるのかもしれないが。

「穴はあるわけですよね」

「ビルじゃないですからね。完全にロックアウトするのは無理ですよ……しかしあの事件、犯人はまだ捕まらないんですか」

「残念ですが」

「そうですか……うどん、食べていきませんか？」店主が突然提案した。

「いや、まだ開店してないでしょう」

「もう出せますよ。もちろん、お代はいただきますが……うちのうどんを食べれば元気が出ますよ」

突然の厚意に、私は戸惑った。今の私は、初対面の人にもそれと分かるほど、憔悴しているのだろうか。思わず苦笑したが、素直に厚意を受けることにした。どうせこの辺りには、食事ができそうな店もないし。

「お勧めは何ですか」

「カレー南蛮」

「はあ」思わず、気のない返事をしてしまった。カレーにはしばしばお世話になるのだが、それはあくまで「カレーライス」である。カレーを白米以外の物と合わせる趣味は、私にはなかった。

しかし、しばらく待って出てきたカレー南蛮は、五十歳にして私の味覚経験を変えるほどの一品だった。カレー南蛮といえば、スパイスの感じられない甘いカレー汁というイメージだったのだが、まず、非常にスパイシーなのに驚かされた。汁を啜ると、辛味だけではない香りが鼻を突き抜ける。本格的なインドカレーのイメージのようでもあったが、不思議とうどんに合う。どこかに、牛乳を感じさせるまろやかさも隠れていた。細めに切った葱《ねぎ》のしゃきしゃきした食感、柔らかい豚肉の旨味もよくバランスが取れている。気づくと、丼はいつの間にか空になっていた。

「どうでした？」店主が水を持ってきた。自信ありげな笑みを浮かべている。

「いや、美味かったですね。今まで食べたカレー南蛮の中で一番美味かったかもしれない」これまでの人生で何回カレー南蛮を食べたか、覚えてはいないが。くしゃくしゃになったハンカチで額の汗を拭い、水を一気に飲み干す。腹の底から体が温まった感じがした。これが続けば、寒い中を歩き回っても、ダメージは少ないだろう。

「元気が出るでしょう、うちのカレー南蛮は」

「結構辛いですね」いつの間にか、首筋にも汗が滲んでいる。

「もっと辛くもできるんだけど、うどんとのバランスを考えるとこれぐらいでね。まあ、元気になってもらえれば、それでいいんです」

「そんなに元気がないように見えますかね」私は掌で頰を擦った。

「まあ、多少……お疲れのようですから。頑張って、早く犯人を捕まえてもらわないと」

「そうですね。ご馳走《ちそう》様でした」財布を抜きながら立ち上がる。向こうに悪気はないのだろうが、叱責されたような気分になってくる。

金を払って店を出る。今日はコートが必要かどうか微妙な陽気だ。しかも汗をかいた後なので、ますますコートが邪魔になっている。それでも念のために羽織ると、その瞬間、ふいに冷たい風が吹きつけてきた。やはり、まだ二月だ。

私の失われた十年は、ずっと二月のようなものだった。

ふと気を抜くと、自虐的になるか、自分を哀れんでいる。そんな気分になっても何かが変わるわけではないのだが、もはや私には本当に、失う物が何もない。何かをしても、得る物もないだろう。今はまだ、利他的に動いている自覚があるからやっていられるが、この事件が解決したら……どこを向いて歩いていけばいいか、分からない。

その点、女は強いと思う。どうでもいいと思っていた元妻の再婚話が、急に頭の中で大きく膨れ上がってきた。どうしてあっさりと過去を切り捨て、新たな人生に踏み出せる？あるいは彼女は、全てを呑みこんだ上で、過去から続く一連の出来事として自分の再婚を考えているのだろうか。だとしたら、相手の男も度量が広い。自分が産んだ子どもを亡くした事実は、絶対に消えないのだ。いつまで経っても、その事実に苛《さいな》まれることになるだろう。それは再婚相手にはまったく関係ない話で、時に精神状態が揺らぐ妻の相手をするのは厳しかったはずだ。

そこまで鷹揚《おうよう》な、あるいは優しい男がいるとは思えない。少なくとも私だったら、絶対に耐えられないだろう。永遠に過去に囚われた女と一緒に住もうと考える男がいるとは思えなかった。

あるいは元妻は、過去の事情を何も話していないのかもしれない。だとしたら、それはそれで大したものだと思う。嫌な記憶は、誰かに話せば楽になる。自分の中に溜めこんでおけばおくほど、腐敗して悪臭を放つようになるのだ。少なくとも私は、それに耐えられる自信がない。綾奈のことを話すのも辛いが、話さないで胸の中にしまいこんでおくのは、もっと辛い。

道なりに歩いて行く。低層マンションと一戸建て住宅が建ち並ぶこの辺りは、本当に静かだ。犬の散歩をする老人、自転車でのんびりと走る若い主婦。ぽつぽつとコイン式駐車場があるのは、都会の住宅街の特徴だ。

桜新町駅前から世田谷通りに向かう大通りに入る。背広の胸ポケットに入れた携帯電話が鳴り出した。見慣れぬ携帯の番号が浮かんでいる。何となく出たくなかったが、駆け出しの頃に叩きこまれた教えは、五十歳になっても生きているものだ。電話は鳴ったら、すぐに出ること。

道路の騒音を逃れ、私はコンビニエンスストアの駐車場に入った。二十三区内のコンビニエンスストアで、駐車場が併設されているのは珍しい。やはりこの辺は郊外なのだ、と意識させられる。

思ってもいない相手だった。はるか。

「ご無沙汰してます」落ち着いた冷静な声。父親の法月とは似ても似つかぬすらりとした長身で、空手の有段者でもある。久しく会っていないが、長身と冷たい印象を残すルックスは、私の記憶の中で健在だった。

「どうも」無愛想な返事しかできない。

「愛美のこと、大変でした」

「我々は、まったく大変じゃないですよ。何もできなかった」東京駅へ送っただけ。肝心な時に役に立たない仲間に、何の意味があるのだろう。もちろん愛美の方で、協力を拒否しているという事情もあるのだが。

「急でしたからね。仕方ないです」

「あいつと話しましたか？」

「ええ……取り敢えず、これから静岡に向かいます」

「よろしくお願いしますね。俺は、通夜への参列も拒否されてるみたいだから」

「それは当然かと思いますが」

「どういう意味ですか」むっとして、私は聞き返した。急に気温が下がってくる。見ると、いつの間にか空を暗い雲が覆い、陽射しが消えていた。

「高城さんには、やることがあるんでしょう？　愛美が言ってましたよ」

「ああ、まあ……仕事は仕事ですからね」

「だったら、そっちをしっかりやってあげるのが、上司としての大事な役目じゃないんですか」

「分かってますよ」何で弁護士に説教されなくちゃいけないんだ。よくよく私は、女性弁護士には弱い。攻められている記憶しかなかった。

「何か、伝言は？」

「無理するな、ぐらいですかね。仕事のことは気にしないでいいから、と伝えて下さい」

「そうですね……」はるかの口調は、いつもと違って歯切れが悪かった。

「何か問題でも?」

「愛美がいないと、困りますよね」

「どういう意味ですか?」

「彼女、悩んでますよ。お父さんの看病の問題もありますし……近くに親戚がいないんですよ。だから自分が静岡に残って、面倒を見なければいけないと考えている」

「ええ」喉の奥で嫌な味がする。それを消し去るために煙草に火を点けたが、不快感は広がる一方だった。

「親子二人ですからね。愛美がそう考えるのは、私にはよく分かります」

それはそうだろう、と思った。はるかも、早くに母親を亡くしている。それからは法月が男手一つで育て上げ、彼女は無事に大学を卒業して司法試験にも合格した。今は立場が逆転して、心臓病を抱えた法月を気遣い、何かと面倒を見ながら仕事をこなしている。法月の体調は、無理をしない限り何でもないから、面倒を見るといっても家事をするぐらいだが。しかし愛美は……今はまだ二十四時間の介護が必要な状況ではないだろうが、それに近くなるのではないか。となると、仮に父親を東京へ呼び寄せても、仕事との両立は難しい。かといって、誰か人を頼めば、金がかかる。公務員、中でも警察官の給料は比較的優遇されているが、それにも限界がある。

「彼女、悩むと思います」はるかが言った。

「ああ」

「仕事が好きだから……家族との折り合いがあまりよくないのは知ってますよね？」

「簡単に聞いているぐらいだけど」よくある、進路を巡っての問題であり、それほど深刻ではないと私は判断していた。だいたい愛美は既に、警視庁で自分なりのポジションを摑んでいる。たとえ親でも、それを全て投げ捨てさせるようなことは……あり得るかもしれない。愛美自身が、そう考えていてもおかしくはない。普段、家族との距離感を意識していても、今回は非常時なのだ。

「かなり真剣に考えているんです」

「問題が問題だからね」

「高城さん、何か言ってあげることはないんですか？」

「それこそ家族の問題だから……突っこみにくい」私は、煙草を携帯灰皿に突っこんだ。こんなに煙草を不味いと感じたのは久しぶりだった。

「突っこんでもいい時があると思いますけど。今は、私では頼りにならないんじゃないかな」

「あなたは弁護士でしょう。普通の人は、あなたにお金を払って相談に行くんですよ」

「それは法律の問題に限ります」はるかがぴしりと言い切った。「私は、人生相談をしているわけじゃありません。あくまで法律的なアドバイスをするだけです。今回の愛美の件は、法律にはまったく関係ない、家族の問題……違いますか？」

「仰《おっしゃ》る通《とお》り」自分は友人として責任を果たさず、こちらに押しつける気か。一瞬むっとしたが、今ここで言い合っても仕方がないのだと気づいた。だいたい私は、愛美から相談を受けたわけでもない。そんな状態であれこれ気を遣ってアドバイスすれば鬱陶しがる――愛美はそういうタイプである。

「とにかく、相談されれば答えます」

「一声かけてあげてもいいのに」

「電話しないように言われているんですよ、あいつには」

「ああ……彼女らしいわ」

「そうでしょう？」

「とにかく、様子を見てきます。でも私は、友だちとして慰めることしかできませんから。上司や人生の先輩の助言の方が、何かと印象に残るものですよ」

自分が、上司や人生の先輩であるという意識はなかったが。愛美は単なる仕事仲間であり、対等の存在だと思っている。

「じゃあ、よろしくお願いします。それと、俺はちゃんと仕事をしてますから。それも伝えてもらえますか？」

「後で雷を落とされたらたまらないですよね？　でも愛美、それを楽しんでやってますよ」

「冗談じゃない。あいつは、年上の人間に対する敬意が足りないんだ」

ひとしきり笑ってから、はるかが電話を切った。私は新しい煙草に火を点けたが、相変わらず不味く、心にも穴が開いたような気分だった。


捜査会議に出ても、無視されるのは分かっていた。だが、追い返されはしないだろうと考え、私は夕方、世田谷東署に上がった。一人で動いていても問題ない――ないと勝手に判断していたが、大人数が一斉に捜査に入っているのだ。流れは、彼らが作っている。それを知らずに動き回っていると、知らぬ間に取り残されてしまう。地味に聞き込みをしている間に犯人が逮捕されていたら、たまったものではない。

しかし、動きは何もなかった。捜査の方針は二つに絞られている。近所の聞き込みと、変質者に関する調査。どちらもまだ、具体的な成果を上げていなかった。

「……明日以降も、同様の方針で続行。ここが正念場だから、頑張ってくれ」指示を与える中澤の声にも力がない。

昨日までは散々遣り合っていたのだが、私は彼に同情していた。飯にでも誘ってやろうか、と思った。中澤も結構呑む方だ。一晩痛飲すれば、取り敢えず嫌なことは忘れられるかもしれない。だが、ちらりと目が合った瞬間に、私はその計画を放棄《ほうき》した。中澤は「話しかけないで下さい」とでも言いたげなオーラを発している。

仕方ない……時計を見ると、八時半。捜査会議がわずか三十分で終わったのは、進展がないことの証明だ。情報が多ければ多いほど、会議は長引く。今夜はこれからどうするか……桜新町に戻り、まだ人がいる駅前辺りで聞き込みをしてみてもいい。あるいは、菊池夫妻に会ってみるか。二人が未だに辛い状況にあるのは当然で、いかに私が刑事であり、また子どもを亡くした親であっても、会うのはきつい。だが、二人の心の傷を癒《いや》すことこそが、自分の仕事ではないかとも思えた。

伊藤に連絡しなくては、と思った。警察的には、民間人にアドバイスを仰ぐのは情けなくもあるが、彼はこういう事態に慣れている。然るべき慰めの言葉も知っているだろうし、犯罪被害者の会には、様々な人がいる。菊池夫妻の心の穴にフィットする対応ができる人も、必ずいるはずだ。

よし、今夜最後の仕事はそれにしよう。電話ではなく、「秀」に寄って、食事をしながら話をしてもいい。あの店に寄るのは、自分を甘やかすのと同義だったが、今夜はきちんとした目的があるからいいだろう。

立ち上がると、声をかけられた。馬場だった。

「飯でも行きませんか？」

思いも寄らぬ誘いに、私は一瞬言葉を失った。特捜本部の中では異質の存在で、邪魔者扱いされているとばかり思っていたのに。

「いいけど、俺と飯なんか食ってることが中澤にばれたら、まずいんじゃないか」

馬場が声を上げて笑い、「別に関係ないですよ。飯は、誰でも食べるんだから」と言い切った。

「そうか？　中澤、俺のことをだいぶ怒ってるぞ」声をひそめる。部屋を出て行く刑事たちでざわざわしているが、誰に聞かれているか分かったものではない。それを言えば、馬場だって中澤のスパイかもしれないが。

「大丈夫ですよ。とにかく、何か食いましょう。今夜はもう、俺は終わりなんですけど、家に帰っても飯はないんで」

「そうか」こいつの家はどこだったか……確か、都内ではない。千葉か、埼玉か。だとしたら、これから家に戻ると十時近くになるのだろう。それから食事というのでは、確かに家族も困るはずだ。「じゃあ、つき合うよ」

「近くで、美味そうなカレー屋を見つけたんです」

「ああ」

一緒に階段を降り始めたところで、昼もカレー南蛮だったと気づいて、「あ」と声を上げてしまった。不審気な表情を浮かべて馬場が「何か？」と訊ねる。

「いや、何でもない」昼はうどん、夜はご飯。同じ炭水化物でも、小麦と米だ。問題ないだろう。

世田谷通り沿いにあるそのカレー屋は、一見喫茶店と見間違うような店構えだった。「カレー」の看板がなければ、見過ごしてしまいそうな店である。

「ここ、評判いいみたいですよ」ドアを押し開けながら馬場が言った。

「そういう評判、どこで拾ってくるんだ？」

「ああ、ネットで」馬場がにやりと笑う。「東京中を走り回らされてるんですから、行った先では美味いものが食いたいですよね」

確かに。特捜本部ができると、とにかく振り回される。食事をしている時間もないことがしばしばだし、立ち食い蕎麦《そば》や牛丼、ファストフードに頼りがちになる。仮に時間があっても、ゆっくり食事を楽しもうという気持ちの余裕がなくなってしまうことが多い。

店内に漂う濃いカレーの香りが、私の気持ちを少しだけ落ち着かせた。やはり食事ぐらいは、美味い物をゆっくり食べたいものだ。そうでないと、ずっと気持ちがささくれ立ったままになる。誘ってくれた馬場に密《ひそ》かに感謝した。

店の中も喫茶店風の作りである。什器《じゅうき》は全て木製で、柔らかい印象だ。カウンターに、大きなガラス瓶に入ったスパイス類が無造作に置いてあるのは、いかにもカレー屋らしい雰囲気だったが。

「何が美味いんだ？」

「ポークカレーが一推しみたいですよ」

勧められるまま、ポークカレーを頼む。出てきたカレーは、何とも迫力のあるものだった。ルーの中に、巨大な肉塊がごろごろしている。カレーそのものの味は、インド風でもヨーロッパ風でもなく、家で作るカレーをうんと美味くした感じ。しかし、巨大な豚肉は少しだけ持て余した。妙に脂身が多く、それが味にコクを出す材料にもなっているのだろうが、五十歳の胃袋には応《こた》える。しかし私より若い馬場は、喜んで食べていた。

「これは高レベルですね」

「お前は評論家か？」

「いやいや、実際美味いですよ」馬場が、背広の内ポケットから手帳を取り出した。警察手帳ではない。開いて見せてくれたが、びっしりと字で埋め尽くされていた。赤字で書かれた「★」マークが特に目立つ。

「何だ、これ？」

「食べ歩き日記みたいなものです。最近、特にカレーに凝ってるんで……ここは、星三つあげてもいいな」

「案外暇なんだな、お前も」

「そんなことないですよ」馬場がむっとした口調で言って手帳を閉じた。「これぐらいしか楽しみがないんですから。それにどうせ、飯は食うでしょう?」

「カレーは安上がりな楽しみだからな」

「そうなんですよ。東京なら、どこへ行っても美味いカレー屋があるし」

少々脂がしつこい感じがあるが、確かにこの店のカレーは美味かった。彼が「星三つ」というのも理解できる。星の上限が何個なのかは分からないが。

「その手帳は、カレー専門なのか?」

「ええ」

「カレー南蛮の美味い店なら、昼間見つけたぜ」

「いいですね。変則的なパターンも悪くないな」にやりと笑って、もう一度手帳を開く。

私は店の名前と場所を教えてやった。住所を聞いた馬場の顔が曇《くも》る。

「それ、例の水泳教室の近くでしょう」

「ああ」

「まだあそこを当たってるんですか?」

「ちょっと気になってな」

「高城さん」真顔に戻って、馬場が続けた。「こだわるのは分かりますけど、あまりそこだけを考えると……」

「分かってる」消し去れないことではあるが、彼の言う通りだ。いつまでも固執していないで、真央が習い事に通っていた他の教室も当たるべきである。もしかしたら、教室の中にこそ、彼女にとっての脅威があったかもしれないのだから。

「他の教室はどうなんだ？　今のところ、いい線は出てないみたいだけど」

「ないですね。正直、関係者じゃないかと思ってたこともあるんですけど、その線はなさそうです」

「そうか」私は紙ナプキンを取って、口元を乱暴に拭った。「となると、本格的に手詰まりか」

「目撃者もいないのは、変ですけどね。ああいう住宅街だったら、何かあったら絶対に分かるはずですよ」

「ただな……」現場はマンション。それが問題なのだ。捜査の大きな壁になる。一戸建ての家だと、気密性は完全ではない。しかしマンションの部屋にいると、外の音はあまり聞こえなくなるのだ。交通事故でもあれば別だが、少し揉めているぐらいでは分からないだろう。文字通り、壁。それにしても真央は、悲鳴を上げる間もなかったのか。

「言いたいことは分かります」馬場がうなずいた。「場所がよくないですね」

「警察的には、な」

「だいぶ責められてますよ」

「そうなのか？」

「ええ」馬場が溜息をついた。「あの辺、事件には縁のない場所ですから。そういう街であんな事件が起きるとどうなるか、分かるでしょう？　署長には、相当プレッシャーがかかってるみたいですね」

「住民の不安を受け止めるのも、署長の仕事のうちだよ」

そう言ってみたものの、私は世田谷東署の署長に同情していた。所轄署は、地元とは何かと縁が深いし、それをさらに深くするよう、幹部は気を遣わなくてはならない。住民との協力態勢——それが防犯の基礎になるからだ。一方、地域との関係が深くなればなるほど、何かことがあった時には厳しく責められる。それも給料のうちだと言ってしまえば、それまでだが。

「とにかく、何もないんですよね」馬場が腕組みをした。「これはやっぱり、外から来た人間の犯行だとしか考えられないな」

「ああ。近所の人間が犯人だったら、絶対噂になってる。それとももう一つ、犯人は車を持ってるんじゃないか？」

「でしょうね。車に押しこめてというのは、いかにもありそうな話です」

「遺体から何か出てないのか？」私は声を潜めて訊ねた。店内には他にも客がいるので、こんな話は大声では話せない。「犯人の体液が残っているだろう」

「ＤＮＡ型では、一致はないですね」

つまり、犯人に前科はないわけだ。私はさらに突っこんだ。

「他には」

「服とは違う繊維があるんですけど、今のところ正体不明です」

「車のカーペットとかかな」

「可能性はありますけど、まだ特定できてません」

人間は、ただ生活しているだけで、多くのゴミを体にくっつけてしまうものだ。絨毯《じゅうたん》敷きの部屋で暮らしている人なら、その繊維が服に付着する。常時車を運転する人で、シートがファブリック製なら、短い繊維がくっつきやすい。

ふいに煙草が吸いたくなったが、他の客は誰も吸っていない。喫煙できるかどうか聞くのも面倒臭く、私はワイシャツの胸ポケットに入れた煙草に指先で触れ、気持ちを慰めた。

「同一犯は？」

「今のところないです。何か、中途半端な感じもしますけどね……犯人の狙いはどうだったのかな」馬場が首を傾げる。

中途半端、というのは私にも理解できた。言葉遣いはおかしいが、ニュアンスは理解できる。殺人は、犯罪の北極である。一方でこの事件は、幼女に対する性犯罪として見なければならない。犯して下着を持ち去り、さらに殺してしまう――行動が、あまりにも極端に振れ過ぎていないだろうか。

「車は自家用車でしょうねえ。レンタカーや、人から借りた車とは考えられない」馬場がつけ加えた。

「ああ」

「それでも、絞りこめないんですよね。せめて、付着物が何なのか分かれば、ヒントになると思うんですけど……」

「車に放りこまれていたとしたら、フロアカーペットの可能性もあるな。トランクの内張りの繊維とか」

「ええ」馬場の表情は晴れなかった。

「鑑識の結果待ちか」

「仕方ないです。こっちは、取り敢えず聞き込みを続行するしかないですね」

「きついけど、それしかないな」

携帯が鳴り出した。そういえば愛美の母親の通夜は終わったのだろうか、と考える。手が空いた愛美が電話してきたのではないだろうか。

真弓だった。立ち上がり、携帯を振る。

「ちょっと電話してくる」

「ごゆっくりどうぞ」馬場が、だらしなく椅子に腰かけ直した。背筋を真っ直ぐ伸ばして座っているのも、面倒なようだった。

「今、どこ？」真弓の声は緊迫していた。

「世田谷東署の近くです」

「南署へ転進して」

「世田谷南署？」

「そう」

「何事ですか」嫌な予感が膨れ上がる。

「また女の子が行方不明になったわ」

私は馬場に声をかけるのも忘れ、駆け出していた。

12

間の悪いことに、失踪課には誰もいなかった。私以外の全員が静岡に出かけているのだから、当然だ。愛美の判断は結局正しかったわけか、とタクシーの中で皮肉に考える。どんなことがあっても、最後の砦《とりで》は必ず必要なのだ。

タクシーを摑まえるのではなく、東署まで駆け戻ってパトカーを使わせてもらうべきだったのだが、あまりにも慌てていて、そこまで頭が働かなかった。交通規則を遵守《じゅんしゅ》してのろのろと走るタクシーの運転ぶりに、苛々してくる。

真弓は、静岡駅のホームで所轄からの一報を受けたという。通夜の後、全員一緒に軽く食事を摂り、これから東京へ戻ろうとする矢先だったらしい。しかしたまたま——あるいは愛美の勘により——私だけが東京にいた。しかも問題の所轄のすぐ側に。

黙って現場への到着を待つだけでは能がない。私は携帯電話を取り出し、まず馬場に謝りの電話をかけ、それから特捜本部に連絡を取った。中澤にも知らせておかなければならない。警察は、横の連絡が悪くなる時があり、彼はまだ知らない可能性もあるのだ。

「今聞いたところです。こっちからも人を出します」

「俺も向かっている」

「いや、それは——」

「今のところ、うちの案件だ。行方不明というだけなんだから」

「分かりました。でもあくまで取り敢えずですよ、取り敢えず」

「うちの仕事で済むなら、その方がいいんじゃないか」

電話の向こうで中澤が唾を呑む気配が感じられた。失言を悟ったのだろう。「取り敢えず」というのは、今後事態が動くと予想してしまったことを意味する。つまり彼は、行方不明から、もっと別の大きな事件に発展する、と読んでいるのだ。しかし怒る気にはなれない。私も同じことを考えていたのだから。真央の事件との関連性が多過ぎる。

行方不明になっているのは、同じ田園都市線の用賀駅近くに住む、小学二年生の女児だった。ピアノ教室に行ったきり帰ってこないというところまで共通している。まさか、「小学二年生」「ピアノ教室」が、この事件のキーワードなのか……。

人手が必要だ。所轄は総動員されるだろうし、世田谷東署の特捜本部も手伝うはずだ。しかし肝心の失踪課三方面分室で動けるのは私だけ……クソ、冗談じゃない。いざ鎌倉という時に役に立たないのでは、意味がない。真弓の指示ミスだ、とここにいない彼女に対して毒づく。通夜に参列するのは大事だが、何も全員揃って行くことはなかったのだ。

いや、全員がいなくなっているわけではない——私がいる。

つまり今、私に全てが任されたのだ。失踪課として何とかするためには……課長の石垣《いしがき》に連絡するのが筋である。そして一方面、八方面、あるいは本部にいる人間から応援を出してもらう。しかしあの課長は、扱いにくい。正直に言えば、話もしたくなかった。とにかく官僚じみた考えしかできない男で、指示一つするにも上の裁量を仰ぐタイプである。この場で判断して何とかすべき……私は一方面分室の竹永《たけなが》に、直接電話を入れた。階級は私と同じ警部で、ナンバーツーという立場も同じである。彼は当然、真央の一件を頭に入れていたようで、今回の件でもすぐに事情を呑みこんだ。

「二人ほど出せます。田園都市線沿線に住んでいるスタッフがいますから、すぐ行かせましょう。俺も行きますよ」

「今、どこにいるんだ？」

「無駄に残業してました」

　普段なら笑うところだが、今夜は反応できない。所轄で落ち合うことを約束して電話を切り、今度は八方面分室――立川《たちかわ》にある――のナンバーツー、石川《いしかわ》に電話を入れた。去年異動してきた、私よりも二歳年上の男だが、既に何度も一緒に仕事をしているので気心は知れている。石川は、八方面分室からは自分も含めて三人が出る、と請け負ってくれた。

　電話を切り、シートに背中を預けた。手は打った……後は現場で落ち合って、捜索を始めるだけである。おそらく、混乱するだろう。同じ事件が繰り返されるのかと、家族や近所の住人の不安は最高潮に達しているだろうし、警察の方でもかりかりしているのは間違いない。同じような事件が繰り返されたら、面子は丸潰れだ。いや、面子などどうでもいいが、これ以上子どもが犠牲になる事件が起きてはいけない。

　この件では失踪課が主導権を取るべきだ、と一瞬思ったが、そんな問題は後回しだ。とにかく捜す。捜し出す。警察が、全ての子どもの様子をケアすることなどできない。だが今は、一人の女の子が行方不明になっているのが、自分たちのせいである気がしてならなかった。そんな時に、「誰が仕切るか」などを問題にしている場合ではない。

世田谷南署は、文字通り世田谷区の南部を管轄する。区内に四つある警察署のうち、成《せい》城《じょう》地域を含む世田谷西署とともに、高級住宅地を守る署でもある。署の周囲には学校が多いので、普段は子どもの姿が目立つはずだ。私が到着した時は既に夜で、当然、歩き回る子どもたちの姿はなかった。誰もが家に隠れ、息を潜めているように思える。

動き回りたい……行方不明になった子どもを自ら捜したいと強く願ったが、私は敢えて署に留まることにした。間もなく、失踪課の他の分室のメンバーも到着する。彼らを効率よく動かすためには、取り敢えず誰かが司令塔にならなければならない。

南署は、総動員態勢で捜索を開始していた。普通なら地域課の連中が中心になるはずだが、世田谷東署の事件がまだ解決されていない状態では、できるだけ手を尽くす必要がある。ざわざわした雰囲気の中、署員たちが慌しく出入りしていた。若い制服警官、ベテランの私服組……それに混じって、世田谷東署の特捜本部の刑事たちの姿も見える。誰かが中心になって指示を飛ばしているわけではないようで、私は混乱の只中に叩きこまれたのを意識した。

現在、指示を飛ばしているのは、当直責任者の刑事課長だった。しかし、自分のところの署員以外にも動いている人間がいるので、全体の流れを統括《とうかつ》できずにいる。これが、警察官の悪い癖だ。とにかく、「音がした方向へ一斉に動く」ように教育されている。今回は、世田谷南署管内で大きな音がしたから、動ける警察官は一斉にここへ集まってしまったのだ。ようやくそれなりの秩序が生じたのは、署長が出て来てからだった。この場に集まった人間の中では、取り敢えず階級が一番上。しかし、ずいぶん遅い……署長は庁舎内か、すぐ近くの官舎に住んでいるものだが。

　刑事課長は明らかに仕切りができない性格のようで、署長に指揮権を譲り渡してほっとした様子だった。ここはもう少し、秩序だった捜索をしないと……私は署長室に無理に入りこんで、システマティックにやるようにと署長に進言した。状況が状況だけに、署長も私の提案を簡単に受け入れた。女児が殺された事件とまったく同じような状況が、管内で再現されている……最悪の事態を避けるためなら、何でもやろうという気になってもおかしくない。

　用意された管内の地図を前に、私は腕を組んだ。既に、行方不明になった女児の家、学校、ピアノ教室の場所には、赤い油性インクで印がついている。近い。三か所を線でつなぐと、ごく小さな三角形ができる。

「聞き込みの場所を絞った方がいいですね」私は提案した。「まず、この三か所をそれぞれ、捜索の中心点にします。便宜上、自宅をAゾーン、学校をBゾーン、ピアノ教室をCゾーンにしましょう。徐々に円を広げていくやり方がいいと思います」

「分かった」スーツ姿の署長の顔色は、蒼白だった。

「現有勢力として、こちらの署員の他に、東署の特捜本部からも人が来ています。失踪課からは私を入れて七人。それぞれ、各ゾーンに割り振りましょう。顔見知り同士で各ゾーンを担当した方が、重複がなくていいと思います」

「署の方はこちらで指示しよう。ピアノ教室付近を担当する」

「失踪課は、自宅近くですね。私の方で手配します」

「東署の特捜の方は……」

こちらは一番扱いにくい。東署員、それに本庁の捜査一課の人間が混じっているのだから。向こうに居残っているはずの中澤に連絡を取って、現場のキャップを決めてもらおう。

一段落ついたところで、竹永が署長室に飛びこんできた。いつもすっきりした表情の男で、どんなに酷い状況でも淡々として見えるのだが、さすがに今日は焦っている。珍しく、額に汗が浮いていた。

「今、割り振りを決めた。うちは自宅周辺の聞き込みを担当する」

うなずく竹永を見て、私は言い忘れていたことを思い出した。

「署長、自宅には……」

「ああ、いや、今は誰もいないかな？　刑事課長、どうだ？」

「行ってないですね」刑事課長の顔がわずかに白くなる。

「すぐに誰かを自宅にやって下さい。連絡係として動いてもらわないと」落ちこんだ菊池夫妻のことを思い出し、私は指示した。知り合いがつき添っていればいいが、それを当てにはできない。

「分かりました」署長ではなく刑事課長が反応した。

これで、全体を仕切る仕事は終わり。後は失踪課として、自宅周辺の捜索を始めるだけだ。私は竹永を促《うなが》して署長室を出た。

「ずいぶん早かったな」

「日比谷から一本ですよ。自由《じゆう》が丘《おか》からはタクシーをおごりました」額の汗をハンカチで拭いながら、竹永が言った。「あと、どうしますか？　うちの連中には、ここに出頭するように言っておきましたけど」

「来てくれるのは誰だ？」

竹永が告げた名前を聞いて、私は一安心した。二人とも知っている。きちんと仕事をこなす男たちだ。

「自宅に直行してもらおう。ここから少し離れているんだ」

「じゃあ、二人に連絡を取りながら、私もそっちへ行きましょう。高城さんはここへ残って下さい。失踪課の司令塔で」

「分かった」

「しかし、間が悪いですね」竹永が肩をすくめる。「三方面分室、今は高城さんしかいないんでしょう？」

「ああ。でも、これは仕方がない」喉の奥に何か塊ができたように感じた。「とにかく、今いる人数で何とかしよう」

「そうですね……」竹永がいきなり声をひそめた。「間が悪いといえば、また間が悪い話ですよ」

彼の視線を追うと、確かにそうだと分かった。失踪課の課長、石垣徹《とおる》と管理官の井形《いがた》貴俊《たかとし》が、肩を並べて署に入って来るところだった。彼らも、通夜に出席するために静岡まで行っていたはずだが……私はちらりと壁の時計を見上げた。午後十時少し前。六時過ぎに焼香して、すぐに引き返してくれれば、この時間にここにいるのは不思議ではない。おそらく、三方面分室の連中と食事をするのを避けたのだろう。自分が嫌われているのは、当然分かっているはずだ。

石垣はいつもと同じように、ぴしっとした格好だった。葬儀用のブラックスーツだが、終わってからネクタイを替えたようで、通夜に参列してきた雰囲気ではない。署に入った途端にコートを脱ぎ、丁寧に折り畳んで腕にかける。同行している井形は、用心深く周囲を見回した。何が起きているのか、常に把握していないと気が済まない男なのだ。この男は石垣の秘書代わりのようなもので、課長が行く場所にはほとんど付いていく。大抵グレーの地味なスーツ姿という、私服警官のユニフォームのような格好だ。喋る時にほとんど口を開かないという、妙な癖がある。

石垣が私に気づき、こちらに視線を向ける。私は竹永と顔を見合わせ、出入り口に向けて顎をしゃくった。早く現場に出てくれ、ここは俺が何とか食い止める――私の心中を読んだのか、竹永は苦笑しながら一礼し、さっさと出て行った。石垣たちに向かって素早くうなずきかけたが、儀礼以外の気持ちは一切感じ取れなかった。

石垣が、大股でこちらに近づいて来る。コートを着たままの私を見て顔をしかめたが、さすがに今は、服装問題を論議の対象にしている場合ではないと気づいたようだった。

「状況は？」

私は分かっている限りで説明した。石垣の表情が次第に険しくなる。

「三方面分室の連中も、呑気《のんき》に食事している場合じゃなかったな。用事が済んだらさっさと東京へ戻って来るべきだった」

「今、それを言ってる場合じゃないでしょう」私は石垣に嚙みついた。「これは一種の事故です。仕方がないことだ」

「それにしても、あんたは運良く東京に残ってたわけか」

「留守番ですよ。普通は、一人いれば十分なんですけどね」

「ところで、竹永警部が来ていたようだが」井形が、相変わらず口をほとんど動かさずに言った。いつもながら、これでちゃんと声が聞こえるのは驚きである。彼の口や声帯の構造は、医学的な研究対象にすべきだ。

「一方面と八方面にも応援を貰いました。うちのスタッフがいない分、仕方ないと思いますが」

「勝手に動いてもらったら困る」井形の眉が釣り上がった。「全分室を動かすとなると、こちらを通してもらわないと」

「そんな暇はありませんでした」早くもうんざりしてきた。こんなところで指揮権の問題を持ち出されてもどうしようもない。「一刻を争う状況なんですよ」

「それでは、指揮命令系統が滅茶苦茶になる」

「まあまあ、井形管理官」石垣が割って入った。どうやら、自分は悪者になる気はないらしい。「今回は特例にしよう。非常時だ。それより高城警部、この件をどう読む？　世田谷東署の事件と関係はあるのか？」

「状況は似ています。しかしそれだけで、同一犯による犯行とは断言できません」

行方不明になった少女——和田沙希《わださき》は、普段は午後六時にピアノ教室から帰宅する。今は既に十時。小学二年生の女の子が、遊びまわって遅くなっている、とは考えられない。何かあったのは間違いないのだが、東署の事件と直接結びつける材料はなかった。

「ここには私がいよう」石垣が珍しくやる気を出したので、私は苦笑を噛み殺した。この男は、失踪課の課長という立場に満足していない。本当は、メインストリームの部署で管理職になりたいのだが、既に失踪課の課長になって長い——行き場がなくなっているのだ。そういう状況もあって、何とか自分の能力を上層部にアピールしようと、常に必死になっている。ただし、失踪課が仕事でポイントを稼ぐのは難しいので、評価を上げるために、リストラを狙っている。三つある分室を二つに再編し、スタッフの人数を減らす——ただし今のところ、様々な抵抗にあって試みは失敗していた。もしかしたら、この一件をチャンスと捉えているのかもしれない。第二の事件を防ぎ、行方不明の沙希を見つけ出せれば……彼の思惑とは関係なく、結構なことではある。この場の指示を任せれば、私も外で聞き込みができる。

「じゃあ、お願いします」ほっとして、私は頭を下げた。

「結構。三方面分室の他のメンバーは？」

「おっつけこちらに来る予定です」

真弓から電話がかかってきたのは九時過ぎ。こちらに来るには、まだ時間がかかるだろう。今夜は戦力として期待できないはずだ。いや、彼女たちがここへ顔を出すまでに何も動きがなければ、事態は絶望的な方向へ向かう。

しかし今、そんなことを考えても仕方がない。とにかく歩き回り、沙希の痕跡を探すだけだ。

署を出た途端、石川と出くわした。必死の形相で、長い顎が目立つ顔は汗で光っている。

慌てて出て来たのか、ネクタイもしていなかった。私は簡単に状況を説明した。

「俺も現場に出た方がいいな」

「そうですね、他のスタッフは、課長が動かしてくれるはずです」

「石垣さん、来てるのか？」石川が眉をひそめた。

「手柄を立てるチャンスだと思ったんじゃないですか」

「しょうがねえな、あの男は」石川が苦笑した。「もう、チャンスなんかないんだ。後は定年まで、だらだらとやっていくだけだぞ」

そういえば、石川と石垣は同期のはずだ。石垣の方が出世が早く、今は石川の上司という立場になっているが、それでも同期の感覚は消えないはずだ――少なくとも石川の方から見れば。

「まあ、上手くやって下さい……すみませんね、今回は余計なお世話をかけて」

「いや、それは構わない。重大事案だからな」石川が真顔でうなずいた。「とにかく、時間との勝負になるぞ」

「ええ。じゃあ、先に現場に出ます。うちは、女の子の家の周辺を捜しますから」

うなずく石川にうなずき返し、私は署から飛び出した。地図は既に頭に入っている。ここから家までは歩いて十分ほど。取り敢えず、周辺の様子を確認しよう。それから先行している竹永と合流し、本格的に捜索を始めるのだ。

沙希の家は、世田谷区内の陸の孤島のような場所にあった。駒沢通りの中町四丁目交差点近く。どの駅からも遠く、周辺には一戸建ての住宅ばかりだ。署から歩いて行く途中には、沙希が通っていた小学校の脇を通り過ぎる。何人もの制服警官が出て、捜索しているのが見えた。警官だけではない。二人、三人と固まり、必ず懐中電灯を持っている一団は、学校の父兄だろう。この辺りは街灯もたくさんあるので懐中電灯などいらないのだが、何となく明るい物に頼りたくなるのは理解できる。

沙希の自宅は、ガソリンスタンドの隣にあるマンションだった。六階建ての、いかにもファミリー向けの物件。その前にパトカーが二台停まり、赤色灯の光を毒々しく撒《ま》き散《ち》らしている。あれは止めさせないと……と私は顔をしかめた。沙希の自宅はマンションの三階であり、赤色の光は、そこへも容赦なく入りこむだろう。いかにも緊急事態を想起させ、家族は不安になるはずだ。それに、野次馬を呼び寄せてしまう。実際、道路の反対側から、数人の人間が心配そうにパトカーを見ていた。しかし、ここにパトカーがいるということは、既に誰かが家族につき添っているのを意味する。ベテランの感じのいい刑事か、女性だといいのだが……若い男では、家族の不安を軽減できないだろう。

先に家に寄ってみるか。私が顔を出しても家族を混乱させるだけかもしれないが、一声かけてあげたい。私のように娘を亡くした人間が顔を出したら、相手は不安になるだけかもしれないが、それでも安心させるために、できるだけのことをしたかった。

偶然、竹永と行き当たる。

「まだ何もないですよ」機先を制して竹永が言った。

「分かってる。ちょっと家族に会ってこようと思うんだが」

「大丈夫ですか？」彼が、沙希の家族ではなく私を心配しているのは分かった。子どもが事件に巻きこまれたという共通の過去……だがこの際、私の精神状態など、どうでもいい。向こうが会ってくれれば会うだけだ。

「捜索の方、頼む。少ししたら戻るから」

「了解です……うちの連中、もう近くまで来てますから」

「分かった。取り敢えず現場は任せる」

うなずきかけ、私はマンションに足を向けた。パトカーを覗きこみ、運転席に座っている若い制服警官にパトランプを消すよう、指示する。これだと野次馬を引きつけてしまうし、異常事態だと察知した人間が情報を流してしまう恐れもある。今、怖いのはマスコミではなく一般人の野次馬だ。仮にこれが誘拐だとすれば、マスコミは抑えることができる。「人命第一」「救出優先」の原則で、報道協定に持っていけるだろう。だがその原則は、一般人には通用しない。一昔前なら、近所一帯に噂が回るぐらいで済んだはずだが、今はネットに情報を流す馬鹿者がいる。そして犯人側が、そういう状況をチェックするのも簡単だ。警察が動いているのが分かれば、犯人側は何をしでかすか分からない。

エレベーターを待っていると、携帯が鳴った。中澤だった。

「見つかった!」礼儀をかなぐり捨て、叫ぶ。

「場所は?」私は携帯電話をきつく握り締めた。「無事なのか?」

「無事です」

私は思わず、壁に背中を預けた。そのままずり落ちて、床にへたりこんでしまいそうになる。エレベーターの扉が開き、夫婦らしい二人連れが出て来て、私の顔を見て怪訝そうな表情を浮かべる。騒動には気づいていないのだろうか……何とか姿勢を立て直し、壁を向いて会話を再開する。

「すぐに現場へ向かう」

「駐在所ですよ」

「はい?」

「南署の、等々力不動前《とどろきふどうまえ》駐在所」

「何でそんなところへ? だいたい今、駐在所は不在じゃないんですか」こういう事態だ、交番や駐在所の制服組は、全員出動させられているだろう。

「事情はよく分かりません。とにかく無事は無事です」中澤が吐息を漏らした。とにかく、最悪の事態は避けられたのだ。現場責任者としては、一安心というところだろう。

「分かった。現場から状況を報告する」

電話を切って、私はマンションを飛び出した。パトカーの方にはまだ連絡が入っていないのか、無線ががなる声も聞こえない。私はドアを開けると同時に、周囲を見回して竹永を捜した。いた。デイサービスセンターが入っている向かいのマンションの前を歩いている。

「竹永！」叫ぶと、驚いたようにこちらを向く。近くに集まっていた野次馬たちの視線も突き刺さってきた。

手招きすると、竹永がすぐに走って道路を横断した。尋常ではない私の表情に気づいたのか、ぎょっとして「どうしました？」と訊ねる。

「無事に見つかった」

一瞬、竹永の表情が崩れかける。しかし、すぐに顔を引き締めた。最悪の事態ではないが、まだ状況は動いている。そう、計画したわけではないが、行方不明になっていた女児は、一種の「囮《おとり》」になっていた可能性もある。もしもこれが、真央を殺したのと同じ犯人による犯行だったら……警察にチャンスがくるかもしれない。

「乗ってくれ。一緒に現場に行こう」

運転席側の後ろのドアを開け、竹永が後部座席に滑りこんだ。私は反対側に乗り、ハンドルを握る制服警官に、等々力不動前駐在所へ向かうように告げた。若い警官は、一瞬指示の意味が分からない様子だったが、「女の子が見つかったんだ」と告げると、いきなりアクセルを踏みこんだ。タイヤが一瞬グリップ力を失い、リアが流れる。身を硬くしながら、私は「パトランプを使え。どんなに飛ばしてもいい」と指示した。待ってましたとばかりに、制服警官がパトランプを鳴らし、アクセルを床まで踏みこんだ。

無事でいてくれてよかった……ふいに、涙が零れそうになる。子どもの犠牲は、とにかく避けなければならないのだ。自分たちが何をしたわけではないが、今の私は、ここ数日来感じたことのない安心感を味わっていた。

「ちょっと変じゃないですか」運転席のシートバックに刺さっていた地図を広げた竹永が、私の気持ちに水を差すように言った。

「何が」

「見つかったのは、等々力不動前交番ですよね……ちょっと、家から離れすぎてるな」竹永が、地図上で親指と人差し指を広げ、二か所の距離を測った。「二キロぐらいありますね。小学二年生が歩くには、ちょっと長い距離じゃないですか」

「ああ」言われてみれば確かにその通りだ。私は竹永から地図を受け取って、現場の様子を確認した。自宅のマンション——その近くのピアノ教室から等々力不動前の駐在所へ行くには、どのルートを通っても環八を越えていかねばならない。あれだけ広い通りを渡るのは、小学生にしたら大変な冒険に違いない。普段歩き慣れていればともかく……やはり、からない。

「別の犯人かもしれませんね」竹永がぽつりと言った。

「ああ」共通点はないわけでもない。拉致《らち》された時間帯、習い事の帰りを襲われていること、そして被害者の年齢……しかし、同一犯と断定するには弱い。

「そうであったとしても、家からこんな近くで放す理由が分からないですね」竹永が指摘した。「もしかしたら、遊んでいるうちに、道に迷って一人でそこまで行ってしまったのかもしれない」

「それはないと思う」私は地図を閉じた。「小学校の低学年の女の子だと、広い道を怖がるもんだよ」私は、綾奈のことを思い出していた。当時住んでいた家の近くにも環八が通っていたのだが、車の時はともかく、徒歩で渡る時に、ひどく怖がっていた記憶がある。やはり車の量が多いからだろう。

「それは分かります。となると、やっぱり東署の事件とは別の犯人ということですかね」

「この辺に、そんなにたくさん変質者がいるか？」

「そういう連中は、大抵隠れていて見えないんですよ……嫌になりますね」

竹永が盛大に溜息をついた。この男は元々捜査二課の出身である。帳簿を読んだり、詐《さ》欺師《ぎし》と知恵比べをしたりするのが得意技で、失踪課の仕事で時々対峙《たいじ》しなければならない生々しい事件には、未だに慣れていないようだ。

「とにかく、会って話を聴こう。想像しても時間の無駄だ」

私はシートに背中を預けた。パトカーは、あらゆる交通規則どころか物理規則まで無視する勢いで走っているが、現場ははるか遠くに感じられる。早く、一刻でも早く——胸の中に沸き上がる様々な思いを抱えたまま時間が過ぎると、体も心も爆発してしまいそうだった。


等々力不動前駐在所は、環八と目黒通りが交わる交差点のすぐ近くにある。その周辺は静かな住宅街なのだが、今はパトカーが一斉に集まって、大変な騒ぎになっていた。救急車もいる。「無事」は誤情報だったのかと、私は顔から血の気が引くのを感じた。救急車もランプを回しており、今にもここから離れそうだ。私はパトカーを飛びおりて駐在所に飛びこもうとしたが、既に人で一杯で、中には入れそうにない。仕方なく、救急車に向かった。既に後部ドアは閉じられており、運転席に座った救急隊員が、どこかと電話で話している。この通話が終わればすぐに出て行くつもりだ、と分かった。私は、話していない隊員が乗っている助手席側に回りこみ、バッジを示して窓を叩いた。少し迷惑そうな表情を浮かべ、隊員が窓を開ける。

「失踪課の高城です——女の子はもう、乗ってますか？」

「ええ」

「怪我は？」

「軽い外傷……命にかかわるようなものではないと思います」

私は息を一つ吐き、「念のための搬送、ですね？」と確認した。

「ああ、まあ……」言いにくそうに隊員が言葉を濁す。だが、警察相手に曖昧な言い方をしても意味がないとすぐに気づいたようだ。「悪戯《いたずら》されていないかどうか、その検査もあります」

「見た感じ、どうなんですか」

「下着を穿いていないですね」

私は顔から血の気が引くのを感じた。下着がない……真央と同じ状況だ。となると、沙希が無事に生き残ったのは、単に運がよかっただけなのか。

「そろそろ出ますけど、いいですか？」

「つき添いは？」

「婦人警官の方が乗ってます」

「家族は？」

「病院で合流すると聞いてますよ」

「どうも。行って下さい」

窓が上がり切らないうちに、救急車が走り出した。急ぐ感じではないだろうが、サイレンを鳴らしている……いや、急ぐ必要はあるのだ。早く病院に着けば、それだけ早く家族に会える。

肩を二、三度上下させて、私は再び駐在所の建物に戻った。どうやって潜りこんだのか、竹永が体を捻りながら出て来る。満員電車で揉まれたようなものだろう、顔は真っ赤になっていた。

「いきなり、ここへ逃げこんで来たみたいですね」

「無人だったんじゃないか?」

「駐在だから、奥さんがいました。泣きじゃくっていて、明らかに様子がおかしかったので、すぐに本署に連絡したそうです。で、本署から人が来て確認、という次第ですね」

「下着を脱がされていたようだ」

「ええ……」竹永の表情が暗くなる。「たぶん同一犯ですね、これは」

「そうだな」

「チャンスですよ」

「ああ。沙希ちゃんはよく帰って来てくれた。犯人を見ているかもしれない」

「期待しましょうか」

うなずき、私は煙草を取り出した。この場では、私たちに何ができるわけではないし、余計な手出しをすべきでもない。船頭多くして船山に登る、になるのが関の山だ。所轄が中心になって、いわば第一発見者でもある駐在の妻に話を聞き、病院では沙希に事情聴取するだろう。その邪魔をしてはいけない。

「どうします?」私の考えを読んだように、竹永が訊ねた。「現場を回っている連中も、まだこっちに向かっている連中もいますけど、引き上げさせますか?」

「もう少し待ってくれ。もっと詳しく状況を知りたい」

私たちは、事情聴取が終わるのを待った。人数が多い時にありがちなのだが、だらだらと続いてなかなか終わらない……一対一でやった方が、よほど効率的なのだが、こういう時は誰でも頭に血が上っている。黙っていればいいのに、つい余計な質問をしてしまうものだ。

電話が鳴った。真弓。東京へ着いたのだろう。

「今、品川」慌てた声で短く言った。

「見つかりました」

電話の向こうで、真弓が溜息をつくのが聞こえた。短い時間の中で多くのことが起こり過ぎ、私はかすかな眩暈《めまい》を意識した。

「無事です。怪我はしているようですが……今、病院に向かっています」

「同一犯?」

「可能性はありますね。また下着を脱がされています」

「分かりました。現場は……」

「今夜は必要ないと思います。ここでできるだけ粘って、状況を調べておきますから。明日の朝、報告します」

「そうね」真弓は、どうしてもその場にいなければならない、などとは考えない。「そこにいること」こそが大事だと思う人間は多いのだが、彼女は何より効率性を重視する。だいたい、これから失踪課のメンバーがここへ集まっても、何ができるわけではないのだ。

「だったら、明日の朝、こっちへ顔を出して」

「了解です」

「泊まりこみは禁止よ」

「分かってます」本当は泊まろうと思っていた。今から武蔵境の自宅へ帰るのは面倒臭いのだ。日曜日も泊まったのだが、もう家に帰る気持ちすら失せている。このまま自分がどこへ行くかは分からないが、もう家などどうでもいいという感じになっている。「まだ全員一緒なんですか？」

「ええ」

「明神はどうでした」

「ちゃんと喪主を務めてたわよ」

あいつが喪主か……あまりにも大きな経験だっただろう。経験すれば、何かにつながるというわけでもないのが辛い。

「今後のことは……」

「特に話さなかったわ」

話せる状況ではないだろう。私は、失踪課が変わりつつあることを意識していた。私、そして愛美。

変わらざるを得ない時期がきたのだ。

13

結局火曜の夜、私は沙希に会わなかった。会える状況でもなかったし、無理矢理会いに行っても怖がらせるだけだと判断したから。悔いも謎《なぞ》も残ったし、それを翌日に持ち越すのは辛かったが、沙希はあくまで被害者である。しかも小学二年生。無事に帰って来たのだから、今はそれだけでいい、負担をかけてはいけないのだと自分を納得させる。

真弓の指示を真面目に守って終電で帰宅した私は、酒に手をつけなかった。不思議なもので、事件に入りこんでいる時は酒の量が減るか、完全に呑まなくなってしまう。そもそもここ一年ほどは、それ以前に比べれば明らかに酒の量が減っていた。綾奈を捜すために……夜中でも何か情報が入れば飛び出して行くことがあったから、酒など呑んでいる暇はなかったのだ。

しかし、水曜の朝の目覚めは不快だった。

依然として真央殺しの犯人に関する手がかりはなかったし、沙希が味わった恐怖を想像して、夜中に何度も目を覚ましてしまったのだ。腫《は》れぼったい目を冷たい水で冷やしてから、少し早めに渋谷中央署に登庁する。一番乗りだったので、全員の分のコーヒーを用意し始めた。何でこんなことを始めたのだろう。普段これは、三方面分室の最年少メンバーである愛美の仕事である。彼女がいなければ公子がやるので、私が用意する必要はない。しかしあまりにも多くのことが一度に起こり過ぎて、気持ちの整理がつかなかった。おそらく、人間が一時に対応できる物事の数には、限界があるのだ。今は明らかにオーバーフローの状態である。たぶん私は、全ての判断を先送りするために、コーヒーを準備する作業に逃げた。単純作業は、時に人の心を癒す。

今の私を悩ます様々な問題……一番大きいのは、やはり綾奈のことだ。解決が難しいが故に。真央の事件に関しては、何とかできるという望みも、何とかしないといけないという意地もある。これだけ多くの人間が動いているのだし、沙希の事件という新しい材料もある。同一犯だとしたら、新たな手がかりが出てくる可能性もぐっと高まるのだ。犯罪者は基本的に間抜けであり、同じ手口で犯行を重ねれば重ねるほど、証拠を残しやすくなる。

珍しく、真弓が早目に出勤してきた。バッグを提げたままコーヒーを自分のカップに注ぐと、室長室に向けて顎をしゃくる。私も自分のカップを持って、彼女の後に続いた。

この狭い部屋で、何度彼女と対峙したことだろう。時には真剣に事件の行方を語り合い、時には皮肉の応酬《おうしゅう》になり、露骨な言い合いになったことも少なくない。だが、そういう時間は、間もなく終わりそうな予感がしていた。

いつもの場所――彼女のデスクの前に置かれた椅子に腰かける。何となく気まずい。話し合いに入れそうな感じではなかったので、私は明神の話題から切り出した。

「今の段階では、何とも言えないわね」真弓が首を振る。

「辞める可能性もある、ということですか」

「否定はできません」

「あいつ、それでいいと思ってるんですかね」

「良い悪いにかかわらず、対応しなくちゃいけないこともあるでしょう。特に家族の問題は、避けて通れないんだから」

避けることはできる。実際私は、何年間も綾奈の問題を見ないようにしてきた。自分を哀れみ、かといって自ら命を絶つ勇気もなく、酒に逃げ続けた。その結果、何があったか

──人生の何分の一かを無駄にしただけだ。酒は感覚を麻痺させてくれたが、それ以上のことはなかった。まったく非生産的な時間を過ごしただけだと言える。

「しばらくは、余計な口出しはしませんから」真弓がぴしゃりと言った。「忌引きが一週間……その後、家族の看病という理由で、有給を取らせるつもりです。どうせ有給は余ってるんだから、その後のことは、状況を見極めて判断してもらえばいいわ」

「アドバイスはなし、ですか」

「こういう状況にアドバイスできるような人間は、いないから」真弓が肩をすくめる。

「あの娘《こ》が助けを求めてくれれば答えるし、そうじゃなければ何も言わない。それでいいのよ」

「あいつはどんなに困っていても、自分から助けを求めてくるようなタイプじゃないですよ。少し、気持ちを忖度してやらないと」

真弓がまじまじと私の顔を見た。大きな目を見ても、何を考えているかは分からない。

「少なくとも、私よりあなたの方が、明神のことはよく分かってるわね」

「まさか」今度は私が肩をすくめる番だった。「分かっていたら、いつもこんなに苦労しませんよ。あんなじゃじゃ馬、簡単に理解できるわけがない」

「ま、それは……」真弓の口の端が歪んだ。笑うと不謹慎になると思って我慢したのだろうが、堪《こら》えきれなかったようだ。急に真顔に戻って続ける。「支えてくれる人がいればいいんだけど」

「あいつ、未だに男はいないんですか？」

私が親指をぐっと立てると、そんな下品な仕草は勘弁してくれ、と言わんばかりに、真弓が顔をしかめる。

「プライベートなことは、私もよく知らないけど」

「管理職として、それでいいんですか？」

「最近は、そういうことには立ち入らないのが普通でしょう」

「一応報告しておきますけど、私の元妻は再婚するそうです」

真弓が大きな目をさらに大きく見開いた。一瞬首を傾げ、「それは報告する必要があることなの？」と訊ねる。

「どんな反応を示すかと思いましてね。言ってみただけです」

「で、どうでしたか」真弓が腹の上で手を組んだ。

「案外つまらない反応でしたね」私は肩をすくめた。

「もっと驚いてみせればよかった？　でも私は、そもそもあなたたちの結婚生活がどんな風だったか、知りません。その前提で驚けと言われても無理よ」

「一つだけ教訓があるとすれば、弁護士と結婚してはいけない、ということですね」私は耳の後ろを掻いた。何だか愉快な気分だった。元妻の悪口を言っているからではなく、そういうことを平気で喋れる自分を面白いと思ったから。高城賢吾、意外とタフじゃないか。

真弓が一瞬、声を上げて笑った。朝一番という時間には相応しくない、明るく乾いた笑い声だったので、私は少しばかり引いた。

「弁護士といえば、法月さんの娘さんが、あれこれ明神の世話を焼いてたわよ」

「友だちですからね」

「地元の友だちも来ていたみたいだし、支えてくれる人はたくさんいるんだから、大丈夫よ……昨夜の件に入りましょう」真弓が急に事務的な口調になった。「状況を説明して」

「行方不明時の状況に関しては、昨日話した通りです」真弓の変化に呼応して、私はすぐにペースを変えた。「今のところ、まだ被害者から詳しい事情聴取ができていないので、詳細は不明のままです。現段階では、ピアノ教室から帰る途中でいきなり拉致されたというぐらいですね」

「もう少し詳しく」真弓が、鉛筆を指揮棒のように振った。

「抱きかかえられて、口を押さえられて、車に放りこまれた、と」

「ずいぶん乱暴なやり口だけど、目撃者は？」

「現段階ではゼロ、です。現場は住宅地なんですけど、もう暗かったですしね。ただ、正確な拉致現場はまだ割り出せていませんから、何とも言えません。本人に事情聴取しないと分からないでしょうね」

「駐在所に駆けこむまで、ずいぶん時間がかかっているようだけど」

「本人は、自分で逃げ出したと言っています。しばらく車であちこちを走り回ったんですけど、隙を見て……車が交差点で停まりそうになった瞬間に、ロックを解除して外へ逃げ出したんです。外傷は、その時の怪我のようですね」

「追いかけてはこなかった？」

「ええ。ちょうど信号が青になるところだったので、車を放置して追跡するのは無理だったんでしょう」

「その場所は？」

「はっきりしません。子どものことですからね……自分がどこにいたかは、説明できないようです。少なくとも、見たことがない場所だった、ということは言っているんですが」

真弓が立ち上がり、背後のキャビネットから住宅地図を取り出した。当該のページを開き、難しい顔で眺め渡す。

「自宅から駐在所までは、二キロぐらい？」

「ええ、直線距離で」

「車はどの辺を走り回っていたのか……それと、どこで悪戯されたのか」

「それは、逃げ出す直前だったと見ています。下着を奪われたので、本当に怖くなって、逃げようという気になったんでしょうね」

真弓の顔が歪んだ。「どう思う？」と訊ねてきたが、私としても答えようがない。

「その件はちょっと置いておきましょう……一つはっきりしているのは、現段階では細かい地図を作れないということです。拉致現場も逃げ出した場所も、その後どこを逃げ回っていたかも分からないんです」

「ずっと一人で逃げ回っていたの？」真弓が人差し指を立てた。

「ええ。当然、自分がどこにいるかは分からなかった。本人は何時間も歩いたと言っているんですが、それを信用していいかどうかも分かりません。子どもの目と足ですから、大人のそれとは違う」

「実際には、十分ぐらいだったかもしれない」

「落ち着いたら、被害者を連れて、駐在所付近を歩き回らないといけないでしょうね。今の段階だと、はっきりした地図もタイムラインも書けません。拉致されたのは午後六時頃。駐在所に逃げこんだのが十時過ぎ。四時間あるけど、逃げ回っていたのは、そのうち二時間かもしれないし、十分だけかもしれない」

真弓が地図を閉じ、同時に一瞬目を瞑《つむ》った。嫌な質問を心に持っているのだ、と私はすぐに分かった。

「結局、悪戯はされていたわけ？　下着を脱がされた他に？」

「残念ながら」私は、喉が渇くのを感じた。慌てて、少しぬるくなったコーヒーを一口飲む。「乱暴されていました」

「トラウマにならないといいけど」ゆっくりと首を横に振る。

「そうならないように、フォローはしています」

「許し難い犯人だわ」真弓の声が震えている。珍しいことだった。一々感情を露《あらわ》にするようなことなど、ほとんどないのに。「前回の事件と同一犯と考えていいのかしら」

「俺はそう思います。拉致の手段、狙った対象、下着を持ち去っていること――手口は似ていますよ」

「普通、人を殺したら平常心ではいられないはずね。そういう恐怖を味わったら、少しは家に引っこんで大人しくしているんじゃないかしら。どんな変態野郎でも、人を殺すのは大変なことなのよ。こんな短い間隔で二度目の犯行というのは、ちょっと考えられない」

「変態野郎が何を考えているかは、絶対に分かりませんよ。推測するだけ無駄です。捕まえて直接話を聴かないと」

「まだやる気はあるのね」

「今後、同じような事件が起きないとも限らない。子どもが行方不明になれば、うちにも捜査が回ってくるんですよ？　そういうことは避けたいですね」私は立ち上がった。コーヒーカップがやけに重く感じられる。

「それで終わりにするつもりじゃないでしょうね」

私は口をつぐんだ。またこの話か……けしかけているのか止めようとしているのか、どうにもはっきりしない。だが私としては、はっきりさせるつもりもなかった。はっきりさせればさせたで、また面倒くさい状況が待っている。だがふいに、ずっと頭に引っかかっていた疑問が浮かんだ。

「長野なんですが」

「長野君？　彼がどうかした？」

「あいつ、今何をやってるんですか」

「私は彼の上司じゃありません」

真弓がぴしりと言ったが、一瞬だけ目を逸らしたのを私は見逃さなかった。

「あいつの動きが、どこか変なんですが」

「どういう意味？」

「これだけの事件ですよ？　普通なら、あいつは無理にでも首を突っこんでくるはずだ。今、他の事件は何も担当していないはずでしょう」

「捜査一課の事情は、私には分かりません」真弓の声は平板で、冷たささえ感じさせた。

その時、私はふいに思い至った。あいつ……。

「綾奈の捜査本部じゃないでしょうね」

真弓は返事をしない。それで私は、自分の想像が当たった、と確信した。

行方不明から十年以上後に遺体を発見。しかしどれだけ時が流れても、これが殺人事件であることに変わりはなく、所轄には捜査本部が設置された。もちろん、たった今死体が発見されたような「熱い」事件ではないから、動きはそれほど慌しくはない。そして私はそれを、指をくわえて見ているしかなかった。親ということで、捜査の客観性を保つために、捜査本部に近づくことは禁止されている。結果、綾奈の敵討ちにも参加できなくなって、私は酒に逃げるしかなくなった。このままアルコール漬けで死んだら、自分を排除した捜査本部の責任だ、とぼんやり考えたことを思い出す。

「長野君のことは、私は何も知りません。特捜本部の動きについても、報告を受ける立場にありません……それより、今後もこの事件にかかわるつもりなら、無茶はしないこと。寺井さんの一件のような失敗は、もうたくさんだから」

私は無言で頭を下げ、部屋を出た。寺井のようなクソ野郎を「さん」づけで呼ぶ真弓の神経が気に食わない。

失踪課には、愛美を除く全員が揃っていた。何となく、疲れ切った空気が漂っている。別に仕事をしていたわけではないのだが……昨夜、あの情報で振り回されたら、精神的に疲れるのは当然だ。刑事が一番嫌うのは、いるべき時にいるべき場所にいなかった「不在感」である。休みの時や出張先で、事件の発生や犯人逮捕の一報を聞いた時の焦りは、他に比肩し得るものがない。昨日は全員が、その焦りを感じていたのだ——恐らく真弓と田口を除いては。真弓は効率を重視する。田口は我関せずの態度を貫き通しただろう。今日だって、昨夜は通夜に出たのだから代休が欲しい、ぐらいに思っているのではないだろうか。呑気な顔を見ているうちに、本気で腹が立ってきた。私は荷物をまとめて部屋を出た。醍醐がすぐに追いかけて来る。

「どうするんですか」

「どうもこうも、昨日の事件を調べるだけだ」

「いいんですか、自分も……」

「室長の指示に従ってくれ」自分でも冷たい言い方だと感じ、言い直した。「同じような事件が二回連続して起きた。何か傾向があるかもしれない。失踪課としてやれることを考えてくれ」

「分析と啓発、ですか」失踪課のモットーである。

「そう。大事なことだ。次の犠牲者が出たら、俺たちは死んでも死にきれないぞ。広報活動も大切だ」

「……オス」醍醐は不満そうだった。この男も、基本的には外を歩き回るのが好きなタイプである。分析の仕事など、一番苦手なはずだ。

「二件とも、データベースに入れておいてくれ。捜索願が出てるんだから、記録は残しておかないと」

「ああ」醍醐が暗い声で言った。「昨日の件は一〇一aですか?」

「そうなるかな。自分で駐在所に駆けこんだんだから」

「それと一〇三だと、話が違い過ぎますよね」

「分かってる」私は唾を呑んだ。一〇一a――失踪者が自発的に戻ったケース。一〇三――何らかの形で遺体で発見されたケース。そして一〇三のサブジャンルは四つある。a:事件、b:事故、c:自殺、d:状況不明。真央の場合は一〇三aだ。

「同じような事件は、絶対に避けなくちゃいけない。まだ、犯人は街を歩き回ってるんだぞ」

「……そうですね」醍醐が押し殺した声で答えた。

「手助けが必要な状況になったら、すぐに電話する」

「分かりました」醍醐がうなずいた。笑おうとしたようだが、岩のような彼の顔は、かえって怖く見えた。

一人、冷たい街に出て行く。昨日と打って変わって、今日は朝から今にも雪が降りそうな空模様だ。雪が降れば証拠は隠れてしまう。世田谷南署、それに捜査一課が、事件の重大性を十分把握して動いてくれていることを私は祈った。

祈って、ろくなことがあった例《ためし》はないのだが。何かに祈ることで、人は弱くなってしまう。

初めに、沙希が拉致されたと推定される現場付近——ピアノ教室の近くというだけで、確定はされていない——に足を運んだ。昼間見ると、開けた明るい住宅街である。だが夜になると、それなりの暗闇に覆われることは簡単に想像できた。しかし、犯人の行動は確信的、かつ素早い。いくら相手が小学二年生の女の子でも、抵抗もされず、騒がれずに車へ連れこむのは大変だ。

歩道では、鑑識課員が地面に這いつくばるようにして調べている。何か出たか、と聞いてみたかったが、遠慮した。作業中の鑑識課員は精密機械のようなものであり、ちょっとした刺激で観察眼を狂わされる。

私がピアノ教室の前まで来たちょうどその時、二人組の刑事が出て来た。顔見知りの捜査一課の刑事で、世田谷東署の特捜本部にも投入されていた二人である。こちらへ転進中、ということか。

「どうだった？」

二人が同時に首を振る。年長の刑事が、ぼそぼそと低い声で説明した。

「東署管内の事件は、この辺でもずいぶん話題になっていたみたいですね。昨日も、帰る時に気をつけるように、声をかけていたそうなんですけど……ここの先生のショックは大きいですよ。満足に事情聴取もできません」

「そうか」口中に苦みが広がるようだった。自分の責任のように感じていてもおかしくない、と思う。家まで送ることはできなくても、ちょっと外へ出て見送るとか……犯人に姿を見せておけば、向こうはひるむものだ。この手の犯人は——他の犯罪者もそうだが——他人の目を異常に怖がる。

「目撃者は出てるのか？」

「今のところ、まだみたいですね」

「俺もちょっと聞き込みをやってみる」

二人が同時にうなずいたが、どこかぼんやりとした表情だった。やはり私は、この事件では余計者になっている、と意識せざるを得ない。失踪課の出る幕ではないと、誰もが思っているのだろう。

だが私は、どうしても真央を殺した犯人——そして沙希を襲った犯人を見つけなければならない。見つけてどうする？　その先に……考え出すと、自然に思考がシャットアウトされてしまう。

無理なのだ。無理なことに力を注いでも、疲労感が増すだけである。ゼロに何をかけてもゼロ。

だったらかけるのではなく、何か足せないのか？

今は考えられない。

自分なりに聞き込みをしてみた。特捜本部や南署の連中とダブるのは覚悟で、一軒一軒、家のドアをノックしてみる。しかし、目撃者は一人もいなかった。ある家で言われたことが、頭に住み着く。

「この辺は、共働きの家が多くて……六時ぐらいだと、まだ誰もいない家も多いんですよ」そう教えてくれた女性も働いており、今日はたまたま休みだったが、昨夜の帰宅は午後八時過ぎだったという。

彼女の証言を裏づけるように、そもそも在宅している人は、ほとんどいなかった。これでは事情聴取もできない。私は早くも疲労感を覚えながら、沙希が駆けこんだ駐在所のある付近へ転進した。

こちらの方が、まだましだった。少なくとも、沙希を目撃した人間を見つけることはできたから。六十五歳の女性で、駐在所のすぐ近くで酒屋を営んでいる。

「昨夜は、まだ店を開けてたんですか？」

「いえ、もう閉めてましたけど、二階にいたら泣き声が聞こえたから」

「二階でも聞こえるというと、相当号泣していたんですか？」

「そんな感じじゃないけど、耳はいいんですよ」苦笑しながら、女性が答える。「子どもが泣くのはよくあることだし、この辺でも、珍しくもないですよ。ただ、子どもが出歩くような時間じゃなかったし」

「ええ」

「それで、窓を開けて見てみたら、女の子が泣きながら一人で歩いてたのね。どう考えても変でしょう」

「その通りです」

「おかしいと思って、慌てて下へ降りて。そうしたら、ちょうどあの子が駐在所へ入って行くところだったんですよ」

「じゃあ、言葉は交わしていないんですね？」

「だって駐在所なら、一番安全でしょう？　何も私がお節介を焼かなくてもねえ……」

お節介でも興味本位でも、何でもいい。その時に一言二言言葉を交わしていたら、何か証言が得られたかもしれないのに。警察の事情聴取が常に完璧ということもなく、一般人――彼女のように話し好きな女性――が話を聞いた方が、重要な情報が手に入ることもある。

今回は、そうはいかなかったわけだが。彼女がもう一歩踏み出してくれていたら、と私は思った。

「この辺で、痴漢や変質者は……今まで、そういうことはありましたか？」

「ないですよ、全然」女性が大袈裟に顔の前で手を振った。「静かな街だから。私は、ここへ嫁にきて四十年にもなるけど、変な事件なんか一度もありませんでしたよ。この町内だと、泥棒とかもほとんど出ないから」

「変な人間がいたら、分かりますか？」

「そう、ねえ」自信なさげに、女性が顎に手を当てた。「分かるというか、噂にはなると思いますよ。私みたいに古くから住んでる人も多いから、おかしなことがあれば気づきますよ。駐在さんも一生懸命やってくれているし」

次のターゲットは、その駐在所だ。駐在している警官ではなく、妻の方。何しろ、昨夜沙希を直接保護したのは、彼女なのだから。だが実際に会いに行く前に、少し情報が欲しかった。

「駐在の奥さん、どんな人ですか？」

「いい人ですよ、面倒見がよくて。愛想もいいし、駐在さんの奥さんとしては理想的じゃないかしら」

「そうですか……」

「本当に、大変ですよねえ」彼女が両手で顔を挟みこむようにした。「子どものことは、ねえ……うちも孫がいるから、心配で心配で。今日からは、小学校に迎えに行こうかと思ってるんです」

そうした方がいいですね、という言葉を私は呑みこんだ。この状況に、住人が自衛的な行動を取りたくなるのは当然である。それ自体は悪いことではないのだが、警察が認めてしまっては駄目だ。街の治安維持ができていない証拠なのだから。

等々力不動前駐在所の主は、井本剛志《いもとたけし》警部補、五十五歳。妻は多香子《たかこ》。聞いてもいないのに、自分から五十三歳だと明かした。確かに愛想の良さは天下一品で、丸顔に浮かべた笑みで、大抵の人を安心させてしまいそうだった。ただし今日は、元気がない。聞けば昨夜は、十二時過ぎまで事情聴取を受けていたという。よってたかっての事情聴取……特捜本部と南署の連中の仕事の下手さに、腹が立ってきた。相手を混乱させないために、基本的には一対一でやるべきなのだ。

「井本警部補は？　今日は本署ですか」

「ええ、この件で、朝から振り回されています」

派出所や駐在所は、地域の防犯の最前線であると同時に、署にとっては一種の含み資産だ。何かことあれば、直ちに本署に召し上げて、捜査に加える。主のいない駐在所は、妙にがらんとした雰囲気だった。私と多香子がそこにいるのに、何故だか無人のような感じがする。それだけ、井本の存在感が大きいのかもしれない。

「井本警部補は、今までだいたい地域課ですか？」

「そうですね、あちこちの交番を回って、一年前からここにいます」

「悪くない場所ですよね。治安もいいし」

「今までは、でしょう？」突然多香子が毒を吐いた。「これからは、大変ですよ。地域の人を安心させるには……」

「早く犯人を捕まえるしかないでしょうね……何度も同じ話をしていると思いますけど、昨夜の様子を聴かせてもらえますか？」

「構いませんけど、同じ話しかできませんよ」

「それでも構いません。あなたの目は、一番信頼できそうだから」

「どうですかね」多香子が笑った。

　何十年も警察官の妻、しかも外勤警察官の妻であることはどうなのだろう、とふと思う。制服組の「お巡りさん」は、直接街の人の目に触れる警察官でもある。そして駐在所に勤務する警察官は、その地域の住人であると同時に、治安維持の責任者でもあるのだ。妻としても、常に毅然としていなければならないだろうし、近所の人の相談に乗ることも少なくないだろう。夫の仕事の領域を侵さないようにしながら、近所の人たちの役に立つ——警察官である夫本人よりも、ずっとデリケートな能力が必要とされるのではないか。

「いきなり入って来たんですか？」

「ええ。泣き声が聞こえて。すぐに子どもだって分かったんで、裏の家から飛び出して来たんですけど」

「あんな時間に、子どもさんが一人で駐在所に飛びこんでくるなんて、普通はないですよね」

「私も初めてですね」

「どんな様子でした？」

「すぐに、おかしいと思いました」多香子の顔から笑みが完全に消える。「ずっと泣き止まないし、服は乱れているし……怪我しているみたいで、歩き方も変でしたから」

「ああ」沙希を通り過ぎていった暴力——肉体、精神双方——の恐ろしさを思い知る。

「それでよく、話が聴けましたね」

「最初に名前と住所を聴いたんです。でも、答えられなくて。それで、持っていたバッグを見たんです」

「ピアノ教室用の楽譜なんかが入っていたバッグですね」

「ええ。それで名前が分かって、すぐにぴんときました。行方不明になっている子だって」

「それは確かめたんですね？」

「その前に、駐在所の鍵をかけました」多香子がぴしりと言った。「もしかしたら、その辺に犯人がうろついているかもしれないから」

「大したものですね」私は感心して言った。「普通、そこまで冷静にはなれないものですよ」

「必死でしたよ。私だって、一人でいる時に犯人に押し入られたりしたら、どうしようもないですから」

「で、名前は確認したんですね」

「何とか。ずっと泣いてましたけど」多香子の表情が歪む。駐在の妻として、これ以上ないほどの役目を果たしたと言っていいが、彼女にすれば、胸を張るような経験ではなかったのだ。

「それから本署に連絡して」

「そうです。その後すぐ、主人の携帯にも電話を入れました。結局、一番先にここへ来たのは主人でした」

「沙希ちゃんと、何か話しましたか？」

「ほとんど話してません。連絡してから五分ぐらいで、主人が戻って来て、その後は署から人が来て一杯になって……でも、牛乳とクッキーをあげました。何も食べてない様子だったから」

私は無言でうなずいた。沙希が、クッキーの甘さにどれだけ助けられたかと思う。

「沙希ちゃん、大丈夫なんでしょうか」多香子が心配そうに頬に手を当てた。

「命に別状はありません。病院できちんと治療を受けていますから、心配いりませんよ」

「本当に、ねえ……きっと犯人は、若い男ですよ」

「どうしてそう思います？」

「沙希ちゃん、ほとんど何も言わなかったけど、『お兄ちゃんに連れていかれた』とだけは言ってましたから。でもこれ、警察の方ではもう、本人から聴いているんじゃないですか？」

そうとは限らない。だいたい、私も初めて聴く情報だった。もしかしたら沙希は、病院に運びこまれた後でパニック状態に陥り、満足に話ができていないかもしれない。礼を言って慌てて飛び出したが、多香子は話す相手を間違ったな、と思った。井本に先に話しておけば、夫の手柄になったかもしれないのに。

14

直接病院を訪ねてもよかったが、それはやり過ぎだ、という自制心が働いた。まず南署の連中に相談してからにしようと、私は署に立ち寄った。

「お兄ちゃん」。最初は有望な手がかりだと思った。しかし、覆面パトカーを転がして行くわずかな間に、疑問が生じる。

犯人は若い男？　だとしたら、東署の事件で、目撃証言に従って作った似顔絵はどうなる？ やはりあれは、まったく無関係だったのか。子どもたちの証言が無駄になるとは思いたくなかった。

南署は、東署の特捜と緊密に連携して動いていた。その証拠に、特捜の現場責任者である中澤が、刑事課に顔を見せている。私を見て思い切り表情を歪めたが、無下に追い出そうとはしない。警察社会に深く根づいた年功序列の習慣を、私はありがたく利用することにした。

「沙希ちゃんの事情聴取の方はどうなってる？」

「まだ無理です」中澤が肩をすくめた。表情は暗い。「ちょっと……殻に閉じこもってしまった感じですね。家族がずっとつき添っているんですが、今日は朝から何も喋ってないそうですから」

私は胃にかすかな痛みを感じた。八歳の少女にとって、想像を絶する辛い経験だったことは、容易に想像できる。

「犯人は、若い男かもしれない」

「何か摑んだんですか」中澤がいきなり立ち上がる。急にスイッチが入ったようだった。

「駐在の井本警部補……の奥さん、多香子さんが、被害者から話を聴いてるんだ」

「まさか」中澤の顔から血の気が引いた。「そんな話は初耳だ」

「昨夜は混乱していたから、情報が漏れたんじゃないか？　あれだけ大人数で押しかけて、一斉に話を聴こうとしたら、混乱しないわけがない」非難するような口調にならないよう気をつけながら、私は指摘した。それでなくても中澤は、有象無象《うぞうむぞう》のプレッシャーにさらされている。それに潰されて指揮が執れなくなったら、本末転倒だ。「分かっている状況は一つだけ。昨夜、沙希ちゃんは、多香子さんに対して『お兄ちゃんに連れていかれた』と証言している」

「つまり、若い男……」中澤が唇を噛んだ。「可能性はありますね」

「もしかしたら、未成年かもしれない」

誰かが言っていた。子どもから見れば、若者は中年、中年は年寄りに見える。「お兄ちゃん」というのが、高校生であってもおかしくはない。

「だとしたら、厄介なことになるな」中澤が顎を撫でた。

「変質者のリストには、未成年も入っているだろう？」

「大人よりははるかに数が少ないですよ」中澤が、力なく椅子に腰を下ろした。「どちらにしても、この付近の変質者は全部、当たり済みですけどね。当然、未成年も含めてです」

「ノーヒット？」

中澤がゆっくりとうなずく。成果がないことを改めて意識させられると、がっくりくるものだ。

「そのうち、例えば二十代以下について、もう一度調べ直すというのはどうだろう。アリバイ工作だって、できないわけじゃない」

「そんなに知恵の回る犯人がいるとは思えませんけどね」

「やらなきゃいけないんだ！」私は上体を折り曲げ、座った中澤にのしかかるようにして言った。「いいか、短い間隔で事件が起きている事実を、無視しちゃいけない。犯人の中で、何かが爆発しているかもしれないんだ。一刻も早く犯人を割り出さないと、次の犠牲者が出るかもしれない」

　中澤が唇を嚙む。私に指図されるのは気に食わないだろうが、可能性を検討しているようだ。早急な犯人逮捕を果たせなかった中澤が、責任を問われる可能性もあるから、何かにすがりたくなる気持ちは分かる。

「調べ直しましょう」中澤が重苦しい口調で言った。

「そうした方がいい」

「で、高城さんは？」

「俺は聞き込みを続ける。今俺にできるのは、それぐらいだから」

　中澤が無言でうなずく。相変わらず、自分の庭を荒らされているように思っているだろう。しかし私は、引く気はなかった。気に食わないなら、いくらでも謝ってやる。

ただしそれは、犯人を捕まえた後の話だ。

閉塞《へいそく》状況は、簡単には打開できない。「お兄ちゃん」というだけでは、手がかりにならないか……新たな証言を得た翌日の木曜日の午前中、私は膠着《こうちゃく》した状況に対して、爆発しそうになっていた。真央が殺されてから、間もなく一週間になるというのに、何の手がかりもない。

最大の問題は、まだ沙希に事情聴取できていないことだった。医師の診断は、「怪我も問題だが、深刻なトラウマが残っている」。事件についてまともに話せるようになるには、長い時間がかかるかもしれない、ということだった。ふざけるな、と私は、世田谷南署に詰めていた中澤と喧嘩した――彼と喧嘩しても何にもならないことは分かっているのに、言わざるを得なかった。今沙希を診ている医者が当てになるとは限らない。他の病院、できれば専門的な大学病院で、セカンドオピニオンを求めろ、と。

しかし今は、それができるような状況でもなかった。

「家族が、警察に対して不信の念を抱いているんです」疲れた口調で中澤が説明した。「こっちとしては、沙希ちゃんに事情聴取できない限り、捜査を進められないんですが、断固拒否しているんですよ」

私はうなずかざるを得なかった。家族の気持ちはよく分かる。誰にも邪魔されず、娘の傷を癒したいのだ。犯人逮捕が大事なことだと分かっていても、娘をこれ以上傷つけるつもりにはなれないだろう。

「どうだろう、俺が家族に会って――」

「それはやめて下さい」中澤が鋭い口調で言った。「高城さんが、家族の立場を理解できて、おそらくは信頼される人だということは分かります。でもこれは、今のところ唯一残った細い線なんですよ。途切れたら、捜査も終わります」

「俺なら何とかできる」

「高城さんがそう思うのは自由ですけど、家族だって精神状態は滅茶苦茶なんです。どんな反応が出てくるか、分からない。特捜としては、冒険はできませんね」

論理的だ。まったく反論できないほどに。私は唇を噛み締め、彼との会話を打ち切った。

世田谷南署に置かれた捜査本部――東署の特捜本部の出先という位置づけでもある――は、昼間なので人気がない。刑事たちはほとんど出払っている。だだっぴろい会議室で中澤と二人きりというのも、精神衛生上、よろしくない。部屋を出て行こうとした瞬間、誰かがぶつかってきた。

「おいおい――」注意しようとした瞬間、相手が愛美だと気づいて息を呑んだ。細く息を吐き出してから、ようやく言葉を発する。「何してるんだ」

「どうも」

愛美はいつもの愛美だった。無愛想で、素っ気ない。だが、そんな彼女を見て、少しだけほっとできたのも間違いなかった。しかし今は、安心している場合ではない。

「どういうつもりだ？　実家の方はいいのか」

「父は、意識を取り戻しました。怪我は酷いですけど……命にかかわるようなことはありません」

「それで？」眉間に深く皺が寄るのが、自分でも分かった。

「だから戻って来ただけです」

「それでいいのか？　オヤジさんを一人にしておいて大丈夫なのか」

「入院してますから、今はどうしようもないんですよ」愛美が肩をすくめる。「私がいても、何もできませんし」

「それはちょっと……」冷たくないか、という質問を私は呑みこんだ。彼女は十分苦しみ、悩んでいる。私は見ていないが、泣いたかもしれない。それが今、こうやって普通に、現場に立っている。覚悟がなければできないことだ。

「分かってます。でも、こうしたかったから、こうしたんです」

私は目を細め、疑念を表明した。愛美がうなずき、静かに喋りだす。署内なので、行き交う人も多くざわついているのに、彼女の声はよく通って聞こえた。

「仕事しか、助けてくれないんですよね」

「どういう意味だ?」

「高城さんなら分かると思いますけど」

　私は唾を呑んだ。分かる。綾奈がいなくなった後、私を人生に引き止めていたのは、結局仕事だった。酔っ払って全てを投げていた七年間も、一度も休んだことはなかった。もちろん、椅子に座って一日をやり過ごすだけで、使い物にならない日ばかりだったのだが。その後失踪課に異動になり、様々な仕事に向き合うことで、何とか自分を取り戻すことができたと思う。

今現在の自分の状態は、とてもベストとは言えないが、仕事に助けられてきたのは間違いない。それがある種の、現実からの逃避であっても。

そして今の愛美には、現実から逃げる権利がある。

「やれるんだな？」

「そのために戻って来ました」

「いつ？」

「今朝」

「休養は取れてるか？」

「むしろ、寝過ぎましたね」愛美がまた肩をすくめた。「とにかく普通に動けます。それで、状況はどうなんですか」

私は周囲を見回した。誰かに見られているわけではないが、何となく居心地が悪い。「飯でも食べるか」十一時。少し早いが、私は例によって朝食を抜いている。それに、彼女の状態を見極めたかった。

「いいですよ。でも、この辺に食べるところなんかありましたか？」

「上野毛《かみのげ》か等々力の駅前へ出れば……」上野毛だ、と思った。確か駅へ行く途中に、ファミリーレストランが何軒か固まった一角がある。「少し歩こうか」

「いいですよ」

少し気温が上がっており、歩いていて不快な感じはしない。愛美は足取りも軽く、私をリードするように歩いて行く。何か話さねば、と思ったのだが、こういう時に限って適切な話題が浮かばない。座ってからでいいか、と考えながら、私は小柄な彼女の背中を追った。

ぼんやりと覚えていた通り、レストランが二軒、並んでいた。和食か、パン屋がやっているレストランか。愛美は和食を避けた。

「いいですか？」

「構わないけど、どうして」

「田舎にいると、和食ばかりなんですよ。少し飽きました」

屈託のない口調だった。私はパンが食べたいわけではなかった――だいたいあんな物は、腹に溜まらない——が、ここは愛美の好みに合わせることにした。

まだ開店したばかりで、店内はがらがらだった。話をするにもちょうどいい。愛美は迷わず、ハンバーガーを頼んだ。私は少し迷った末、ハンバーグステーキにする。昨日、ろくな物を食べた記憶がなかったから、少しタンパク質を補給しておくのもいい、という判断だった。先に飲み物を貰う。二人ともコーヒー。開店直後だというのに、何故か煮詰まったような濃さだった。

ブラックのまま一口飲み、愛美が溜息をつく。

「何だか、コーヒーも久しぶりです」

「コーヒーぐらい、静岡でも飲めるだろう」

「それどころじゃなかったんですよ」

愛美が口を尖らせる。見た目、ほとんど変わっていないので私はほっとした。髪もいつもと同じように艶々《つやつや》で、綺麗に輪ができている。髪の手入れをするぐらいの余裕はあったのだ、とほっとした。人は駄目になる時には、まず外見から崩れていく。

「それで、捜査の方はどうなんですか？」ふいに声を低くして訊ねる。

私は、第二の事件について説明した。

「その件は知ってます。ニュースで見ただけですけど」

「だから南署に来たのか」

「高城さんのことですから、こっちだろうと思って」

愛美が肩をすくめる。読まれているか……私は二つの事件とも、まだろくな手がかりがないことを説明した。

「似顔絵も無駄だったんですね」

「結果的には」

「何やってるんですか」愛美が腕を組んだ。その目には、本気の怒りが宿っている。

「そんなこと言っても、仕方ないだろう。捜査が動かないのは、誰のせいでもない」

「そこは高城さんに反省してもらわないと」

苦笑せざるを得なかった。こういう言い方はいつも通りの愛美なのだが、今は「いつもの」自分を取り返すために、少しだけ無理をしている感じがある。

「同一犯なんですか？」

「その可能性は高い。しかし、断定できるまでの材料もない」

「子どもが被害者なんですから……」愛美の目が暗くなった。

大人が犠牲になる犯罪と、子どもが被害を被《こうむ》る犯罪とでは、意味合いがまったく違う。地域のコミュニティなどとうに崩壊しているのだが、子どもが被害者になると、何故か地域揃って何とかしてやらなければならない、という気持ちになるものだ。自分の子どもが犠牲にならないように、という願いもある。それは、東京でも変わらない。

「それで、今の捜査方針は？」

私は特捜本部の動き、自分の動きをそれぞれ説明した。といっても、結局は同じなのだが。目撃者捜し。沙希に話を聴けない以上、周辺から探るしかないのだ、と。

「本人からの事情聴取は駄目なんですか？」愛美が目を細める。

「精神的ショックが大き過ぎるようだ。家族が、事情聴取を拒否している」

「少しぐらい、無理できないんですか」

「被害者を守るのが、俺たちの仕事だ。さらにショックを与えたりしたら、本末転倒だろう」

「そう、ですね」相槌を打ったが、愛美の口調は歯切れが悪かった。

料理が運ばれてきて、私たちは黙々と食べ始めた。ハンバーガーとハンバーグ。この店は元々パン屋なので、基本的にライスではなくパンがついてくる。腹が膨らまないパンを食べながら、私は二人とも基本的には同じ物を食べているのだ、と気づいた。ひき肉とパン。タンパク質と炭水化物。

愛美は、旺盛《おうせい》な食欲を見せて、巨大なハンバーガーを攻略し続けた。私たちに馴染《なじ》みのあるハンバーガーといえば、ファストフード店の貧相なものなのだが、最近は本格的な——といってもアメリカで食べたことはないが——ハンバーガーを出す店も増えている。ここもその一つのようで、明らかに女性の口で齧《かじ》りつくには無理がある大きさだった。しかし愛美は、器用に食べ続けている。私たちは、いつの間にかジャンクフードに慣らされているのかもしれない。私自身、五十歳になるのに、たまに無性に食べたくなる。

珍しく、愛美の方が先に食べ終えた。口の傍に、マヨネーズとケチャップが混じってついている。私が指で自分の口の脇を叩くと、彼女は慌てて紙ナプキンを引き抜いた。

私は敢えてゆっくり食べていた。考えをまとめるために。沙希に事情聴取するための作戦……一番適切なのは、ショックが薄れるのを待つことだが、時の流れとともに、沙希の記憶も薄れるだろう。

「ちょっと考えたんですが」愛美が遠慮がちに切り出した。

「何だ？」私はようやくフォークとナイフを皿に置いた。

「伊藤さん……でしたっけ？　お願いするのはどうでしょうか」

「それは……」私も、何度か考えていた。犯罪被害者の会には、あらゆる犯罪で家族を失った人たちが参加している。中には、未成年の子どもを殺された親、性犯罪で犠牲になった被害者の遺族もいる。つまり、沙希の両親の心情を十分理解できる人間がいるということだ。理解は共感を生む。その結果、一段深い話が引き出されることも珍しくないのだ。

実際私は、今まで伊藤を頼ったことが何度もある。警察では被害者のフォローをし切れない、と判断した時。遺族を伊藤に引き合わせ、面倒を見てもらったものだ。

だがそれは全て、犯人が逮捕された後だった。捜査に必死になっている最中は、被害者遺族のことまでなかなか気が回らないのだ。犯人が逮捕され、事件が一段落してからが、遺族の本当の戦いになる。その時に絶大な力を発揮するのが、犯罪被害者の会なのだ。だいたい、今伊藤を介入させるのは、あまりにもタイミングが悪い。要するに愛美は、伊藤に捜査の手助けをさせろ、と言っているのだから。

「民間人に協力を仰ぐのはどうかな」

口にすると、愛美が大きく目を見開いた。紙ナプキンをくしゃくしゃに握り潰し、私を睨みつける。

「まさか高城さんまで、面子とかにこだわるんじゃないでしょうね」

「そういう意味じゃない。被害者遺族のフォローに、伊藤さんの力を借りたことは何度もある。でもこれは、あくまで捜査だ。そこに伊藤さんを立ち入らせるのは……」

「やるべきです」愛美が強い口調で言った。「事態は膠着してるんですよ？ このまま時間が経てば、ますますまずいことになるでしょう。それでいいと思っているんですか？」

よくない。だが私は、決断できなかった。この前伊藤と会った時に、少しばかり気まずい思いをした、という事実もある。

「高城さんがやらないなら、私がやりますけど」

「おいおい――」

「一刻一秒を争うんじゃないんですか？」

「それはそうだが……」

「しっかりして下さい」

私は一瞬、笑ってしまった。威勢のいい挑発、皮肉はいつもの愛美そのままだが、今日の彼女は少しだけ前のめりになり過ぎている。いつもは、どれだけのめりこんでいても、少しだけ客観的な自分を残しておくのに。

「何がおかしいんですか」愛美が頰を膨らませた。

「焦らない方がいい。日常に戻るには、仕事をしっかりやるのが一番いいかもしれないけど、焦り過ぎると失敗する」

「私のことなんか、どうでもいいんです。これは高城さんのためですよ」

「俺？」私は自分の鼻を指差した。「どうして俺なんだ？」

「早く事件を解決しないと駄目でしょう」

「それはそうだけど……俺には関係ないだろう。そもそも、俺の事件でもないんだから。今回は、勝手に首を突っこんでいるだけだぜ」

「とにかく早く、です」愛美は強硬だった。「伊藤さんの連絡先、教えて下さい。私が電話します」

「分かったよ」溜息をつき、私は携帯電話を取り出した。同時に今日が木曜日で、「秀」の定休日であることに気づいた。週に一度の定休日、伊藤は必ず朝から息子の墓参りに行く。それはもう、終わっただろうか。「俺が電話する。それでいいな？」

愛美が、満足気な笑みを浮かべた。

伊藤はろくに事情も聞かないまま、「会いたい」という私の要請に同意した。あまりにも素早いその反応に、私はかすかな違和感を覚えたが、向こうが協力してくれるというのだから、疑うのは失礼である。伊藤が渋谷まで出て来てくれるというので、失踪課で落ち合うことにした。

失踪課に姿を現した伊藤は、何故か嬉しそうな笑みを浮かべたが、私の顔を見ると、急に表情を引き締めた。二件の事件が目の前にある、と思い出したようだった。もっとも、口調はあくまで軽い。わざと軽くしているのだろう。

「ここがあんたの仕事場ね」カウンターの内側に入って来ると、伊藤がぐるりと室内を見回した。「ちゃんと片づいてるじゃないか。あんたらしくもない」

「自分の部屋じゃないですから」私は苦笑せざるを得なかった。「取り敢えず、こちらへどうぞ」

私たちが「面談室」と呼ぶ小部屋へ伊藤を誘った。本来、相談に来た家族たちから話を聴くためのスペースである。警察本来の堅苦しいイメージを払拭《ふっしょく》しようと、什器類はカラフルだったが、何となくちぐはぐな感じがするのが、警察の限界だろう。いかに柔らかくしようと思っても、無理した感じは否めない。白一色にして、大きな観葉植物でも置く方が、よほどイメージはよくなるはずだが……私は、この部屋を仕立てた真弓のインテリアセンスを疑っている。

しかし伊藤は、別の感想を抱いたようだった。

「警察らしくない部屋だね」

「緊張させないためですよ」

「それはよく知ってる」伊藤の表情がいきなり厳しくなった。そう……私と伊藤は最初、被害者遺族と刑事、という立場で出会っている。警察署の中で、何度も顔を合わせた。今は全面的に協力してくれているとはいえ、彼にとって警察のイメージがよくないのは当然である。

「こちらとしては、心遣いのつもりです」

「うん。よく見るとダサいのが、いかにも警察らしい」

真顔でうなずく伊藤に対して、私はまた苦笑するしかなかった。この男の物言いは、いつでも率直だ。時には率直過ぎる。

「で、こちらのお嬢さんは？」伊藤の視線が愛美に向く。

「失踪課三方面分室の明神です」愛美が頭を下げる。

「あんたのところにも、えらく可愛らしい刑事さんがいるじゃないか。たまげたね」にやにや笑いながら、伊藤が私に話を振った。

「余計なことを言うと、セクハラになりますよ」私はその話題を即座に遮断《しゃだん》した。

一瞬間を置いて伊藤が爆笑した。部屋の空気を揺るがす勢いで、私は組織犯罪対策部の重鎮、荒熊《あらくま》の笑い方を思い出した。あの男のばかでかい声は、それだけで兵器として使えそうなのだ。

「警察もいろいろ面倒なんだ」

「今はどこの世界でも同じですよ」

私は肩をすくめた。そんな状況ではないのに、自然にリラックスしている自分を意識する。先日店を訪ねた時は、珍しくぴりぴりした雰囲気で疲れたのだが、本来の伊藤はこういう男なのだ。豪快だが、何かと気を遣い、相手を自然に寛《くつろ》がせる。客商売のために生まれてきた男と言っていい。

「で、相談っていうのは？　人を墓参りから引き返させるほどなんだから、よほどのことなんだろうな」

「その件については、お詫びします。もっと早い時間に行っているのかと思ってました」

「俺だって寝坊する時はある。今日は遅くなったんだよ」伊藤が顔をしかめた。

「力を貸して下さい」私は頭を下げた。「ある人物に事情聴取したいんですが、親が拒絶しているんです。きちんと事情聴取できないと、捜査が滞る」

「……それは、例の事件のことか？　二件目の拉致事件」

「ええ」

「被害者の子どもさん、怪我はひどいのか」

「怪我もひどいですが、精神的ショックが大きいんです」

　私は事情を説明した。この男に隠しても仕方がない。話を聞いているうちに、伊藤の顔が最初赤く、やがて蒼くなってきた。

「小学二年生にね……犯人は、とんだクソ野郎だな」吐き出す言葉が震えていた。

「しかもまだ捕まっていません。ということは、また似たような犯行を繰り返す恐れがある」

「しかし、親御さんが、娘を隔離しておきたいと思うのは当然だぞ」伊藤が目を細めた。

「俺が親でも、そうすると思う。娘第一、それは当然だよ」

「次の犠牲を防ぎたいんです。それに、真央ちゃんを殺した犯人を見つけたい」

　伊藤が、本気度を測ろうとするかのように、私の顔を凝視した。すぐに素早くうなずく。そんなに早く納得させられるような表情を浮かべていたのだろうか、と私は戸惑った。

「で、俺に、親御さんと話せというんだな？」

「犯罪被害者の会の事務局という、公式な立場で」

「受け入れると思うか？」

「可能性は五分五分……いや、分かりません。未だに頑《かたく》なですから」

「ほとんど同じ立場の会員がいるよ。覚えてないか？　神奈川の人なんだが、芝田《しばた》さん」

「ええ」私は、心臓を手で直に摑まれるような、嫌な感じを覚えていた。

「あれもひどい事件だったよなあ……」

「すみません、どういう事件だったんですか？」愛美が、申し訳なさそうに割りこんだ。

私は伊藤と顔を見合わせた。どちらが話す？　結局、私が先に口を開いた。

「君は知らなくて当たり前だ。もう、十二年も前の事件だから」

「来月で十三年だ」伊藤が素早く訂正した。会員が受けた悲劇については、私よりもずっと詳しく知っている。しかも私の守備範囲が基本的に都内に限られるのに対し、伊藤の場合は全国規模だ。

「そうでした。もうすぐ十三年でした」

この事件については、当然私は直接捜査していない。当時マスコミで伝えられたニュース、神奈川県警の知り合いや伊藤から聞いた話が全てである。

「十三歳、中学一年生の女の子が、帰宅途中に襲われて殺された事件だ。乱暴もされていた。大会前で、部活の練習が長引いて、普段より一時間ほど帰宅が遅れたのが、事件につながったんだな。被害者の自宅は山北町《やまきた》でね。犯行時刻の頃は、家の周辺は真っ暗だったんだ。あの辺、田舎だしな」

「中学一年生ですか……」愛美がささやくような声で言った。「まだ、子どもですよね」

「クラスで一番、背が低かった。制服を着てないと、小学生みたいだったな」伊藤がつけ加える。腕組みをし、飛び出しそうな感情を押さえつけているようだった。

「犯人は……」愛美が訊ねる。

「捕まった」私が答えた。「事件から三日後に。二十歳の男だった。働きもしない、学校へも行かないで、ぶらぶらしていた男だった」

「じゃあ、一応解決したんですね」

「いや」私は、顔から血の気が引くのを感じた。「犯人は、精神鑑定を受けて、責任能力なし、という判断が出た」

「まさか」愛美の顔も白くなる。「女性を乱暴して殺したというのは、間違いなくそういう意図があったからですよ。責任能力がないっていう判断は、あり得ない」

「ところが、こういう処分では何が起きるか分からないってわけだよ、お嬢さん」伊藤が皮肉っぽくつけ加える。「結局、犯人が分かっているのに、責任を取らせることができなかった。その後だ、芝田さんが俺たちのところへ来たのは」

私はうなずいた。芝田夫妻には、私も会っている。その頃の私――綾奈が行方不明になる前の私は、伊藤としばしば会い、多少警察官の枠をはみ出すことも覚悟の上で、犯罪被害者の会の活動に協力していた。娘を殺され、犯人は罪を問われない。この世の矛盾《むじゅん》を一手に背負ったような芝田夫妻は、初対面の私をも責めた。犯罪被害者の会に出入りしている警察官ということで、法の執行者の代表と見なしていたのだろう。

私は甘んじて、二人の非難を全て受け入れた。法律の問題を言われてもどうにもならないのだが、それで二人が楽になるなら構わない、と思った。

「芝田さん、その後どうされてるんですか？」

「洗礼を受けた」

「二人で？　クリスチャンに？」

「そういうこと。俺は、そういうことを否定しないよ。うちの会にも、宗教に頼った人はたくさんいる。立ち直れるなら、犯罪以外のことは何をやってもいいと俺は思う」

私はうなずいたが、鉛でも入っているかのように頭が重く感じられた。犯罪被害者の会は、一歩間違うと、「犯人を殺してやりたい」という憎悪に満ちた人たちの集まりになってしまってもおかしくない。ふとしたことで感情が爆発し、会員の中から犯罪者が出る可能性すらあっただろう。それを伊藤は、上手くコントロールしてきた。私は全ての宗教に対して疑念を抱いているが、こういう場合は仕方がないと思う。伊藤自身は宗教に頼らず、犯罪被害者の会の運営と、「秀」の経営――より限定して言えば料理――に打ちこむことで、自分らしさを保っていた。

「最近、会いましたか？」

「年に一度の例会では必ず会うよ。芝田さんたち自身は、もう助けが必要なわけじゃないけどね。今は、アドバイスする立場だ。今回の一件で話をしてもらうには、一番いいと思う」

「我々を助けてくれますかね」

「話してみよう」伊藤がうなずいた。「俺がこういうことを言うのも変だが、芝田さんは、人に助けられる意味をよく知っている。そういう恩を受けた人は、自分も誰かを助けなくちゃいけないと思うんだよ。特に今はクリスチャンだし、そういう助け合いの精神は持っているはずだ」

「まだ山北にお住まいなんですか？」愛美が訊ねる。

「いや、今は川崎《かわさき》に引っ越している。山北の家は、建てたばかりだったんだけど、嫌な想い出があるからね……思い切って売り払って、全然関係ない場所に引っ越したんだよ」

「お仕事は？」

「自宅で、パソコンと英会話の教室を開いてる。結構賑わってて、生徒さんを断るのが大変らしいぞ」

「芝田さん、当時はサラリーマンでしたよね？」私は大手電機メーカーの名前を挙げた。芝田はそこの研究者で、山北という辺鄙《へんぴ》な場所に住んでいたのも、近くに研究所があったからだ。

「辞めたんだよ。いつも夫婦二人で寄り添っているのが、一番のリハビリになると思ったんだろうね。結局人間は、一人では生きていけないんだ。それに職場では、本当に親身になってくれる人はいなかった。最後に頼りになるのは家族なんだ」

愛美が目を伏せる。もちろん伊藤に悪気はないだろうが、今の言葉が、母親を亡くしたばかりの彼女にダメージを与えたのは間違いない。この場で事情を説明するわけにもいかないし……と思ったが、愛美がすぐに顔を上げたので、私はほっとした。

ある意味、愛美も今は、犯罪被害者の会に入る資格を持っている。彼女の両親の車に追突したトラックの運転手は、逮捕されたのだ。つまり、事故ではなく犯罪。居眠り運転が原因だったのだが、その後の調べで、会社の運行計画に無理があったことも判明している。会社にも家宅捜索が入り、悪質な事例として静岡県警が捜査を進めているのだ。

だが彼女は、同じような立場の人間に悲しみや悩みを打ち明けるために、犯罪被害者の会に入るようなことはしないだろう。彼女は仕事に助けを求めている。かつての私がそうであったように。

「今からでも、会えるでしょうか」愛美が訊ねた。

「家で仕事しているから、摑まえるのは難しくない」伊藤が腕時計を見た。「でも、すぐには動けないかもしれないよ。仕事の邪魔をするわけにはいかないし」

「つないで下さい。お願いします」愛美が頭を下げた。「こちらで迎えに行きますから」

伊藤が言葉を切ったが、愛美の態度に感心しているのは分かった。

「あんたも、熱心だねえ」

「これは、絶対に許せない事件なんです」愛美が決然とした口調で言った。

「分かった。とにかく電話してみよう。説得するよ」

「お願いします」言って、私はほっと吐息を漏らした。芝田夫妻が来てくれても、それで全てが円滑に動き出すとは思っていないが、とにかく何か手を打たないと、いつまでも捜査は先へ進まない。

伊藤が電話をかける間、私と愛美は息を呑んで彼の言葉に耳を傾けた。伊藤は、決して丁寧な言葉遣いをする人間ではないのだが、少しだけ遠慮を忘れて踏みこむその態度は、相手の警戒心を薄れさせる。

「ああ、芝田さん。伊藤です……どうも。例会以来のご無沙汰ですね。いえいえ、こちらは元気ですよ。相変わらず、儲からない商売をしてます。そちらは?……そうですか、それはよかった」

伊藤が私たちに向かってうなずきかける。出だしは順調、ということか。

「実はね、一つお願いがあるんです。ええ、実は警察からの依頼なんですけど、ちょっと助けて欲しいんですよ……そう、これは芝田さんが一番適任だと思うんだ。芝田さんでないと、相手の心を解きほぐせない。きつい話です。でも、助けてくれませんかねえ。そう、事件の捜査です。実は、東京で小さい女の子が襲われる事件が立て続けに起きましてね」

伊藤が、お茶を一口飲んだ。とうに冷えてしまっているはずで、愛美が新しくお茶を淹れに立つ。

「そうです、その件。うん……あの、警視庁の高城さんを覚えてる？　そう、あの高城さん。彼が事件を担当しててね。それで、二番目の事件で、被害者の女の子に話を聴けなくて困ってるんですよ。そうなんです。親が頑なになっちまってね。それも当然なんだけど、話を聴けないと、捜査が進まないんだ。え？　そうそう、仰る通り。それをお願いしようと思ってたんですよ。きつい仕事だけど、ここは芝田さんしかいない。これ以上、被害者を出すわけにはいかないし、何とか協力してもらえませんか」

伊藤はしばらく、相手の声に耳を傾けていた。やがて、安堵《あんど》の表情が広がる。私に向かって、親指と人差し指で丸を作ってみせたので、私は硬い笑みを浮かべて彼にうなずきかけた。間もなく電話を切った伊藤は、「ＯＫが出たよ」と言って吐息を吐いた。

「ありがとうございます」私は、テーブルにくっつくほど低く、頭を下げた。

「今日の仕事は、全部キャンセルしてくれるそうだ」

「すぐ迎えに行きましょう」お茶を注ぎかけた急須をテーブルに置き、愛美が言った。「車、用意します」そう言って、すぐに面談室から飛び出して行く。

「いいねえ」伊藤がにやりと笑った。「ああいうきびきびした娘《こ》は、今時はなかなかいない。あんた、どうだい？　嫁にもらっちゃ」

「冗談じゃない」私は即行で否定した。「仕事でも散々振り回されているんですよ。それにあいつは、俺より十八歳も年下なんです」

「今時流行の年の差婚ってやつで、いいじゃないか」伊藤が声を上げて笑った。

「伊藤さん、そういうことは冗談でも、あいつの前では言わない方がいい」

「何で？」

「殺されるからですよ」

伊藤の笑いが、ぴたりと止まった。

15

午後遅く、私たちは世田谷南署に集合した。中澤の姿もある。彼は、私が勝手に民間人の協力を得ようとしていることに、初めは激怒した。しかし「警察は何も結果を出していないではないか」と指摘すると、黙りこんでしまった。結局、今回の件は絶対に口外しないことを条件に、沙希の両親の説得を芝田夫妻に任せることにした。

「何だったら、お前はまったく知らなかったことにしておいてもいい。ばれたら俺の責任にすればいいんだよ」

「そこまで無責任じゃないですよ、私は」噛みつきそうな勢いで中澤が言った。

「ええと、ちょっとよろしいかな」またヒートアップしそうな私たちの言い合いに、伊藤が割って入った。「今回の件は、私が強引に頼みこんで、ご両親に面会したことにしておいていただけるかな。実際、被害者のご家族に会うのは、よくあることなんだ。あんたたちが残しておくべき記録があるなら、そういうことにしておけばいい。我々が自主的に動いても、あんたたちの上司は怒らないはずだよ」

中澤は黙りこんだが、しばらくして、結局うなずいた。伊藤が全責任を負う、と言っているようなものであり、ようやくそれに賭ける気になったようだ。

中澤が立ち上がり、廊下に向けて顎をしゃくった。私は黙って彼の後につき従い、廊下に出た。殴りかかってくるのではないかと一瞬身構えたが、彼は振り返ると溜息をついて、短い忠告を投げてきただけだった。

「頼むから無茶しないで下さい」

「何かしないと、この局面は打破できないだろう」

「それは分かりますけど、限界がありますよ」

「後で考えてみれば、それが限界じゃなかったことが分かるんだ」

「往々にして、やり過ぎだと分かる場合もありますけどね」

私は肩をすくめた。こいつは、引き過ぎている。どうせ後悔するなら、やらないよりはやった方がいいではないか。何かあった時には、責任を取るために管理職がいるのだし——私も管理職の一人ではあるが。

「で、どういう風に進めるつもりですか？」

「ここへ来てもらった芝田さん夫妻に、沙希ちゃんのご両親と話してもらう。それに関しては、心配はいらない。芝田さんも似たようなことを経験しているし、犯罪被害者の会の活動で、人前で話すことには慣れているから。二人とも穏やかな人だから、相手を不安にさせるようなことはない」

「で？」

「沙希ちゃんのご両親が納得してくれたら、事情聴取」

「それを、誰にやらせるかですね……」中澤が顎を撫でた。「うちの人間がやるんじゃなくて、少年課から応援を貰った方がよさそうだな」

「女性の方がいいと思う」

「そうですね」

その時、私の頭の中に愛美の顔が浮かんだ。

「少年課に助けを求めるにしても、うちの明神も立ち会わせていいだろうか」

中澤が顔をしかめる。愛美の両親が事故に遭ったことは、彼も知っていた。

「大丈夫なんですか？　まだ仕事に戻れるとは思えないけど」

「本人の希望で戻って来たんだ。リハビリだと思って、使ってやってくれないか」

私は慎重に頭を下げた。顔を上げても、中澤はまだ渋い表情を浮かべていた。

「これはあくまで、うちの事件なんですけどね」

「それはよく分かってる。だけど明神も、覚悟があって仕事に復帰したんだぜ」

「……仕方ないですね」相変わらず渋い顔のまま、中澤がうなずく。「これは貸しですよ」

「ああ。無事に解決したら、奢《おご》るよ」

「高城さんと酒を呑むと、ろくなことがないという話ですよ」

「何かの誤解だろう……少年課の人間を呼ぶなら、早くした方がいい。いつ事態が動くか分からないから、待機してもらいたい」

「病院に集合、ですね」

「地味に、だぜ。刺激を与えたくないから」

「分かりました」

私は初めて、中澤とまともな会話を交わした気分になった。これで気持ちが通じ合ったとは思わないが……警察も人の集まりだから、合う合わないというのはある。ましてや私の場合、他人に迷惑をかけてばかりだから、疎ましく思われて当然だ。それでも、たった一つの目的がある時には、個人的な感情を乗り越えて協力できるものである――犯人を逮捕し、被害者を安心させること。

「では、作戦開始にしましょう」

私はうなずき、特捜本部に戻る彼の背中を見送った。

綾奈の件がなければ、今は私が彼の立場にいたかもしれない。捜査一課一筋で仕事をし、キャリアも積んで、そろそろ人の先頭に立って仕事をしなければならないという時期に起きた、あの失踪事件。今私は、中途半端な立場に身を置きながら、中澤を悩ませている。過ぎてしまった人生をあれこれ仮定することに意味はないが、それでもいろいろ考えざるを得なかった。

沙希が入院しているのは、世田谷通り沿いにある巨大な総合病院だった。事情が事情だけに、病室は個室。沙希を一人きりにしておくのは避けたかったので、母親を病室に残し、父親と芝田夫妻で話し合ってもらうことにする。

その場に警察の人間がいるわけにはいかなかった。警察官がいれば、父親がまた頑なになってしまうのは簡単に予想できていたから。だが、完全に民間人に任せるとなると、言い出しっぺの私でも不安になる。だがそれを見透かしたように、伊藤が励ましてくれた。

「大丈夫だよ。ある意味、芝田さんはプロなんだから……被害者にプロもクソもないかもしれないが」

自虐的な冗談に、私は思わず引き攣った笑みを浮かべてしまった。伊藤のように言えるようになるまで、どれだけの時間が必要なのだろう。

面談場所は、病院内のカフェにした。空いている病室を使わせてもらうことも考えたのだが、閉塞感があると、沙希の父親はさらに頑なになってしまうかもしれない。このカフェは、庭に面した側がガラス張りで冬の陽射しが射しこみ、開放的過ぎる嫌いがあったが。

私たちはばらけて、三人を遠くから囲むように座った。一か所に固まっていると、警察の存在を気づかせてしまう。刑事というのは、独特の空気感を持っているものだから。私は愛美と並んで座り、コーヒーを飲んでいた――飲む振りをして、ちらちらと三人を観察していた。

「上手くいったら、後は頼む」

「何とかします」愛美の声は硬かった。

「子どもの相手は大変だぜ」

「高城さんがやった方がいいんじゃないですか？　あれぐらいの子の扱い、慣れてるでしょう」

「怖いか？」

沈黙。ちらりと横を見ると、愛美は静かに目を閉じていた。刑事としての仕事の中でも、最も気を遣う種類の物であるのは間違いない。愛美は今、一人きりで覚悟を決めようとしている。

コーヒー一杯が、すぐ空になった。午後の柔らかい陽射しは赤く変わりつつあり、冬の一日が終わろうとしている。窓際のテーブルに並んで座る三人の姿も、赤く染まっていた。動きはほとんどない。芝田夫妻は私たちに背を向けた格好で座っており、時々身振り手振りを交えて話しているようだ。しかしアクションはそれほど激しくなく、言葉に合わせて体が自然に動いてしまう、という感じである。一方、沙希の父親、武敏《たけとし》は、無反応だった。大柄な男なのだが、背を丸めて、わざわざ体を小さく見せようとしているようでもある。表情が暗い。どうしてもと言われ、仕方なくつき合っている感じが見え見えだった。爆発しないのは、彼の礼儀正しく穏やかな性格の現れだろう。私はこの夫婦に話を聴いたことはないが、警察に対して声を荒らげることはないという。ただし、沙希のことになると、人が変わったように頑なになるということだった。

ふとテーブルを見ると、愛美のカップも空になっていた。

「お代りは？」

「それより、そろそろ場所を変えた方がいいんじゃないですか」愛美が腕時計を人差し指で叩いた。「三十分経ちますよ」

「もう三十分？」言われてみれば、いつの間にかカフェの奥の方を照らしているのは、夕日ではなく照明になっていた。確かに、席を移らなければならない。あまりにも長い間、同じ場所に座っていると、怪しまれる。

私たちは席を立ち、一度カフェを出てからもう一度中へ入った。今度は、グリーンが植えられた間仕切りの裏側の席に陣取る。先ほどよりも距離は近くなったが、植え込みが邪魔になって、姿を直接見ることはできない。もう一杯コーヒーを飲むか……とメニューに視線を落とした瞬間、「すみません」と声がした。芝田夫妻の声ではない――武敏か？　武敏だ。私は愛美と顔を見合わせ、眉をひそめた。先ほどまで、彼は一度も口を開かなかったはずだが。

店員が寄って行った。武敏が何か喋っている様子だが、内容までは聞き取れない。私は少し体をそちらに倒して、何とか話を聞こうとしたが、やはり無理だった。

「注文じゃないんですか」愛美が低い声で言った。

「コーヒーが切れたか……」

「たぶん。で、私たちは何を飲みますか？」

コーヒーしかない。私たちはそれぞれ新しくコーヒーを頼んで、三人の様子に再度注目した。今までと、どこか雰囲気が違っている。かすかだが、柔らかい空気が流れている。談笑している？　先ほどまでの硬い調子とは打って変わって……短い時間に何があったのだろう。

「説得に成功したのかもしれない」

「まだ安心できませんよ」愛美が、運ばれてきたコーヒーカップを両手で包みこんだ。

「とにかく、待ちましょう」

「そうだな」

　私は普段使わない砂糖とミルクをコーヒーに加えた。さすがに二杯続けてブラックのまま飲むと、飽きる。もちろん煙草があれば、味気ないコーヒーにも耐えられるのだが、病院でそれは望むべくもない。

　どうやら談笑、まではいかないようだが、会話は成立しているようだった。芝田夫妻の説得力……私はそれを微塵《みじん》も疑ってはいなかったが、たった三十分で、頑なな人の気持ちを解きほぐせるとは思えなかった。実際は今日一日では済まず、二日、三日と時間がかかることも覚悟していたほどである。

　ふいに、カレーの香りが漂ってきた。どこの店でもカレーを頼む人はいるものだし、早い夕飯を食べる人がいてもおかしくない……と考えていると、カレーは三人が座っている席に届けられた。

　食事？　それはあまりにも寛ぎ過ぎではないか？　だがほどなく、スプーンが皿に触れる音がかすかに聞こえてきた。

「上手くいったんですかね」愛美が囁《ささや》くように言った。

「そうかもしれない」

武敏は事件以来、会社も休み、ほとんど食事も摂っていないと聞いていた。それが、こうやってまともに食事ができるようになるとは……芝田夫妻の協力に感謝すると同時に、自分たちの力不足を恥じた。本来これは、警察の仕事なのだ。

テーブルに置いた携帯電話に、着信を告げる赤いランプが点いた。中澤。通話ボタンを押して耳に押し当てると「オーケーが出ました」と少し弾んだ声が飛びこんできた。中澤は芝田夫妻の正面に陣取り、打ち合わせていたサインが出るのを待っていたのだ。サインは三種類。万事上手くいったか、まったく駄目か、タイミングを変えてもう一度やり直すか。

「何でカレーなんだ？」私はほとんど囁くような声で訊ねた。

「それは分かりませんけど、穏やかに話し合ってるようですよ。食事が終わるまで待ちましょう」中澤も戸惑っている。

「……そうだな」

電話を切る。愛美は聞き耳を立てていて、直接話さずとも中澤の話の内容を読み取ったようだった。

「出番だ」

「分かってます」愛美の声はわずかに緊張していた。

「一番大変なことだ」

「何回も言われるとプレッシャーになるって、分かってます？」

私は咳払いを一つして、「失礼」と言った。緊張しているのは私の方かもしれない。自分が事情聴取するわけでもないのに……しかし今も、思い切り肩が凝っている。どんなに大変なことでも、自分で直接やる方がはるかに楽なのだ、と思い知った。

それから二十分近く、食事はゆっくりと続いた。時折聞こえてくる声には、怒りも緊張感もない。私は芝田夫妻の手腕に舌を巻くと同時に、早くこの場を切り上げてくれないだろうか、と焦り始めた。できれば今夜中にも、沙希から話を聴きたいのだ。

ようやく椅子を引く音がした。私は事前の打ち合わせに従って、しばらくその場に留まった。芝田夫妻が直接、少年課の女性刑事に引き合わせ、そこに愛美も合流することになっている。私も中澤も、顔は出さない。しかし、実際に事情聴取を始めるには、まだ時間がかかるだろう。いや、ここまできても、私たちの試みは失敗するかもしれない。まだ、沙希の母親という壁が残っているのだ。その壁は、父親のそれよりも高いかもしれない。

「後、頼んだぞ」

「すぐには始まりませんよ」

「分かってる。上手くいくように――」

「祈らないで下さい」愛美が低い、きっぱりした声で言った。「刑事が祈るようになったらおしまいです」

彼女も、私と同じようなことを考えていたのだ。


三十分後、沙希に対する事情聴取が始まった。母親が抵抗したわけではなく、ちょうど沙希が夕食を摂っていたからだ。病院の食事ではなく、母親が家から持ってきた食事。日常を取り戻すのに、食べ物から入るのは、効果的な方法の一つである。

愛美たちが病室に消えた後、私はようやく芝田夫妻に礼を言う機会を得た。病室から少し離れた廊下で、深々と頭を下げる。

「本当に、お手数おかけしました」

「いや、お役に立ててよかったです」夫の芝田仁志《ひとし》が穏やかな笑みを浮かべてうなずいた。妻の悠子《ゆうこ》も同時にうなずいたが、こちらは話す気はないようだった。スポークスマンはあくまで夫、ということらしい。

「お疲れ様でした。座りませんか」

「いや、大丈夫です。ずっと座ってましたからね。大したことはしてません。喋っていただけです」

小さく笑ったが、芝田は結局ベンチに腰かけた。悠子も、ほとんど夫にくっつくようにして座る。二人ともに、わずかに疲労の色がある。私は少し距離を置いて、腰を下ろした。

芝田が、すっかり白くなった髪をかき上げる。娘が殺された時、二人はまだ三十代後半……今は五十歳を過ぎている。私より少し年上なだけだが、経てきた苦労は、私よりはるかに多いはずだ。

「どうやって説得されたんですか？」

「簡単ですよ。いつかは話さなければならない、と理解してもらっただけです」

「それが難しそうだったんで、お願いしたんですが……」

「被害者同士にしか分からないことがあります」芝田が大きな手で顔を拭った。「家族が被害に遭った時、完全に癒されるまでにはいろいろな段階があるものです。最初に悲しみ、それから怒り、絶望、復讐心《ふくしゅう》……あのご家族は、まだ悲しみの中にあります。だから私は、一刻も早く復讐心の段階へ持っていきたかったんです。犯人を憎むことで、心を支えられますからね」

「それにしては、穏やかに話してましたよね」

「それは、言葉の強弱の問題に過ぎません。和田さんは今、はっきりと犯人を憎んでいますよ」

「社会的な影響もある事件ですし……」

「今はそれを考えなくてもいい、と言っておきました。娘さんが酷い目に遭って、そんな時に『同じ犯行が繰り返されないように』とお題目を聞かされても、納得できませんよね。

とにかく娘さんのために、と説得しました。娘さんに、憎む相手を与えてあげなさい、と。あなたたちも、相手を殺すぐらいのことは考えていいんだ、と」

過激な言い方に、私は思わず目を細めた。しかし、芝田の穏やかな笑みは消えない。宗教者らしい、棘《とげ》のない表情だが、その奥には絶対に譲らない固い意思が潜んでいる。両手を緩く組み合わせ、少し前屈みになったまま続けた。

「考えるだけならいいんです。そこから先、実際に手を出す人間は、まずいませんからね。もしも手を出したら、憎むべき犯罪者と同レベルになってしまう。人間は、どんなに最低の状態にあると思っていても、完全に落ち切ることはできないんですね。憎む相手と同レベルにはなりたくないというか……私ね、お祝いをすべきですよ、と勧めるんです」

「お祝い？」

「犯人が有罪判決を受けたら、あるいはその後死刑になったら……上等のシャンパンを抜いて、ケーキを食べて。復讐が果たせたんだから、お祝いすべきなんです。もちろん、実際にそんなことをした人はいませんけどね」

「それは……分かります」

芝田の目がすっと細くなる。怒っているわけではなく、生徒の答えに満足した教師のようだった。

「恨みは、忘れられるんですよ」

「そんなに簡単なものでしょうか」私には分からない。恨むべき人間が誰かも分からないのだから。

「恨みも人生の一部分に過ぎません。いつか、通り過ぎていきます。恨んでも悲しんでも、人生は進んでいくんですよね。マイナスの感情だって、生きる推進力になるなら、評価すべきでしょう」

「――そんな風に説得したんですか」

「ま、概《おおむ》ね」芝田の表情が、元の穏やかな笑みに戻る。「ひどい言い方だとは思います。理屈が通っていないのも分かっています。仮にも神を信じている人間の言い分ではありませんよね。でも、こういう理屈で納得してくれる人も、案外多いんですよ。苦しんでいる人、悲しんでいる人は、それをどこへ持っていけばいいか、分かっていないだけなんです。憎む対象が分かれば、ずっと楽になる」

「それは――どうなんですか？」彼自身認めていたが、洗礼を受けた人間の台詞とは思えない。

「私たちを支えてくれたのは、結局恨みでした。それは認めます」芝田が、妻の手をそっと叩いた。「それでもいいと思います。生きていくことが、何より大事なんですから。亡くなった子どものためにも」

彼の言葉が、ゆっくりと私の胸に降りてきた。生きていく――それに意味があるとは思えなかった。今の私は、仮の姿だと思う。義務感に追われ、駆け回っているのだが、全てがドラマの中の出来事のようにしか思えない。本当は今も、狭く暗い自室で酔っぱらっているべきではないのだろうか。

しかし今、そういう自分を想像するのはひどく難しかった。仮の姿であるはずの今の自分の方が、本来の自分であるような気がしてくる。

私は憎んでいるか？　ノーだ。憎む段階にまで至っていない。それは恐らく、綾奈を殺した犯人が見つかっていないからだ。芝田の説を受け入れるなら、憎むべき対象がはっきりしたところで、ようやく人は立ち直りの機会を得る。

そして私の場合は、自分で何とかするしかないのだ。憎むべき相手を見つける能力があるのに、それを使わないのは卑怯である。無意味と言ってもいいだろう。ただ体を丸め、社会と自分を切断することしか考えなかったのだが……自分を助けるのは自分しかいない。

「取り敢えずこれで、私たちの役目は終わり、ということですね」芝田が膝をぽん、と叩く。

「はい。後はこちらの責任になります」私は頭を下げた。「本来は警察がやらなければならないことをお願いして、申し訳ありませんでした」

「いやいや、とんでもない」芝田が大袈裟に首を振った。「犯罪対策を警察だけに任せておくのは、我々市民の怠慢《たいまん》ですからね。皆で一緒に頑張ればいいんです。困った人がいれば助ける——それこそ、クリスチャンの互助精神という物ですよ」

芝田が立ち上がった。一瞬遅れて妻も続く。私も慌てて腰を上げた。

「帰ります。よろしいですね？」

「お送りします」

「ご心配なく」芝田が優美に体を折り曲げた。「いつも家で仕事をしていますからね。たまにバスに乗ったり電車に乗ったりするのも、楽しいものです」

「しかし、それでは……」

「そんなことはどうでもいいですから、一つお願いがあります」

「何ですか」私は警戒して一歩引いた。

「簡単なことですよ」芝田が苦笑した。「この事件が一段落したら、改めて連絡して下さい」

「それは構いませんけど——」

「私の方で、あなたにお話しできることもあると思います。その時は是非、聞いていただかないといけませんよ」それまでにない強い口調だった。顔にはまだ、穏やかな笑みが浮かんでいたが。「これは、お願いというよりも、もう少し強い要請です。約束していただけますか？」

「……分かりました」

彼が何をしようとしているかは分かっていたが、そう言わざるを得ない。自分の弱さを人に指摘されることになっても、そこに立ち向かわなければならない時はあるのだ。

「それともう一つ、忠告です」

「何ですか？」

「ここのカフェのカレーは最悪です」芝田が声を潜めた。「どうやったらあれほど不味くなるのか……あれでは、レトルトパックのカレーの方がよほど美味い。絶対に試さない方がいいですよ」

芝田夫妻が去ってから、私は伊藤と雑談をして時間を潰した。伊藤は、最近店に入れた珍しい日本酒の話をしたが、私は食いつけなかった。

「日本酒は、必ず悪酔いするんですよ」

「あんたみたいに、『角』しか呑まない客は、利益率が低くてかなわん」伊藤が、髪を短く刈り上げた頭を掌で撫でた。「まったく、迷惑だよ」

「今度、うちの若い連中を連れて呑みにいきますよ。それで金を使いますから」

「結構。できれば祝杯といきたいところだね」伊藤が廊下の時計を見上げた。「それにしても、遅くないか？」

「ええ」愛美たちが病室に消えてから、一時間以上が経っている。既に午後八時近く……

小学二年生なら眠くなる時間だし、一時間も集中して話ができるとは思えない。

「様子を見なくて大丈夫なのかい？」

「少なくとも、話はできているはずです。そういう時には、あまり刺激したくないんですよ。別の人間が顔を出しただけで、バランスが崩れたりしますから」

「そういうものかね？」

「俺の経験では」

「ふうん……おい、煙草でも吸いにいかないかい？」

抗い難い誘いだった。もう何時間も、ニコチンを体に入れていない。ここ最近の新記録かもしれなかった。しかし今、この場を離れるわけにはいかない。

「もう少し待ちましょう」

「そうか？」

「動きがあった時、その場にいたいですから」

「そういうものかねえ」

「習性です。こういうのは一生そのままでしょうね」

「つまりあんたは、今でもしっかり刑事ということか」

さりげない一言だったが、胸に染みた。今でも刑事なら、やるべきことがあるだろう——彼がそんなことまで考えて言ったかどうかは分からないが、言われたも同然だった。

何か言い返そうかと思ったが、考えているうちに病室のドアが開く。

最初に愛美が出て来た。ひどく疲れた顔を見ただけで、これまでにないほど集中した一時間であっただろうことは、容易に想像がついた。私が声をかける前に、ベンチに座りこむ。両手で頭を支え、上体を折り曲げるようにした。ゆっくりと背中が上下している。やがて弾かれたように顔を上げると、「大丈夫です」と言った。その「大丈夫」が自分のことを指すのか、沙希のことなのかは分からなかった。

続いて、少年課の女性刑事、それに両親が出て来る。女性刑事の方は、この道何十年というベテランで、さすがに平然としていたが、両親は疲れ切っている。沙希を宥めすかして喋らせ、時には警察の質問を遮《さえぎ》って娘を守り、と厳しい時間を過ごしてきたのだろう。神経戦が一時間も続いたようなもので、これで参らない方がおかしい。

中澤もすっと寄って来た。この場ですぐに打ち合わせを始めたい様子だったが、少年課の女性刑事が首を振ったので、口をつぐむ。両親がいる前では話したくないこともあるのだろう。

代わりに中澤は、両親に向かって頭を下げ、丁寧に礼を述べた——どちらかと言えば、謝罪に近かったが。両親は二人とも、疲れた空疎な表情で頭を下げたが、怒っている様子ではない。少なくとも私たちに対しては。新たに憎むべき対象を見つけたということか。

両親が沙希の病室に消えると、私たちは誰が言い出すでもなく歩き出した。ほぼ無人のロビーに出ると、まず伊藤が口を開く。

「俺は先に失礼するよ。ここから先は、俺は話を聞かない方がいいだろう」

「ちょっとどこかで待っててもらえますか？　ここの打ち合わせが終わったら、家まで送りますよ」

「気を遣うなよ」伊藤が顔の前でひらひらと手を振った。

「車ですし、どうせ帰る方向は一緒じゃないですか」その車は失踪課の覆面パトカーであり、伊藤を送ったら、また渋谷中央署へ戻らなければならないのだが。

「そうかい？　じゃあ、外で煙草でも吸ってるから」

「その後は、駐車場で待ってて下さい」

伊藤が姿を消すと、中澤が口を開いた。

「で、どうだった？」

「沙希ちゃんは、犯人の顔を見ています」女性刑事が答える。

「本当か？」中澤が嚙みつくように言った。

「ええ。明日、絵描きさんに入ってもらいましょう。それは沙希ちゃんと約束しましたから」

全員が安堵の吐息を吐いた。これは大きい。小学二年生の記憶がどこまで当てになるかは分からないが、確実な前進だ。

「沙希ちゃんの様子は？　普通に話せたのか」

私が訊ねると、女性刑事は何故か、中澤に険しい視線を向けた。

「まず、それを最初に聴いてもらいたかったですね。被害者が元気かどうかを」

中澤の耳が赤くなったが、それで勢いが削がれるわけではなかった。平静を保った口調で続ける。

「普通に証言はできる状態なのか？」

「こうやって情報が出てきたのは、話せた証拠でしょう」

「よし」中澤が右の拳を左の掌に叩きつけた。「似顔絵の件は、朝一番で手配する。明日も引き続きお願いできるだろうか？　少年課には話を通しておくから」

「分かりました。できれば、絵描きさんも女性がいいんですが……」

男を怖がる、か。もしかしたら父親も拒絶しているかもしれない。沙希の傷の深さを思うと、私は胃に軽い痛みを感じた。絵描きさんといっても、鑑識課員である。女性がいただろうか……しかしそこは、中澤が心配するところだ。私が口出ししても仕方がない。

中澤がその場で、解散を宣言する。私は伊藤を送るために駐車場へ向かった。愛美もついてくる。

「一緒に乗って行くか？　途中で下ろす」

「そうですね」彼女の家は小田急線の梅ヶ丘《うめおか》にある。この病院から荻窪方面へ向かうとなると、途中で千歳船橋辺りを通り過ぎるだろう。そこで下ろせばいい。

「飯、食ってないだろう」

「もちろん」

「どうする？」

「何とかします」

「伊藤さんの店が開いてれば、そこで食べさせてもらうんだけど、今日は休みなんだ」

「定休日じゃないと、こんなに長くはつき合ってくれませんよね」

いつもの皮肉っぽい口調。それを聞いて、私は逆にほっとした。彼女はこうでなくてはならない。

「明日は、重大な日になるかもしれない」

「分かってます」

「疲れてないか？」

「疲れますよ、ああいう仕事は」愛美が認めた。「でも、疲れてよかったかな」

「どういう意味だ？」

「何も考えないで眠れますから」

彼女の辛さがひしひしと伝わってきた。余計な考えは、人の心を侵す。最初は砂粒のようなものなのが、あっという間に砂浜のようになって心を満たしてしまう。そうすると他の問題は考えられなくなり、眠ることなど、二の次になってしまうのだ。私は何度、そういう夜を経験しただろう。アルコールは、一粒の砂が入りこまないようにするための、最良の対策だった。酔っぱらいは何も考えない。考えられない。

愛美はアルコールの手助けを借りるだろうか。元々それほど呑まないタイプなのだが……やめておけ、とアドバイスしておきたかった。酒は多くのことを忘れさせてくれるが、人生のかなりの部分を無駄にすることにもなる。

彼女には、そんなことで時間を潰している暇はないはずだ。

16

「これは……」私は似顔絵を見て、思わず凍りついた。世田谷東署の特捜本部。病院に大人数で押しかけても意味はないということで、今日の事情聴取は昨日の二人に鑑識課の若い女性係員を加えた三人だけで、行われた。私たちは午前中のほとんどを、特捜本部で時間を潰しながら待った。

似顔絵を描く人間にも、様々なタイプがある。最初に話を聞いて大まかにイメージを摑んでしまい、一気に描き上げるタイプと、顔のパーツ一つ一つについて細かく聞き取りながら、少しずつ進めていくタイプ。どうやら、今日絵を描いた係員は、後者のタイプだったようだ。概してそちらの方が、時間がかかる。

できあがってきたのは、比較的はっきりした絵だった。面長の顔立ち。目鼻立ちはくっきりしている。年齢は……鉛筆で仕上げられた似顔絵から推定するのは難しいが、二十代だろうか。だとすると「お兄ちゃん」という沙希の証言にも合う。沙希からすれば、父親よりは若く見えたのだろう。しかし最近は、外見が若い人が増えているし、似顔絵だけで年齢を決めつけてしまうのは危険だ。

しかし何より、私が真っ先に気づいたのは、ある男との類似点である。私たちは、仕上がったばかりの似顔絵をテーブルに置き、それを囲んだ。

私は思わず、男の名前をつぶやいた。

「あり得ない」中澤が即座に否定する。顔色が悪かった。

「否定する前に、もう一度よく見てくれ」

私は似顔絵を取り上げ、彼の眼前に翳《かざ》した。中澤が嫌そうに首を捻り、視線を外す。

「寺井と似てますね」

愛美がぽつりと言った。その場の全員が共有していたはずの認識だが、言葉になることで、重要性が頭に染みこんでくる。

「似顔絵はあくまで似顔絵だ」中澤はまだ抵抗していた。

「冗談じゃない。今まで、似顔絵でどれだけたくさん犯人を逮捕してきたか、分かってるだろう」私は食ってかかった。この男は、寺井の一件での失敗を、未だに根に持っているに違いない。そのせいで、客観的になれないだけなのだ。

「全面的に頼ったら駄目です」中澤が私の目を正面から見て言い切った。「だいたい、寺井には鉄壁のアリバイがあるんですよ。それは崩せません」

「もう一度検討する余地はある」

「寺井にしては若いですよね」

愛美が、私たちの議論に水をかける。私と中澤は、同時に彼女を見て、答えを求めた。愛美は私の手から似顔絵をひったくり、両手でしっかり持って視線を落とす。

「似てますけど、寺井より若い。そういうことじゃないですか?」

「どういう意味だ」私は訊ねた。

「寺井に似た若い人、っていうだけじゃないんですか? そんな、喧嘩するほどの話じゃないでしょう」

愛美が似顔絵をテーブルに置く。私と中澤は毒を抜かれたように、力なく椅子に腰を下ろした。彼女の評価が一番的確なのは、認めざるを得ない。顔の輪郭、目の形、唇の具合……その辺りは確かに寺井そのものなのだが、全体から発せられる雰囲気は、彼を二十歳ぐらい若返らせた感じである。

「こんなに年齢を見間違うことがあるのか？」私は少年課の女性刑事に訊ねた。

「それはないと思います」彼女はあっさり否定した。「沙希ちゃんは、年齢に関してはきちんと観察できるタイプのようですから。私の年齢も当てました」

何歳なんだ、と聴くのを躊躇った。おそらく、私より数歳下。刑事であると同時に、ベテランの母親らしい雰囲気も醸し出している。

「私も二十五歳って言われましたよ」愛美が割りこむ。

「七歳もサバ読みじゃないか」

愛美が睨みつけてきたので、私は目を逸らした。まあ……愛美は童顔だから、二十五歳と言っても通るかもしれない。化粧や服装にもよるだろうが。

「とにかくそういうことですから、寺井ではないでしょう」中澤が言って、咳払いした。自分に有利な証言を得て、ほっとしている様子である。

釈然としない。

似た人は、世の中にたくさんいるものだ。そしてこの似顔絵の細部を説明した沙希には、先入観はないはずだ。真央の事件の際に描かれた似顔絵は一般公開されておらず、普通の人が見る機会はない。

「似顔絵のことは置いておいて、事情聴取の内容を吟味した方がいいんじゃないですか」

愛美が冷静に指摘する。静岡から戻って来てから、少し変わったようだ。きつく辛い経験を乗り越え、丸くなったのだろうか。激する場面はほとんど見ていない。

「そうしよう」

言って、中澤が特捜本部に残っていた刑事たちに集合をかける。愛美が似顔絵をコピーして配り、臨時の捜査会議が始まった。愛美と少年課の刑事が前に立ち、事情聴取の様子を説明し始める。

「まず、拉致された時の状況です」愛美が手元のパソコンを弄《いじ》った。部屋の前に置いたホワイトボードに、プロジェクターから地図が投影される。さすがにそれでは少し見にくいので、数人の刑事が窓際に走ってカーテンを閉めた。照明も消される。それでかなり見やすくなった。

「ピアノ教室がここ、沙希ちゃんの自宅がこちらです」愛美がホワイトボードの前に立ち、指先で道路を辿る。ごく近く……距離にすれば二百メートルほどしかないことは、私も知っている。「普段は、このルートを通って帰ります。ただこの日、沙希ちゃんは回り道しました。理由は特にありません。『何となく』だそうです」

子どもの行動パターンは、得てしてそういうものだ。田舎の一本道ではなく、道草する場所も多いのだから、仕方がない。親が一緒でない限り、子どもの行動は制御できないのだ。

「はっきりしませんが、拉致されたのはこの辺り……この大きなマンションの裏側のようですね。向かいは空き地で、目立たない場所です」

「ちょっと待ってくれ」

中澤がその場で電話をかけ始めた。地図を睨みながら、指示を飛ばし始める。鑑識だろう。拉致現場と見られる場所をもう一度調べる——だいぶ時間が経ってしまっているから、鑑識にとっては厳しい作業になりそうだが。電話を終えると、中澤は「続けて」と素っ気なく言った。

「拉致の状況も再確認できました。いきなり抱え上げられて、口を塞《ふさ》がれたそうです。暴れる暇もなく、車の中に連れこまれた、ということです。その後、しばらく走り回ったそうですが、車の中で目隠しをされたので、どこにいるかはまったく分からなかった、と証言しています。時間は三時間ぐらいと言っていますが、それだと発見時の状況と矛盾しますから、信用はできません。しばらく走って、車が停まって……」愛美が言葉を呑みこんだ。「犯人は、沙希ちゃんに乱暴しました。その後は、痛みと恐怖と気持ち悪さで、ずっと泣いていたそうです」

私は、腹の中でどす黒い怒りが沸き上がるのを感じた。こういう事件に遭遇した時、現代の刑法は生温《なまぬる》いと感じる。もっと長い、あるいは残虐な刑が必要なのではないだろうか。いっそのこと、怒れる民衆の手に委《ゆだ》ねてしまうとか。刑事としての常識や良識は、こういう事件を前にしては、ふっとんでしまう。

「車は」中澤が、感情を感じさせない口調で訊ねる。わざと素っ気なく喋ることで、冷静さを保っているのかもしれない。

「ドアが四枚……連れこまれる時に、ちらりと見たそうです」

「セダンか？」中澤が突っこむ。

「背が高かったという話ですから、ワンボックスカーかもしれません。逃げる時は、車をまったく見ていなかったので、この証言も百パーセントは信用しない方がいいと思います」

「色はどうだろう」

「白。これは間違いないと、沙希ちゃんは言っています」

「後部座席にいたのか？」

「ええ。ただしご存じの通り、沙希ちゃんの体からは、車種が特定できそうな繊維などは発見されていません」

「他に、犯人につながる情報は？」

「残念ながら」愛美が本当に残念そうに首を振った。しかしこれだけの情報を聴き出すのにも、相当苦労しただろう。二人のやり方は、手放しで賞賛されるべきだと思った。

「よし」中澤が立ち上がった。「拉致現場周辺の聞き込みを強化する。捜すのは車だ。白いワンボックスカー、ないしセダン。その線で捜査を進めてくれ」

　刑事たちが一斉に立ち上がり、部屋を飛び出して行く。中澤は愛美と少年課の刑事に丁寧に礼を言い、また電話連絡を始めた。愛美がプロジェクターの電源を落とし、私の所へ戻って来る。

　何かがひっかかっていた。

　私は立ち上がり、窓際に歩いて行った。カーテンを細く開け、窓の外を見下ろす。目の前の道路は、国道二四六号線につながっており、道幅が狭いせいか渋滞していた。車の列を見ながら、違和感の源に気づく。

「何か気になりますか?」愛美が訊ねた。窓際のテーブルに尻を預けている。

「車……沙希ちゃんは、逃げ出すまで、ずっと車の中にいた」

「本人の証言によれば、そうです」

「ということは、車の中で乱暴されたわけだ」

「何が言いたいんですか? 私が今、報告した通りですよ……沙希ちゃんの記憶に間違いがなければ、ですけど」

「おかしくないか? 犯人は、どこまで行ったんだろう。だいたいそういうことは、暗がりで、人気がない場所じゃないと無理だ。何時間車に乗っていたのか……そんなに長い時間じゃないと思う。だいたい、沙希ちゃんが逃げ出した場所は、自宅から二キロぐらいしか離れていないんだぞ」

何がおかしいのか、愛美も気づいたようだった。立ち上がり、私の顔を真っ直ぐ見詰める。

「その辺の脇道に車を停めて乱暴するというのは……あり得ませんね」

「例えばスモークガラスになっていて、外から見られる心配がないとしても、考えられない。心理的に無理だろう」

「でも、犯人は、明らかに異常者ですよ」

「異常者であっても、だ。誰かに見られるのを覚悟で——捕まるのを覚悟で、そんなことをする人間はいない」相手は小学生……見つかったら一発でアウトだ。

「ああ……」

「つまり——」

「犯人はたぶん、自宅へ寄った。自宅でなければ、どこかアジトへ」

先に愛美に指摘されたので、私は唇を引き結んだ。だが、二人の考えが一致したのは頼もしいことである。手を差し伸べ、「続けて」と促した。

「おそらく犯人は、自宅かアジトへ戻って、車庫に車を入れたんです。それもたぶん、シャッターが閉まる、きちんとしたガレージじゃないでしょうか。そういう場所なら、ある意味二重の密室になります。家の中にいるのと同じ感覚ですよね」

「そうだな」

「拉致現場から、そうですね……半径五キロぐらいで、ガレージのある家を捜すのがいいんじゃないですか」

「中に白いセダンかワンボックスカーが入っているガレージだ。登録してある車を全部チェックして、色と車種を割り出す。その車の保管場所をチェックしていけば――」

「やっぱり無理です。車庫証明には、色の記載はないですよ。分かるのはナンバーと車台番号だけじゃないですか。車検証にも色のデータはないですから、陸運局に当たっても無駄です」愛美が急に弱気になった。

「だったら、ディーラーに当たろう。あの近くのディーラーを全部潰せば、それなりのデータが取れるはずだ」対象になる車は、どれぐらいだろう。五桁……下手をすると六桁になるかもしれない。自分で言っておきながら、私は次第に絶望感が募るのを意識した。

「そもそも現場から半径五キロ以内に、どれぐらい家があると思います？　マンションの部屋まで計算に入れると、何十万もあるんじゃないですか」

　まさか。そう思ったが、すぐに彼女の言葉は大袈裟ではないと思い直した。世田谷区だけでも、確か人口は八十万人超。しかも東京は、一人暮らしの人間が多い。

「無理か……」

「でも、やらざるを得ないでしょうね。一つずつ、ガレージを覗いていくんです」

「時間がどれぐらいかかるか、分からないぞ」

「でもこれがまさに、うちの仕事じゃないですか。いるべき場所にいない人を捜すのが、失踪課の仕事なんですから」

「拡大解釈だ」

「この仕事は早く仕上げて、次に行かないと駄目です」

「次」とは何なのだ。思わず訊ねそうになったが、答えは分かっている。ただそれを、愛美に指摘されるのは嫌だった。

「……分かった」

「一度、戻りましょう。ここで話し合っていても仕方ないし、一軒ずつ家を潰し始めても、いつ終わるか分かりません。ここは知恵を出すんですよ。それに、室長にお願いして、正式に一課に協力するようにしたらどうですか？　何も肩身の狭い思いをしながら、動き回らなくてもいいと思います」

「そうしよう」

　私は中澤に、一度特捜本部を外れる、と告げた。彼は何となく嬉しそうだったが、私は気にならなかった。ここは真弓に頑張ってもらって、正式な協力態勢を作り上げよう。それを知った時、彼はどんな顔をするか——想像すると、少しだけ気の毒になった。

失踪課は暇だった。こういう日もある——大抵は「こういう日」なのだが。家族や知り合いが行方不明になると、まず関係者は所轄へ相談に行く。そこで、失踪課が担当した方がいいと判断された場合にこちらへ回される、というのが仕事の流れだ。最近は直接失踪課に相談に来る人もいるが、それはまだ少数派である。それに、毎日そういうことがあるわけでもなく、大抵は資料の整理をするだけで一日が終わってしまう。

そういうアイドリング状態の時、真弓はよく自席を離れる。本庁にいる元上司や同僚に顔を売って、庁内外交に精を出しているのだが、今日は書類仕事が溜まっているのか、室長室に籠っていた。醍醐はスポーツ新聞を読み、森田はパソコンに向かい、田口は居眠りしている。暇な時の失踪課のいつもの姿だった。

だが、私たちが部屋へ入って行くと、まず醍醐が敏感に反応した。慌てて立ち上がる。

「何やってるんだ、明神」

彼女は昨日、こちらへ顔を出していないのだ、と気づいた。復帰以来ずっと、ほぼ私と行動を共にしている。

「戻りましたので」愛美がさらっと言って頭を下げる。自分のデスク——私の横だ——にバッグを下ろすと、ほっとしたような笑みを浮かべた。ここが彼女にとっての「家」なのだろう。私にとっての家であるのと同じように。

「いいのかよ」醍醐が厳しく追及する。「まだいろいろ大変なんだろう?」

「何とかなります」それ以上説明するのが面倒なのか、愛美が首を振って、室長室に向かう。その後を追いながら、私は振り向いて他のメンバーに声をかけた。

「一仕事ある。後で説明するから、ちょっと待っててくれ」

愛美を見ると、真弓が眉を吊り上げた。両手を組み合わせ、わずかに身を乗り出して、

「あなた、どういうつもり？」と冷たく訊ねる。

「何か問題ありますか？」澄ました口調で愛美が反論する。

「どうでもいいけど、そういうところ、最近高城君に似てきたわね」

「撤回して下さい」愛美の顔が途端に蒼白くなった。本気で怒っている。「今のは侮辱《ぶじょく》です」

「あのな」私は割って入った。この二人がどれだけ言い合いしようが知ったことではないが、今はもっと大事な話がある。「そういう話は、俺がいないところでやってくれ。それこそ侮辱だ……そんなことはどうでもいいよ。重大な話だろう」

愛美が、ぶすっとしたまま真弓に似顔絵を差し出した。先にメールで送ってあったのだが、真弓は改めて手に取り、じっくりと観察した。

「誰かに似てると思いませんか」私は誘い水をかけた。

「……寺井を若くした感じ？」

「誰が見ても寺井なんですよ」

「それであなたは、寺井を犯人にしたいわけ？」

「したいとかそういうことじゃなくて、客観的に見て寺井でしょう。二つの事件で、一つは被害者、もう一つは目撃者の証言から作った似顔絵ですよ？　それがほぼ同じなんですから、もっと強く押してもいいでしょう」

「何か変ね」

真弓が愛美を見た。先ほど言い合いに発展しかけたのが嘘のように、愛美がごく真面目な顔つきで彼女の言葉を引き取る。

「高城さん、さっきも私は言ったでしょう？　寺井に似た人、と言うべきじゃないでしょうか」

「私も、その方が可能性が高いと思う」真弓がうなずく。

「そいつに似た人間、という条件で探す方が大変ですよ」私は反論した。

「高城さん、そういう方針じゃなかったでしょう」愛美が釘を刺した。「車です、車」

「ああ」

「ちょっと打ち合わせしましょう」真弓が言った。

「捜査一課の方は？」私は訊ねた。

「その話は、もうＯＫ。了解を取りつけたから。これからは、オフィシャルに動いて大丈夫よ」

「もう終わったんですか?」私は思わず眉根を寄せた。世田谷東署の特捜本部を出る際に真弓にこの話をしてから、二十分ほどしか経っていない。

「電話は何のためにあると思ってるの?」真弓が、耳に受話器を押し当てる真似をした。

「それぐらい、電話で何とかできなくてどうするの」

おみそれしました、と言おうとして、私は言葉を引っこめた。あまりにも表現が古めかしい。

「犯人が使っていた車を割り出した方が早いと思います。その方法を検討したいんですが」

「じゃあ、打ち合わせね。全員揃ってる?」

「ええ。暇そうですよ」

真弓がうなずき、立ち上がった。室長室から出て行ったのを見届けて、私は愛美に一言忠告した。

「さっきの『侮辱』は一回貸しだからな」

「何で返しますか? だいたい、後輩に悪影響を与えている自覚はあるんですか?」

思わず口をつぐむ。こいつはまったく……口喧嘩してはいけない相手というのはいるのだが、彼女はまさにそういう人間だ。

「……というわけで、被害者の証言から、車が白いセダン、ないしワンボックスカーの可能性が出てきた」

「ワゴン車も捨てがたいですね」腕組みをしたまま醍醐が言った。スポーツ新聞を読んでいた時の腑抜けた表情は消えている。「背が高い車、ということでしょう？　そういうワゴン車もありますよ」

「ああ」

「二年生は小さいですからね」醍醐が、自分の額のところで、掌を横に動かした。「大人が見れば普通の車でも、背が高い車に見えたかもしれない。軽自動車だって、車高が高い車はあります」

「だったら、スポーツカー以外の４ドア車は、全部対象になる」

「今の段階では、あまり絞りこまない方がいいと思います」醍醐が忠告した。

「ああ……」私は森田に視線を移した。彼のノートパソコンは立ち上がっている。「森田、日本国内のメーカーで、４ドアの車が何種類ぐらいあるか、調べられるか？」

「メーカーのホームページで確認して数えていくしかありませんけど、もう生産中止になった車種や海外メーカーの車も入れると、きりがありません」森田の口調は、いつも通り自信なさげだった。

「無理か……」

「申し訳ありません」

森田が馬鹿丁寧に頭を下げる。そういう意味で言ったわけではないのだが、と私は溜息をついた。五年も一緒にいるのに、この男とはまだ、まともなコミュニケーションが取れない。

「やっぱり、被害者宅の近くで、ガレージを覗いて回るしかないか」考えただけで気が遠くなる作業だ。「それと同時に、この似顔絵を見せて聞き込みだ」

「時間がかかりますねえ」醍醐が文句を言ったが、口先だけだと分かっている。体力勝負になったら、この男は滅法強いのだ。早くも立ち上がって似顔絵を手に取ると、コピーし始めた。

「あまりばらまかないようにな。見せるだけだ」私は釘を刺した。

「まだ公開捜査じゃないんですか」醍醐がコピー機の前から振り返って訊ねる。

「正式には違う。もう少し様子を見るつもりだ。似顔絵は印象が強いから、聞き込みの時には決めつけ過ぎないようにしてくれ」

「それで寺井を引っ張ろうとした人がいたそうですし」愛美がぼそりと言った。

私は彼女の言葉を無視し、立ち上がった。地図を広げ、聞き込みの割り振りを決める。愛美はどうするか……一緒に回ることにした。一応、まだ保護観察下に置く必要がある。

「効率よくやろう。まず、マンションは無視だ」マンションの駐車場にも様々なタイプがあるが、密室になるようには設置されていないはずだ。機械式、あるいは平置き。どちらにしても、すぐ隣に別の車がある。その辺のコイン式駐車場と同じようなものだ。「一戸建てを集中的に狙ってくれ。ガレージで、シャッターがきちんと閉まるやつが疑わしい。盗難車両の捜査の名目で、車を確認してくれ。それでリストを作る」

「似顔絵、一応持っていって下さいよ」

醍醐がコピーを抱えて戻って来た。一人当たり十枚ほど、手渡していく。私は折り曲げて、背広の内ポケットに押しこんだ。結構かさばり、シルエットが崩れてしまうのが分かる。そもそもシルエットなどあってないような安い背広なのだが。組み合わせと担当地域を割り振る。

「醍醐、悪いけど一人で頼む」

「オス」

室長の真弓と庶務担当の公子を除いた三方面分室の戦力は、五人。聞き込みでコンビを組む時など、一人余るのでやりにくくなる。一人辞めた後、補充がないのが痛かった。真弓には、こういう時こそ政治力を発揮して人を取ってきてくれ、と頼んでいるのだが。

醍醐が真っ先に飛び出して行った。田口と森田のコンビは、田口が愚図愚図していて、なかなか出て行かない。田口は椅子に座ったまま、唇を尖らせて似顔絵を凝視している。

「何か気になることでもありますか？」私は訊ねた。

「いや、どこかで見たことがあるような……誰だったかねえ」田口が首を捻った。

「寺井でしょう？　ちょっと前までニュース番組の司会をしていた男ですよ」真央の一件の後で作った似顔絵を、田口は見ていないはずだ。

「寺井ね……そいつは知ってるし、確かに似てるけど、寺井じゃないんだろう？　もっと若い感じだ」

「取り敢えず、寺井は外しておいて下さい」田口の記憶力に賭けても仕方ない、と思いながら私は言った。

「だけど気になるなあ。どこかで見た記憶があるんだよ」

「生で、ですか？」私は背広の内ポケットから似顔絵を取り出し、眺めた。そう言われてみれば、そんな気がしないでもない。ただしこういうことは、他人の影響を受けやすいものだ。言われたからそんな気になってしまう……。「何か思い出したら、連絡して下さい」

「あいよ」ようやく田口が立ち上がった。

のろのろと出て行く二人を見送った後、愛美がぽつりと言った。

「あの人が思い出すとは思えませんね」

「君は、田口さんに対して点が辛過ぎる」

「いい点をつけるポイントなんか、一つもないじゃないですか」

「しかし、寺井以外で誰か思いつく人間、いるか？」

「どうですかね」愛美が顎に手を当てる。「言われて見れば、どこかで見たような気もしますけど……ちょっとピンときませんね」

「そうだな」頭の片隅に、かすかに引っかかったような記憶……気になりだすときりがないが、こういうのは、頭を絞っていても思い出せないものだ。忘れた頃に、いきなり蘇ってくる――それならラッキーだ、という程度で考えておかないと頭が痛くなる。

「それより、やれるな？」

「もう復活してますよ」愛美が肩をすくめた。

「まあな……ただ、あまり急過ぎると疲れないか？」

「そんなこと言ってる場合じゃないと思います。苦しんでいる人がいるんですから」

「そうだな」

愛美がコートを着こむ。少し疲れているように見えたが、肩を上下させて軽く気合いを入れ直した。

「大丈夫ね？」真弓が突然訊ねた。

「何がですか？」彼女の言いたいことは分かっていたが、私は惚《とぼ》けた。こんな時に、私のことを持ち出さなくても。

「分かってるわよね」

「まあ……分かってることにしましょうか」

「それなら結構です。さっさと犯人を捕まえて」

「了解です」

捜査一課のお墨付きも得た。空疎だった心は怒りと憎しみで満たされ、アルコールは完全に抜けている。

獣を野に放つ時が来た。


しかし、この獣は情けない、と私はがっかりした。車種もはっきりしない車を東京で捜し出すのは、樹海で一本の木を見つけるよりも難しく、すぐに心が折れそうになった。自分の割り当て地区——沙希の自宅に近いブロックだ——を当たり始めて一時間、条件に合うガレージを確認した家は、既に十五軒を数えていた。そのうち、話を聴けた家は五軒だけ。しかも、いずれも「外れ」だった。車の色が全て違う。今は、車のカラーとして白は流行っていないのだろうか。

「ちょっと地図を見せてくれ」

私は、愛美から住宅地図を受け取った。チェック済みで、容疑がない家には赤のバツ印がつけられている。まだ五つ。ガレージがあるのは確認できたが、中を見ていない家には青のバツ印。まだ拒絶には遭っていないが、今後青が増えていくのではないかと弱気になり、うんざりする。

弾む。

「弱気になるのは早いですよ」

「分かってるよ」私は愛美に地図を返した。「始まったばかりだからな」

しかし時間は無駄に過ぎるばかりで、手がかりはまったく摑めなかった。初めて、「白いワンボックスカー」を確認できたのは、実に三十五軒目。聞き込みを始めてから三時間以上が経過しており、既に夕暮れが迫ってきていた。歩いていると、白い息が顔の周りで弾む。

その車の持ち主は、友塚《ともづか》という中年の男だった。職業、カメラマン。機材が多いので、都内の移動も常に車なのだと、聞いてもいないことまで教えてくれた。長い髪を後ろで縛っているが、きつ過ぎるのか、目が引き攣っている。何となく、胡散臭い感じがする男だった。

「何かあったんですか?」

「車の盗難事件なんです。最近、多いんです」愛美が淡々と説明した。嘘だが、いかにもそれらしく聞こえる。

「うちの車が盗難車だって言うんですか?」友塚が苦笑した。「あり得ませんよ。何だったら車検証、見ます?」

「お願いします」

愛美が軽く頭を下げ、ちらりと後ろを振り向いて私を見る。ガレージの外にいた私は、渋い表情でうなずき返した。中にあるのは、トヨタのアルファードだった。巨大なサイズに見合った、迫力あるフロントマスク。日本の基準では、フルサイズのミニバンと言っていいだろう。ガレージのサイズぎりぎりに器用に駐車されているが、私の体格だと、運転席に体をねじこむのも大変そうだった。

愛美は、特に横向きになるわけでもなく、運転席のドアを開けて中に乗りこんだ。階段を上がるような感じになるのは、逆に彼女の体格では仕方がない。グラブボックスを調べるのに体を倒すと、完全に外からは見えなくなってしまう。

「しかし、車を盗む奴なんか、まだいるんですか？」友塚が首を捻る。

「いますよ。そのままロシアや東南アジアへ密輸出するんです。日本車は頑丈ですから、海外では人気が高いんですよ」私は、刑事としての基礎知識だけでぺらぺらと喋った。

「盗難車なんか乗ってて、海外では問題にならないんですか」

「その辺の事情は、私には分かりませんけどね。国内の捜査しかしていないので」

「なるほどねえ……でもうちの車、盗難車じゃないでしょう？」

「ナンバーは、該当の車とは違いますね」

愛美が上体を起こした。視線は下を向いたまま、ボールペンを動かしている。一応、車検証をチェックしているようだった。ほどなく車を降りて、友塚にキーを返す。

「どうも、ご協力ありがとうございました」

「違ったでしょう？」友塚が愛想笑いを浮かべる。

「違いました」愛美が表情を崩さず、答える。

「どうも、ご面倒をおかけして」私は軽く頭を下げ、その場を辞した。十分離れたところで、愛美に話しかける。「何か気づいたことは？」

「犯行に使われたのは、やっぱりワンボックスカーじゃないですかね。ワンボックスカーだと、いろいろシートアレンジができるでしょう？」

「ワゴン車だと無理か」

「後ろのシートを倒せば、荷台はフラットになるかもしれませんけど、荷台はあくまで荷台ですからね。中で動き回るのも無理でしょう」

「ああ」

急に疲れがきた。これをいつまで続けるのか……簡単に手がかりが得られるとは思っていないが、先行きを考えると、暗い気分になる。

電話が鳴った。誰かが手がかりを見つけたのか……田口。絶対に違うな、と私は溜息を漏らした。あの男が、真面目に回っているとは思えない。

「ああ、あのね、さっきの似顔絵なんだけど」

「誰に似てるか、思い出しました？」

「渋谷中央署の高木幸一郎《たかぎこういちろう》巡査だよ」

「何言ってるんですか」私は思わず声を荒らげた。「高木巡査は、自殺したじゃないですか」

綾奈の遺体が見つかる直前のことだ。行方をくらまし、公園でピストル自殺。動機は、はっきりとは分かっていない。

「死んだ人間が、事件を起こせるわけがないでしょう」

「そうなんだけど、似てるんだよなあ」

私たちはしばらく押し問答をしたが、それで答えが出るわけではなかった。ようやく電話を切った時には、疲れは一層ひどくなっていた。

「聞いてましたけど……」愛美が遠慮がちに切り出した。「確かに、高木巡査に似てると思います」

「君まで何を言い出すんだ」

私はポケットから似顔絵を引っ張り出した。まじまじと見る……私はあの時、別件にかかっていて、高木巡査の捜索には参加していない。高木巡査のことをよく知っているのは、私以外の失踪課のメンバーだ。

「本当に似てるのか？」

「……似てます」

「確かめよう」田口の言うことは信用できない。しかし、愛美の言葉なら、一応は真面目に検討しなければならない。

それが、信頼の差ということだ。

17

失踪課に戻ると、午後六時になっていた。私は過去の事件ファイルから、高木幸一郎巡査の一件を引っ張り出した。添付された写真は正面から撮影されたもので、少し幼さの残るその顔は、極めて真面目な表情を湛《たた》えている。これが似顔絵に似ているかといえば……確かに似ている。

似顔絵はあくまで似顔絵に過ぎないと、マイナスに考えようとしても、やはり似ている。あまりにも書類と似顔絵を凝視し過ぎて、目が乾いてきた。左右の手に持った二枚の紙をデスクに並べて置き、目をきつく瞑る。白黒のモザイクが、瞼の上で舞った。

あり得ない。高木は自ら命を絶った。動機は不明……まさか、あの遺体——私も確認した——は別人で、高木は今でも子どもを狙って街を徘徊しているのか。

よく似た別人、というごく当たり前の結論が頭に浮かんだ。それが一番筋が通る。私が寺井を疑ったのも、似顔絵が似ていたからだ。しかし、似た人などいくらでもいるだろう。何度も似顔絵の有用性を強調した私が、今は慎重にならざるを得なかった。

もう一度、写真と似顔絵を見比べる。やはり似ている。相似形と言ってもいい……一度そういう印象を抱いてしまったせいか、「よく似た別人だ」と自分に言い聞かせても、もはや当人としか思えなくなっていた。

写真の存在をしばらく忘れ、ファイルを見直す。高木巡査は先月、深夜に持ち場を離れ、連絡が取れなくなった。そのまま行方をくらまし、渋谷中央署、それに失踪課も参加しての捜索が展開された。結局、失踪の翌々日に、渋谷区内の公園のトイレで、拳銃自殺しているのが見つかっている。目撃者はなし。住宅地の公園といっても、真冬には人は少ないものだし、銃の発射音は意外と小さい。

結局、動機は分からなかった。寮の部屋で、「兄貴、ごめん」と殴り書きしたメモが見つかっただけだが、家族もその意味は分からなかったという。当時は、自殺する事に対する「ごめん」だったのではないかと推測されたが、それ以上突っこんだ捜査は行われなかった。仕事の面ではトラブルなし、ということが分かったから。

「どう思う?」私は愛美にファイルを見せた。

「似てますね、確かに。言われなければ気づかなかったですけど」

「顔の輪郭とかな。パーツもよく似てる」

「そうですね」

「ハンサムな部類に入るよな」

「ま、そうなんじゃないですか」

興味なさそうに言って、愛美がファイルをデスクに置いた。眉間に皺が寄っている。

「でも、あり得ないな。実は生きていたとか……下手なホラーじゃないんだから」

「あり得ない話です」

「この件なら、法月さんが詳しいですよ」

「ああ、そうだった」

私は電話を取り上げ、法月が勤務する警務課の番号をプッシュした。既に退庁している。それはそれで結構なことだ。心臓に持病を抱える法月は、無理をしてはいけない体である。定時に帰るのは、体調維持のためにも大事——それは分かっていたが、少しだけ苛ついた。

一時間ぐらい、残ってくれていてもいいじゃないか。

「オヤジさんに会いに行こう」

「いいんですか？」

「緊急時だ。それに、似顔絵を見せて情報を貰うだけだから、時間もかからない」

「家、浜田山《はまだやま》ですよね」

「ああ……そう言えば君、オヤジさんの家に行ったこと、ないのか？」

愛美の友人であるはるかは、父親と同居している。彼女が家に遊びに行くことがあってもおかしくはない。

「ないです。別にはるかが嫌がっていたわけじゃないですけど」

「じゃあ、これが初めての訪問ということになるな」私は立ち上がった。事件ファイルをコピーし、現物はフォルダに戻す。「一応、電話してみてくれないか？　まだ移動中かもしれないし」

「分かりました」

愛美が受話器を取り上げるのを見て、私は室長室に入った。真弓に似顔絵と書類の両方を見せる。

「そうと言われれば気がつくっていう感じね」真弓の感想は、やや引き気味だった。

「でも、似てることは似てますよね」

「それは否定できないけど……田口警部補が気づいたんですって？」

「ええ」認めながら、私は頬が引き攣るのを感じた。何も持っていない男……ずっとそう思っていたのだが、田口には、努力しても身につけられない力がある。

運がいい。

決して頼りにしてはいけないことだが、実際に彼の運が、事件の解決に寄与したことは少なくない。

「まあ、彼の運がいいのは認めるけど、何だか釈然としないわね」

「それは俺も同じです……室長の目から見ても、似てるんですね」

「そうね」

「どういうことだと思います？」

真弓が肩をすくめた。二枚の紙をデスクに置き、腕組みをする。

「鑑識が新しいシステムを導入してるから、それを使わせてもらったら？」

「ああ、そうですね」

顔認識のシステムは、最新の画像解析技術を利用して生まれたものだ。防犯カメラなどに写った不鮮明な画像の解像度を上げて鮮明にし、ある人間との共通点があるかどうかをチェックする。例えば、振り込め詐欺の出し子——銀行などで実際に金を引き出す役目の人間——の特定。元の顔写真があれば、防犯カメラに写った変装した姿であっても、同一人物かどうかを高い確率で割り出せる。マスクをしようがサングラスをかけようが、骨格そのものは変えようがないし、顔の全てのパーツを隠すことも不可能だからだ。それに隠していたら、逆に怪しまれる。このシステムでは、百数十か所のチェックポイントを電子的に照合して、同一人物かどうかを判断する。私たち文系の人間は「間違い探しシステム」と呼んでいた。実際、開発に際しては、「二枚の絵に違いは何か所あるでしょう」というクイズがヒントになった、と聞いている。

「その手配をお願いできますか？」

「似顔絵と写真では、上手くいくかどうか分からないけど」

「やるだけやってみましょう。俺は、オヤジさん——法月さんに会ってきます」

「法月さんが何か？」

「高木巡査の一件の時、中心になって動いてたじゃないですか」

「そうね……でも、あまり無理をさせないように」

「話を聴くぐらい、無理でも何でもないでしょう」

「興奮すると、心臓によくないわよ」

「それは分かってます」

室長室を出ると、愛美は既に出かける準備を終えていた。

「自宅は反応なし。携帯は留守電になっていました。移動中だと思います」

「分かった」私もコートを着込む。脱いだり着たり、忙《せわ》しない一日だ。

「電車の方がいいと思いますよ。今、一番渋滞してる時間帯ですから」

「そうしよう」

渋谷中央署から京王井の頭線の渋谷駅までは、歩いて五分以上かかる。まず、明治通りと青山《あおやま》通りの交差点にかかる巨大な歩道橋を渡っていかなければならないのだが、冬場はここを歩くのが苦痛だ。大きな幹線道路、さらに上には首都高が走っているせいか、季節に関係なく強い風が不規則に吹きまくり、冬場はそれに寒さが加わる。二月の夕方、気温は零度近くまで下がっており、思わず背中が丸まってしまう。コートの襟を立てても、何の役にも立たない。ダウンを着てくればよかった、と心底後悔した。愛美もコットンのコートなのだが、こちらは平然としている。体重が軽い分、風に吹き飛ばされないように真っ直ぐ歩くのに苦労していたが。

ＪＲの駅舎とバスロータリーの前を横切り、井の頭線の駅へ向かう。いつものことだが、この辺りには必ず、路上ライブをやっている若者がいる。今日は時間が早いせいか、誰の姿も見当たらなかったが。私が把握している限り、最近のレギュラーは三組いる。アコースティックギター二本のフォークデュオ、歌なしでインストゥルメンタルの曲を演奏するソロのアコースティックギタリスト、それに何故か、三味線の二人組。三味線コンビは、カラオケをバックに、ロック調にアレンジした演奏を聴かせる。特に音楽に興味はない私だが、何故か時折足を止めてしまう。こういうストリートミュージシャンは、だいたい自作のＣＤを売っているもので、つき合いで買ったことすらあった。買ったからといって、自宅で聴くわけではないのだが。人は時に、自分でも説明できない行動に出ることがある。

この件は――私なりの、社会とのかかわり方かもしれない。

道路の渋滞も堪え難いが、井の頭線の朝夕のラッシュも地獄だ。私は、東京へ出て来て初めてのラッシュ経験が井の頭線だったのだが、その時は、何故皆、これに毎日耐えているのか謎だった。体は捩《よじ》れ、圧迫され、時に息もできなくなる。急行で、下北沢《しもきたざわ》から渋谷までノンストップの時など、生命の危険を感じるほどだった。ほどなく、混んでいるのは上り電車の先頭と二両目だけだと気づいたが。改札に近い先頭車両の方が混むのは、当然だったのだ。

それを知ったのも、もう三十年以上も前だ。その後駅は改装されたが、混み具合は昔と変わらない。今は毎日、できるだけ後方の車両に乗ることで、ラッシュに対応していた。そうすると、渋谷駅でホームの混雑に巻きこまれ、駅を脱出するまでえらく時間がかかるのだが、電車の中での身動きできないほどの苦痛に比べれば、大したことはない。

しかし夕方のラッシュは、朝ほどではない。何とか、他の乗客と体を密着させずに済む程度だ。それでも、浜田山で降りた時には少しだけほっとする。

「オヤジさんの家、分かるか？」

「だいたいは」

愛美の先導で、住宅街の中を歩いて行く。十分ほどで、私たちは少しだけくたびれた一戸建ての家の前に出た。法月は確か、結婚してほどなく、この家を手に入れたはずだ。それから三十年以上、どんなに丁寧に使っていても、家は古くなってくる。

玄関脇の窓から灯りが漏れているのを見て、私はほっとした。法月か、少なくともはるかが家に帰っている。

「任せる」

告げると、愛美がインタフォンを鳴らす。すぐに法月の声で返事があった。

「はい――」

「明神です」

「ええ？　何だい、いったい」法月は、脳天から抜けるような甲高い声を出した。

「お休みのところすみません。ちょっとご相談したいことがありまして」

「ちょっと待てよ」

ほどなくドアが開く。法月はワイシャツからネクタイを外しただけの姿で、デニムのエプロンをしていた。まったく見た事もない格好に、私は強い違和感を覚えた。

「何だい、高城も一緒か」

「すみませんね、こぶつきで」

私が言うと、法月がにやりと笑い、「ま、上がんなよ」と言った。

開いたドアの隙間《すきま》から、醤油《しょうゆ》の香りが漂ってくるのを嗅いで、私は躊躇した。

「これから夕飯じゃないんですか」

「今、作ってたんだ。今日は俺の方が先に帰ったんでね」

「真面目に料理してるんですね」

「当然だろう。自分を律することができなくてどうする。警察官の基本の第一歩だ――お前さんも、そろそろ酒と煙草をコントロールすべきだな」

皮肉を受け流し、私たちは家へ入った。家全体がそれほど広くないことは、通されたリビングルームのサイズから想像できる。十畳ほどの広さからすれば明らかにオーバースペックの巨大な液晶テレビが、存在を主張していた。音を消したまま、NHKのニュースが流れている。

「ちょっと待ってくれよ」法月が隣の台所へ消える。続いて、かちり、と軽い音がした。ガスの火を消したのだ、と分かる。戻って来た法月が、「ええと」と戸惑いを見せた。「どうするかね。仕事の話なんだろう?」

「もちろんです」愛美が答える。

「最近は客も来ないもんでね……お茶の用意も時間がかかるんだ」

「知恵を貸して欲しいだけなんですよ」私は言った。「時間はかかりませんから」

「じゃあ、ちょっとこっちのテーブルで」法月は、ダイニングテーブルを指差した。元々塗装もしていない生木のようだが、長年使いこまれて鈍い茶色になっている。

四人がけのテーブルで、私と愛美は並んで座った。法月を尋問するような格好になる。愛美がすぐに、似顔絵と高木のファイルを取り出した。

「こいつは?」

「世田谷南署の事件で、被害者の証言を元に作った似顔絵です」愛美が説明した。

「なるほど。よく書けてるな」法月が似顔絵を手に取った。ほどなく、眉間に皺が寄り始める。似顔絵をゆっくり下げると、私たちの顔を交互に見て、それからテーブルに置いたファイルに視線を落とす。「おい――」

「自殺した高木巡査に似てませんか」愛美が指摘する。

「似てる」法月の喉仏《のどぼとけ》が上下した。「似顔絵だからそっくりとは言えないが、よく似てるよ」

「どういうことでしょう」愛美が両手を組み合わせ、テーブルの上に身を乗り出した。

「どういうって……高木は先月、死んでるんだぞ。事件に関係あるわけがないだろう。よく似た別人っていうだけじゃないのか」

「それだけですか?」愛美がさらに突っこんだ。

「おいおい、無茶言うな」法月が苦笑する。「そんな、いきなり話を持ってこられても……確かに高木に似てるけどさ」

法月が黙りこんだ。目が真剣になり、似顔絵とファイルを交互に見る。やがて、厳しい表情で告げた。

「もう一人、この似顔絵に似ている人がいるな」

「誰ですか」私は喉の渇きを感じた。

「高木の兄貴だよ」

「俺は、高木の兄貴に会ってるんだ。いろいろと事情聴取もしたし、後始末もあった……都合三回会っている」法月の口調は、自信なさげにのろのろしていた。

「何者なんですか」私はできるだけ静かに訊ねた。法月が苛ついているのが見て取れたかもしれない。彼には何の責任もないのだが、自分が知っている人間が犯罪にかかわっているかもしれないと考えただけで、頭の中が沸騰しそうになっているのだろう。こういうのは、心臓にも悪い。

「レストランで働いている」

「場所は?」

「池尻……三宿《みしゅく》っていうことになるのかね」

私はにわかに緊張した。同じ田園都市線沿線。しかも自宅は、二子玉川だ。全て、田園都市線沿線ということになる。

「何歳違いですか?」

「確か、三歳。大学を出た後、就職先が見つからなくて、バイトしていたレストランでそのまま働き続けているそうだ」

「何か問題を抱えていないんですか?」

「ないと思うが、そこまで詳しい話はしなかったからなあ」法月が、白くなった髪を撫でつけた。「あの時はあくまで、高木巡査のことが問題だったから」

「で……」私は一拍置いて、一番肝心な質問をぶつけた。「弟と似てますか」

「似てる」法月が断言した。「弟に似てるというか、この似顔絵に似ている。かといって、お前さんが最初に追っかけていた寺井にはあまり似ていないけどな」

「そこはあくまで、似顔絵の世界ですから」自分は無意識のうちに、似顔絵にすがっていたのだと気づく。

「しかし、こんなこと、あり得るのか？」腕組みをして、法月が首を捻った。「偶然にしても、ちょっと考えられない」

「これは偶然でも何でもないんですよ。手がかりが、たまたま俺たちの知っている範囲の中にあったっていうことでしょう」

「それはそうだが……」法月は依然として、難しい表情をしていた。

彼がまた似顔絵に視線を落としている間、私は次の手を考えた。まず、高木の兄が車を持っているかどうか、そしてそれが「白い」「4ドアの車」かどうかを確認しなければならない。これは家に行けばすぐに分かるだろう。あとは、自宅や勤務先のレストランでの張り込みと動向監視。さらに写真を入手して、沙希に見てもらう必要がある。そして少しでも怪しい動きをしたら、即座に身柄を押さえる——こんなところだ。第三の犯行が起きるのを待っているわけにはいかないから、できるだけ早く手を打ちたい。

「高木巡査の実家にガレージはありましたか？」

「あったよ。確か、結構立派なガレージだったね」

「ちゃんとシャッターが閉まるんですね？」

「ああ。何を言いたいか分かるから先に言っておくけど、中に入ってる車までは確認してないぞ」

「自殺には関係ないですからね」

「お前さん、これが難しい状況になるのは分かるな？」法月が目を細めて、私を見た。

「高木巡査の自殺……あれは結局、動機が分からなかった。今になって穿《ほじく》り返すと、厄介なことになる可能性がある」

「オヤジさんまで、そんなこと言わないで下さい」何が起きるか、誰が何を言い出すかは、私には十分想像できた。だがそんなものは、どうでもいいことだ。事件解決のためには、無視していい。それに下手に気を回して余計なことをしたら、私が描き始めた構図は一気に崩れかねない。

「俺が口出しする問題じゃないかもしれないが、後味が悪いな。あの時、もっと突っこんでおけばよかったんじゃないだろうか」

「あの時点では、誰もこんなことは想像できませんよ……高木巡査は、どんなタイプだったんですか？」

「真面目で責任感が強い——強過ぎるぐらいだった」

「全てを自分の責任だと考えてもおかしくないぐらいに？」

「あるいは、家族の不始末で、自分の将来が絶望的になるかもしれない、という可能性に耐えられなかったか」

しかし、類似の事件は最近、立て続けに二件、起きただけだ。高木はいったい、何を不安に思って——そう考えた時、私はある可能性を見逃していたことに気づいた。

首都圏は、都道府県の枠組みで生活地図を描けるものではない。むしろ、鉄道の沿線別に考えるべきだろう。田園都市線は川崎、横浜両市を突っ切り、大和《やまと》市まで続いている。

ということは……。

「神奈川か」とつぶやくと、愛美が携帯電話を持って立ち上がった。外へ行こうとするのを、法月が引き止める。

「室長に電話かい？　だったらうちの中でしなよ。何も寒いところで震える必要はない」

愛美は、しばし戸惑っていた。法月は失踪課ＯＢだし、今でも同じ署内にいるから、しばしば顔を合わせる。それでも彼女の意識の中では「部外者」なのだろう。話を聴かせたくないと思ってもおかしくはない。だが既に、法月は私たちの話にどっぷり浸《つ》かっているのだ。それに法月は、捜査上の秘密ならば、絶対に他言はしない。

妥協したのか、愛美が隣のリビングルームに向かった。カーテンが閉まった窓辺に立ち、すぐに低い声で話し始める。内容が聞き取れないほどだった。

「あいつ、いきなり仕事してるけど、大丈夫なのか」法月が、テーブルの上に思い切り身を乗り出し、囁いた。

「よくやってますよ。いつも通りです」

「無理しなくてもいいのにな」

「仕事することで、できるだけ早く平常に戻りたいんでしょう……俺には分かります」

「そうか」

法月が、丸めた背中を伸ばすようにして私から離れる。その時ちょうど、通話を終えた愛美が戻って来た。

「何の話ですか」疑わしげに目を細める。

「何でもない」私は首を振った。「室長はどうだ？」

「すぐに、捜査共助課経由で神奈川県警に照会してくれるそうです」

「しかし、子どもに対する悪戯のような事件があったら、噂ぐらいは流れてきそうなものですけどね」私は法月に向かって言った。

「いやいや、多摩川を間に挟むと、途端に情報の流れが悪くなるんだ」

「そうですかねえ」

「そうだよ。だいたい、そんな細かい事案、一々情報交換しないいんじゃないか？　地域部や生活安全部が、他県警とどれぐらい緊密に連絡を取り合ってやっているかは分からんが、ツーカーの仲とは思えないしな」

警察官である私にしても不思議なのだが、日本では本格的な広域事件、そこまでいかなくても県境を跨いだ事件というのは、それほど発生していない。見えない県境が、犯罪者の心理に何らかの抑止効果を与えるのかどうかは分からなかったが……そういう事情もあって、隣接する県警同士であっても、普段から綿密に情報交換をしているわけでないのは事実だ。

しかしいずれにせよ、神奈川県内で、女児が乱暴されて殺されるほどの大事件は起きていない。それなら当然、ニュースでも流れるものだ。そして刑事という人種は、新聞の社会面を舐《な》めるように読む。それこそ、ベタ記事であっても、その裏にある秘密を読み取ろうとするように。

「で、どうするんだ」

「取り敢えず、動向観察です」

「まずそれだな。慎重にやれよ」

「大胆にやるべき時は、大胆にいきます」

法月が渋い顔をした。私が面倒な事態に巻きこまれ、そこで爆発するのを恐れているのかもしれない。だが今の私は、自分が爆発しようが潰されようが、どうでもよかった。願いは一つだけ——真央を殺した犯人を見つけ出すことだ。

「じゃあ、捜査に戻ります」私は立ち上がった。

「おいおい、飯でも食っていかないか？　もうすぐ煮物ができるんだが」

抗い難い誘いだった。腹は減っているし、煮物の香りは鼻と胃を心地好く刺激している。だが、時間がなかった。一刻も早く確認したいことが山積みになっている。愛美も自制心を発揮して、ガス台の方には目を向けずに立ち上がった。その瞬間、玄関のドアが開く音がする。

「はるかだよ」法月が言った。

数秒後、コートを腕にかけたはるかが部屋に入って来る。私の姿を認めると、大きく目を見開いた。が、すぐに愛美に気づき、優しげな視線になった。

「何してるの？」

「仕事」

「冗談でしょう？」

「本当に」

短いやり取りの中に、はるかの思いやりと愛美の強気がくっきりと浮かび上がる。

「大丈夫なのね？」

「全然」愛美が首を振る。

「ならいいけど……この前の約束、守ってね」

「あなたこそ」愛美が唇を皮肉に歪めた。「あなたの方がずっと忙しいでしょう」

「私は何とかするから」

愛美がはるかにうなずき返し、玄関に向かって行った。私は法月親子に頭を下げてから、愛美の後を追った。

外へ出て、駅の方へ歩き出しながら、私は愛美に訊ねた。

「約束って？」

「ご飯を食べに行く約束をしたんです。静岡で……向こうであまり話せなかったんで、その代わりに」

「そうか」

「高城さんが気にすることじゃありません」

「別に気にしてない」

「そうですか？」

「ああ」

沈黙。静かな住宅街に、私たちの足音だけが響く。風は刺すように冷たくなり、私はポケットに両手を突っこんだ。その瞬間、このまま張り込みに移るのはまずい、と気づく。態勢を立て直さなければ。歩きながら携帯電話を取り出し、醍醐に連絡を入れた。

「今、どこにいる?」

「失踪課に戻って来ました。何だか、変な話になってるじゃないですか」

「お前はどう思う?」

「似てますね、確かに」

法月の話を説明した。醍醐自身は、高木の兄に会っていないということで、似顔絵に似ているかどうかは判断できなかったが。

「兄弟なら、似ていてもおかしくないですね」醍醐が同意する。

「ああ。それで取り敢えず、この兄貴の動向監視をしようと思うんだ。店と自宅と、二か所に分かれて」私は左腕を突き出して、腕時計を見た。七時四十分……レストランが営業しているとすれば、閉店はまだずいぶん先だろう。両方で張りこんでおけば、間違いなく高木の兄の顔を拝めるはずだ。

「オス。じゃあ、俺が店の方へ行きますよ。何だったら、客として行って、直接顔を見てきましょうか? 飯を食うついでで」

「それはやめてくれ。それでなくてもお前は体がでかいから、目立つんだ」巨体である以上に、刑事ならではの独特の殺気を発していることが問題なのだが。それは仕事を離れても消えるものではなく、洒落《しゃれ》た店などでは明らかに浮いてしまう。「店を見張るなら、外で待機だ」

「了解。じゃあ、田口さんでも誘いますよ」

「大丈夫か？」田口がいても何の役にも立たないわけで、それだったら醍醐一人で張りこんでいても同じことだ。

「誰もいないよりはましですからね。下らない話を聞いているのも、時間潰しにはなります。それにあの人、森田よりは喋りますから」

果たして醍醐と田口に共通の話題があるのか。考えてみたが、何も浮かばない。田口が積極的に口にする話題といえば、せいぜい食べ物のことぐらいなのだ。彼のデスクの引き出しには、食べ物関連の雑誌やムック本が詰まっている。カレーであったりラーメンであったり……単価千円を超えるような食べ物には食指が動かないようだ。

「で、森田をそっちにやりましょうか？　車がないと、張り込みもきついでしょう」

「頼む。それと、カメラを忘れないように言ってくれ」

「オス。じゃあ、自宅の方へ向かわせます」

電話を切って、私は愛美に計画を説明した。彼女は一切歩調を緩めず、うなずきもしなかったが、間違いなく電話での会話を聞いて、私の計画を頭にインプットしている。

「今夜は日付が変わっても、ですね」

「そうなるだろうな」レストランに関するデータが何もないのが痛い。普通は、十時半ラストオーダー、十一時閉店というパターンが多いはずで、帰宅は真夜中になるだろう。しかし三宿の辺りには、夜遅くまで営業している店も多いはずだ。そういう所で働いていたら、帰宅は明け方、ということも考えられる。それならそれで仕方ないが。今は、一刻も早く写真を入手したい。

「君は無理しなくてもいい。きついようだったら、ここで帰っても構わない」

「問題ないです。少し乱暴にやった方が、リハビリになるんですよ」

「君がそう言うならいいけど」

駅で井の頭線の電車を待つ間、愛美がレストランの情報を検索した。

「営業時間は、十一時半から十一時半までですね」

「十二時間営業か」

「ちなみに、口コミでの点数は5点中3・7。結構いい店みたいですよ」

「そういう情報、当てになるのか？」人を雇って、いい方に情報を操作する——そんな、一種の不正が行われているというニュースを、しばらく前に聞いたことがある。

「目安としては……私は特に、興味ないですけどね」

「とにかく、帰って来るのは十二時を軽く回りそうだな」

「そうなるでしょうね」

また長い夜になりそうだ。

だが、誰かのためだと思えば頑張れる。愛美は自分のために無理をしているかもしれないが、きっかけなど何でもいいのだ。犯人が捕まりさえすれば。

18

高木の兄、泰之《やすゆき》の自宅に近い、田園都市線の二子玉川駅に私たちが到着したのは、午後九時前だった。この地域は、駅前の再開発が進んでだいぶ表情が変わっているが、それは田園都市線の東側が中心である。西側にあって、長い間この街の象徴になっている高島屋はそのままだし、その裏手の古い商店街と住宅地には、新しい波は及んでいない。

私と愛美は、高島屋の南側にある一角——柳小路と呼ばれるらしい——を通り抜け、高木の自宅を目指した。柳小路は、石畳敷きの細い道路の両側に、少し洒落た飲食店などが並ぶ場所で、そこだけ都心の繁華街に近い雰囲気がある。国道二四六号線の下をくぐると、急に地味な住宅街が姿を現した。地図を見もせず、愛美はぐんぐん進んで行く。

「道、分かってるのか？」

「何となく」振り向きもせずに愛美が答える。何としても今晩中に新たな手がかりが欲しい、という気持ちが透けて見えた。分かる。捜査には、明らかに波に乗る瞬間があるのだ。

こういう時、流れを切ってはいけない。多少無理をしても、次の手がかりを捜して動き回るべきなのだ。

この辺りは、低層のマンションと一戸建ての家、それに商店が建ち並ぶ一角で、街路灯には「二子玉川商店街」の看板がかかっている。恐らくは、高島屋ができる前からの、元々の繁華街なのだろう。それほど賑わっているわけではないが、地方のようにシャッター商店街になってしまってはいない。昼間はそれなりに賑わうのだろう、と想像できた。

一旦多摩堤《たまづつみ》通りに出て、少し駅の方へ引き返す。高木の家はすぐに見つかった。ガレージ……玄関脇にある、後から作られたらしいガレージは、直方体の箱を置いたような格好だった。シャッターは閉まっている。家には灯りが灯り、家族は在宅中なのが分かった。

「取り敢えず、本人がいるのかどうか、確認しないといけませんね」愛美が言った。

「ああ……」しかし、ノックするわけにはいかない。今はまだ観察の段階だ。ということは、やはり醍醐に店で食事してもらうしかない。店にいることさえ分かれば、後は帰って来るまでここで待てばいい。

「ちょっと見ててくれ。俺は二、三か所連絡してくる」醍醐だけではなく、中澤にも。まだ高木が犯人だと確定したわけではないが、自分たちが高木を追っていることは説明しておかなければならない。

醍醐は既に、三宿で配置についていた。食事がてら様子を見てきてくれというと、歓声のような声を上げる。

「領収書貰っていいですかね？」

「そんなに高いのか？　スパゲティ一皿ぐらいなら、大したことはないだろう」

「まあ、そうでしょうけど……」醍醐はどこか不満そうだった。「こういう店で、パスタだけってわけにはいかないいんじゃないですか？」

「領収書は室長に出してくれ。落とせるかどうかは、室長の機嫌次第だ」

　電話を切り、すぐに中澤にかける。中澤は、私たちが正式に捜査に参加したことは知っているが、何をやっているかまでは把握していない。説明すると、微妙な反応を示した。

「それは……あくまで印象ですよね」

「高木巡査を知っているほとんどの人間が、似ていると言っている。確率としては、高いんじゃないかな」

「まあ……こっちからも応援を出しましょうか？」

「それはちょっと待ってくれ。動向を確認するのが先だ」

「では、後ほど」中澤は妙に素直になっていた。

「ああ」

　駅の方から、一台の車が近づいてくる。すぐに、失踪課の覆面パトカー、スカイラインだと気づいた。ウィンカーを出して慎重に右折すると、高木の家の隣のマンションの前に車を停めた。幸運なことに、マンションの前がコイン式の駐車場になっているのだ。張り込みには格好の場所である。

私と愛美が後部座席に乗りこむと、森田が巨大なコンビニエンスストアの袋を助手席から持ち上げ、渡した。

「飯です」

「気が利くな」

「醍醐さんに言われました」

お前は誰かに指示されないと、こんなこともできないのか……褒めたことを後悔したが、ありがたく受け取る。食事はまだだったし、今夜も長くなりそうだ。

「オヤジさんのところで、何か食べさせてもらえばよかったかな」握り飯を取り出しながら、私は言った。

「それじゃ悪いでしょう」愛美が言った。

「むしろ食べて欲しかったんじゃないかな。人に料理の腕前を披露する機会なんか、滅多にないだろうし」

「親子水入らずの時に、邪魔したら悪いですよ」

「……それもそうか」私はうなずき、握り飯を頬張った。こういう食事にどれだけお世話になってきたか。刑事は誰でも、コンビニエンスストアのメニューに詳しくなる。新製品の情報を常にチェックし、いつも食べている物が売り切れているとかすかな怒りを覚え……昭和末期以降、刑事の食生活はこんなものだ。

しばらく無言で食事を続ける。三人いても会話が弾むわけでもなく、弾ませる必要もなく、ただ時の流れを噛み締めた。

腹が膨れたところで、外へ出て煙草を一服。多摩堤通りは、片側一車線の狭い道路なのに交通量は多く、この時間になってもひっきりなしに車が行き来する。高木はどちらから帰って来るか……距離的には、私たちが辿ってきたルートの方が近いかもしれないが、駅前から多摩堤通りに出る道順を選ぶかもしれない。その場合、車を追い越して家に至ることになる。写真は撮り辛い状況だ。道路の向こう側に車を停めておければいいのだが、それだけのスペースはない。

ふと、道路の反対側を見ると、車止めなのか――道路の拡幅工事のために歩道がなくなっている――コンクリート製のブロックが、十数メートルに渡って置かれている。あの背後に身を隠せば……私は煙草を携帯灰皿に押しこんで、道路を渡った。実際に近くで見て、これは無理だと諦める。ブロックは、あくまで車道と歩道を分けるために置かれているだけで、高さは五十センチほどしかない。腹ばいになれば身を隠すことはできるし、ブロックの上にレンズを置けば気づかれずに撮影もできるだろうが、誰かに見つかったら言い訳するのが面倒臭い。

この案は却下だ。

電話が鳴った。慌てて背広のポケットから引き抜こうとして、取り落としそうになる。醍醐だった。

「いましたよ」

「まさか、話はしてないだろうな」

醍醐は時に、大胆というか無謀になることがある。客の立場で、ホールスタッフの高木に平然と話しかける姿が脳裏に浮かんだ。

「話してませんよ」疑われたと思ったのか、醍醐が少しむっとした口調で答える。「とにかく、顔は確認しました。似顔絵そっくりですよ」

「今、話していて大丈夫なのか？」

「もう、外です」

本当にパスタ一皿だけで出てきたのかもしれない。大食いの醍醐と、食べ物にしか興味がない田口の組み合わせにしては、よく自制できたものだ。

「どんな感じだった？」

「きびきび働いてましたよ。愛想もよくて、ワイン選びも堂に入ってました」

「呑んだのか？」

「まさか。観察してただけですよ」醍醐が苦笑する。「とにかく、普通です。性犯罪に走るようなタイプには見えないな」

「そういうのは、外見だけでは分からないぜ。で、閉店は十一時半だな？」

「ええ」

「一応、店を出るのを確認してくれ。カメラはあるな？」

「持って来ました。チャレンジしてみます」

デジタルカメラの性能は、ずっと右肩上がりだ。失踪課に配備されているデジカメも、ISO6400まで対応している。相当暗いところでも、ストロボなしで撮影できるはずだ。

「店が終わって出て来たら、連絡してくれ」

「オス」

電話を切って腕時計を見る。間もなく午後十時……帰って来るのは、早くても日付が変わる頃だろう。長い張り込みになることだけは確定していた。

十二時五分、醍醐から再度電話がかかってきた。高木が店を出て、池尻大橋駅の方へ向かって歩き始めたという。写真は上手く撮れなかった、と彼は謝罪した。

「こっちで何とかする」

答えて、私は準備を整えた。愛美が、田園都市線の時刻表を確認する。午前零時台にもまだ電車の本数はかなりあり、池尻大橋を出る下り電車の最終は、零時四十四分だった。三宿は、池尻大橋と三軒茶屋のほぼ中間地点に当たるが、池尻大橋の方がわずかに近いのだろう。歩いて十分ほどか……醍醐が尾行して、電車にも同乗する予定だ。家まで尾行を続け、私たちと合流する。この時間に複数で尾行しても意味はないから、田口は池尻大橋でお役ご免にした。

「森田、カメラの用意だ」

「はい」森田の声は震えている。写真を撮るぐらいで……しかし、撮り損ねると次のチャンスがいつになるか分からないと考えれば、集中力が必要な場面だ。

時間はじりじりと過ぎ、車内の会話は完全に途絶えた。そのまま二十分……私の携帯が鳴る。久しぶりに響いた音なので、鼓動が一気に跳ね上がった。

「今、二子玉川の駅を出ました」醍醐がささやくように告げる。

「どっちへ向かってる？」

「多摩堤通りですね」

やはり、駅前からすぐに多摩堤通りに入る方が近いのか。私は電話を切って、森田に「右から来るぞ」と指示した。森田が運転席で身を沈みこませ、窓枠にレンズを乗せて固定した。そのまま五分。醍醐はもう、電話してこられないはずで、ひたすら待つしかなかった。森田の体に力が入り、肩がぐっと盛り上がる。

「あいつだ」私は思わず声を上げた。最初に目に入ったのは、尾行している醍醐の姿だったが、乏《とぼ》しい街灯の灯りでも、高木の顔は判別できる。やはり似顔絵によく似ている……思わず唾を呑んだ。それが合図になったように、森田がシャッターを押した。連写ではなく、タイミングを計りながら、一枚一枚撮影していく。気づかれないかと、ひやひやしながら私は見守っていたが、結局高木は家に消えて行った。細く窓を開け、外の音に耳を澄ませると、ほどなく、エンジンがかかる音がかすかに聞こえてきた。

「まずい」

声に出して言うと、愛美が車を飛び出して行く。駐車場の料金を精算して戻って来たところで、ガレージのシャッターが開いた。出てきた車は……白。4ドア。背が高い——マツダのプレマシーだった。

醍醐が助手席に体を滑りこませる。

「気づかれなかったか？」

「大丈夫でしょう。それより、何なんですかね」

「こんな夜中にドライブはあり得ない」

「明日、休みなんじゃないですか」

高木は二四六号線に出ると多摩川を渡り、川崎市内で道路を右折した。東名高速の川崎インターチェンジに向かっているのは間違いなさそうである。いったいどこまで行くつもりか……ただ運転をするのが好きな人間はいるもので、このまま静岡辺りまで車を走らせてもおかしくはない。ただし、プレマシーは運転が楽しい車ではないはずだ。

実際高木のドライブは、それほど長続きしなかった。厚木まで走り、そこから小田原厚木道路へ入って大磯で降り、海岸を走る国道一号線へ向かった。意味が分からない……。

「今日は、何かするつもりはないでしょうね」愛美が言った。

「ああ」応じたが、自信はない。高木が何を考えているのか、何をしようとしているのか、さっぱり分からなかった。

大磯プリンスホテルの近くを通って一号線に出ると、今度は西へ進路を向けた。ほどなく、西湘バイパスへ入る。結局、本当に純粋なドライブを楽しんでいるだけのようだ。

その勘は当たった。高木は、西湘バイパスを早川まで走り、その後また小田原厚木道路に入って、厚木方面へ戻り始めた。となると、あとは東名に乗って自宅方面へ……森田は安全な距離を置いて、車を運転し続ける。自宅のガレージに高木のプレマシーが入ったのを見届けた時には、午前二時半になっていた。

「冗談じゃないですよ」醍醐が助手席で欠伸を噛み殺した。「こんな時間に呑気にドライブですか？」

「獲物を狙ってる感じではないな」

私は応じ、今後の捜査は難しくなるだろう、と心配になった。明日が休みだとすれば……高木は次の犠牲者を狙って、走り回るかもしれない。また、朝一番から張り込みと尾行をしなければならないわけだ。この戦力でどう戦うか。中澤に応援を貰うことを真剣に考え始めた。

「森田、俺と一緒にここへ残ってくれ」

「はあ」森田が気の抜けた声で言う。

「醍醐と明神は一度撤収。午前九時に交代してくれないか」

「了解です」また欠伸を嚙み殺しながら、醍醐が言った。

交代まで七時間。その間に動きがあるとは思えないが、私にはじっくり考える時間が必要だった。そして森田は口数が少ないが故に、こういう時は理想のパートナーである。これからどうやって高木を追い詰めていくか……まず、撮影した写真が手がかりになる。沙希に見せて確認し、さらに直接的な証拠を固めなければならない。

「上手く帰ってくれよ」私は、車を出ようとする醍醐と愛美に声をかけた。この時間、タクシーは摑まるのかどうか。まあ、この二人なら何とかするだろう。

私は森田に、先に寝るように命じた。その指示を待っていたとばかりに、森田が後部座席に移る。すぐに、静かな寝息が聞こえ始めた。私はハンドルを抱えこんだ姿勢で高木の家を見ながら、ゆっくり考え始めた。ある意味、贅沢な時間だと思う。目の前には獲物。向こうはこちらには気づいていない。最後の証拠を摑み、追いこむ——刑事の仕事の醍醐味だと思う。

そして私は、いつの間にか、一刻も早い解決を望んでいる自分に気づいた。

私にはやるべきことがある。

それが公式な仕事になるかどうかは分からなかったが、やらねばならないことなのは間違いなかった。


二時間ごとの交替。森田は制限された睡眠でも平然と眠れるようで、それなりの休憩を取り、朝七時には既に完全に目覚めていたが、私はほぼ徹夜状態で朦朧としていた。交代の時間になって、後部座席で体を斜めに倒し、寝ようとしても、様々な考えが襲いかかってきて、簡単には寝つけなかったのだ——そんなことの繰り返しで、いつの間にか夜が明けてしまった。

森田は、昨夜の食料の残りで朝食を摂った。私はいつもの調子で朝は食欲がなく、ミネラルウォーターを啜って間を繋いだ。ほぼ空っぽの胃がしくしく痛み、仕方なく胃薬を呑む。胃の中に固まったもやもやが一気に消散するように、痛みはあっという間に消えた。痛いと言ってもこの程度だから、医者へ行く気になれないのだ。

外へ出て、煙草をくわえる。土曜日の朝、平日よりも人の動きは少ない。高木の自宅の前を通り過ぎてから、煙草に火を点けた。朝最初の一服は、必ず吐き気を呼び起こす。それを我慢しながら、少し家から離れて観察してみる。特に何の変哲もない家……データによると、高木はここで両親と暮らしているはずだ。両親は高木の行動を知っているのだろうか。

知っていて口をつぐんでいるとしたら……両親が抱えた闇の深さを思う。成人した子どもの、どうしようもない性癖。考え出すと、暗闇に迷いこんだような気分になってしまうのではないだろうか。警察に相談するわけにもいかず、息子に直接訊ねることもできず、自分たちの中でどんどん疑念が広がっていく。

不幸になるのは、被害者だけではない。

犯罪が引き起こす渦は、犯人には予想もできない形で広がっていくのだ。ずっと遠くにいる人間まで巻きこまれて、最後は溺れてしまう。

少し離れたところから家を眺めながら、私は暗鬱な気分になった。高木が犯人だと断定されれば、この家族は完全に変わってしまうだろう。

それでも、やらなければならない。

私は車に戻り、NHKのニュースを聞きながら少し時間を潰した。七時半、愛美に電話をかける。

「こっちへは来ないでいい」

「どういうことですか」起き抜けのせいもあってか、愛美は機嫌が悪い。

「直接特捜本部に行ってくれ。ここで高木を張るだけじゃなくて、他に仕事もある……あいつの背景を探るんだ。もちろん、本人に気づかれないように。中澤には話をしておくから、特捜を手伝ってやってくれないか」

「そこの張り込みはどうするんですか」

「田口さんに来てもらうよ」

「あんな人に任せて大丈夫なんですか？　それに土曜日に出勤させたら、絶対文句を言いますよ」

「それは、室長から言ってもらう」

「さすが、管理職」

そういうからかいは叱責の対象だ、と思った時には電話は切れていた。愛美は逃げ足が速い。しかし、こちらの意図は完全に理解しただろうと考え、私はあちこちに電話をかけ始めた。説明と調整に三十分。八時になると、醍醐が予定の時間より一時間も早く姿を現した。ワイシャツには皺が寄り、ネクタイは曲がっている。昨夜、家に戻らなかったのは一目瞭然だった。

「失踪課に泊まったのか？」後部座席に身を滑りこませた醍醐に訊ねる。

「さすがに、あの時間に家に帰ると辛いですからね。それにしても高城さん、よくあんなソファで寝られますね」

「俺の体格にはちょうどいいんだよ……それより、田口さんに来てもらうことにしたから」私は計画を説明した。ここの張り込みにも、いずれは特捜の手を借りねばならないだろう。いや、むしろこちらが完全に特捜の中に入って、一緒に仕事をした方がいい。人数が多ければ、それだけ効率的に捜査ができるのだから。

「森田、田口さんが来たら交替してくれ。夕方連絡するから、それまで非番で待機だ」

言い残して車を出る。私は、醍醐が途中で買って来てくれたコーヒーのカップを手にしていた。コーヒーは電車の中で飲もう——と思ってホームに上がったが、土曜日なのに結構混み合っている。コーヒーを持ったまま電車に乗ると大惨事《だいさんじ》になると思い、仕方なく飲み干してから電車に乗った。

三十分後、世田谷東署の特捜本部に顔を出すと、げっそりとした表情の中澤に迎えられる。昨夜は泊まりこんだようだ。愛美はまだ顔を出していない。

「今のところ、動きはない」

「本当に奴なんですかね」私の報告に、中澤が首を傾げる。

「他に有力な手がかりがない以上、今はこの線を押すべきだ」

「九時に捜査会議を開きます」中澤が壁の時計を見た。あと十分。

「そこで説明させてもらう」

「その方がいいでしょうね」

「その前に、ちょっと打ち合わせをしよう……特捜の刑事たちには、お前の口から説明してもらった方がいいだろう」

「仕切りは私ですからね」毅然とした口調で中澤が宣言した。

中澤はベテランの捜査官らしく、勘がいい。こちらが状況を説明すると、それに対する方策を次々に提案する。どこをどう当たるべきか、どうやって高木を追い詰めるべきか、十分経たないうちに方針は決まっていた。

壁の時計で九時二分、中澤が捜査会議の開始を告げた。会議室のドアが閉められ、ぴりぴりした空気が漂い始める。私たちに対して、反感が集まっているのは簡単に想像できた。関係ない失踪課が、勝手に割りこんできて——中澤に促され、私は部屋の前に立った。

「まず、謝らせてくれ」私は頭を下げた。一秒……二秒……五秒待つ。それで捜査一課の猛者《もさ》たちが納得してくれるとは思えなかったが、礼を尽くしておく必要はあるのだ。警察は今でも礼儀に煩い世界である。ようやく頭を上げると、憮然《ぶぜん》とした顔が並んでいるのに気づく。逆の立場だったら自分もむっとするだろうと思いながら、私は謝罪を続けた。

「今回の件は、行きがかり上、失踪課でも手を出させてもらった。他意はない。事件が無事解決すれば、これは全部特捜本部の手柄だ。俺たちはあくまで、裏方だということは意識している。ただ俺は……真央ちゃんを殺した人間は絶対に許せない。個人的に追い詰めて、殺してやりたいと思っている。どうしてそんな風に考えるのかは、皆さんの想像する通りだ。その気持ちを、捜査の方に向けさせてくれ。これはお願いです」

もう一度頭を下げる。沈黙……嫌な静けさではなく、誰もが言葉を失っているようだった。私の個人的な事情は、誰でも知っている。娘が行方不明になり、十年以上経ってから遺体で発見された。その状況を、真央の事件と重ね合わせているのだと。だからこそ、捜査する。

そういうやり方は間違っている。私的な動機を捜査に持ちこむと、ろくなことにならない。私怨で捜査をしてはいけない——実際、個人的にかかわりがある事件の場合、担当から外すのが一般的だ。しかし今回だけは別である。世の中には、どうしても放っておけないことがある。鋭い刑事たちは、私にそこまでの覚悟があると見抜いたはずだ。

私は一つ、大きく息を吐いた。こんなところで個人的な心情を吐露するのは、ラッシュ時の新宿《しんじゅく》駅で素っ裸になるようなものだ。しかし、言った途端に気が楽になる。刑事たちの目つきも、明らかに変わっていた。私のことなど、どうでもいいのだ。犯人を憎み、被害者の遺族を楽にしてやりたいと願う気持ちに変わりはない。そういう気持ちが研ぎすまされたはずだ、と私は期待した。

「今、失踪課のメンバーで高木を監視している。これは、しばらく続ける必要がある」私はまず、現在分かっている高木のデータを説明した。話しながら、あまりにも情報が少ないことに驚く。依然として、似顔絵に似ているということ、それに犯行に使われた車が何となく一致するというだけで、最重要の容疑者と見なしていることになる。「同時に、高木という人間を丸裸にしたい。一番知りたいのは、奴の行動パターンと性癖だ。この辺に関しては、聞き込みが重要になると思う。もう一つ、世田谷南署の事件の被害者にも、顔を確認してもらう必要がある」

物音一つしない部屋が、さらに静かになったようだった。一番きつい仕事を誰がやるか……また少年課のお世話になるだろう。知らない人間が入れ替わり立ち替わり事情聴取するより、少しでも話したことのある人間を相手にした方が、沙希もリラックスできるはずだ。私は、部屋の隅にいる愛美に視線を送った。愛美がかすかにうなずいて合図を寄越す。自分がやる、沙希に対する事情聴取は自分の責任だ、と。

背景説明を終えると、私は中澤と交替した。中澤はてきぱきと、指示を飛ばしていく。聞いている刑事たちの顔に、血の気が戻ってきたようだった。ようやく実のある捜査ができる、と考えたのかもしれない。

中澤が指示を終えると、一人の刑事が恐る恐る手を上げた。まだ若い……顔に見覚えはなかったが、捜査一課に上がったばかりではないかと思った。

「確認ですが、この高木泰之は、拳銃自殺した渋谷中央署の高木幸一郎巡査の兄、ということなんですよね」

「そうだ」中澤が渋い表情でうなずく。質問の行き先を既に予想しているようだった。

「その自殺と今回の事件と、何か関係があるんですか」

「それは分からない」中澤が即座に言った。「高木巡査は遺書を残していないからな。動機は未だに分からないんだ」

だが、あのメモはやはり遺書だったのだ、と私は確信している。あるいは遺書ではなく、兄に対する一種の懇願《こんがん》……神奈川県内で類似事件が何件か起こっているのを、真弓が既に摑んでいた。川崎市を中心に、小学校低学年の女児が襲われる事件が、去年から何件か発生しているのだ。暴力的な被害はなく、体を触られる程度だったが、そこから犯行がエスカレートした、と考えるのは不自然ではない。

「しかし、何か関係があったら……警察としては、それでいいんですか」若い刑事が不安そうに訊ねた。

「そこには、最大限の注意を払う」

中澤の答えに、私は思わず立ち上がった。

「そんなことは、関係ない！」刑事たちの視線が一斉に私を射貫く。「警察官の身内が犯人だろうが、捜査には一切関係ない。ただ、事実関係を追及するだけだ」

「そこは後で相談しましょう」中澤が急に弱気になって言う。

「駄目だ」私は引かなかった。「余計なことを考えると、捜査ができなくなる。それだけは避けなければならないんだ。身内の恥だろうが何だろうが、ここはしっかりと捜査しなければならない。警察の面子とか、そういうことを考えている奴がいたら、俺は尻を蹴飛ばすからな」

週末を挟んで、捜査は着々と進んだ。月曜日の夜には、外堀は埋まった、と私は確信した。

高木には前科はない。交通違反さえ犯したことがなかった。近所の人や勤務先の評判は悪くない。仕事はきちんとするタイプだし、近所の人に会えば、挨拶もする。

一方沙希は、写真の高木を見て「似ている」と証言した。似顔絵の段階から一歩進んだと言っていい。さらに、高校の同級生たちから集めた証言が、私たちをいきり立たせた。「あいつ、ロリだから」。高校生がロリータコンプレックスを持っているかどうかはよく分からないが、話や態度の端々にそういう雰囲気が感じられた、と証言した人間は何人もいた。また、ある友人は、高木の部屋に遊びに行った時に、プールの写真を見た事がある、という。子どもたちが水しぶきを飛ばして遊んでいるプール。どうやら高木は、そういうところへ入りこんでは写真を撮っていたらしい。家族連れが多いプールでは、ビデオやカメラを使っている人も多いから、目立たないと考えたのだろうか。

さらに、アリバイがなかった。

高木には週に一日、店の定休日の月曜の他に、不定期だが休日があり、真央、そして沙希の事件が起きた時にはいずれも休みだった。さらに、高木の周辺捜査とは別に動いていた刑事たちが、聞き込みでついに当たりを引き当てた。真央の事件が起きる少し前、現場近くでかなり長い時間、ミニバンが停まっていたのを目撃した人間が現れたのである。ナンバーの一部も一致。これで、高木に対する包囲網はぐっと狭まった。

「もう呼べるだろう」私は中澤に迫った。

「いや、まだですね。決定的な材料がない」逸る私に対して、中澤はあくまで慎重だった。

「十分、呼ぶ材料はある。参考人でもいいんだ」私は食い下がった。

「これだけじゃ落とせませんよ。呼ぶんだったら、一発で落としたい」

「だったらどうする」中澤はあまりにも慎重になり過ぎているように思えた。やはり、弟の一件が引っかかっているのか……しかし、私がそのことを突っこむより先に、中澤は否定した。

「高木巡査のこととは関係ないですからね」

「だったら――」

「駄目です」中澤はあくまで強硬だった。「ここの責任者は私です。いつ引っ張るかは、私が決めます」

　そうやって突き合いをしたのが、月曜日の夜。私は、嫌な予感を覚えていた。二回だけで自制できる人間は、まずいない。高木は今後も、さらに同様の犯行を重ねる可能性が高いのだ。そうなる前に、身柄を押さえなければならない――しかし中澤の言うように、決定的な証拠がないのも確かだった。

結局、動向監視を続けるしかない。疲れる作業だが、参加する人数が多くなり、システマティックに動けるようになったことは救いだった。

張り込みや尾行は、こちらの人数が多いほど、失敗の恐れが低くなる。仮に捜査対象が、「何かおかしい」と気づいても、人を替えることで気配を変えられるからだ。そして高木は、それほど用心深い人間ではなかった。まだ警察の動きに気づいている様子はない。

私は時に張り込みに、時に尾行に参加した。はっきりしたのは、仕事がある日には、高木は極めて正確なスケジュールを守っている、ということである。家を出る時間帯は二つ――午前十時と午後二時だ。これは、早番と遅番に対応していることがすぐに分かった。早番の日は、午後六時に上がる。遅番の時は十一時半の閉店までつき合う。かなりきつい労働条件だが、食事は賄《まかな》いで済ませられるはずで、金の面では有利かもしれない。

「何かしそうな気配はないですね」翌週の火曜日の夜、早番で帰って来る高木を自宅の前で待ちながら、愛美が言った。既に、張り込みに覆面パトカーは使わなくなっている。特捜に詰める刑事たちのマイカーを、毎日替えて張り込ませていた。今日も、私は自分のマークXを用意してきていた。

「正確なリズムがあるかどうかだな……」これは連続的な犯行である。続けざまに犯行を重ねる犯人は、必ず何らかのリズムを持っているものだ。同じ曜日、同じ時間帯、同じ場所。しかし高木は今のところ、鳴りを潜めている。基本的には仕事だけの毎日で、休みの日でも誰かと会うことはなかった。

「家族は知っているんでしょうか」

「知らないだろうな」

「だけど、ガレージで……」愛美が口をつぐんだ。彼女の疑問はもっともである。ガレージに車を停め、少女に悪戯していたら、家族にはばれそうなものだ。だがもちろん、現段階では家族に直接事情聴取するわけにはいかない。

一つ、可能性として考えられたのは、父親が不在のタイミングを狙っているのでは、ということである。高木の父親は、大手電機メーカーの川崎工場で、副工場長を勤めている。副工場長は五人おり、シフトは早番、遅番の二交代制で、副工場長のうち必ず一人は、責任者として工場に詰めることになっている。遅番の勤務時間は、午後四時から午前零時。午後から夜にかけて家を空けているわけで、その間は車を使う人間もいない。そういう時間を狙って、高木が犯行に走っているのではないか、とも推理できた。実際、二件の事件が発生した時に、父親は遅番で家にいなかった。

「いい加減、直接捕まえる材料はないんですか？」

「残念だが」私は肩をすくめた。もしかしたら高木はこのまま、静かにしているかもしれない。私たちには想像もできない理由で……。

そして、想像が及ばないことは、いくらでもあるのだった。

翌日、高木が動いた。

19

私は、渋谷中央署の宿直室に潜りこんで、仮眠を取っていた。このところ生活リズムは滅茶苦茶で、夜はほとんど眠れていない。捜査が長引く可能性もあるので、どこかで休息を取っておく必要があった。

宿直室に入ったのは昼過ぎだったが、短い安眠は、すぐに打ち破られた。枕元で、携帯電話が震動する音がかすかに聞こえる。それだけで目が覚めてしまうのは、長年の習癖によるものだが……私は布団《ふとん》に潜りこんだまま、電話に手を伸ばした。むき出しの腕が空気に触れただけでひんやりする。この仮眠室は、空調が効いているはずだが、誰かが切ったのかもしれない。

「醍醐です。奴が動きました」

「何だって？」

私は思わず布団をはねのけた。下着一枚の上半身に、寒さがいきなり襲いかかってくる。すぐにシャツを羽織って、何とか寒さを遮断した。

「家から出たのか」

「ええ、五分ほど前に」

「今日、父親は？」高木本人が休みだということは頭に入っている。

「夜勤です。三十分前に家を出ました」

犯行の条件は揃っている。自分が休みで、父親が夜勤の日——私は拳を握りしめた。寒いのに、早くも汗をかいている。

「そこに何人いる？」

「自分たちを含めて四人です。車で尾行を始めてます」

「特捜には知らせたか？」

「連絡済みです」

きびきびと続く会話の中で、私の意識も急速にはっきりしてきた。完全に布団から抜け出して、上着を羽織る。ネクタイは取り敢えず省略だ。

「尾行をしっかり頼む。俺もすぐに動く」

「オス」

電話を切り、鏡を覗きこんだ。仮眠室の中は薄暗いせいか、ひどく疲れて年取った男の顔が映っている。暗くなくてもこんなものか……両手で一度頬を張り、何度か擦って気合いを入れ直した。エレベーターを使わず、階段で一階まで駆け下りて、失踪課に飛びこむ。中にいたのは、愛美と真弓だけだった。二人は、私の顔を見て、一瞬で固まった。どうやら醍醐は、失踪課に電話するより先に私に連絡してきたらしい。

「高木が動きました」

「どこへ？」真弓が訊ねる。

「分かりません。醍醐が尾行してます」

愛美が、椅子の背に引っかけてあったコートを摑んで立ち上がった。

「ちょっと落ち着いて」真弓が冷静な声で言った。「買い物に出ただけかもしれないわよ」

「それはそうですけど、時間帯も合ってます」

私は壁の時計に目をやった。午後四時。どこへ行くか知らないが、これから夕方までの間に獲物――そんな言葉が頭に浮かんだことを後悔する――を捜す時間は十分あるだろう。

「何か起きてからじゃまずい。とにかく、奴をマークします……明神、行くぞ」

「私も特捜に詰めるから」

真弓がコートを取りに室長室に戻った。それを無視して、私と愛美は失踪課を飛び出した。愛美がハンドルを握り、車をスタートさせる。

「どこへ行きますか」

「取り敢えず、世田谷東署方面へ向かってくれ。その間に醍醐と連絡を取る」

「だったら、室長を乗せてあげてもよかったのに」

「待ってる暇、ないだろう」私は声を荒らげた。焦る……何かが起きてからではまずい。一方で、高木が事を起こしかけ、現行犯で逮捕できれば、という思いもあった。かすかにだが。それでは子どもを囮にすることになるので、やはり避けたい。これ以上犠牲者を出したら、私はたぶん、刑事を辞める。

それは人生の終わりも意味するかもしれない。


醍醐が細かく情報を入れてくれた。高木は尾行に気づく様子もなく、のんびりと車を走らせているという。ただし、二度も事件を起こした世田谷区からは離れた。多摩堤通りを西へ走り、世田谷通りへ出てさらに西へ向かう……ほどなく狛江《こまえ》に入った。

「狛江か……」電話を切った私はつぶやいた。田園都市線沿線から外れる——これまでのルールから逸脱しているのが気になる。

「狛江は、世田谷と似たようなものでしょう」私の疑念を読んだように、愛美が言った。

「確かに隣接地域ではあるけどな」ただし狛江の方が人口密度が低く、何かやったら目立つのは間違いない。

「世田谷通りを行きます」宣言して、愛美は国道二四六号線を駒沢大学駅前で右折し、細い道路に入った。ここを真っ直ぐ北上すれば、世田谷通りにぶつかる。しかし、このルートは失敗だったかもしれない。平日の午後、片側一車線の世田谷通りは混み合うはずだ。少なくとも環八を通り過ぎるまでは、数珠つなぎになっているだろう。

案の定、世田谷通りに入ると、車は渋滞に摑まった。舌打ちした愛美が、サイレンを鳴らそうとしたので、私は思わず「待て」とストップをかけた。

「緊急事態じゃないんですか」愛美が不満そうに反論する。

「今の段階だと、緊急事態とは言えない。焦らないで行こう。醍醐たちが尾行してるんだから、見逃すわけがない」

「だったら私たちは、何のために行くんですか?」

「念のためだ、念のため」

私が言うと、愛美が頰を膨らませる。大捕り物を期待しているのかもしれないが、そうなったら事態は最悪の方へ動くことになる。愛美は何か文句を言いたそうだったが、私の電話が鳴ったので口をつぐんだ。

「狛江方向へ走行中、了解してる?」真弓は焦っていた。

「醍醐から聞いてます」

「ちょっと待って……車が停まったみたい」背後で小さな声が聞こえる。真弓は無線も聞いているようだ。

「場所は？」

「小学校の近く」

「クソ」吐き捨て、私は思わず歯軋《はぎし》りした。何のつもりだ？　捕食者が、餌《えさ》の一杯入った籠《かご》の前で涎《よだれ》を垂らしている？　あり得ない光景だった。もう、高木が犯人であろうがなかろうが、どうでもいいという気分になってきた。後ろから肩を叩き、振り向いたところで、顔面に一発、パンチを叩きこんでやりたい。

「落ち着いて。あなたがパニックになってどうするの」

「落ち着いてますよ」

「到着までどれぐらい？」

「道が混んでます。三十分ぐらいかかるかもしれない」

「サイレン、鳴らして」真弓があっさりと指示した。

「しかし――」

「構わないわ。準非常事態」

「了解」

電話を切り、愛美にサイレンを鳴らすよう、指示した。甲高い音が車内にも容赦なく入りこみ、赤色灯が私たちの顔をまだらに照らし出す。いつものことだが、この状況には緊張する。愛美が、赤になった交差点に強引に飛びこみ、右から来たトラックと衝突しそうになるのを巧みにかわして、アクセルを踏みこんだ。

「無理するな」両親がひどい事故に遭ったのに、こんな運転をして大丈夫なのだろうか。

「飛ばします」宣言して、愛美がさらに深くアクセルを踏む。反対車線に飛び出し、対向車の動きをサイレンと赤色灯で停め、ひたすら突き進む。私は嫌な緊張感を味わいながら、それでもいつの間にか、「もっと急げ」と指示していた。

何かあってからでは遅い。三度も後手《ごて》を踏むようでは、警察は解散して、治安維持は民間業者にでも任せた方がいい。


醍醐からは何度か連絡が入った。高木は小学校を二校ほど「視察」し、その後小さな公園に移動して、そこに車を停めている。その公園は、彼が見た二つ目の小学校の近くで、通学ルートのはずだ、と醍醐は断言した。

「他に何かないか？　それこそ、ピアノ教室とか」

「それはないけど、珠算塾が……」

「危ないな」最初の二回はピアノ教室だったが、それが珠算塾に変わったとしてもおかしくはない。

「珠算塾だと、終わってから子どもたちは一斉に出て来るんじゃないですか？　だったら、高木も簡単には手は出せないでしょう」

「油断しない方がいい。そのうちの一人を尾行するかもしれないし。それと、他にどこか子どもたちが行くような場所がないか、チェックしてくれ」

「了解……今、どの辺ですか?」

「やっと成城を越えたところだ。あと十分……十五分ぐらいかかるな」

「動きがあったら連絡します」

「頼む」

車はようやく、正常に走り出した。私は手を伸ばして、サイレンを切った。

「いいんですか?」愛美がちらりと私を見る。

「近づいてるからな。気づかれないようにしないと」狛江はまだ遠いのだが、気が逸る。

「まだ気づいてないんですかね」

「奴の目は、他のものに夢中じゃないのか」

「ああ」愛美が嫌そうに言った。「そうでしょうね」

「あとは、無理しないで行ってくれ」

「そうも言っていられませんよ」

前が空いたので、愛美がまたアクセルを踏みこむ。私の背中はシートに押しつけられた。

醍醐たちを信用していないわけではないが、とにかく自分の目で高木を確認したい。何かあったらこの手で止めたい。

醍醐たちの車を発見した時には、心底ほっとした。二人――醍醐と森田の頭が、後ろから見える。じっと座っているのは、動きがない証拠だ。高木のプレマシーは見えない。あまりうろちょろして目立ってもいけないので、私は醍醐と電話で話した。

「奴の車はどこだ？」

「この先の交差点……その向こうに停まってます」

「他に監視は何台いる？」

「二台いるはずです。高城さんたちを入れて、八人で見張ってる計算なんですが、配置が分かりません。事前に打ち合わせしたわけじゃないですから」

「分かった」そうは言ってみたものの、陣形は大丈夫だろうか、と心配になる。車で車を見張り、さらに尾行するのはかなり難しい。すぐ後ろにつく車が交互に交替するのがベストだが、今から打ち合わせをしている暇はない。

「出してくれ」私は愛美に指示した。

「どこへ？」

「前へ出よう。前後から挟みたい」

愛美が無言で車を出した。ゆっくりと走らせ、醍醐の車の横を通り過ぎる。その先、交差点の向こうに、確かに高木の車が停まっていた。マフラーから水蒸気が出ていないので、エンジンはかけてないのが分かる。車の横が公園……ちらりと見て、私は嫌悪感を覚えた。夕暮れが迫りつつある公園には、まだ子どもたちの姿がある。ほどなく真っ暗になる時間。さっさと帰るんだ、と声をかけて回りたかった。しかしそんなことをしたら、高木に気づかれてしまう。

愛美がゆっくりと、しかし不自然ではない程度のスピードで、高木の車の横を通過した。私はうつむき、自分の顔を見られないように気をつけた。本当は高木の顔を拝んでおきたかったのだが、こちらの存在を認識されてしまっては元も子もない。愛美は五十メートルほど先まで走り、公園の端の角を左折して停まった。遮る物がないので、助手席側からは何とか高木の車を観察できる。私はグラブボックスから双眼鏡を取り出し、レンズ部分を窓の端に乗せ、思い切り身を沈みこませた。これで相手から見えなくなるという保証はないが、用心に越したことはない。

「どうですか？」愛美が低い声で訊ねる。誰かに聞かれるような心配はないのだが。

「じっとしてる……何もしてないのは変な感じだな」

高木は運転席に座り、ハンドルを両手で抱えこんだまま、ぼんやりと前を見ていた。その視線が何かを捉えている様子はない。ただ時間を潰しているようにしか見えなかった。公園内に目をやると、まだ子どもたちが遊んでいるのだが……窓を少し下ろすと、嬌声が飛びこんできた。冷えた重たい空気が、頬を撫でていく。

「様子見ですかね」と愛美。

「そういう感じでもないんだ……動くぞ」高木がわずかに体を折るのが見えた。イグニッションキーに右手を伸ばしているに違いない。音は聞こえなかったが、ほどなく高木のプレマシーが動き出した。私は無線のマイクを手に「高木、移動開始」と告げた。

『確認』と醍醐の声が続く。『こっちで追います』

「了解」

この現場には、刑事の乗る車が四台集まっている。一斉に動き出して高木の後を追ったら、いくら何でも気づくだろう。私は双眼鏡を膝の上に置き、サイドミラーに視線をやった。制限速度の三十キロをずっと下回るスピードで、プレマシーが通り過ぎていく。ゆっくりと……獲物を狙うように。その後、醍醐の車が通過すると、愛美はバックで車を元の道路に戻した。醍醐の車のテールランプがほとんど見えなくなるまで待ってから、車を出す。

「近づき過ぎるなよ」

「分かってます」緊迫した、短い返事。逃げまくる相手を追うのも大変だが、ゆるゆると走っているのを、気づかれずに尾行するのも難しい。だが、相手がどこへ行くつもりか、何をするつもりか分かっていない以上、この状態に耐えるしかなかった。

既に夕暮れが街を包んでいる。子どもたちが帰宅する時間帯だ。私はいつの間にか息を凝らしていたのに気づき、慌てて深呼吸した。

『失踪課一から各局、高木、左折』醍醐の声が無線から響く。私は、カーナビの画面を確認した。左折すると、すぐに狛江通りに出る。そこを右へ行けば小田急線の狛江駅前、左折すれば京王線の国領駅に到達する。どっちだ……十数秒後、また無線が聞こえた。今度は別の刑事の声。

『世田谷東六から各局、高木は狛江通りを左折』

国領駅の方へ向かうのか……私たちは高木の車の後につき、のろのろと行進を続けた。高木は、細い住宅街の中を、迷わずに車を走らせ続ける。この辺りの地理には詳しい感じで、ただガソリンを消費しているようには思えなかった。既に獲物は捕捉済みで、先ほどまでは公園で時間を潰していただけなのか。

左折してから二つ目の信号で、高木が左折する。交差点を通り過ぎる時、小学校のすぐ近くなのだと気づいて、私は肝《きも》を冷やした。まさか……いや、もう学校に子どもたちが残っている時間ではあるまい。それにいくら何でも、学校の近くで子どもたちを襲うのはリスクが大き過ぎる。

車はさらに狭い道路に入った。一方通行ではないが、車がすれ違うには、互いに徐行しなければならないほどの道幅しかない。必然的に、車列は細長く連なる格好になった。住宅地の中なので、目立たないか、と私は心配になった。

「ちょっと停まって待機しよう」私は愛美に声をかけた。

「いいんですか?」

「ぞろぞろ付いていったら、気づかれる」

愛美が細い道路を右折して、さらに細い道路に車を乗り入れた。すぐに車を左側に寄せて停める。私はカーナビで現在位置を確認した。先ほどの細い道を真っ直ぐ行くと、途中に幼稚園がある。その先には、小学校。突き当たると、多摩川沿いを走る道路に出る。近くには公団住宅、マンション、そして公園。公園か……ナビの画面上で見た感じでは、結構広そうな公園だ。すぐ前には、戸建ての住宅がずらりと並んでいる。公園を回りこんでいくと、本当に多摩川の堤防沿いの道路に出るようだが、車はそこまでは入っていけないのではないだろうか。

『世田谷東七から各局、高木、停止』

また別の刑事の声。尾行は順調で、情報も定期的にきちんと入ってきているので、ひとまず安心する。

「失踪課二から世田谷東七、現在位置は?」私はマイクを握って訊ねた。

『世田谷東七から各局、プレマシーは公園西側の道路に停車中。エンジンは切った……高木が車を降りた』

「明神!」

私が叫ぶよりも早く、愛美が車を出した。

「ナビ、お願いします」

「真っ直ぐ行って、次の交差点を左折」

「了解」

細い道路を、愛美は限界に近いスピードで走った。それこそサイレンを鳴らした方がいいのだが、高木との距離感が摑めない。感づかれるわけにはいかなかった。

『失踪課一から各局、高木、徒歩で公園に入りました』醍醐の報告。

「焦るな、奴は車を離れてる」

忠告したが、愛美はスピードを落とそうとしない。私は諦め、道順を指示し続けた。すぐに元の道に戻り、高木が走ったであろう道路を辿り始める。ちらりと横を見ると、愛美の肩には力が入っていた。

「公園の西側へ回ってくれ……突き当りを右折」

「了解」

高木に近づいているから緊急走行ができず、信号待ちの時間がもどかしい。右折すると、街路樹が目立つ小綺麗な道路に出る。愛美は制限速度を保ったまま、慎重に車を走らせ続けた。途中でスモールライトをつけると、インストゥルメンタルパネルがオレンジ色に浮かび上がる。

「次の信号、左折だ」わずか百メートルほど。私はちらりと左側に目をやった。戸建ての住宅、それに広い駐車場があって、公園は直接は見えない。

「そこ、左折禁止ですよ。一方通行です」

車を左側に寄せかけた愛美が、慌てて体勢を立て直して直進する。右側から追い抜こうとした後続の車が、激しくクラクションを鳴らした。一方通行の出口をちらりと見ると、狭い道路の端に、高木のプレマシーが停まっていた。他の三台の車は見えない。公園をぐるりと取り巻く道路に、どこか別の場所から入って行ったのだろう。

「どこかその先で停めてくれ」

愛美がブレーキを踏みこむ。私は前のめりになりながらシートベルトに手を伸ばし、戒めから逃れた。愛美が猛スピードで車をバックさせる。一方通行の出口を塞ぐ格好で車を停めた。

「ここで車をブロックします」

「無線に注意しててくれ」

言い残して飛び出す。多摩川から吹き上がってくる風が体を叩き、反射的にうつむいてしまう。駆け寄りたいという気持ちを押さえ、ゆっくり歩きながら、高木の車を確認した。先ほどの報告通り、高木の姿はない。通り過ぎざま、助手席のドアハンドルを引っ張ってみた。

ロックされていない。

慌ててドアを閉め直し、この状況を何かに利用できないかと考える……すぐには思い浮かばなかった。車を離れ、緩く左にカーブしていく道路を走って、三十メートルほど離れた場所に停まっている醍醐の車に向かった。

車も通れるとはいえ、ここは基本的に散策、あるいはサイクリング用の道路のようだ。車道と歩道を分けるのは、高さ十センチほどの縁石のみ。右側に目を転じると、多摩川がすぐ目の前だった。今日はよく晴れ上がっているので、薄暗がりになった中でも、対岸の川崎側にあるマンション群がくっきりと見える。この辺では、多摩川もそれほど広くないのだ、と実感した。

吐く息が白くなり、寒さがアスファルトから這い上がってくる。今日はダウンコートを着てきて正解だった。醍醐の車の後部座席に身を滑りこませると、ダウンコートがきゅっと軽い音を立てる。

「どうだ？」

「今、公園の中に二人入って、追跡しています」醍醐がてきぱきと報告する。

「かなり暗いな」

「ええ……嫌な感じですね」

この時間になっても、公園の中で遊んでいる子どもがいるだろうか。高木は何か目算があって、中へ入っているのか……ただぶらぶらと獲物を探しているのかもしれない。だったら、何も見つけられずに帰って来る可能性もある。現行犯で高木を捕まえたいと思う反面、何も起こってくれるな、と願う気持ちもあった。

道路がカーブしている公園の角の部分は緩い円形になっており、枯れた芝で覆われていた。その向こうは、鬱蒼《うっそう》とした木立。この辺りにいても、中の様子はまったく窺えない。ここに車があるから戻って来るのは間違いないのだが、不安は消えない。思い切ってもう少し人を投入し、高木を狩り立てるべきでは、と迷った。

「奴の車、ドアがロックされてないぞ」

「マジですか?」助手席から振り向いて、醍醐が目を剝いた。「用心が悪いな」

「すぐに連れ込めるようにしているのかもしれない」

「準備がいいってことですか?」

「あのな」私は突然閃《ひらめ》きを覚えた。「俺があの車の中に隠れているっていうのはどうだろう」

「いや……それはどうですか?」醍醐が異議を唱えた。「何もなかったらまずいですよ。見つかったら、どうやって言い訳します?」

「無理か……」

短い沈黙を破るように、無線からひび割れた声が飛び出した。

『至急、至急！　高木が女児に接触！　小学校低学年の模様！』

「確保しろ！」

私は無線に向かって怒鳴った。醍醐と森田の顔が蒼褪める。

「あのクソ野郎……」私は奥歯を嚙み潰さんばかりの勢いで歯軋りした。すぐにドアに手をかける。「森田、公園の中へ走って、他の連中と合流しろ。醍醐は奴の車の近くで待機だ。こっちへ逃げて来るのを、待ち伏せする」

「明神は？」醍醐が訊ねる。

「この先で道を塞いでる。今の無線も聞いているはずだ」

三人で同時に車を飛び出した。森田が公園の中に消え、醍醐がプレマシーの横——公園の反対側へ回りこんで腰を下ろす。私は彼の横に滑りこむようにしゃがんで、「車の中へ入る」と告げた。

「大丈夫ですか？　危険かもしれませんよ」醍醐の顔色は蒼かった。

「知ったことか」

私は中腰の状態で、ドアに手をかけた。やはりロックはされていない。スライドドアを開けると、中は三列シートだった。まさか助手席で待ち構えるわけにはいかないので、二列目のシートの足元に体を横たえる。床の繊維を頰に感じながら、この車を調べれば、真央の遺体から発見された繊維と照合できる、と考えた。

私は無線を持っていなかった。ついでに携帯電話をサイレントモードにして、気配を消すことにする。外にいる醍醐が持っている無線から、大きな声が飛び出す。醍醐が慌ててボリュームを絞ったらしく、すぐに聞こえなくなった。ドアが静かに開き、蒼白な顔をした醍醐が、「逃げられました」と告げる。

「何だって？」私は頭に血が上るのを感じた。

「女の子を摑まえたんですが、そこで刑事たちに追いつかれたんです。それで女の子を放して、逃げ出しました。こっちへ向かっているようです」低い声で、早口で喋っていたので聞き取りにくかったが、絶好のチャンスが訪れつつあることだけは間違いない。

「現行犯だ。上手く飛び出して捕まえろ。ただし、無理はするな」最終的には、私自身が防波堤になるつもりだった。

醍醐が無線の音量を絞った結果、私はほぼ完全な静寂の中に取り残された。高木がこの車を置いて逃げる可能性はあるか？　否定できないが、今それを考えても仕方がない。こちらへ向かっているというのだから、その言葉を信じよう。

外界と遮断されているにもかかわらず、私は空気が変わるのを意識した。奴が来る……近づいて来る。聞こえるはずのない足音が聞こえ、高木の荒い息遣いさえ感じられた。背後で、ドアを軽くノックする音が聞こえる。醍醐の合図。その場を離れて迎撃に向かう、ということだろう。私は身を硬くしたまま、さらにフロアに体を密着させた。

「待て！」知らない刑事の叫び声。遠くで鳴るテレビの音でも聞いているような感じだった。続いて醍醐の声でもう一度「待て！」。その後にばたばたと走り回る音が続き、誰かの低い悲鳴が聞こえた。「クソ！」。これも醍醐だ。何やってるんだ、と私は舌打ちした。最低二対一で有利な立場にあるはずなのに、振り切られた？

突然、車が揺れる。ドアが乱暴に開き、運転席に誰かが飛びこんできた。高木？　高木だ。荒い息を吐きながら、急いでエンジンを始動させようとする。タイミングを計って……エンジンがかかった瞬間、私は跳ね起きた。あまりにも集中していたせいか、高木は私の動きに気づかない。車を発進させた瞬間、私は背後から高木の首に腕を回した。ヘッドレストが邪魔になるので完全な裸締めにはならないが、それでも高木が苦しげな声を漏らす。必死でハンドルを握り、アクセルを踏みこんだが、車をコントロールできない。

私は全身から汗が噴き出すのを感じながら、必死で高木の首を締め続けた。まずい……このままでは落とせない。視界の片隅に愛美が映った。あの馬鹿、生身で立ち塞がるつもりか？　車が道路を塞いでいるから、そこまでする必要はないのに……クソ、落ちろ。一層腕に力を入れると、高木の喉から呻《うめ》き声《ごえ》と空気が漏れる。

突然、高木がハンドルから手を放し、乱暴に腕を動かした。戒めから逃れようとしたのかもしれないが、それで車はコントロールを失ってしまった。低い縁石を乗り越える、緩いショック。私は体が前に投げ出されるような衝撃を味わうと同時に、胸を運転席の背中にぶつけた。車は完全に停止し、エンジンルームから白い煙が上がっている。道路脇の木に、正面から衝突したのだ。

ドアが開き、愛美が「動かないで！」と叫ぶ。同時に手を伸ばしてキーを抜き取った。さらに、醍醐が愛美を突き飛ばすようにして運転席に身を乗り入れ、高木を引っ張り出す。高木はなおも抵抗しようとしたが、一対一の勝負になったら、醍醐に敵うはずがない。私は荒い呼吸を整えるために大きく深呼吸しながらドアを開け、外へ転がり出た。

醍醐は高木をうつ伏せにし、馬乗りになって腕を絞り上げていた。他の刑事たちも追いついて、後ろ手に手錠をかける。醍醐はなおも高木の背中に膝を乗せたまま、両手で頭をぐいぐいとアスファルトに押しつけている。

「ふざけるな、この野郎！」醍醐の声には殺気が籠っていた。

「醍醐、それぐらいにしておけ」

醍醐が振り返った。血走った目に、怒りの色が浮かぶ。私は彼の肩に手をかけ、首を振った。もういい。殺したら何にもならない。

「おい、女の子はどうした！」私は叫んだ。何もなかったとはいえ、放っておくわけにはいかない。

「保護してます」高木に手錠をかけた若い刑事が報告する。

私は安堵の吐息をついた。これで終わる……物理的な証拠も、これからいくらでも見つかるはずだ。

愛美は尻餅《しりもち》をついたままだった。彼女に限って、動きが固まることなどないのだが……

私は歩み寄り、「どうした」と声をかけた。

「尾てい骨が……」愛美が顔をしかめる。

私は手を差し伸べた。愛美は表情を崩さぬまま、じっと私の顔を見ていたが、たっぷり十秒も経った後、ようやく腕を伸ばして私の手首を摑んだ。引っ張り上げる時、小柄な彼女の軽さを感じた。こんな小さな体で、今までどれだけ無理をしてきたのか。今の彼女に必要なのは、仕事によるリハビリではなく、休養なのではないか。

「温泉にでも行ったらどうだ？」

「何ですか、いきなり」痛みのせいなのか不快感のせいなのか、愛美が顔をしかめる。

「いや……何でもない」

私は周囲を見回し、事態が収束しつつあるのを意識した。醍醐に合図し、高木を立たせる。唇が切れて早くも腫れ上がり、顎には細く血が垂れている。眉の上の方にも擦過傷ができて、目が塞がり始めていた。やり過ぎだ、と醍醐に向けて顔をしかめたが、彼はそっぽを向いて無視する。まだ拳を硬く握りしめており、やり足りないのは明白である。

「暴行の現行犯だ」

「知らない……」

高木の声が消えそうになる。こんなに弱そうな男だったのか？　直接声を聞くのが初めてだった私は、かすかに動転した。

「公園の中で女の子を摑まえて、何をしようとした」

「そんなこと、していない」

こいつは……私は唇を噛んだ。誰が取り調べることになるかは分からないが、強圧的なタイプを当てた方がいいだろう。恐怖に耐えられないタイプ、と見た。一度、震え上がるほどの雷を落とせば、間違いなく全面自供する。こういう人間が、小学生を恐怖に陥れるのだから……私は、うなじの毛が逆立つような不快感を覚えていた。

遠くから泣き声が聞こえてくる。私は、心臓がちりちり痛むのを意識した。暗闇の中、目を凝らすと、一人の刑事に付き添われた女の子が、公園から出てくるところだった。

「醍醐、パトの中へ」

私は慌てて指示した。自分を襲った相手と対面することになったら、被害者の女児はパニックを起こしかねない。醍醐が高木の腕を捻り上げるようにして、覆面パトカーに引っ立てていく。あまりにも力を入れ過ぎたせいで、高木の体は前に折れ曲がるようになった……やり過ぎだが、今は許す。

私は愛美に目配せした。彼女はしかめっ面で腰を摩っていたが、子どもの姿に気づくと、すぐに体をぴんと伸ばした。ゆっくりと歩み寄って、泣いている少女の肩に手を置く。一際泣き声が激しくなったが、愛美はしゃがみこんで視線の高さを同じにし、根気よく語りかけ始めた。

ミッション、終了。

私はその場から少し離れ、広い道路まで出て、煙草に火を点けた。深々と肺に煙を入れてから、電話を取り出す。最初に誰に知らせるべきか——指示命令系統から言えば真弓なのだが、やはり一番に知る権利があるのは中澤だろう、と思った。

「逮捕した」

「何ですって?」中澤の声は引き攣っていた。

私は事情を説明した。中澤が必死でメモを取っている様子が目に浮かぶ。

「大丈夫なんですか?」

「現行犯だ。そっちの刑事が二人、現場を直接見てる。とにかくこれで、いろいろ調べられる」

「本人は、容疑を認めているんですか?」

「まだだが、時間の問題だと思う。取り調べ担当には、できるだけ怖い奴をつけた方がいい」

「そういう人材なら、うちには豊富ですよ」

中澤がかすかに笑った。冗談を言うぐらいの余裕はあるわけか……いつでも、刑事にとって最高の薬は犯人逮捕だ。どれだけ落ちこんでいても、この結果がもたらす影響は計り知れない。

「これから特捜に連行する」

「お疲れ様です」

ああ、と溜息とも返事ともつかない声を出して電話を切る。被害者の少女の泣き声が、まだ細く聞こえていた。愛美が必死に慰めているが、簡単にはいかないようである。

犯人は逮捕した――しかし私の胸の中に積もった不快感は、まったく消えなかった。

20

高木の自白は早かった。

その夜のうちには沙希を襲ったことを認め、真央の件についても、黙秘は長くは続かなかった。金曜日の夕方には、真央を襲って殺したことを喋り出した――特に強面《こわもて》の刑事を取り調べに投入したわけでもなかったのだが。

これで一件落着であり、失踪課としては、それ以上この件にかかわるべきではなかった。

かかわる義務もない。私にはまだやることもあるのだし……しかし、いくつかの疑問が解けないままだったので、私はなおも特捜に居座り続けた。この事件の背景を完全に知らないと、説明できない相手がいる——真央の両親。彼らに対するフォローは絶対必要で、伊藤にも色々と世話を焼いてもらうことにしたのだが、それだけでは足りない部分があるのだ。

私は、高木の両親と相次いで面会した。

被害者の家族とのつき合いも難しいが、犯人の家族をどう扱うかも悩ましいことだ。大抵の場合、家族は犯罪には直接関係ない。しかし、犯人が何故犯行に走ったか、その経緯については、家族が知っているパターンが多いのだ。特に犯人が若い場合は。

しかし高木に関しては、家族から有効な証言は得られなかった。性的な嗜好は、家族であっても簡単に知ることはできない。隠そうと思えばいくらでも隠せるからだ。実際高木は、親の前では、そういう素振りはまったく見せなかったという。取り調べに対しても、犯行は認めているものの、自分の性癖を素直に話し、行動を説明することを恥じているようだ。

それがいいことなのかどうかは分からない。自分が異常な性癖の持ち主であり、異常な行為に走っていたのは自覚しているはずだから、裁判で揉めるとは思えなかった。私たちがすべきは、高木をできるだけ長く、社会から隔絶しておくことである。ああいう異常な性癖が矯正《きょうせい》できるかどうかは誰にも分からないが、刑務所の中にいれば、幼い子どもの被害者が出ることはない。

高木が逮捕されてから一週間。私は父親の優《まさる》と二度目の面会をしていた。取調室は使わない。リラックスして話してもらうためには、あの閉鎖的な雰囲気はマイナスになるからだ。そのため、わざわざ失踪課にまで足を運んでもらうことにした。正規の事情聴取なので、特捜本部の刑事も同席させる。しかし、余計なことは言わないように、と私は事前に釘を刺していた。二人から同時に攻められると、この父親は何も話せなくなってしまうだろう――それぐらい気が弱く、重圧には耐えられそうにないタイプだった。

「お忙しいところ、すみません」私は、努めてビジネスライクに切り出した。

「いや、あの……会社は休んでいますので」

私は右目だけを見開いた。初めて聞く情報である。しかし、少し考えるとそれも当たり前だと思えてきた。高木の逮捕は、ニュースで大きく取り上げられている。当然実名で報道されているから、父親の会社の人間には、すぐにばれてしまっただろう。その状態で、普通に勤務を続けるほど、この男の神経が太いとは思えない。

「大変ですね」

父親がすっと息を吸った。「大変です」と認めたが、私と目を合わせようとはしない。警察に対して文句の一つも言いたいところかもしれないが……いや、そんな気にはなれないだろう。この男は「自分の育て方が悪かった」と責任を背負い込んでしまいそうなタイプだ。

　私は意識して、だらだらと雑談を続けた。本題に入っても、会話に詰まりそうな予感がしていたから。父親は話には応じていたが、それは社会人の礼儀としてそうしているだけであり、実際には話している姿を見るだけで、私の胸は痛んだ。面談室はそれほど暖房の効きがよくないのに、額にはずっと汗が浮かび、しきりにハンカチを使っている。顔色は悪く、何度か拳を胃にねじこんでいた。胃というのは非常にデリケートな内臓で、強度のストレスに晒されると、あっという間に潰瘍ができてしまう。私は何度も、自分の胃薬を進呈しようとしたが、そう思いつく度に口をつぐんだ。私が常用している弱い胃薬では、彼の痛みを抑えられないだろう。

　それにしても……この父親は、私とほとんど年齢が変わらないのだと改めて考え、複雑な気持ちになる。五十二歳。長年工場で真面目に勤め上げて、副工場長にまでなった。年齢からいって、さらに上を狙えるかもしれない。しかし恐らく、将来の計画は潰れた。本人に落ち度があるとは言えないし、会社も公式には処分できないだろうが、彼を出世させると、いろいろ問題も生じてくるだろう。まともな出世ルートから人を外す方法は、いくらでもある。そういうことになると、やたらと知恵の回る人間もいるのだ。

　見ているだけで気の毒になる。中年太りには縁がないどころか、少し病的なぐらい痩せており、それ故ひどく頼りなく見える。髪は相当薄くなり、地肌がまばらに見えていた。

「何度も同じことを聴いて申し訳ないんですが、息子さんのああいう……性癖は、まったくご存じなかったんですか」

「申し訳ありません」テーブルにつくほど深く頭を下げる。「子どもでも、プライベートなことは……」

「今まで特に、問題を起こしたことはないんですよね」

「ないです。一切ないです」過去が潔癖なら免罪符になるだろう、とでも言いたそうな勢いで首を横に振る。

「彼の友人たちの中には、息子さんの性癖について、『おかしかった』と証言している人もいるんです」

「まさか」

父親の顔色が、一段と蒼褪める。このまま続けていると倒れるのではないかと心配になり、私は水を勧めた。ペットボトルから一口飲むと、少しだけ顔に赤みが戻ってくる。

「息子さんは、自宅のガレージで犯行に及んだ、と自供しています。何も気づかなかったんですか？」

「私は仕事で……」

「奥さんは？」

父親が力なく首を振る。嘘ではない、と私は判断した。

「今回の件……息子さんの性癖の件、弟さんは知っていたんじゃないですか」

「それは……」一瞬だけ声を張り上げた。しかし、何か言えばその言葉が自分を傷つけてしまうとでも言うように、すぐに口をつぐんでしまう。

私は、この男の髪は、本来もっとふさふさしていたのではないか、と想像した。考えてみれば、高木巡査が自殺したのはほんの二月《ふた》ほど前である。次男は自殺、長男は逮捕……短い間に家庭が崩壊したショックは、私の想像をはるかに超えるだろう。一気に髪が薄くなってもおかしくない。

「弟さんは、真面目に勤めていました。仕事上のことで悩んでいた形跡もありません。だから警察的には、動機は『原因不明』とするしかなかったんです」私は「自殺」という言葉を避けた。「しかし今考えてみると、あのメモ……殴り書きが、一種の遺書だったのではないかと思えるんです」

何故、兄に謝罪したのか。高木本人がその意味を知っているかどうかは分からないが、私の頭の中では理屈がついていた。それを父親に話して何がどうなるわけでもないが、話さざるを得ない。

「弟さんは、たぶんお兄さん……息子さんの性癖や行動を知っていたんだと思います。親よりも兄弟の方が、よく見ているということもありますしね。おそらく息子さんは、以前から同じようなことを繰り返していたんでしょう。今回ほどひどい犯行はなかったですが、おそらく川崎まで遠征していました。女児が乱暴された事案のデータが、神奈川県警の方に何件か、残っていたんです」

「そう、ですか」父親の声が震える。

「こういうのは、被害者本人が何も言わないこともあります。家族には言っても、家族が警察に届けるとも限らない。だから、実際の被害はもっと多い可能性もあります」

「私は……どうしたらいいんですか」

「今はまだ、分かりません。警察としては、あなたに対して何も言えないのが現状なんです」

この後が大変なのは、簡単に想像できる。おそらく、殺された真央の両親は、高木に対して民事訴訟を起こすだろう。大事な娘を奪われた悲しみは、金には換算できないのだが、それでも裁判を起こす意味はある。高木が刑に服するだけではなく、経済的なダメージを受けるのも、鬱憤を晴らす材料になるからだ。ただし、身柄を拘束されている高木本人が、損害賠償に応えることはできない。実質的には両親を相手取っての訴訟ということになるのだが、逸失利益はどれぐらいになるのだろう。父親が会社を辞めて退職金で充当しても、賄いきれないのではないだろうか。

犯罪は、多くの人を不幸に巻きこむ。被害者だけではなく、加害者の家族も。大抵の場合はそれが抑止力になって、人は危ないことに手を出さないのだが、時に感情や欲望は理性を上回る。

今回が、まさにそのケースだ。

私はそれからしばらく父親の事情聴取を進めたが、こちらが知りたい材料はまったく出てこなかった。隠しているというより、実際に知らないのは間違いないようだ。それも無理はあるまい。成人した子どもの性癖を把握している親など、まずいないのだから。今は、親子であってもプライバシーを重視する。

昼過ぎ、私は父親を解放した。署の玄関まで見送ったのだが、その背中は寂しく丸まり、実年齢よりも十歳ほど老けて見えた。家族への事情聴取は必要なことだが、実際には役に立つ情報は何もなく、時間を無駄にしただけだった、と悔いる気持ちも強い。それだけならまだしも、私は彼に精神的なプレッシャーを与え、傷つけてしまっただけではないか。仕事だから仕方ないとはいえ、刑事という商売の酷薄さを改めて意識する。この事件の捜査が終われば……そう考えていたのだが、簡単には取りかかれないような気がした。

それほどこの事件は、私にじわじわとダメージを与え続けたのだった。

「そうか、やっぱり兄貴の件が原因で自殺したのか」法月が盛大に溜息を漏らした。

久しぶりに、二人きりの呑み会。初めて、法月を「秀」に誘ってみたが、彼はすぐにこの店が気に入ったようだった。

高木が逮捕されてから二週間、既に勾留は二回目に入っており、事件の構築は順調に進んでいた。真央の遺体から発見された繊維は、高木の車のシートの物と一致したし、何より高木が完全に落ちていた。自供によると、女児への悪戯は、この二件以外にも十数件に及ぶ。未遂に終わった公園内の一件も含めて、都内では三件、残りは全て川崎を中心とした神奈川県内である。これは、神奈川県警が押さえているデータよりも多い。やはり私が予想した通りに、警察に届けられていないケースもあるのだ。それをどこまでほじくり返すかは、難しい。特捜本部でも、まだ方針を決められずにいた。

「高木本人の自供がありました」私は生《き》の「角」を口に含んだ。「弟の方は、昔から兄の性癖に気づいていたようですね。友人たちもぼんやりと知っていたようですし、パソコンからはその手の写真やビデオが大量に見つかっています」

「おいおい」法月が顔をしかめた。体に気を遣っているのか、うんと薄めた焼酎をちびちびと啜っている。「親は本当に気づいてなかったのか?」

「パソコンの中に入っていれば、滅多に分かりませんよ。他人はログインすることさえできないし、隠しておくのは楽だったでしょうね」

「でも、高木巡査は気づいた」

「そのうち、実際に少女に暴行していることも弟に知られたそうです。これは裏の取りようもないですが、高木巡査が直接現場を押さえたこともあったようです」

「何とね……」法月が溜息を漏らす。

「その時は女の子を逃がして、何とか事なきを得たらしいんですが……大喧嘩になったそうですが、それでも高木は自分の行動を止められなかった。そのうち弟の方は、絶望したんです」

「だったらあれは、一種の抗議の自殺だったのか？　兄貴を止めるために、自殺までするかね」

「もう一つ、自分の将来のことも心配だったんでしょうね。もしも兄がやっていることがばれたら、自分はまず、警察にいられなくなる。高木巡査、相当苦労して警察に入ったんですよね？」

「この不況のご時世だろう？　大学へ行っても、就職先があるとは限らない。だったら、自分の力で何とかできるところっていうんで、あいつは警察を選んだんだよ。しがみつきたくもなるだろう」

「基本的には、真面目なタイプだったみたいですね」私は煙草に火を点けた。カウンターに置いたかなり大きなガラス製の灰皿は、既に吸殻で一杯になっている。しかし店主の伊藤は、一々灰皿を替えてくれるようなタイプではない。本当は、自分の店では煙草など吸って欲しくない、と思っているに違いない。ニコチンとタールが、舌を鈍らせるのは間違いないのだから。彼も喫煙者ではあるが、何よりも料理優先だろう。

「だからこそ思い詰める、ということか」

「こんなこと、誰にも相談できないでしょうしね」

「せっかく手に入れた職を失うのは怖かっただろうし、親にも職場の人間にも相談できない……追い詰められた感じにもなるだろう。警察は、家族の問題に関しては厳しいからな」家庭を守れない人間に社会は守れないという、古臭いお題目。法月が、焼酎の入ったグラスを揺らした。お湯割りではなく氷と水が入っており、からからと澄んだ音がする。「まあ、ひどい話だよ。「高木の兄貴は、自分と弟の両方を破滅させたんだから。しかし、何か手はなかったのかね」

「もしもオヤジさんが相談を受けていたら、どうしました？」

「うん……」法月がグラスを両手で包みこむ。「正直言って、答えようがないな。警察官としては、兄貴の犯罪を立件しなくちゃいけない。警務課の人間の立場としては、弟の方の処分に困っただろうな。家族が罪を犯したからといって、直ちに辞めることはないんだが……警察のやり方はよく知っているだろう？」

高木に待っていたのは、説諭という名の実質的な解雇だろう。犯罪者の家族を、警察に置いておくわけにはいかない。実際、私もそういうケースを何度も見ているが、全て、辞職という形で決着がついたはずだ。決して馘にはしない。自ら辞表を出した形にすれば退職金は出せるから、それで涙を呑め、ということだ。

　しかし高木にとっては、警察を辞めることは死ぬより怖かったのだろう。就職難を乗り越えてきたせいもあるだろうが、警察官の仕事に誇りを持っていたからでもあるはずだ。解決できないと悩んで自ら命を絶つ。極端な行動も、私には理解できる——できるような気がした。

「高木巡査は、警察の仕事が好きだったんでしょうね」

「うん？」法月が、疑わしげに私を見た。

「辞めることを考えると、死んだ方がましだ、と思ったのかもしれません」

「ああ」

「そう思いたいですよね。警察の仕事が好きで、プライドを持っていて……だからこそ、自ら死を選んだ。もしかしたら、明るみに出ていないだけで、まだ他にも事件があるのかもしれない」

「可能性としては、な」法月が同調した。「もしも、自分の兄貴が子どもを殺していたと知ったら、致命的だっただろう。でも今のところ、そういう情報はないんだよな？」

「ええ」ただし、この件はもっと突っこんでみないと駄目だろう。高木が死刑を覚悟しているかどうかは分からないが、弟が死ぬほどの覚悟をした原因として、考えられないことでもない。

「参ったな」法月がグラスから手を離す。少し濡れた掌を、お絞りで軽く拭いた。「今回の件は、俺にも責任があるよ」

「オヤジさんは関係ないでしょう」

「いや……あの自殺の時、自分が何を考えていたか、思い出してな。面倒だったんだよ——そう、面倒臭かったんだ」

「面倒？」

「ああ」法月がうなずく。力が感じられなかった。「警務課の人間として、署員のトラブルは一番避けたいところだ。あの時俺が一番恐れたのは、持ち出した拳銃で、奴が何かしでかすんじゃないか、ということだった。それこそ誰かに発砲する、とかな。自殺というのは、最悪から二番目の結果だった……とにかく、あの処理は面倒だったよ。一刻も早く調べを終えて、書類を綴《と》じこんでしまいたかった」両手をそっと合わせる。「監察官室が調べ始めていたから、そんなに急にはできなかったんだけどな。でも、あの時もう少し突っこんでいたら、どうだっただろう。今回の犯行は防げたんじゃないか？　俺は、兄貴にも会ってるし、遺書めいたメモもあった。それなのに、何も見抜けなかったんだな」

法月が、白髪を丁寧に撫でつける。溜息を漏らし、焼酎を少し長く呷った。

「もう定年間際になって、刑事としての感覚が鈍くなっちまったのかね。情けない限りだ。とにかく、今回の件は、俺にも責任があるよ。どうしていいのか、まったく分からない」

沈黙。かける言葉がなかった。仕方なく、私はウイスキーに逃げた。いつものように。

「はい、お待ち」伊藤が、揚げ出し豆腐を二つ、カウンターに置く。出来立てで、まだ湯気が上がっていた。とろみのついた薄茶色の餡《あん》には、なめこと青葱が散らされている。酒呑みが好む濃い味つけなのは、経験から分かっていた。

「ところで、うちの会も、いろいろ忙しくてね」伊藤が突然声をかけてきた。カウンターに、他に客がいないせいだろう。

「ああ」私は改めて頭を下げた。「今回の件では、色々お世話になって……お礼が遅れました」

「よせよ」苦笑しながら、伊藤が顔の前で手を振る。「あんたに礼なんか言われると、気持ち悪いわ……それよりこちらの方《かた》、そろそろ定年ですか？」

いきなり話を振られ、法月がきょとんとした表情を浮かべた。定年の話を何で伊藤が知っているのか……おそらく私たちが、どこかで話題にしたのだろう。カウンターの内側で料理を作っている人間は、意外によく客の話を聞いているものだ。

「ええ、ぼちぼち」

「失礼だけど、その後は？　天下り先は決まってるんですか？」

「そんな大層な予定はありませんよ。そういうのは、偉いさんの話でね……」法月が苦笑し、軽く胸を叩いた。「まあ、ちょっと体が心配でしてね。辞めたら、少しゆっくりしようと思います」

「もったいないな。酒が呑めるんだから、仕事はできるでしょう」

乱暴な伊藤の理屈に、今度は私が苦笑した。法月の体のことを説明しようと思ったが、伊藤は意外なことを言い始めた。

「いきなりで申し訳ないんですけど、うちの……犯罪被害者の会を手伝ってもらえませんか？」

「はい？」法月が困惑の表情を浮かべる。

「いやね、うちの会には常に警察ＯＢがいた方がいいんです。それで、警察との連携がスムーズになるから。ところが、今手伝ってくれている人が、もう七十五歳でね。少し体もしんどくなってきたっていうんで、後釜《あとがま》を探していたんですよ」

その男なら私も知っている。実際、伊藤の息子が殺された事件で、私と一緒に捜査本部で働いていたのだ。その後すぐに定年を迎え、伊藤の趣旨に賛同して、ボランティアでずっと会の運営を手伝っていたはずである。

「もちろん、金は出ませんよ」伊藤が悪戯っぽく笑った。「皆、手弁当で頑張っているだけなんで。でも、ぶらぶらしているだけじゃ、もったいないでしょう？　力を貸してもらえると、大変ありがたいんですけどねえ」

「それは……」法月がグラスに手を伸ばしかけ、引っこめた。「ありがたい話だけど、すぐには返事できませんよ」

「そりゃそうでしょう」

「うちのことは、娘が仕切ってるもので」

伊藤が声を上げて笑った。屈託のない笑いで、心底面白がっているのは明白だった。

「まあ、ゆっくり考えて下さい」伊藤が話をまとめにかかった。「うちはいつでも、歓迎ですから」

伊藤が料理に戻って行った。法月は、困惑した笑みを浮かべている。

「いきなりだね」

「あの人は、いつでもいきなりなんです。でも、悪い話じゃないでしょう。犯罪被害者の会で活動していると、はるかさんと仕事をする機会もあるんじゃないですか。弁護士とも連絡を密にしてやってるようだし」

「冗談じゃない。娘と一緒に仕事なんかできないよ」そう言いながら、法月の顔には笑みが浮かんでいた。

「まあ、きつい人ですからね」

場が和んだところで、私は、伊藤は介入するタイミングを狙っていたのだろうか、とふと思った。気が利くあの男は、雰囲気が暗くなると、客に一声かけて空気を柔らかくする。

「そうだ、もう一つ、怪しい話があるんです」

「まだあるのか」法月が苦笑いした。

喉に刺さった棘のような事実。特捜本部では、これをどうすべきか、まだ決めていなかったが、私は突っこまなければならない、と確信していた。情報の背後に、犯罪の臭いがする。

「寺井のことなんですよ」

「お前さんが無実の罪を着せようとした、寺井か」法月が、それでなくても大きな目をさらに大きく見開いた。

「いや」私は苦笑したが、すぐに真面目な表情を作った。「あの男は本当に、何かやっていた可能性があります」

「何だと？」

私は、フィルターの所まで燃えた煙草を、古い吸殻の間に押しこむようにして灰皿に押しつけた。これだけの情報があれば、私自身が動くべきではないか、とも思う。周辺を調べていけば、もっと情報が出てくるはずだ。もしかしたら、高木のように、直接現場を押さえられるかもしれない。

「高木なんですが、ネット上にそういう愛好家のコミュニティがあって、参加していたんですよ」

「コミュニティ？」

「盗撮仲間が集まるんです。盗撮と言っても、種類はいろいろなんですけどね。駅の階段で、下から覗きこむように写真を撮るのもそうだし、更衣室やトイレにカメラを仕込むのも盗撮だ。人によって趣味は違うんですけど、その技術に関するノウハウを交換するコミュニティがあるんです」

「どんなカメラがいいか、とか？」呆気《あっけ》にとられたように法月が言った。

「盗撮に適した公園やプールはどこか、とか。なかなか巧妙で、簡単には表に出ないようになっています」

「ほう」法月が身を乗り出した。「オジサンには関係ない世界だが、世の中にはそういう物もあるのかね」

「ええ。とにかく、高木にはそういうネットワークがありました。パソコンを確認したら、その手のサイトのブックマークが大量に見つかりましてね。高木は、盗撮から次第に猥褻行為をエスカレートさせていったんです。昔は、プールで幼女の写真を隠し撮りするぐらいで満足していたのが、次第に我慢できなくなっていった……とにかく、高木が参加していたメーリングリストを解析したら、同じメーリングリストに参加していた人間の中に、寺井がいたんです」

「何だと？」法月の顔から瞬時に笑みが消えた。

「高木は、寺井本人と会ったことはないと言っていますし、その人物が寺井だという認識もなかったようですけど、以前は頻繁《ひんぱん》に情報交換していたのは間違いないですね。寺井は、盗撮専門だったんです。高木と違って、子ども相手ではなかったようですけど」

「何とね」法月が首を振り、溜息をついた。

「最初の似顔絵は偶然だったと思います。子どもに興味はないようですから、あの水泳教室で盗撮していたとは考えられませんしね。ただし、どこで盗撮していたかは、分かるかもしれませんよ。メーリングリストでは、盗撮に適したプールの話で、相当盛り上がってましたからね。寺井はそういう場所に詳しい、指南役だったようです」

「そんなことして、何が面白いのかね」

「それこそ、本人に聴いてみないと分かりません」私は肩をすくめた。

「寺井と高木の顔が似ていたのは、あくまで偶然だろうけど」

「実際、二人の写真を並べてみると、まったく別人にしか見えないんですよ。寺井を二十歳若くすると、何となく高木っぽくなる感じはするんですが、親子というほど似ているわけではないですね」

「で、お前さんはどうするつもりだ」

「ええ……」私は「角」のグラスを両手で包んだ。寺井に対する嫌悪感、その犯行を追及したいという気持ちは強い。もちろんそれは、私の仕事ではなく、捜査する権利はないのだが、警察の業務範囲など、ゴム紐のような物である。ちょっと力を入れれば、自在に形が変わるのだ。失踪課の普段の仕事を拡大解釈していけば、自分で調べられるだろう。だが、あまり強引に動くと、その後の仕事がやりにくくなる。私個人の問題ならともかく、失踪課の他のスタッフの立場が悪くなるのには、耐えられなかった。仲間は、何としても大事にしなければならない。

今は、彼らを仲間と言える——言いたいから。

「然るべき人間に情報を渡すつもりです。調べる方法はいくらでもあるんですよ。メールのやり取りの記録だけでも、十分立件に持っていけます。パソコンが押収できれば、証拠も摑めると思います。その辺、離婚した寺井の奥さんに話を聴いてみる手もあるでしょうね。そういう性癖に気づいていたかもしれない」

「どうかね。今は時代が違う。昔なら、本やビデオをどこかに隠していると、家族が気づくということはあっただろう。しかしな、ファイルが全部パソコンの中に入っているとなると、そうはいかないんだろう？　実際、高木がそうだった」

「自分だけの世界、ですか……何だか気持ち悪いですよね」

「そうだな」法月がうなずく。「ただ、そういう時代になっているのは間違いない。俺から一つ、忠告しようか？」

「ええ」

「寺井の件には、お前さんはかかわる必要はない。然るべき担当者に情報を渡して、後は黙って見てろ。担当者はやる気満々になるぞ。水に落ちた犬を、溺れるまで叩くのは快感だからな」

私は顔をしかめたが、確かにそういう傾向はある。権力の座にいる者、あるいは有名人の犯罪を立件するのは、一筋縄ではいかない。しかし寺井のようにスキャンダルを起こしてその座から滑り落ちた人間は、叩きやすいのだ。世間の共感も得られる。警察官特有の嫌らしい思考パターンだが、罪を追及する行為としては間違っていない。

「とにかくお前さんには、こんなことに時間を使っている暇はないはずだ」

「そう……ですね」認めざるを得ない。

今の私には、やることがある。

醍醐や愛美は、特捜本部の要請で、ちょくちょく捜査に手を貸していたが、高木の起訴をもって、失踪課としての捜査は正式に終了した。

その日私と真弓は特捜本部を訪れ、中澤たちに挨拶して回った。様々な軋轢《あつれき》もあったが、中澤にすれば、もう終わったことのようだ。犯人が無事に逮捕されれば、刑事の個人的な感情など、全て吹っ飛んでしまうものである。

「まあ……いろいろご迷惑をおかけして」私は苦笑しながら頭を下げた。

「いやいや」中澤が立ち上がる。こちらは真顔だった。「とにかく、無事に解決できてよかったですよ。あんなクソ野郎が野放しになっていたら、とんでもないことになりますからね」

「寺井の件は……」

「生活安全課に任せますよ。あくまで、専門家は向こうですからね。連中もやる気満々ですよ。結局、高城さんの勘が当たったことになるじゃないですか」それを認めるのが、多少悔しそうではあった。

「まあ、その件は、今のところは……ノーコメントかな」私はまたしても、苦笑せざるを得なかった。今回の事件は、間違いなく、かかわっていた刑事たちの精神状態を乱していたと思う。一番ひどかったのは私かもしれないが。

「あ、菊池さんが……」中澤の声が緊張した。

振り返ると、菊池夫妻が、特捜本部の部屋に入ってきたところだった。中澤が、小声で囁く。

「少し落ち着いたみたいで、今日が起訴だと知って、わざわざ挨拶に来てくれたんですよ」

「それは……よかった」よいことなど、何もない。犯人は逮捕されたが、娘は戻ってこないのだから。

私は急に、居心地の悪さを覚えた。自分も被害者の仲間だ――あの二人に余計なことを言ってしまったのではないかと、ずっと悔やんでいたのだ。誰にも声をかけて欲しくない時はあるのに、私は二人の心にずけずけと踏みこんでしまったのではないか。その思いに苛まれ、二人に事件の真相をきちんと話さなければならないという義務を怠っていた。私こそ、話すべき人間だったのに。

二人がこちらを見た。そもそも、もう私のことなど忘れてしまっているのではないだろうか。あの辛い日々……ちょっと会話をかわした刑事の顔など、記憶から消えてしまっていてもおかしくはない。だが私を見た二人の表情は、にわかに変わった。夫の昭利が妻の梓に声をかけ、二人揃って私の方に近づいて来る。

「その節はどうも、お世話になりまして」昭利が丁寧に頭を下げる。百貨店勤務で、いかにも客あしらいに慣れた人間のそれだった——彼は既に、日常を取り戻しつつあるのかもしれない。

「いや……お役にたてませんで」私も頭を下げた。何となく、顔を合わせるのが辛い。

「高城さんには、本当にお世話になって」

梓が言った。彼女が名前を覚えていることに、私は驚いた。あの状況では、関係ない情報など、頭からすり抜けてしまうはずなのに。

「いや、お役にたてなくて」同じ台詞を繰り返して私は頭を下げたが、自分でもぎこちないと思った。

「高城さんの話を聞いて、本当に助かったんです。私たちがしっかりしないと、真央が可哀相だって……」

「まだ気持ちは落ち着きませんけど」昭利が梓の言葉を引き取った。「向き合っていく覚悟はできました。それに、これからはやることもありますから」

「何ですか？」

「それが、実は……」昭利が梓をちらりと見た。「こんなタイミングで何なんですけど、二人目ができたのが分かったんです」

私はふと目を逸らした。目頭が熱い。一瞬でも気を抜いたら、涙が零れそうだった。

「それはよかったです」私の代わりのつもりなのか、真弓が口を挟んだ。穏やかで、大人の落ち着きを感じさせる口調だった。「大変でしょうけど、いいことですよ」

「ええ」梓が下腹部に手を当てた。「この子にも、真央のこと、ちゃんと話していこうと思います。真央の生まれ変わりじゃなくて、真央の弟か妹か……あなたにはお姉さんがいたんだって、きちんと説明しようと思ってます」

沈黙――不快なものではなかった。世の中には暖かな沈黙もあるのだということを、私は思い知っていた。

「終わったわね」署を出たところで、真弓が口を開いた。「あなたとしては、まずまず満足できる結果だったんじゃない？」

「悔いは残りますけどね。二件目の事件は防げたと思う」

「それは、今だから言えることでしょう。後悔しても仕方ないことよ」

「分かってますよ。俺たちは万能じゃない」

「で、どうするつもり？」

私はズボンのポケットに両手を突っこみ、その場に立ち尽くした。冬はまだ終わらない。ダウンジャケットや分厚いコートに身を包んだ人たちが、背中を丸めて急いでいる。

「やることは一つしかないでしょう」

背広のポケットに入れた携帯電話が鳴り出した。新しい事件か……引っ張り出すと、長野の名前が浮かんでいる。

「俺だ」長野の声は低く落ち着いている。

「ああ」

「ようやく見つけたぞ」

それだけで、私はこの男に頭を下げなければならない、と思った。長野が本来の仕事を放り出し、自分の部下を使って、綾奈の事件の捜査本部の手伝いをしていたことが、最近になって分かってきた。真弓たちも隠していたのだが。

「目撃者が出たんだ」

長野の言葉に、すっと背筋が伸びるのを意識する。今、私を妨げる物は、少なくとも私の中にはない。

「分かった。俺も話を聴く」

「いいんだな？」

「ああ」私は言葉を切り、真弓の顔を見た。彼女はこれまで見たことがないほど真剣で、殺気が感じられるほどだった。「分かってる。俺が今やるべきことは、それだけだ」

たとえそれが、刑事としての私の最後の仕事になっても。

この作品はフィクションで、実在する個人、
団体等とは一切関係ありません。
本書は書き下ろしです。

中公文庫

闇《あん》 夜《や》
——警《けい》視《し》庁《ちょう》失《しっ》踪《そう》課《か》・高《たか》城《しろ》賢《けん》吾《ご》

2013年3月25日　初版発行

著　者　堂《どう》 場《ば》 瞬《しゅん》 一《いち》

発行者　小 林 敬 和

発行所　中央公論新社
〒104-8320　東京都中央区京橋2-8-7
電話　販売 03-3563-1431　編集 03-3563-3692
URL http://www.chuko.co.jp/

ＤＴＰ　ハンズ・ミケ
印　刷　三晃印刷
製　本　小泉製本

Published by CHUOKORON-SHINSHA, INC.
Printed in Japan　ISBN978-4-12-205766-1 C1193

各書目の下段の数字はISBNコードです。978－4－12が省略してあります。

中公文庫既刊より

と-26-9
SRO Ⅰ 警視庁広域捜査専任特別調査室　富樫倫太郎
七名の小所帯に、警視長以下キャリアが五名。管轄を越えた花形部署のはずが――。警察組織の盲点を衝く、連続殺人犯を追え！　新時代警察小説の登場。
205393-9

と-26-10
SRO Ⅱ 死の天使　富樫倫太郎
死を願ったのち亡くなる患者たち、解雇された看護師、病院内でささやかれる『死の天使』の噂。SRO対連続殺人犯の行方は。待望のシリーズ第二弾！　書き下ろし長篇。
205427-1

と-26-11
SRO Ⅲ キラークィーン　富樫倫太郎
SRO対〝最凶の連続殺人犯〟、因縁の対決再び!!　東京地検へ向かう道中、近藤房子を乗せた護送車は裏道へ誘導され――。大好評シリーズ第三弾、書き下ろし長篇。
205453-0

と-26-12
SRO Ⅳ 黒い羊　富樫倫太郎
SROに初めての協力要請が届く。自らの家族四人を殺害して医療少年院に収容され、六年後に退院した少年が行方不明になったというのだが――書き下ろし長篇。
205573-5

ほ-17-1
ジウ Ⅰ 警視庁特殊犯捜査係　誉田哲也
都内で人質籠城事件が発生、警視庁の捜査一課特殊犯捜査係〈SIT〉も出動するが、それは巨大な事件の序章に過ぎなかった！　警察小説に新たなる二人のヒロイン誕生!!
205082-2

ほ-17-2
ジウ Ⅱ 警視庁特殊急襲部隊　誉田哲也
誘拐事件は解決したかに見えたが、依然として黒幕・ジウの正体は掴めない。捜査本部で事件を追う美咲。一方、特進をはたした基子の前には謎の男が！　シリーズ第二弾
205106-5

ほ-17-3
ジウ Ⅲ 新世界秩序　誉田哲也
〈新世界秩序〉を唱えるミヤジと象徴の如く佇むジウ。彼らの狙いは何なのか？　ジウを追う美咲と東は、想像を絶する基子の姿を目撃し……⁉　シリーズ完結篇。
205118-8